W0406431

CONTES DE NOËL

CHARLES DICKENS

CONTES DE NOËL

Traduction
de P. Lorain et J. Esch

Un chant de Noël — Le Carillon
Le Grillon du foyer

Grandes Œuvres
Hachette

London stereoscopic company

CHRISTMAS BOOKS.

BY

CHARLES DICKENS.

With Illustrations

BY SIR EDWIN LANDSEER, R.A., MACLISE, R.A., STANFIELD, R.A.,
F. STONE, DOYLE, LEECH, AND TENNIEL.

LONDON:
CHAPMAN & HALL, 193, PICCADILLY.

TRADUCTION INTÉGRALE

© *Hachette, 1986*

Tous droits de traduction, de reproduction
et d'adaptation réservés pour tous pays.

HACHETTE, 79, BOULEVARD SAINT-GERMAIN, PARIS VIe

Mr. Fezziwigs Ball.

Address of the English Author

To the French Public

I have long been desirous that a complete French translation of the works I have written, should be made and should be published in an uniform series.

Hitherto, less fortunate in France than in Germany, I have only been known to French readers not thoroughly acquainted with the English language, through occasional fragmentary and unauthorized translations over which I have had no control, and from which I have derived no advantage.

The present translation of my writings was proposed to me by Mess.rs L. Hachette and Co in a manner equally spirited, liberal, and generous. It has been made with the greatest care, and its many difficulties have been combated with unusual skill, intelligence, and perseverance. It has been superintended, above all, by an accomplished gentleman perfectly acquainted with both languages, and able, with a rare felicity, to be perfectly faithful to the English text while rendering it in elegant and expressive French.

I am proud to be so presented to the great French people whom I sincerely love and honor, and to be known and approved by whom must be the aspiration of every labourer in the Arts, for which France has done so much, and in which she has made herself renowned throughout the world.

This is the only Edition of my writings that has my sanction. I humbly and respectfully, but with full confidence, recommend it to my French readers.

Charles Dickens

Tavistock House, London

January 17th 1857.

MESSAGE DE L'AUTEUR ANGLAIS AU PUBLIC FRANÇAIS

Je souhaitais depuis longtemps qu'une traduction française complète des livres que j'ai écrits pût être faite et publiée sous forme de collection.

Jusqu'alors, moins heureux en France qu'en Allemagne, je n'ai été connu des lecteurs français peu familiers avec la langue anglaise que par des traductions occasionnelles, fragmentaires et non autorisées, sur lesquelles je n'ai pu exercer aucun contrôle et dont je n'ai tiré aucun avantage.

La présente traduction de mes livres m'a été proposée par MM. L. Hachette et Cie dans un esprit aussi entreprenant que libéral et généreux. Elle a été faite avec le plus grand soin, et les nombreuses difficultés rencontrées ont été résolues avec une habileté, une intelligence et une constance exceptionnelles. Et surtout, la direction en a été assurée par un homme de grand talent, connaissant parfaitement les deux langues, et qui a su, avec un rare bonheur, demeurer absolument fidèle au texte anglais en le restituant dans un français élégant et expressif.

Je suis fier d'être ainsi présenté au grand peuple français que j'aime et que j'honore sincèrement. Etre connu et apprécié de lui doit être l'aspiration de tous ceux qui œuvrent dans les arts, pour lesquels la France a tant fait, et dans lesquels elle s'est acquis une renommée mondiale.

Cette édition de mes œuvres est la seule qui ait mon approbation. Humblement et respectueusement, mais avec pleine confiance, je la recommande aux lecteurs français.

Charles Dickens.

Tavistock House, Londres
17 janvier 1857.

UN CHANT DE NOËL

EN PROSE

PREMIER COUPLET

Le spectre de Marley.

Marley était mort, pour commencer. Là-dessus, pas l'ombre d'un doute. Le registre mortuaire était signé par le pasteur, le clerc, l'entrepreneur des pompes funèbres et celui qui avait mené le deuil. Scrooge l'avait signé, et le nom de Scrooge était une garantie en Bourse, quel que fût le papier sur lequel il lui plût d'apposer sa signature.

Le vieux Marley était aussi mort qu'un clou de porte*.

Attention je ne veux pas dire que je sache par moi-même ce qu'il y a de particulièrement mort dans un clou de porte. J'aurais pu, quant à moi, me sentir porté plutôt à considérer un clou de cercueil comme le morceau de fer le plus mort qui soit dans le commerce ; mais la sagesse de nos ancêtres éclate dans les similitudes, et mes mains profanes n'iront pas toucher l'arche sainte ; autrement le pays est perdu. Vous me permettrez donc de répéter avec énergie que Marley était aussi mort qu'un clou de porte.

Scrooge savait-il qu'il fût mort ? Sans aucun doute. Comment aurait-il pu en être autrement ? Scrooge et lui étaient associés depuis je ne sais combien d'années. Scrooge était son seul exécuteur testamentaire, le seul administrateur de son bien, son seul ayant cause, son seul légataire universel, son unique ami, le seul qui eût suivi son convoi

---

* Locution proverbiale en Angleterre.

funèbre. Quoique, à dire vrai, il ne fût pas si terriblement bouleversé par ce triste événement, qu'il ne se montrât un habile homme d'affaires le jour même des funérailles et qu'il ne l'eût sacralisé par un marché des plus avantageux.

Cette allusion aux funérailles de Marley me ramène à mon point de départ. Il n'y a pas de doute que Marley était mort : ceci doit être parfaitement compris, autrement l'histoire que je vais raconter n'aurait rien de merveilleux. Si nous n'étions bien convaincus que le père d'Hamlet est mort, avant que la pièce commence, il n'y aurait rien de plus extraordinaire à le voir rôder la nuit, par un vent d'est, sur les remparts de sa ville, qu'à voir tout autre monsieur d'un âge mûr se promener au milieu des ténèbres, dans un lieu rafraîchi par la brise, comme serait, par exemple, le cimetière de Saint-Paul, simplement pour frapper d'étonnement l'esprit faible de son fils.

Scrooge n'effaça jamais le nom du vieux Marley. Il était encore inscrit, plusieurs années après, au-dessus de la porte du magasin. La raison sociale était connue sous le nom de Scrooge et Marley. Quelquefois des gens peu au courant des affaires l'appelaient Scrooge-Scrooge, quelquefois Marley tout court ; mais il répondait également à l'un et à l'autre nom ; pour lui, c'était pareil.

Oh ! il tenait bien le poing fermé sur la meule, le bonhomme Scrooge ! Le vieux pêcheur était un avare qui savait saisir fortement, arracher, tordre, pressurer, gratter, ne point lâcher surtout ! Dur et tranchant comme une pierre à fusil dont jamais l'acier n'a fait jaillir une étincelle généreuse, secret, renfermé en lui-même et solitaire comme une huître. Le froid qui était au-dedans de lui gelait son vieux visage, pinçait son nez pointu, ridait sa joue, rendait sa démarche raide et ses yeux rouges, bleuissait ses lèvres minces et se manifestait au-dehors par le son aigre de sa voix. Une gelée blanche recouvrait constamment sa tête, ses sourcils et son menton fin et nerveux. Il portait toujours et partout avec lui sa température au-dessous de zéro ; il glaçait son bureau les jours caniculaires et ne le dégelait pas d'un degré à Noël.

La chaleur et le froid extérieurs avaient peu d'influence

sur Scrooge. Les ardeurs de l'été ne pouvaient le réchauffer, et l'hiver le plus rigoureux ne parvenait pas à le refroidir. Aucun souffle de vent n'était plus âpre que lui. Jamais neige en tombant n'alla plus droit à son but, jamais pluie battante ne fut plus inexorable. Le mauvais temps ne savait par où trouver prise sur lui ; les plus fortes averses, la neige, la grêle, les giboulées ne pouvaient se vanter d'avoir sur lui qu'un avantage : elles tombaient souvent « avec *profusion* ». Scrooge ne connut jamais ce mot.

Personne ne l'arrêta jamais dans la rue pour lui dire d'un air satisfait : « Mon cher Scrooge, comment vous portez-vous ? quand viendrez-vous me voir ? » Aucun mendiant n'implorait de lui le plus léger secours, aucun enfant ne lui demandait l'heure. On ne vit jamais personne, soit homme, soit femme, prier Scrooge, une seule fois dans toute sa vie, de lui indiquer le chemin de tel ou tel endroit. Les chiens d'aveugle eux-mêmes semblaient le connaître, et, quand ils le voyaient venir, ils entraînaient leurs maîtres sous les portes cochères et dans les ruelles, puis remuaient la queue comme pour dire : « Mon pauvre maître aveugle, mieux vaut pas d'œil du tout qu'un mauvais œil ! »

Mais qu'importait à Scrooge ? C'était là précisément ce qu'il voulait. Se faire un chemin solitaire le long des grands chemins de la vie fréquentés par la foule, en avertissant les passants par un écriteau qu'ils eussent à se tenir à distance, c'était pour Scrooge du vrai *nanan,* comme disent les gourmands.

Un jour, le meilleur de tous les bons jours de l'année, la veille de Noël, le vieux Scrooge était assis, fort occupé, derrière son bureau. Il faisait un froid vif et perçant, le temps était brumeux ; Scrooge pouvait entendre les gens aller et venir dehors dans la ruelle, soufflant dans leurs doigts, respirant avec bruit, se frappant la poitrine avec les mains et tapant des pieds sur le trottoir pour les réchauffer. Trois heures seulement venaient de sonner aux horloges de la Cité, et cependant il faisait déjà presque nuit. Il n'avait pas fait clair de toute la journée et les lumières qui paraissaient derrière les fenêtres des bureaux voisins ressemblaient à des taches de graisse rougeâtres qui s'étalaient sur le fond noirâtre d'un air épais et en quelque sorte palpable. Le brouillard pénétrait dans l'intérieur des maisons par toutes les fentes et les trous de serrure ; au-dehors il était si dense, que quoique la rue fût des plus étroites, les maisons en face ne paraissaient plus que comme des fantômes. A voir les nuages sombres s'abaisser de plus en plus et répandre sur tous les objets une obscurité profonde, on aurait pu croire que la nature était venue s'établir tout près déjà pour y exploiter une brasserie fonctionnant sur une vaste échelle.

La porte du bureau de Scrooge demeurait ouverte, afin qu'il pût avoir l'œil sur son commis qui se tenait un peu plus loin, dans une petite cellule triste, sorte de citerne sombre, occupé à copier des lettres. Scrooge avait un très petit feu, mais celui du commis était beaucoup plus petit encore : on aurait dit qu'il n'y avait qu'un seul morceau de charbon. Il ne pouvait l'augmenter, car Scrooge gardait la boîte à charbon dans sa chambre, et toutes les fois que le malheureux entrait avec la pelle, son patron ne manquait pas de lui déclarer qu'il serait forcé de le quitter. C'est pourquoi le commis mettait son cache-nez blanc et essayait de se réchauffer à la chandelle ; mais comme ce n'était pas un homme de grande imagination, ses efforts demeuraient superflus.

« Je vous souhaite un joyeux Noël, mon oncle, et que Dieu vous garde ! » cria une voix enjouée. C'était la voix du neveu de Scrooge, qui était venu le surprendre si vivement qu'il n'avait pas eu le temps de le voir.

« Bah ! dit Scrooge, sottise ! »

Le neveu de Scrooge s'était tellement échauffé dans sa marche rapide par ce temps de brouillard et de gelée, qu'il en était tout en feu ; son visage était rouge comme une cerise, ses yeux étincelaient, et son haleine était encore toute fumante.

« Noël, une sottise, mon oncle ? dit le neveu de Scrooge ; ce n'est pas là ce que vous voulez dire sans doute ?

— Si, répondit Scrooge. Un joyeux Noël ! Quel droit avez-vous d'être joyeux ? Quelle raison auriez-vous d'être joyeux ? Vous êtes déjà bien assez pauvre !

Marley's Ghost.

— Allons, allons ! reprit gaiement le neveu, quel droit avez-vous d'être morose ? Quelle raison avez-vous d'être morose ? Vous êtes déjà bien assez triste !

— Bah ! » dit encore Scrooge qui, pour le moment, n'avait pas une meilleure réponse prête ; et son bah ! fut suivi de l'autre mot : sottise !

« Ne soyez pas de mauvaise humeur, mon oncle, fit le neveu.

— Et comment ne pas l'être, repartit l'oncle, lorsqu'on vit dans un monde de fous tel que celui-ci ? Un joyeux Noël ! Au diable vos joyeux Noëls ! Qu'est-ce que Noël, si ce n'est une époque pour payer l'échéance de vos billets, souvent sans avoir d'argent ? un jour où vous vous trouvez plus vieux d'une année et pas plus riche d'une heure ? un jour où, après avoir fait votre bilan, vous découvrez, après douze mois, que chacun des articles qui s'y trouvent mentionnés vous a laissé sans le moindre profit ? Si je pouvais en faire à ma tête, continua Scrooge d'un ton indigné, tout imbécile qui court les rues avec un joyeux Noël sur les lèvres serait mis à bouillir dans la marmite avec son propre pudding et enterré avec une branche de houx au travers du cœur. C'est comme ça.

— Mon oncle ! dit le neveu, voulant se faire l'avocat de Noël.

— Mon neveu ! reprit l'oncle sévèrement, fêtez Noël à votre façon, et laissez-moi le fêter à la mienne.

— Fêter Noël ! répéta le neveu de Scrooge ; mais vous ne le fêtez pas, mon oncle.

— Alors laissez-moi ne pas le fêter. Grand bien puisse-t-il vous faire ! Pour le bien qu'il vous a fait jusqu'à présent !

— Il y a quantité de choses, je l'avoue, dont j'aurais pu retirer quelque bien, sans en avoir profité néanmoins, répondit le neveu ; Noël entre autres. Mais au moins ai-je toujours considéré le jour de Noël, quand il est revenu (mettant de côté le respect dû à son nom sacré et à sa divine origine, si cela est possible), comme un beau jour, un jour de bienveillance, de pardon, de charité, de plaisir, le seul, dans le long calendrier de l'année, où je sache que tous, hommes et femmes, semblent, par un consentement unanime, ouvrir librement les secrets de leurs cœurs et voir dans les gens au-dessous d'eux de vrais compagnons de voyage sur le chemin du tombeau, et non pas une autre race de créatures marchant vers un autre but. C'est pourquoi, mon oncle, quoiqu'il n'ait jamais mis dans ma poche la moindre pièce d'or ou d'argent, je crois que Noël m'a fait vraiment du bien et qu'il m'en fera encore ; aussi je répète : Vive Noël ! »

Le commis dans sa citerne applaudit involontairement ; mais, s'apercevant à l'instant même qu'il venait de commettre une inconvenance, il voulut attiser le feu et ne fit qu'en éteindre pour toujours la dernière apparence d'étincelle.

« Que j'entende encore le moindre bruit de votre côté, dit Scrooge, et vous fêterez Noël en perdant votre place. Quant à vous, monsieur, ajouta-t-il en se tournant vers son neveu, vous êtes en vérité un orateur distingué. Je m'étonne que vous n'entriez pas au parlement.

— Ne vous fâchez pas, mon oncle. Allons, venez dîner demain chez nous. »

Scrooge dit qu'il voudrait le voir au... oui, en vérité, il le dit. Il prononça le mot tout entier, et dit qu'il aimerait mieux le voir au d...

« Mais pourquoi ? s'écria son neveu... Pourquoi ?

— Pourquoi vous êtes-vous marié ? demanda Scrooge.

— Parce que j'étais amoureux.

— Parce que vous étiez amoureux ! grommela Scrooge, comme si c'était la plus grosse sottise du monde après Noël. Bonsoir !

— Mais, mon oncle, vous ne veniez jamais me voir avant mon mariage. Pourquoi en faire un prétexte pour ne pas venir maintenant ?

— Bonsoir, dit Scrooge.

— Je ne désire rien de vous ; je ne vous demande rien. Pourquoi ne serions-nous pas amis ?

— Bonsoir, dit Scrooge.

— Je suis peiné, bien sincèrement peiné de vous voir si résolu. Nous n'avons jamais eu rien l'un contre l'autre, au moins de mon côté. Mais j'ai fait cette tentative pour honorer Noël, et je garderai ma bonne humeur de Noël jusqu'au bout. Ainsi, joyeux Noël, mon oncle !

— Bonsoir, dit Scrooge.

— Et je vous souhaite aussi la bonne année !

— Bonsoir », dit Scrooge.

Son neveu quitta la pièce sans dire seulement un mot de mécontentement. Il s'arrêta à la porte d'entrée pour souhaiter une bonne année au commis qui, bien que gelé, était néanmoins plus chaleureux que Scrooge, car il lui rendit cordialement ses vœux.

« Voilà un autre fou, murmura Scrooge, qui l'entendit de sa place : mon commis, avec quinze schellings par semaine, une femme et des enfants, parlant d'un joyeux Noël. Il y a de quoi se retirer à l'asile de fous. »

Le fou en question, en allant reconduire le neveu de Scrooge, avait introduit deux autres personnes. C'étaient deux messieurs corpulents, d'une figure avenante, qui se tenaient en ce moment, chapeau bas, dans le bureau de Scrooge. Ils avaient à la main des registres et des papiers, et le saluèrent.

« Scrooge et Marley, je crois ? dit l'un d'eux en consultant sa liste. Est-ce à M. Scrooge ou à M. Marley que j'ai le plaisir de parler ?

— M. Marley est mort depuis sept ans, répondit Scrooge. Il y a juste sept ans qu'il est mort, cette nuit même.

— Nous ne doutons pas que sa générosité ne soit bien représentée par son associé survivant », dit l'étranger en présentant ses autorisations de quêter.

Elle l'était certainement ; car les deux associés étaient faits du même métal. Au mot fâcheux de générosité, Scrooge fronça le sourcil, hocha la tête et rendit au visiteur ses autorisations.

« A cette époque joyeuse de l'année, monsieur Scrooge, dit celui-ci en prenant une plume, il est plus important encore que d'habitude que nous puissions recueillir un léger secours pour les pauvres et les indigents qui souffrent énormément dans la saison où nous sommes. Il y en a des milliers qui manquent du plus strict nécessaire, et des centaines de mille qui ignorent le plus modeste confort.

— N'y a-t-il pas des prisons ? demanda Scrooge.

— Oh ! en très grand nombre, dit l'étranger laissant retomber sa plume.

— Et les hospices pour les pauvres, continua Scrooge, ne sont-ils plus en activité ?

— Si, monsieur, répondit l'autre ; et plût à Dieu qu'ils ne le fussent pas !

— Le moulin de discipline* et la Loi des pauvres** sont toujours en vigueur, alors ? dit Scrooge.

— Toujours ; et ils ont fort à faire tous deux.

— Oh ! j'avais craint, d'après ce que vous me disiez d'abord, que quelque circonstance imprévue ne fût venue entraver la marche de ces utiles institutions. Je suis vraiment ravi d'apprendre le contraire, fit Scrooge.

— Persuadés qu'elles ne peuvent guère fournir une satisfaction chrétienne du corps et de l'âme à tous, quelques-uns d'entre nous s'efforcent de réunir une petite somme pour acheter aux pauvres un peu de viande et de bière, avec du charbon pour se chauffer. Nous choisissons cette époque, parce que c'est, de toute l'année, le temps où le besoin se fait le plus vivement sentir, et où l'abondance fait le plus plaisir. Pour combien vous inscrirai-je ?

— Pour rien ! répondit Scrooge.

— Vous désirez garder l'anonymat ?

— Je désire qu'on me laisse tranquille. Puisque vous me demandez ce que je désire, messieurs, voilà ma réponse. Je ne me divertis pas moi-même à Noël, et je ne puis fournir aux paresseux les moyens de se divertir. J'aide à soutenir les établissements dont je vous parlais tout à l'heure ; ils coûtent assez cher : ceux qui ne se trouvent pas bien ailleurs n'ont qu'à y aller.

— Il y en a beaucoup qui ne le peuvent pas, et beaucoup d'autres qui aimeraient mieux mourir.

— S'ils aiment mieux mourir, reprit Scrooge, ils feraient très bien de suivre cette idée et de diminuer l'excédent de

* Moulin de discipline : Grande roue que les condamnés au travail forcé actionnaient en marchant à l'intérieur de celle-ci.

** Loi des pauvres : Loi sur le paupérisme établie en 1834, supprimant les secours à domicile.

la population. Au reste, excusez-moi ; je ne connais pas tout ça.

— Mais il vous serait facile de le connaître, observa l'étranger.

— Cela ne me regarde pas, répliqua Scrooge. Un homme a bien assez de faire ses propres affaires, sans se mêler de celles des autres. Les miennes prennent tout mon temps. Bonsoir, messieurs. »

Voyant clairement qu'il serait inutile de poursuivre leur requête, les deux étrangers se retirèrent. Scrooge se remit au travail, de plus en plus content de lui, et d'une humeur plus enjouée qu'à son ordinaire.

Cependant le brouillard et l'obscurité s'épaississaient tellement, que l'on voyait des gens courir çà et là dans les rues avec des torches allumées, offrant leurs services aux cochers pour marcher devant les chevaux et les guider dans leur chemin. L'antique tour d'une église, dont la vieille cloche renfrognée avait toujours l'air de regarder Scrooge à son bureau par une fenêtre gothique percée dans le mur, devint invisible et sonna les heures, les demies et les quarts dans les nuages, avec des vibrations tremblantes et prolongées, comme si ses dents eussent claqué là-haut dans sa tête gelée. Le froid devint intense dans la rue même. Au coin de la cour, quelques ouvriers, occupés à réparer les conduits du gaz, avaient allumé un énorme brasier, autour duquel se pressait une foule d'hommes et d'enfants déguenillés, se chauffant les mains et clignant les yeux devant la flamme avec un air de ravissement. Le robinet de la fontaine était délaissé et les eaux refoulées qui s'étaient congelées tout autour lui formaient comme un cadre de glace misanthropique.

Les lumières brillantes des magasins, où les branches et les baies de houx pétillaient à la chaleur des becs de gaz placés derrière les fenêtres, jetaient sur les visages pâles des passants un reflet rougeâtre. Les vitrines des marchands de volailles et des épiciers étaient devenues comme un décor splendide, un glorieux spectacle, qui ne permettait pas de croire que la vulgaire pensée de négoce et de trafic eût rien à voir avec ce luxe inusité. Le maire, dans sa puissante forteresse de Mansion-House, donnait ses ordres à ses cinquante cuisiniers et à ses cinquante sommeliers pour fêter Noël, comme doit le faire la maison d'un maire ; et même le petit tailleur qu'il avait condamné, le lundi précédent, à une amende de cinq schellings pour s'être laissé arrêter dans les rues ivre et faisant un tapage infernal, préparait tout dans sa mansarde pour le pudding du lendemain, tandis que sa maigre femme sortait, avec son maigre nourrisson dans les bras, pour aller acheter à la boucherie le morceau de bœuf indispensable.

Cependant le brouillard redouble, le froid redouble ! un froid vif, âpre, pénétrant. Si le bon saint Dunstan* avait seulement pincé le nez du diable avec un temps pareil, au lieu de se servir de ses armes familières, c'est pour le coup que le malin esprit n'aurait pas manqué de pousser des hurlements. Le propriétaire d'un jeune nez, petit, rongé, mâché par le froid affamé, comme les os sont rongés par les chiens, se baissa devant le trou de la serrure de Scrooge pour le régaler d'un chant de Noël ; mais au premier mot de

Dieu vous aide, mon gai monsieur !
Que rien ne trouble votre cœur !

Scrooge saisit sa règle avec un geste si énergique que le chanteur s'enfuit épouvanté, abandonnant le trou de la serrure au brouillard et aux frimas qui semblèrent se précipiter vers Scrooge par sympathie.

Enfin l'heure de fermer le comptoir arriva. Scrooge descendit de son tabouret d'un air bourru, paraissant donner ainsi le signal tacite du départ au commis qui attendait dans la citerne et qui, éteignant aussitôt sa chandelle, mit son chapeau sur sa tête.

« Vous voudriez avoir toute la journée de demain, je suppose ? dit Scrooge.

— Si cela vous convenait, monsieur.

— Cela ne me convient nullement et ce n'est pas équitable. Si je vous retenais une demi-couronne pour ce jour-là, vous vous croiriez lésé, j'en suis sûr ? »

---

* Saint Dunstan : Saint du Xe siècle. Le diable vint le tenter déguisé en femme. Il lui pinça le nez à l'aide d'une pincette de forgeron chauffée à blanc.

Le commis sourit légèrement.

« Et cependant, dit Scrooge, vous ne me considérez pas comme lésé, moi, si je vous paye une journée pour ne rien faire. »

Le commis fit remarquer que cela n'arrivait qu'une fois l'an.

« Piètre excuse pour mettre la main dans la poche d'un homme tous les 25 décembre, dit Scrooge en boutonnant sa redingote jusqu'au menton. Mais je suppose qu'il vous faut la journée tout entière ; tâchez au moins de m'en dédommager en venant de bonne heure après-demain matin. »

Le commis le promit et Scrooge sortit en grommelant. Le bureau fut fermé en un clin d'œil, et le commis, les deux bouts de son cache-nez blanc pendant jusqu'au bas de sa veste (car il n'élevait pas ses prétentions juqu'à porter une redingote), se mit à glisser une vingtaine de fois sur le trottoir de Cornhill, à la suite d'une bande de gamins, en l'honneur de la veille de Noël, et, se dirigeant ensuite vers sa demeure à Camden-Town, il y arriva toujours courant de toutes ses forces pour jouer à colin-maillard.

Scrooge prit son triste dîner dans la triste taverne où il mangeait d'ordinaire. Ayant lu tous les journaux et trompé l'ennui en parcourant son livre de compte, il rentra chez lui pour se coucher. Il habitait un appartement occupé autrefois par feu son associé. C'était une enfilade de chambres obscures qui faisaient partie d'un vieux bâtiment sombre, situé à l'extrémité d'une ruelle où il avait si peu de raison d'être, qu'on ne pouvait s'empêcher de croire qu'il était venu se blottir là, un jour que, dans sa jeunesse, il jouait à cache-cache avec d'autres maisons et ne s'était plus ensuite souvenu de son chemin. Il était alors assez vieux et assez triste, car personne n'y habitait, excepté Scrooge, tous les autres appartements étant loués pour servir de comptoirs ou de bureaux. La cour était si obscure, que Scrooge lui-même, quoiqu'il en connût parfaitement chaque pavé, fut obligé de tâtonner pour rentrer. Le brouillard et les frimas enveloppaient tellement la vieille porte sombre de la maison, qu'il semblait que le génie de l'hiver se tînt assis sur le seuil, absorbé dans ses tristes méditations.

Le fait est qu'il n'y avait absolument rien de particulier dans le marteau de la porte, sinon qu'il était trop gros ; le fait est encore que Scrooge l'avait vu soir et matin, chaque jour, depuis qu'il demeurait en ce lieu ; qu'en outre Scrooge possédait aussi peu de ce qu'on appelle imagination qu'aucun habitant de la Cité de Londres, y compris, et ce n'est pas peu dire, la municipalité, les magistrats et les notables. Il faut bien aussi se mettre dans l'esprit que Scrooge n'avait pas pensé une seule fois à Marley, depuis qu'il avait, cet après-midi même, fait mention de la mort de son ancien associé, laquelle remontait à sept ans. Qu'on m'explique alors, si on le peut, comment il se fit que Scrooge, au moment où il mit la clef dans la serrure, vit dans le marteau, sans avoir prononcé de paroles magiques pour le transformer, non plus un marteau, mais le visage de Marley.

Oui, vraiment, le visage de Marley ! Ce n'était pas une ombre impénétrable comme les autres objets de la cour, elle paraissait au contraire entourée d'une lueur sinistre, semblable à un homard avarié dans une cave obscure. Son expression n'avait rien qui rappelât la colère ou la férocité, mais elle regardait Scrooge comme Marley avait coutume de le faire, avec des lunettes de spectre relevées sur son front de revenant. La chevelure était curieusement soulevée comme par un souffle ou une vapeur chaude, et, quoique les yeux fussent grands ouverts, ils demeuraient parfaitement immobiles. Cette circonstance et sa couleur livide le rendaient horrible ; mais l'horreur qu'éprouvait Scrooge à sa vue ne semblait pas due au visage, elle venait plutôt de quelque chose d'extérieur et ne tenait pas à l'expression de la physionomie du défunt. Lorsqu'il eut regardé fixement ce phénomène, il n'y trouva plus qu'un marteau.

Dire qu'il ne tressaillit pas ou que son sang ne ressentit point une impression terrible qu'il n'avait pas connue depuis son enfance, serait un mensonge. Mais il mit la main sur la clef qu'il avait lâchée d'abord, la tourna brusquement, entra et alluma sa chandelle.

Il s'arrêta, un moment irrésolu, avant de fermer la porte, et commença par regarder avec précaution derrière elle, comme s'il se fût presque attendu à être épouvanté par la vue de la perruque de Marley avançant, queue effilée, jusque dans le vestibule. Mais il n'y avait rien derrière la porte, excepté les écrous et les vis qui y fixaient le marteau ; alors, il dit : « Bah ! bah ! » en la poussant avec violence.

Le bruit résonna dans toute la maison comme un coup de tonnerre. Chaque pièce au-dessus et chaque barrique au-dessous, dans la cave du marchand de vin, semblait rendre un son particulier dans ce concert d'échos. Scrooge n'était pas homme à se laisser effrayer par des échos. Il ferma solidement la porte, traversa le vestibule et monta l'escalier, prenant le temps de moucher sa chandelle chemin faisant.

On parle souvent des bons vieux escaliers d'autrefois par où l'on aurait fait monter facilement un carrosse à six chevaux (comme à travers les trous d'un mauvais Acte du Parlement) ; mais moi, je vous dis que celui de Scrooge était bien autre chose ; vous auriez pu y faire monter un corbillard, en le prenant dans sa plus grande largeur, la barre d'appui contre le mur, et la portière du côté de la rampe, et c'eût été chose facile : il y avait bien assez de place pour cela et plus encore qu'il n'en fallait. Voilà peut-être pourquoi Scrooge crut voir marcher devant lui, dans l'obscurité, un convoi funèbre. Une demi-douzaine des becs de gaz de la rue auraient eu peine à éclairer suffisamment le vestibule ; vous pouvez donc supposer qu'il y faisait joliment sombre avec la chandelle de Scrooge.

Il montait toujours, ne s'en souciant pas le moins de monde. L'obscurité ne coûte pas cher, c'est pour cela que Scrooge ne la détestait pas. Mais avant de fermer sa lourde porte, il parcourut les pièces de son appartement pour voir si tout était en ordre. C'était peut-être un souvenir inquiet de la mystérieuse figure qui lui trottait dans la tête.

Le salon, la chambre à coucher, la chambre de débarras, tout se trouvait en ordre. Personne sous la table, personne sous le sofa ; un petit feu dans la cheminée ; la cuiller et la tasse prêtes ; et sur le feu la petite casserole de gruau (car Scrooge avait un rhume de cerveau). Personne sous le lit, personne dans le cabinet, personne dans sa robe de chambre suspendue contre le mur dans une attitude suspecte. La chambre de débarras comme d'habitude : un vieux garde-feu, de vieilles savates, deux paniers à poisson, un lavabo sur trois pieds et un tisonnier.

Parfaitement rassuré, Scrooge tira sa porte et s'enferma à double tour, ce qui n'était point son habitude. Ainsi à l'abri de toute surprise, il ôta sa cravate, mit sa robe de chambre, ses pantoufles et son bonnet de nuit, et s'assit devant le feu pour prendre son gruau.

C'était, en vérité, un très petit feu, trop petit pour une nuit si froide. Il fut obligé de s'asseoir tout près et de le couver en quelque sorte, avant de pouvoir extraire la moindre sensation de chaleur d'un feu si mesquin qu'il aurait tenu dans la main. Le foyer avait été construit, il y a longtemps, par quelque marchand hollandais, et garni tout autour de plaques flamandes sur lesquelles on avait représenté des scènes de l'Écriture. Il y avait des Caïn et des Abel, des filles de Pharaon, des reines de Saba, des messagers angéliques descendant au travers des airs sur des nuages semblables à des lits de plume, des Abraham, des Balthazar, des apôtres s'embarquant dans des bateaux en forme de saucière, des centaines de figures capables de distraire sa pensée ; et cependant, ce visage de Marley, mort depuis sept ans, venait, comme la baguette de l'ancien prophète, absorber tout le reste. Si chacune de ces plaques vernies eût été un cadre vide avec le pouvoir de représenter sur sa surface unie quelques formes composées des fragments épars des pensées de Scrooge, chaque carreau aurait offert une copie de la tête du vieux Marley.

« Sottise ! » dit Scrooge ; et il se mit à marcher dans la chambre de long en large.

Après plusieurs tours, il se rassit. Comme il appuyait la tête en arrière dans son fauteuil, son regard s'arrêta par hasard sur une sonnette hors d'usage suspendue dans la chambre et qui, pour quelque raison depuis longtemps oubliée, communiquait avec une pièce située au dernier étage de la maison. Ce fut avec une extrême surprise, avec une terreur étrange, inexplicable, qu'au moment où il la regardait, il vit cette sonnette commencer à se mettre en mouvement. Elle s'agita d'abord si doucement, qu'à peine rendit-elle un son ; mais bientôt elle sonna à double carillon et toutes les autres sonnettes de la maison se mirent de la partie.

Cela ne dura peut-être qu'une demi-minute ou une minute au plus, mais cette minute pour Scrooge fut aussi longue qu'une heure. Les sonnettes s'arrêtèrent comme elles avaient commencé, toutes en même temps. Leur bruit fut remplacé par un choc de ferrailles venant de profondeurs souterraines, comme si quelqu'un traînait une lourde chaîne sur les tonneaux dans la cave du marchand de vin. Scrooge se souvint alors d'avoir ouï dire que, dans les maisons hantées, les revenants traînaient toujours des chaînes derrière eux.

La porte de la cave s'ouvrit avec un horrible fracas, et alors il entendit le bruit devenir beaucoup plus fort au rez-de-chaussée, puis monter l'escalier, et enfin s'avancer directement vers sa porte.

« Sottise encore que tout cela ! dit Scrooge ; je ne veux pas y croire. »

Il changea cependant de couleur, lorsque, sans le moindre temps d'arrêt, le Spectre traversa la porte massive et, pénétrant dans la chambre, passa devant ses yeux. Au moment où il entrait, la flamme mourante se releva comme pour crier : « Je le reconnais ! c'est le Spectre de Marley ! », puis elle retomba.

Le même visage, absolument le même. Marley avec sa perruque à queue de rat, son gilet habituel, ses pantalons collants et ses bottes dont les glands de soie se balançaient en mesure avec la queue de sa perruque, les pans de son habit et sa mèche de cheveux. La chaîne qu'il traînait était passée autour de sa ceinture ; elle était longue, tournait autour de lui comme une queue, et était faite (car Scrooge l'observa de près) de coffres-forts, de clefs, de cadenas, de grands-livres, de paperasses et de bourses pesantes en acier. Son corps était transparent, si bien que Scrooge, en l'observant et regardant à travers son gilet, pouvait voir les deux boutons cousus par derrière à la taille de son habit.

Scrooge avait souvent entendu dire que Marley n'avait pas d'entrailles, mais il ne l'avait jamais cru jusqu'alors.

Non, et même il ne le croyait pas encore. Quoique son

regard pût traverser le fantôme de part en part, quoiqu'il le vît là debout devant lui, quoiqu'il sentît l'influence glaciale de ses yeux morts, quoiqu'il remarquât jusqu'au tissu du foulard plié qui lui couvrait la tête, en passant sous son menton, et auquel il n'avait point pris garde auparavant, il refusait encore de croire et luttait contre le témoignage de ses sens.

« Que veut dire ceci ? fit Scrooge caustique et froid comme toujours. Que désirez-vous de moi ?

— Beaucoup de choses ! »

C'est la voix de Marley, plus de doute à cet égard.

« Qui êtes-vous ?

— Demandez-moi qui j'*étais* ?

— Qui étiez-vous alors ? dit Scrooge élevant la voix. Vous êtes bien puriste... pour une ombre.

— De mon vivant j'étais votre associé, Jacob Marley.

— Pouvez-vous... pouvez-vous vous asseoir ? demanda Scrooge en le regardant d'un air de doute.

— Je le puis.

— Alors faites-le. »

Scrooge posa cette question parce qu'il ne savait pas si un spectre aussi transparent pourrait se trouver dans la condition voulue pour prendre un siège, et il sentait que, si par hasard la chose était impossible, il le réduirait à la nécessité d'une explication embarrassante. Mais le Fantôme s'assit vis-à-vis de lui, de l'autre côté de la cheminée, comme s'il ne faisait que cela toute la journée.

« Vous ne croyez pas en moi ? observa le Spectre.

— Non, dit Scrooge.

— Quelle preuve de ma réalité voudriez-vous avoir, outre le témoignage de vos sens ?

— Je ne sais pas, répondit Scrooge.

— Pourquoi doutez-vous de vos sens ?

— Parce que, fit Scrooge, la moindre chose suffit pour les affecter. Il suffit d'un léger dérangement dans l'estomac pour les rendre trompeurs ; et vous pourriez bien n'être au bout du compte qu'une tranche de bœuf mal digérée, une demi-cuillerée de moutarde, un morceau de fromage, un fragment de pomme de terre mal cuite. Qui que vous soyez, pour un mort vous sentez plus la bière d'un pub que la bière d'un caveau. »

Scrooge n'avait pas trop l'habitude de faire des calembours, et il se sentait, au fond de lui, fort peu disposé à faire le farceur. La vérité est qu'il essayait ce badinage comme un moyen de faire diversion à ses pensées et de surmonter son effroi, car la voix du spectre le faisait frissonner jusqu'à la moelle.

Demeurer assis, même pour un moment, son regard posé sur ces yeux fixes, vitreux, c'était là, Scrooge le sentait bien, une épreuve diabolique. Il y avait aussi quelque chose de vraiment terrible dans cette atmosphère infernale dont le Spectre était entouré. Scrooge ne pouvait la sentir lui-même, mais elle n'était pas moins réelle ; car, quoique le Spectre restât assis, parfaitement immobile, ses cheveux, les basques de son habit, les glands de ses bottes étaient encore agités comme par la vapeur chaude qui s'exhale d'un four.

« Voyez-vous ce cure-dents ? dit Scrooge retournant vivement à la charge, pour donner le change à sa frayeur, et désirant, ne fût-ce que pour une seconde, détourner de lui le regard du Spectre, froid comme le marbre.

— Oui, répondit le Fantôme.

— Mais vous ne le regardez même pas, dit Scrooge.

— Cela ne m'empêche pas de le voir, dit le Spectre.

— Eh bien ! reprit Scrooge, je n'ai qu'à l'avaler, et pour le restant de mes jours, je serai persécuté par une légion de lutins, tous de ma propre création. Sottise, je vous dis... sottise ! »

A ce mot, le Spectre poussa un cri effrayant et secoua sa chaîne avec un bruit si lugubre et si épouvantable, que Scrooge se cramponna à sa chaise pour s'empêcher de défaillir. Mais son horreur redoubla lorsque le Fantôme, ôtant le bandage qui entourait sa tête, comme s'il était trop chaud pour le garder à l'intérieur de l'appartement, sa mâchoire inférieure retomba sur sa poitrine.

Scrooge tomba à genoux et se cacha le visage dans ses mains.

« Miséricorde ! s'écria-t-il. Épouvantable apparition !... pourquoi venez-vous me tourmenter ?

— Ame terrestre ! répliqua le Spectre ; croyez-vous en moi ou n'y croyez-vous pas ?

— J'y crois, dit Scrooge ; il le faut bien. Mais pourquoi les esprits se promènent-ils sur terre, et pourquoi viennent-ils me trouver ?

— C'est une obligation de chaque homme, répondit le Spectre, que son âme renfermée au-dedans de lui se mêle à ses semblables et voyage de tous côtés ; si elle ne le fait pendant la vie, elle est condamnée à le faire après la mort. Elle est obligée d'errer par le monde... (oh ! malheureux que je suis !...) et doit être témoin inutile de choses auxquelles il ne peut plus prendre part, mais dont il aurait pu jouir avec les autres sur terre pour son plus grand bonheur ! »

Le Spectre poussa encore un cri, secoua sa chaîne et tordit ses mains ténébreuses.

« Vous êtes enchaîné ? dit Scrooge tremblant ; dites-moi pourquoi.

— Je porte la chaîne que j'ai forgée pendant ma vie, répondit le Fantôme. C'est moi qui l'ai faite anneau par anneau, mètre par mètre ; c'est moi qui l'ai suspendue autour de mon corps, librement et de ma propre volonté, comme je la porterai toujours de mon plein gré. Est-ce que la forme vous en paraît étrange ? »

Scrooge tremblait de plus en plus.

« Ou bien voudriez-vous savoir, poursuivit le Spectre, le poids et la longueur du câble énorme que vous traînez vous-même ? Il était exactement aussi long et aussi pesant que cette chaîne que vous voyez, il y a aujourd'hui sept veilles de Noël. Vous y avez travaillé depuis. C'est une bonne chaîne à présent ! »

Scrooge regarda autour de lui sur le plancher, s'attendant à se trouver lui-même entouré de quelque cinquante ou soixante brasses de câbles de fer ; mais il ne vit rien.

« Jacob, dit-il d'un ton suppliant, mon vieux Jacob Marley, parlez-moi encore. Adressez-moi quelques paroles de consolation, Jacob.

— Je n'ai pas de consolation à donner, reprit le Spectre. Les consolations viennent d'ailleurs, Ebenezer Scrooge ; elles sont apportées par d'autres ministres à d'autres espèces d'hommes que vous. Je ne puis non plus vous dire tout ce que je voudrais. Je n'ai que très peu de temps à ma disposition. Je ne puis me reposer, je ne puis m'arrêter, je ne puis séjourner nulle part. Mon esprit ne s'écarta jamais guère au-delà de notre comptoir ; vous savez, pendant ma vie, mon esprit ne dépassa jamais les étroites limites de notre maison de commerce, et voilà pourquoi, maintenant, il me reste à faire tant de pénibles voyages. »

C'était chez Scrooge une habitude de fourrer les mains dans les poches de son pantalon toutes les fois qu'il se mettait à penser. Réfléchissant à ce qu'avait dit le Fantôme, il prit la même attitude, mais sans lever les yeux et toujours agenouillé.

« Il faut donc que vous soyez bien lent, Jacob, observa Scrooge en véritable homme d'affaires, quoique avec humilité et déférence.

— Lent ! répéta le Spectre.

— Mort depuis sept ans, rumina Scrooge, et en route tout ce temps-là.

— Tout ce temps-là, dit le Spectre... ni trêve ni repos, l'incessante torture du remords.

— Comment voyagez-vous ? demanda Scrooge.

— Sur les ailes du vent, répliqua le Fantôme.

— Vous devez avoir vu bien du pays en sept ans », reprit Scrooge.

Le Spectre, entendant ces paroles, poussa un troisième cri, et produisit avec sa chaîne un cliquetis si horrible dans le morne silence de la nuit, que le guet aurait eu toutes les raisons du monde de le traduire en justice pour cause de tapage nocturne.

« Oh ! captif, enchaîné, chargé de fers ! s'écria-t-il, pour avoir oublié que chaque homme doit s'associer, pour sa part, au grand travail de l'humanité, prescrit par l'Être suprême, et en perpétuer le progrès, car cette terre doit passer dans l'éternité avant que le bien dont elle est susceptible soit entièrement développé : pour avoir oublié que l'immensité de nos regrets ne pourra pas compenser les occasions manquées dans notre vie ! et cependant c'est ce que j'ai fait : oh ! oui, malheureusement, c'est ce que j'ai fait !

— Cependant, vous fûtes toujours un homme exact, habile en affaires, Jacob, balbutia Scrooge qui commençait en ce moment à faire un retour sur lui-même.

— Les affaires ! s'écria le Fantôme en se tordant de nouveau les mains. C'est l'humanité qui était mon affaire ; c'est le bien général qui était mon affaire ; c'est la charité, la miséricorde, la tolérance et la bienveillance ; c'est tout cela qui était mon affaire. Les opérations de mon commerce n'étaient qu'une goutte d'eau dans le vaste océan de mes affaires. »

Il releva sa chaîne de toute la longueur de son bras, comme pour montrer la cause de tous ses stériles regrets, et la rejeta lourdement à terre.

« C'est à cette époque de l'année expirante, dit le Spectre, que je souffre le plus. Pourquoi ai-je traversé la foule de mes semblables toujours les yeux baissés vers les choses de la terre, sans les lever jamais vers cette étoile bénie qui conduisit les mages à une pauvre demeure ? N'y avait-il donc pas de pauvres demeures aussi vers lesquelles sa lumière aurait pu me conduire ? »

Scrooge était très effrayé d'entendre le Spectre continuer sur ce ton, et il commençait à trembler de tous ses membres.

« Écoutez-moi, s'écria le Fantôme. Mon temps est bientôt écoulé.

— J'écoute, dit Scrooge ; mais épargnez-moi, ne faites pas trop de rhétorique, Jacob, je vous en prie.

— Comment se fait-il que je paraisse devant vous sous une forme que vous puissiez voir, je ne saurais le dire. Je me suis assis mainte et mainte fois à vos côtés en restant invisible. »

Ce n'était pas une idée agréable. Scrooge fut saisi de frissons et essuya la sueur qui coulait de son front.

« Et ce n'est pas mon moindre supplice, continua le Spectre... Je suis ici ce soir pour vous avertir qu'il vous reste encore une chance et un espoir d'échapper à ma destinée, une chance et un espoir que vous tiendrez de moi, Ebenezer.

— Vous fûtes toujours pour moi un bon ami, dit Scrooge. Merci.

— Vous allez être hanté par trois esprits », ajouta le Spectre.

La figure de Scrooge devint en un moment aussi pâle que celle du fantôme lui-même.

« Est-ce là cette chance et cet espoir dont vous me parliez, Jacob ? demanda-t-il d'une voix défaillante.

— Oui.

— Je... je... crois que j'aimerais mieux qu'il n'en fût rien, dit Scrooge.

— Sans leurs visites, reprit le Spectre, vous ne pouvez espérer d'éviter mon sort. Attendez-vous à recevoir le premier demain, quand l'horloge sonnera une heure.

— Ne pourrais-je pas les voir tous à la fois pour en finir, Jacob ? insinua Scrooge.

— Attendez le second à la même heure la nuit d'après, et le troisième la nuit suivante, quand le dernier coup de minuit aura cessé de vibrer. Ne comptez pas me revoir, mais, dans votre propre intérêt, ayez soin de vous rappeler ce qui vient de se passer entre nous. »

Après avoir ainsi parlé, le Spectre prit son mouchoir sur la table et l'attacha autour de sa tête comme auparavant. Scrooge le comprit au bruit sec que firent ses dents lorsque les deux mâchoires furent réunies l'une à l'autre par le bandage. Alors il se hasarda à lever les yeux et aperçut son visiteur surnaturel debout devant lui, portant sa chaîne roulée autour de son bras.

L'apparition s'éloigna en marchant à reculons ; à chaque pas qu'elle faisait, la fenêtre se soulevait un peu, de sorte que quand le Spectre l'eut atteinte, elle était grande ouverte. Il fit signe à Scrooge d'approcher ; celui-ci obéit. Lorsqu'ils furent à deux pas l'un de l'autre, le fantôme de Marley leva la main et l'avertit de ne pas approcher davantage. Scrooge s'arrêta, non pas tant par obéissance que par surprise et par crainte ; car, au moment où Marley leva la main, il entendit des bruits confus dans l'air, des sons incohérents de lamentation et de désespoir, des plaintes d'une inexprimable tristesse exprimant le regret et le remord. Le Spectre, ayant un moment prêté l'oreille, se joignit à ce cœur lugubre, et s'évanouit au sein de la nuit pâle et sombre.

Scrooge suivit l'ombre jusqu'à la fenêtre, et, dans sa curiosité haletante, il regarda dehors.

L'air était rempli de fantômes errant çà et là, comme des âmes en peine, exhalant, à mesure qu'ils passaient, de profonds gémissements. Chacun d'eux traînait une chaîne comme le spectre de Marley ; quelques-uns (c'étaient peut-être les membres d'un même gouvernement complice d'une mauvaise politique) étaient enchaînés ensemble. Scrooge avait connu personnellement plusieurs de ces fantômes. Il avait été intimement lié avec un vieux spectre en gilet blanc, à la cheville duquel était attaché un monstrueux anneau de fer et qui se lamentait piteusement de ne pouvoir assister une malheureuse femme avec son enfant qu'il voyait au-dessous de lui sur le seuil d'une porte. Le supplice de tous ces spectres consistait évidemment en ce qu'ils s'efforçaient, mais trop tard, d'intervenir dans les affaires humaines, pour y faire quelque bien ; ils en avaient à jamais perdu la possibilité.

Ces créatures fantastiques se fondirent-elles dans le brouillard ou le brouillard vint-il les envelopper dans son manteau. Scrooge ne put le savoir, mais leurs ombres et leurs voix s'éteignirent ensemble, et la nuit redevint ce qu'elle était lorsqu'il était rentré chez lui.

Il ferma la fenêtre ; il examina soigneusement la porte par laquelle était entré le Fantôme. Elle était verrouillée à double tour, comme il l'avait fermée de ses propres mains ; les verrous étaient intacts. Il essaya de dire : « Sottise ! » mais il s'arrêta à la première syllabe. Se sentant très déprimé, soit par suite de l'émotion qu'il avait éprouvée, des fatigues de la journée, de cet aperçu du monde invisible, ou de la triste conversation du spectre, soit à cause de l'heure avancée, il alla droit à son lit, sans même se déshabiller, et s'endormit aussitôt.

DEUXIÈME COUPLET

Le premier des trois Esprits.

Quand Scrooge s'éveilla, il faisait si noir, que de son lit, il pouvait à peine distinguer la fenêtre transparente des murs opaques de sa chambre. Il s'efforçait de percer l'obscurité avec ses yeux de furet, lorsque le carillon d'une église voisine sonna les quatre quarts. Scrooge écouta pour savoir l'heure.

A son grand étonnement, la lourde cloche alla de six à sept, puis de sept à huit, et ainsi régulièrement jusqu'à douze ; alors elle s'arrêta. Minuit ! il était couché depuis deux heures. Le carillon devait se tromper. Un morceau de glace devait s'être introduit dans les rouages. Minuit !

Scrooge appuya sur le ressort de sa montre à répétition, pour corriger l'erreur de cette horloge qui allait tout de travers. Le petit pouls rapide de la montre battit douze fois et s'arrêta.

« Comment ! il n'est pas possible, dit Scrooge, que j'aie dormi toute une journée et une partie d'une seconde nuit. Il n'est pas possible qu'il soit arrivé quelque chose au soleil et qu'il soit minuit à midi ! »

Cette idée étant de nature à l'inquiéter, il sauta à bas de son lit et marcha à tâtons vers la fenêtre. Il dut essuyer les vitres gelées avec la manche de sa robe de chambre avant de voir quoi que ce fût, et encore il ne put pas apercevoir grand-chose. Tout ce qu'il put distinguer, c'est que le brouillard était toujours très épais, qu'il faisait extrêmement froid, qu'on n'entendait pas dehors les gens aller et venir et faire grand bruit, comme cela aurait été le cas si la nuit avait chassé le jour et pris possession du monde. Il se sentit soulagé ; car, sans cela, que seraient devenues ses lettres de change : « à trois jours de vue, payez à M. Ebenezer Scrooge ou à son ordre » et ainsi de suite ? De vulgaires morceaux de papier sans valeur.

Scrooge reprit le chemin de son lit et se mit à penser, à repenser, à penser encore à tout cela, toujours et toujours et toujours, sans rien y comprendre. Plus il pensait, plus il était embarrassé ; et plus il s'efforçait de ne pas penser, plus il pensait. Le spectre de Marley le troublait excessivement. Chaque fois qu'après mûre réflexion, il décidait, intérieurement, que tout cela était un rêve, son esprit, comme un ressort qui cesse d'être comprimé, retournait en hâte à sa première position, et lui présentait le même problème à résoudre : « était-ce ou n'était-ce pas un rêve ? »

Scrooge demeura dans cet état jusqu'à ce que le carillon eût sonné trois quarts d'heure de plus ; alors il se souvint tout à coup que le spectre l'avait prévenu d'une visite quand la cloche sonnerait une heure. Il résolut de se tenir éveillé jusqu'à ce que l'heure fût passée et considérant qu'il ne lui était pas plus possible de s'endormir que de monter au ciel, c'était peut-être la solution la plus sage.

Ce quart d'heure lui parut si long, qu'il crut plus d'une fois s'être assoupi sans s'en apercevoir, et n'avoir pas entendu sonner l'heure. L'horloge enfin frappa son oreille attentive.

« Ding, dong !

— Un quart, dit Scrooge comptant.

— Ding, dong !

— La demie ! dit Scrooge.

— Ding, dong !

— Les trois quarts, dit Scrooge.

— Ding, dong !

— L'heure, l'heure ! s'écria Scrooge triomphant, et rien d'autre ! »

Il parlait avant que le timbre de l'horloge eût ralenti ; mais au moment où celui-ci eut fait entendre *un* coup profond, lugubre, sourd, mélancolique, une vive lueur brilla aussitôt dans la chambre et les rideaux de son lit furent tirés.

Les rideaux de son lit furent tirés, vous dis-je, par une main invisible ; non pas les rideaux qui tombaient à ses pieds ou derrière sa tête, mais ceux vers lesquels son visage était tourné. Les rideaux de son lit furent tirés, et Scrooge, se dressant dans l'attitude d'une personne à demi couchée, se trouva face à face avec le visiteur surnaturel qui les tirait, aussi près de lui que je le suis maintenant de vous, et notez que je me tiens debout à vos côtés en esprit.

C'était un étrange visage... celui d'un enfant ; et, néanmoins, pas aussi semblable à un enfant qu'à un vieillard vu au travers de quelque élément surnaturel, qui lui donnait l'air de s'être éloigné à distance et d'avoir diminué jusqu'aux proportions d'un enfant. Ses cheveux, qui flottaient autour de son cou et tombaient sur son dos, étaient blancs comme ceux d'un vieillard, et, cependant, son visage n'avait pas une ride, sa peau brillait de l'incarnat le plus délicat. Les bras étaient très longs et musculeux ; les mains de même, comme s'il eût possédé une force peu commune. Ses jambes et ses pieds, très délicatement formés, étaient nus, comme les membres supérieurs. Il portait une tunique du blanc le plus pur, et autour de sa taille était serrée une ceinture lumineuse, qui brillait d'un vif éclat. Il tenait à la main une branche verte de houx fraîchement coupée, et, par un singulier contraste avec cet emblème de l'hiver, ses vêtements étaient garnis de fleurs des champs... Mais la chose la plus étrange, c'est que du sommet de sa tête jaillissait un brillant jet de lumière, à l'aide duquel toutes ces choses étaient visibles, c'était sans doute la raison pour laquelle, dans ses moments de tristesse, il se servait en guise de chapeau d'un grand éteignoir, qu'il tenait présentement sous son bras.

Ce n'était point là cependant, en regardant de plus près, son attribut le plus étrange aux yeux de Scrooge. Car, comme sa ceinture brillait et éclairait tantôt un point, tantôt un autre, ce qui était clair un moment devenait obscur l'instant d'après ; l'ensemble de sa personne subissait aussi ces fluctuations et se montrait en conséquence sous des aspects divers. Tantôt c'était un être avec un seul bras, une seule jambe ou bien vingt jambes, tantôt deux jambes sans tête, tantôt une tête sans corps ; les membres qui disparaissaient à la vue ne laissaient pas apercevoir un seul contour dans l'obscurité épaisse au milieu de laquelle ils s'évanouissaient. Puis, par un prodige singulier, il redevenait lui-même aussi distinct et aussi visible que jamais.

« Monsieur, demanda Scrooge, êtes-vous l'Esprit dont la venue m'a été prédite ?

— C'est moi. »

La voix était douce et agréable, singulièrement feutrée, comme si, au lieu d'être si près de lui, il se fût trouvé très loin.

« Qui êtes-vous donc ? demanda Scrooge.

— Je suis l'Esprit des Noëls passés.

— Passés depuis longtemps ? demanda Scrooge, remarquant la taille du nain.

— Non, *vos* Noëls. »

Peut-être Scrooge n'aurait pu dire pourquoi, si on le lui avait demandé, mais il éprouvait un désir tout particulier de voir l'Esprit coiffé de son chapeau, et il le pria de se couvrir.

« Eh quoi ! s'écria le Spectre, voudriez-vous déjà éteindre avec des mains terrestres la lumière que je donne ? N'est-ce pas assez que vous soyez un de ceux dont les passions égoïstes ont fait ce chapeau et me forcent à le porter à travers les siècles enfoncé sur mon front ! »

Scrooge nia respectueusement qu'il eût l'intention de l'offenser, et protesta qu'à aucune époque de sa vie il n'avait volontairement « coiffé » l'Esprit. Puis il osa lui demander quelle besogne l'amenait.

« Votre bonheur ! » dit le Fantôme.

Scrooge se déclara fort reconnaissant, mais il ne put s'empêcher de penser qu'une nuit de repos non interrompu aurait contribué davantage à atteindre ce but. Il fallait que l'Esprit l'eût entendu penser, car il dit immédiatement :

« Votre conversion, alors... Prenez garde ! »

Tout en parlant, il étendit sa forte main, et le saisit doucement par le bras.

« Levez-vous ! et marchez avec moi ! »

C'eût été en vain que Scrooge aurait allégué que le temps et l'heure n'étaient pas propices pour une promenade à pied ;

que son lit était chaud et le thermomètre bien au-dessous de zéro, qu'il était légèrement vêtu, n'ayant que ses pantoufles, sa robe de chambre et son bonnet de nuit ; et qu'en même temps il avait à ménager son rhume. Pas moyen de résister à cette étreinte, bien qu'elle fût aussi douce que celle d'une main de femme. Il se leva : mais s'apercevant que l'Esprit se dirigeait vers la fenêtre, il saisit sa robe dans une attitude suppliante.

« Je ne suis qu'un mortel, lui fit remarquer Scrooge, et par conséquent je pourrais bien tomber.

— Permettez seulement que ma main vous touche *là,* dit l'Esprit mettant sa main sur le cœur de Scrooge, et vous serez soutenu dans bien d'autres épreuves encore. »

Comme il prononçait ces paroles, ils passèrent à travers le mur et se trouvèrent sur une route en rase campagne, avec des champs de chaque côté. La ville avait entièrement disparu : on ne pouvait plus en voir de vestige. L'obscurité et le brouillard s'étaient évanouis en même temps, car c'était un jour d'hiver, brillant de clarté, et la neige couvrait la terre.

« Mon Dieu ! s'écria Scrooge en joignant les mains tandis qu'il promenait ses regards autour de lui. C'est en ce lieu que j'ai été élevé ; c'est ici que j'ai passé mon enfance ! »

L'Esprit le regarda avec bonté. Son doux attouchement, quoique léger et bref, avait réveillé la sensibilité du vieillard. Il avait conscience d'une foule d'odeurs flottant dans l'air, dont chacune était associée avec un millier de pensées, d'espérances, de joies et de préoccupations oubliées depuis longtemps, bien longtemps !

« Votre lèvre tremble, dit le Fantôme. Et qu'est-ce que vous avez donc là sur la joue ?

— Rien, dit Scrooge tout bas, d'une voix singulièrement émue, ce n'est pas la peur qui me creuse les joues ; ce n'est rien, c'est seulement une fossette que j'ai là. Menez-moi, je vous prie, où vous voulez.

— Vous vous rappelez le chemin ? demanda l'Esprit.

— Me le rappeler ! s'écria Scrooge avec chaleur... Je pourrais m'y retrouver les yeux bandés.

— Il est bien étrange alors que vous l'ayez oublié depuis tant d'années ! observa le Fantôme. Avançons. »

Il marchèrent le long de la route, Scrooge reconnaissant chaque porte, chaque poteau, chaque arbre, jusqu'à ce qu'un petit bourg apparût dans le lointain, avec son pont, son église et sa rivière au cours sinueux. Quelques poneys aux longs crins trottaient vers eux, montés par des enfants qui appelaient d'autres enfants juchés dans des carrioles et des charrettes que conduisaient des fermiers. Tous ces enfants étaient très animés, et échangeaient ensemble mille cris jusqu'à ce que les vastes campagnes fussent si remplies de cette musique joyeuse, que l'air vif se mit à rire.

« Ce ne sont là que les ombres des choses qui ont été, dit le spectre. Elles ne se doutent pas de notre présence. »

Les gais voyageurs avancèrent vers eux ; et, à mesure qu'ils approchaient, Scrooge les reconnaissait et appelait chacun d'eux par son nom. Pourquoi était-il si heureux de les voir ? Pourquoi son regard ordinairement morne s'illuminait-il ? Pourquoi son cœur bondissait-il à mesure qu'ils passaient ? Pourquoi fut-il rempli de bonheur quand il les entendit se souhaiter l'un à l'autre un joyeux Noël, en se séparant aux carrefours et aux chemins de traverse qui devaient les ramener chacun à son logis ? Que signifiait un joyeux Noël pour Scrooge ? Au diable le joyeux Noël ! Quel bien lui avait-il jamais fait ?

« L'école n'est pas encore tout à fait déserte, dit le fantôme. Il y reste encore un enfant solitaire, oublié par ses amis. »

Scrooge dit qu'il le savait et il soupira.

Ils quittèrent la grand-route pour s'engager dans un chemin creux parfaitement connu de Scrooge, et s'approchèrent bientôt d'une construction en brique d'un rouge sombre, avec un petit dôme surmonté d'une girouette ; sur le toit, une cloche était suspendue. C'était une vaste maison mais qui témoignait des vicissitudes de la fortune ; car on se servait peu de ses spacieuses dépendances ; leurs murs étaient humides et couverts de moisissure, leurs fenêtres brisées et leurs portes délabrées. Des poules gloussaient et se pavanaient dans les écuries ; les remises et les hangars étaient envahis par l'herbe. A l'intérieur, elle n'avait pas gardé plus de traces de son ancienne prospérité ; car, en entrant dans le sombre vestibule, et, en jetant un regard à travers les portes ouvertes de plusieurs pièces, ils les trouvèrent pauvrement meublées, froides et solitaires ; il y avait dans l'air une odeur de renfermé ; tout, en ce lieu, respirait un dénuement glacial qui donnait à penser que ses habitants se levaient souvent avant le jour pour travailler, et n'avaient pas trop de quoi manger.

L'Esprit et Scrooge se dirigèrent à travers le vestibule, vers une porte située sur le derrière de la maison. Elle s'ouvrit devant eux, et laissa voir une longue salle triste et déserte, que rendaient plus déserte encore des rangées de bancs et de pupitres en simple sapin. A l'un de ces pupitres, près d'un faible feu, lisait un enfant demeuré tout seul ; Scrooge s'assit sur un banc et pleura en se reconnaissant lui-même, oublié, délaissé comme il avait coutume de l'être alors.

Pas un écho endormi dans la maison, pas un cri des souris se livrant bataille derrière les boiseries, pas un son produit par le jet d'eau à demi gelé, tombant goutte à goutte dans l'arrière-cour, pas un soupir du vent parmi les branches sans feuilles d'un peuplier découragé, pas un battement sourd d'une porte de garde-manger vide, non, non, pas le plus léger pétillement du feu qui ne touchât profondément le cœur de Scrooge, et ne donnât un plus libre cours à ses larmes.

L'Esprit lui toucha le bras et lui montra l'enfant, cet autre lui-même, attentif à sa lecture.

Soudain, un homme vêtu d'un costume étranger, visible, comme je vous vois, apparut debout derrière la fenêtre, avec une hache attachée à sa ceinture, et conduisant par le licou un âne chargé de bois. « Mais c'est Ali-Baba ! s'écria Scrooge en extase. C'est le bon vieil Ali-Baba, l'honnête homme ! Oui, oui, je le reconnais. C'est un jour de Noël que cet enfant là-bas avait été laissé ici tout seul, et que cet homme vint, pour la première fois, précisément accoutré comme cela. Pauvre enfant ! Et Valentin, dit Scrooge, et son coquin de frère, Orson ; les voilà aussi. Et quel est son nom à celui-là, qui fut déposé, tout endormi, presque nu, à la Porte de Damas ; ne le voyez-vous pas ? Et le palefrenier du

Sultan, renversé sens dessus dessous par les Génies ; le voilà la tête en bas ! Bon ! traitez-le comme il le mérite ; j'en suis bien aisé. Qu'avait-il besoin d'épouser la Princesse ? »

Quelle surprise pour ses confrères de la Cité, s'ils avaient pu entendre Scrooge dépenser tout ce que sa nature avait d'ardeur et d'énergie à s'extasier sur de tels souvenirs, pleurant et riant tout à la fois, avec une voix des plus extraordinaires, et voir l'animation empreinte sur les traits de son visage !

« Voilà le perroquet ! continua-t-il ; le corps vert et la queue jaune, avec une huppe semblable à une laitue sur le haut de la tête ; le voilà ! « pauvre Robinson Crusoé ! » lui criait-il quand il revint au logis, après avoir fait le tour de l'île en canot. « Pauvre Robinson Crusoé, où avez-vous été, Robinson Crusoé ? » L'homme croyait rêver, mais non, il ne rêvait pas. C'était le perroquet vous savez. Voilà Vendredi courant à la petite baie pour sauver sa vie ! Allons, vite, courage, houp ! »

Puis, passant d'un sujet à un autre avec une rapidité qui n'était point dans son caractère, touché de compassion pour cet autre lui-même qui lisait ces contes : « Pauvre enfant ! » répéta-t-il, et il se remit à pleurer.

« Je voudrais, murmura Scrooge en mettant la main dans sa poche et en regardant autour de lui après s'être essuyé les yeux avec sa manche ; mais il est trop tard maintenant.

— Qu'y a-t-il ? demanda l'Esprit.

— Rien, dit Scrooge, rien. Je pensais à un enfant qui chantait un cantique de Noël hier soir à ma porte ; je voudrais lui avoir donné quelque chose : voilà tout. »

Le Fantôme sourit d'un air pensif, et, de la main, lui fit signe de se taire en disant : « Voyons un autre Noël. »

A ces mots, Scrooge vit son autre lui-même déjà grandi, et la salle devint un peu plus sombre et un peu plus sale. Les panneaux s'étaient fendillés, les fenêtres étaient crevassées, des fragments de plâtre étaient tombés du plafond, faisant apparaître les lattes de bois. Mais comment tous ces changements se produisaient-ils ? Scrooge ne le savait pas plus que vous. Il savait seulement que c'était exact, que tout s'était passé comme cela, qu'il se trouvait là, seul encore, tandis que tous les autres jeunes garçons étaient allés passer les joyeux jours de fête dans leurs familles.

Maintenant il ne lisait plus, mais se promenait de long en large en proie au désespoir. Scrooge regarda le Spectre ; puis, avec un triste hochement de tête, jeta du côté de la porte un regard plein d'anxiété.

Elle s'ouvrit ; et une petite fille, beaucoup plus jeune que l'écolier, entra comme un éclair ; elle passa ses bras autour de son cou et l'embrassa plusieurs fois, en lui disant : « Cher, cher frère ! »

« Je suis venue pour t'emmener à la maison, cher frère, dit-elle en frappant ses petites mains l'une contre l'autre, et toute courbée en deux à force de rire. T'emmener à la maison, à la maison, à la maison !

— A la maison, petite Fanny ? répéta l'enfant.

— Oui, dit-elle radieuse. A la maison, pour de bon, à la maison, pour toujours, toujours. Papa est maintenant si bon, en comparaison de ce qu'il était autrefois, que la maison est comme un paradis ! Un soir, comme j'allais me coucher, il me parla avec une si grande tendresse, que je n'ai pas eu peur de lui demander encore une fois si tu ne pourrais pas venir à la maison ; il m'a répondu que oui, que tu le pouvais et m'a envoyée avec une voiture pour te chercher. Tu vas être un homme ! ajouta-t-elle en ouvrant de grands yeux ; tu ne reviendras jamais ici ; mais d'abord, nous allons rester ensemble toutes les fêtes de Noël, et passer notre temps de la manière la plus joyeuse du monde.

— Tu es une vraie femme, petite Fanny ! » s'écria le jeune garçon.

Elle battit des mains et se mit à rire ; ensuite elle essaya de lui caresser la tête ; mais comme elle était trop petite, elle se mit à rire encore, et se dressa sur la pointe des pieds pour l'embrasser. Alors, dans son empressement enfantin, elle commença à l'entraîner vers la porte, et lui, il l'accompagnait sans résister.

Une voix terrible se fit entendre dans le vestibule : « Descendez la malle de maître* Scrooge, allons ! » Et en

* Maître : titre donné aux jeunes gens qu'on ne pouvait appeler « monsieur ».

même temps parut le Directeur en personne, qui jeta sur le jeune M. Scrooge un regard de condescendance farouche, et le plongea dans un trouble affreux en lui secouant la main en signe d'adieu. Il l'introduisit ensuite, ainsi que sa sœur, dans la vieille salle basse, la plus froide qu'on ait jamais vue, véritable cave, où les cartes suspendues aux murs, les globes célestes et terrestres dans les embrasures de fenêtres, semblaient glacés par le froid. Il leur servit une carafe d'un vin singulièrement léger, et un morceau de gâteau singulièrement lourd, régalant lui-même de ces friandises le jeune couple, en même temps qu'il envoyait un domestique de chétive apparence pour offrir « quelque chose » au postillon, qui répondit qu'il remerciait bien monsieur, mais que, si c'était le même vin dont il avait déjà goûté auparavant, il aimait mieux ne rien prendre. Pendant ce temps-là on avait attaché la malle de maître Scrooge sur le haut de la voiture ; les enfants dirent adieu de bon cœur au maître, et, montant en voiture, ils traversèrent gaiement l'allée du jardin ; les roues rapides faisaient jaillir, comme des flots d'écume, la neige et le givre qui recouvraient les sombres feuilles des arbres.

« Ce fut toujours une créature délicate qu'un simple souffle aurait pu flétrir, dit le Spectre... Mais elle avait un grand cœur.

— Oh ! oui, s'écria Scrooge. Vous avez raison. Ce n'est pas moi qui dirai le contraire, Esprit. Dieu m'en garde !

— Elle est morte mariée, dit l'Esprit, et a laissé deux enfants je crois.

— Un seul, répondit Scrooge.

— C'est vrai, dit le Spectre, votre neveu. »

Scrooge parut mal à l'aise et répondit brièvement : « Oui. »

Quoiqu'ils eussent juste quitté la pension, ils se trouvaient déjà dans les rues populeuses d'une ville, où passaient et repassaient des ombres humaines, où des ombres de charrettes et de voitures se disputaient le pavé, où se rencontraient enfin le bruit et l'agitation d'une véritable ville. On voyait assez clairement, à l'étalage des boutiques, que là aussi on célébrait le retour de Noël ; mais c'était le soir, et les rues étaient éclairées.

Le Spectre s'arrêta à la porte d'un certain magasin, et demanda à Scrooge s'il le reconnaissait.

« Si je le reconnais ! dit Scrooge. N'est-ce pas ici que j'ai fait mon apprentissage ? »

Ils entrèrent. A la vue d'un vieux monsieur en perruque, assis derrière un bureau si élevé, que, si le gentleman avait eu deux pouces de plus, il se serait cogné la tête contre le plafond, Scrooge s'écria en proie à une grande excitation :

« Mais, c'est le vieux Fezziwig ! Dieu le bénisse ! C'est Fezziwig ressuscité ! »

Le vieux Fezziwig posa sa plume et regarda l'horloge qui marquait sept heures. Il se frotta les mains, rajusta son vaste gilet, rit de toutes ses forces, depuis la plante des pieds jusqu'à la pointe des cheveux, et appela d'une voix puissante, sonore, riche, pleine et joviale :

« Holà ! oh ! Ebenezer ! Dick ! »

L'autre Scrooge, devenu maintenant un jeune homme, entra lestement, accompagné de son camarade d'apprentissage.

« C'est Dick Wilkins, pour sûr ! dit Scrooge au Fantôme... Oui, c'est lui ; miséricorde, le voilà. Il m'était très attaché, le pauvre Dick, ce bien cher Dick !

— Allons, allons, mes enfants ! s'écria Fezziwig, on ne travaille plus ce soir. C'est la veille de Noël, Dick. C'est Noël, Ebenezer ! Vite, mettons les volets, cria le vieux Fezziwig en faisant gaiement claquer ses mains. Allons ! comment ! ce n'est pas encore fait ? »

Vous ne croiriez jamais comment ces deux gaillards se mirent à l'ouvrage ! Ils se précipitèrent dans la rue avec les volets, un, deux, trois,... les mirent en place,... quatre, cinq, six,... posèrent les barres et les clavettes,... sept, huit, neuf,... et revinrent avant que vous eussiez pu compter jusqu'à douze, haletants comme des chevaux de course.

« Ohé ! oh ! s'écria le vieux Fezziwig descendant de son bureau avec une surprenante agilité. Débarrassons, mes enfants, et faisons de la place ici ! Holà ! Dick ! Allons, vite, Ebenezer ! »

Débarrasser ! ils auraient tout déménagé même s'il l'avait fallu, sous les yeux du vieux Fezziwig. Ce fut fait en une minute. Tout ce qui était transportable fut enlevé comme pour disparaître à tout jamais de la surface de la terre, le plancher balayé et arrosé, les lampes fourbies, un tas de charbon jeté sur le feu, et le magasin devint une salle de bal aussi agréable, aussi chaude, aussi sèche, aussi brillante qu'on pouvait le désirer pour une soirée d'hiver.

Vint alors un joueur de violon avec son livre de musique. Il monta sur le grand bureau, en fit un orchestre à lui tout seul et produisit des sons semblables à des embarras gastriques. Puis entra Mme Fezziwig, toute souriante ; puis entrèrent les trois miss Fezziwig, radieuses et adorables ; puis les six jeunes prétendants dont elles brisaient les cœurs ; puis entrèrent tous les jeunes gens et toutes les jeunes filles employés dans la maison ; puis entra la servante avec son cousin le boulanger ; puis la cuisinière avec l'ami intime de son frère, le marchand de lait ; puis entra le petit apprenti d'en face, soupçonné de ne pas avoir assez de quoi manger chez son maître ; il se cachait derrière la servante du numéro 15 à laquelle sa maîtresse, le fait était prouvé, avait tiré les oreilles. Ils entrèrent tous, l'un après l'autre, quelques-uns d'un air timide, d'autres plus hardiment, ceux-ci avec grâce, ceux-là avec gaucherie, qui poussant, qui tirant ; enfin tous entrèrent d'une façon ou d'une autre et n'importe comment. Ils partirent tous, vingt couples à la fois, se tenant par la main et formant une ronde. La moitié avance puis recule ; c'est au tour de ceux-ci à se balancer en cadence, c'est au tour de ceux-là à entraîner le mouvement ; puis ils recommencent tous à tourner en rond plusieurs fois, se groupant, se serrant, se poursuivant les uns les autres, l'ancien couple de tête n'est jamais à sa place et ses remplaçants repartent avec vivacité, sans l'attendre, puis, enfin, la chaîne est rompue et les danseurs se trouvent sans vis-à-vis. Après ce beau résultat, le vieux Fezziwig, frappant des mains pour suspendre la danse, s'écria : « C'est bien ! » et le joueur de violon plongea son visage échauffé dans un pot de porter*, spécialement préparé à cette intention. Mais, lorsqu'il reparut, dédaignant le repos, il recommença de plus

* Porter : bière brune très forte.

belle, quoiqu'il n'y eût pas encore de danseurs, comme si l'autre violoniste avait été reconduit chez lui, épuisé, allongé sur un volet de fenêtre, et que ce fût un nouveau musicien qui fût venu le remplacer, résolu à vaincre ou à périr.

Il y eut encore des danses, et des jeux ; puis encore des danses, un gâteau, du vin chaud, une énorme pièce de rôti froid, une autre de viande bouillie, des pâtés en croûte et de la bière en abondance. Mais le grand effet de la soirée, ce fut après le rôti quand le violoniste (un petit malin, remarquez bien, un diable d'homme qui connaissait bien son affaire : ce n'est ni vous ni moi qui aurions pu lui en remontrer !) commença à jouer « Sir Roger de Coverley ». Alors le vieux Fezziwig s'avança pour danser avec Mme Fezziwig. Ils se placèrent en tête de la danse. En voilà de la besogne ! vingt-trois ou vingt-quatre couples à conduire, et des gens avec lesquels il n'y avait pas à badiner, des gens qui voulaient danser et ignoraient ce que c'était que d'aller au pas.

Mais même s'ils avaient été deux ou trois fois plus nombreux, quatre fois même, le vieux Fezziwig aurait été capable de leur tenir tête, Mme Fezziwig pareillement. Quant à elle, c'était sa digne compagne, dans toute l'étendue du mot. Si ce n'est pas là un assez bel éloge, qu'on m'en fournisse un autre, et j'en ferai mon profit. Les mollets de Fezziwig étaient absolument comme deux astres. C'étaient des lunes qui se multipliaient dans toutes les évolutions de la danse. Ils apparaissaient, disparaissaient, reparaissaient de plus belle. Et quand le vieux Fezziwig et Mme Fezziwig eurent exécuté toute la danse : *avancez et reculez, tenez votre danseuse par la main, balancez, saluez ; le tire-bouchon ; enfilez l'aiguille et reprenez vos places ;* Fezziwig faisait des entrechats si lestement, qu'il semblait jouer du flageolet avec ses jambes, et retombait ensuite en place sur ses pieds comme un I.

Quand l'horloge sonna onze heures, ce bal domestique prit fin. M. et Mme Fezziwig allèrent se placer de chaque côté de la porte, et serrant amicalement les mains à chaque personne individuellement, lui aux hommes, elle aux femmes, à mesure que l'on sortait, ils leur souhaitèrent à tous un joyeux

Noël. Lorsqu'il ne resta plus que les deux apprentis, ils leur firent les mêmes adieux, puis les voix joyeuses se turent, et les jeunes gens regagnèrent leurs lits placés sous un comptoir de l'arrière-boutique.

Pendant tout ce temps, Scrooge s'était agité comme un homme qui aurait perdu l'esprit. Son cœur et son âme avaient pris part à cette scène avec son autre lui-même. Il reconnaissait tout, se rappelait tout, jouissait de tout et éprouvait la plus étrange agitation. Ce ne fut que lorsque ces brillants visages de son autre lui-même et de Dick eurent disparu à leurs yeux, qu'il se souvint du Fantôme et s'aperçut que ce dernier l'observait très attentivement, tandis que la lumière dont sa tête était surmontée brillait d'une clarté de plus en plus vive.

« Il faut bien peu de chose, dit le Fantôme, pour inspirer à ces sottes gens tant de reconnaissance...

— Peu de chose ! » répéta Scrooge.

L'Esprit lui fit signe d'écouter les deux apprentis qui se répandaient en louanges sur Fezziwig, puis ajouta, lorsque Scrooge eut obéi :

« Eh quoi ! voilà-t-il pas grand-chose ? Il a dépensé quelques livres sterling de votre argent mortel ; trois ou quatre peut-être. Cela vaut-il la peine de lui donner tant d'éloges ?

— Ce n'est pas cela, dit Scrooge, excité par cette remarque, et parlant, sans s'en douter, comme son autre lui-même et non pas comme le Scrooge d'aujourd'hui. Ce n'est pas cela, Esprit. Fezziwig a le pouvoir de nous rendre heureux ou malheureux ; de faire que notre travail devienne léger ou pesant, un plaisir ou une peine. Que ce pouvoir consiste en paroles et en regards, en choses si insignifiantes, si fugitives qu'il est impossible de les additionner et de les aligner en compte, eh bien ! qu'est-ce que cela fait ? Le bonheur qu'il nous donne est tout aussi grand que s'il coûtait une fortune. »

Scrooge surprit le regard perçant de l'Esprit et s'arrêta.

« Qu'est-ce que vous avez ? demanda le Fantôme.

— Rien de particulier, dit Scrooge.

— Vous avez l'air d'avoir quelque chose, insista le Spectre.

— Non, dit Scrooge, non. Seulement j'aimerais pouvoir dire en ce moment un mot ou deux à mon commis. Voilà tout. »

Son autre lui-même éteignit les lampes au moment où il exprimait ce désir ; et Scrooge et le Fantôme se trouvèrent de nouveau côte à côte en plein air.

« Mon temps s'écoule, observa l'Esprit... Vite ! »

Cette parole n'était point adressée à Scrooge ou à quelqu'un qu'il pût voir, mais elle produisit un effet immédiat, car Scrooge se revit encore. Il était plus âgé maintenant, un homme dans la fleur de l'âge. Son visage n'avait point les traits durs et sévères de sa maturité ; mais il avait commencé à porter les marques de l'inquiétude et de l'avarice. Il y avait dans son regard une mobilité ardente, avide, inquiète, qui indiquait la passion qui avait pris racine en lui : on devinait déjà de quel côté allait se projeter l'ombre de l'arbre qui commençait à grandir.

Il n'était pas seul, il se trouvait au contraire à côté d'une belle jeune fille vêtue de deuil, dont les yeux pleins de larmes brillaient à la lumière du Spectre des Noëls passés.

« Peu importe, disait elle doucement, à vous du moins Une autre idole a pris ma place, et, si elle peut vous apporter la joie et vous consoler plus tard, comme j'aurais essayé de le faire, je n'ai pas autant de raison de m'affliger.

— Quelle idole a pris votre place ? répondit-il.

— Le dieu de l'or.

— Voilà bien l'impartialité du monde ! dit-il. Il n'y a rien qu'il traite plus durement que la pauvreté ; et il n'y a rien qu'il condamne avec autant de sévérité que la poursuite de la richesse !

— Vous craignez trop l'opinion du monde, répliquait la jeune fille avec douceur. Vous avez sacrifié toutes vos espérances à celle d'échapper un jour à son mépris sordide. J'ai vu vos plus nobles aspirations disparaître une à une, jusqu'à ce que la passion dominante, le gain, vous ait absorbé. N'ai-je pas raison ?

— Eh bien quoi ? reprit-il. Lors même que je serais

devenu plus raisonnable en vieillissant, après ? Je n'ai pas changé à votre égard. »

Elle secoua la tête.

« Ai-je changé ?

— Notre engagement est bien ancien. Nous l'avons pris ensemble quand nous étions tous les deux pauvres et contents de notre état, en attendant le jour où nous pourrions améliorer notre fortune en ce monde par notre travail patient. Vous avez bien changé. Quant cet engagement fut pris, vous étiez un autre homme.

— J'étais un enfant, dit-il avec impatience.

— Votre propre conscience vous dit que vous n'étiez point alors ce que vous êtes aujourd'hui, répliqua-t-elle. Moi, je suis la même. Ce qui pouvait nous promettre le bonheur, quand nous n'avions qu'un cœur, n'est plus qu'une source de peines depuis que nous en avons deux. Combien de fois et avec quelle amertume j'y ai pensé, je ne veux pas vous le dire. Il suffit que j'y aie pensé, et que je puisse à présent vous rendre votre parole.

— Ai-je jamais cherché à la reprendre ?

— Jamais en paroles.

— Comment, alors ?

— En changeant du tout au tout. Votre caractère n'est plus le même ; ni l'atmosphère au milieu de laquelle vous vivez ; ni l'espérance qui était le but principal de votre vie. Si cet engagement n'eût jamais existé entre nous, dit la jeune fille, le regardant avec douceur, mais avec fermeté, dites-le-moi, rechercheriez-vous ma main aujourd'hui ? Oh ! non. »

Il parut prêt à céder en dépit de lui-même à cette supposition trop vraisemblable. Cependant il ne se rendit pas encore :

« Vous ne le pensez pas, dit-il.

— Je serais bien heureuse de penser autrement si je le pouvais, répondit-elle ; Dieu le sait ! Pour que je me sois rendue moi-même à une vérité si pénible, il faut bien qu'elle ait une force irrésistible. Mais, si vous étiez libre aujourd'hui ou demain, comme hier, puis-je croire que vous choisiriez pour femme une fille sans dot, vous qui, dans vos plus intimes confidences, alors que vous lui ouvriez votre cœur avec le plus d'abandon, ne cessiez de peser toutes choses dans les balances de l'intérêt, et de tout estimer par le profit que vous pouviez en retirer ! ou si, venant à oublier un instant, à cause d'elle, les principes qui dictent votre seule règle de conduite, vous vous arrêtiez à ce choix, ne sais-je donc pas que vous ne tarderiez point à le regretter et à vous en repentir ? j'en suis convaincue ; c'est pourquoi je vous rends votre liberté, le cœur gros à cause même de l'amour que je vous portais autrefois, quand vous étiez si différent de ce que vous êtes aujourd'hui. »

Il allait parler, mais elle continua en détournant les yeux :

« Peut-être, la mémoire du passé m'autorise à l'espérer, vous souffrirez de ce choix. Mais dans bien peu de temps, vous bannirez avec empressement ce souvenir importun comme un rêve inutile et fâcheux dont vous vous féliciterez d'être délivré. Puisse la nouvelle existence que vous aurez choisie vous rendre heureux ! »

Elle le quitta, et ils se séparèrent.

« Esprit, dit Scrooge, ne me montrez plus rien ! Ramenez-moi à la maison. Pourquoi vous plaisez-vous à me tourmenter ?

— Encore une ombre ! cria le Spectre.

— Non, arrêtez ! dit Scrooge ; je n'en veux pas voir davantage. Ne me montrez plus rien !.. »

Mais le fantôme impitoyable l'étreignit entre ses deux bras et le força à assister à la suite des événements.

Ils se trouvèrent tout à coup transportés dans un autre lieu où une scène d'un autre genre vint frapper leurs regards ; c'était une pièce, ni grande, ni belle, mais agréable et confortable. Près d'un bon feu d'hiver était assise une belle jeune fille, qui ressemblait tellement à la dernière, que Scrooge crut que c'était elle, jusqu'à ce qu'il aperçût cette dernière devenue maintenant une belle mère de famille, assise face à sa fille. Le bruit qui régnait dans cette pièce était assourdissant, car il y avait là plus d'enfants que Scrooge, dans l'agitation extrême de son esprit, n'en pouvait compter ; et, bien différents du troupeau joyeux dont parle le poème, au lieu de quarante enfants silencieux comme s'il n'y en avait eu qu'un seul, chacun d'eux au contraire se montrait bruyant et tapageur comme quarante. La conséquence inévitable d'une telle situation était un vacarme dont rien ne saurait donner une idée ; mais personne ne semblait s'en inquiéter. Au contraire, la mère et la fille en riaient de tout leur cœur, et s'en amusaient beaucoup. Celle-ci, ayant commencé à se mêler à leurs jeux, fut aussitôt attaquée par ces petits brigands qui la traitèrent sans pitié. Que n'aurais-je pas donné pour être l'un d'eux ! Quoique assurément je ne me fusse jamais conduit avec tant de rudesse, oh ! non ! Je n'aurais pas voulu, pour tout l'or du monde, avoir emmêlé si rudement, ni tiré avec tant de brutalité ces cheveux si bien peignés ; et quant au charmant petit soulier, je me serais bien gardé de le lui ôter de force. Dieu me bénisse ! même pour sauver ma vie. Pour ce qui est de mesurer sa taille en jouant comme le faisaient sans scrupule ces petits audacieux, je ne l'aurais certainement pas osé non plus ; j'aurais craint qu'en punition de ce sacrilège, mon bras ne fût condamné à prendre la forme de sa taille, sans pouvoir se redresser jamais. Et pourtant, je l'avoue, j'aurais bien voulu toucher ses lèvres, lui adresser des questions afin qu'elle fût forcée de les ouvrir pour me répondre, fixer mes regards sur les cils de ses yeux baissés, sans la faire rougir ; dénouer sa chevelure ondoyante dont une seule boucle eût été pour moi le plus précieux de tous les souvenirs ; bref, j'aurais voulu, je le confesse, qu'il me fût permis de jouir auprès d'elle des privilèges d'un enfant, et, cependant, demeurer assez homme pour en apprécier toute la valeur.

Mais voilà qu'à cet instant, on entendit frapper à la porte, et il s'ensuivit immédiatement un tel tumulte et une telle confusion, que ce groupe aussi bruyant qu'animé qui l'entourait la porta violemment, sans qu'elle pût s'en défendre, la figure riante et les vêtements en désordre, vers la porte, au-devant du père qui rentrait suivi d'un homme chargé de jouets et de cadeaux de Noël. Qu'on imagine les cris, les batailles, les assauts livrés au porteur sans défense ! C'est à qui l'escaladera avec des chaises en guise d'échelles, pour fouiller dans ses poches, lui arracher les petits paquets enveloppés de papier gris, le saisir par la cravate, se suspendre à son cou, lui distribuer, en signe d'une tendresse que rien ne peut réprimer, des coups de poing dans le dos, des coups de pied dans les jambes. Et puis, quels cris de joie et de bonheur accueillent l'ouverture de chaque paquet ! Quel effet produit l'affreuse nouvelle que le bébé a été pris sur le fait, mettant dans sa bouche une poêle à frire de la dînette, et qu'on le soupçonne fort d'avoir avalé un dindon en sucre, collé sur un plat de bois ! Quel immense soulagement d'apprendre que c'est une fausse alarme ! Leur joie, leur reconnaissance, leur enthousiasme, tout cela ne saurait se décrire. Enfin, l'heure étant arrivée, peu à peu les enfants, avec leurs émotions, sortent du salon l'un après l'autre, montent l'escalier quatre à quatre jusqu'à leur chambre située au dernier étage, où ils se couchent, et le calme renaît.

Alors Scrooge redoubla d'attention quand le maître du logis, sur lequel s'appuyait tendrement sa fille, s'assit entre elle et sa mère, au coin du feu ; et quand il vint à penser qu'une autre créature semblable, tout aussi gracieuse, tout aussi belle, aurait pu l'appeler son père, et faire un printemps du triste hiver de sa vie, ses yeux se remplirent de larmes.

« Belle, dit le mari se tournant vers sa femme avec un sourire, j'ai vu ce soir un de vos anciens amis.

— Qui donc ?

— Devinez !

— Comment le puis-je ?... Mais, j'y suis, ajouta-t-elle aussitôt en riant comme lui. C'est M. Scrooge.

— Lui-même. Je passais devant la fenêtre de son bureau et, comme les volets n'étaient point fermés et qu'il y avait de la lumière, je n'ai pu m'empêcher de le voir. Son associé se meurt, dit-on ; il était donc là seul comme toujours, je pense, tout seul au monde.

— Esprit, dit Scrooge d'une voix saccadée, éloignez-moi d'ici.

— Je vous ai prévenu, répondit le Fantôme, que je vous montrerais les ombres de ce qui a été ; ne vous en prenez pas à moi, si elles sont ce qu'elles sont, et non autre chose.

— Emmenez-moi ! s'écria Scrooge, je ne puis supporter davantage ce spectacle ! »

Il se tourna vers l'Esprit, et voyant qu'il le regardait avec un visage dans lequel, par un phénomène étrange, se

retrouvaient des traits épars de tous les visages qu'il lui avait montrés, il se jeta sur lui.

« Laissez-moi ! s'écria-t-il ; remmenez-moi, cessez de me hanter ! »

Dans la lutte, si toutefois c'était une lutte, car le Spectre, sans aucune résistance apparente, ne pouvait être ébranlé par aucun effort de son adversaire, Scrooge observa que la lumière de sa tête brillait, de plus en plus éclatante. Rapprochant alors dans son esprit cette circonstance de l'influence que le Fantôme exerçait sur lui, il saisit l'éteignoir, et par un mouvement soudain, le lui enfonça vivement sur la tête.

L'Esprit s'affaissa tellement sous ce chapeau étrange, qu'il disparut presque en entier ; mais Scrooge avait beau peser sur lui de toutes ses forces, il ne parvenait pas à cacher la lumière qui s'échappait de dessous l'éteignoir et rayonnait autour de lui sur le sol.

Il se sentit épuisé et surmonté par un irrésistible besoin de dormir, puis bientôt il se trouva dans sa chambre à coucher. Alors il fit un dernier effort pour enfoncer encore davantage l'éteignoir, sa main se détendit, et il n'eut que le temps de rouler sur son lit avant de tomber dans un profond sommeil.

TROISIÈME COUPLET

Le second des trois Esprits.

Réveillé au milieu d'un ronflement d'une force prodigieuse, et s'asseyant sur son lit pour rassembler ses pensées, Scrooge n'eut pas besoin qu'on lui dit que l'horloge allait de nouveau sonner *une heure.* Il sentit de lui-même qu'il reprenait connaissance juste à point nommé pour se mettre en rapport avec le second messager qui lui serait envoyé par l'intervention de Jacob Marley. Mais trouvant très désagréable le frisson qu'il éprouvait en restant là à se demander lequel de ses rideaux tirerait ce nouveau Spectre, il les tira tous les deux de ses propres mains, puis, se laissant retomber sur son oreiller, il se mit aux aguets tout autour de son lit, car il désirait affronter bravement l'Esprit au moment de son apparition, et n'avait pas envie ni d'être pris par surprise, ni de se laisser dominer par une trop vive émotion.

Les gens désinvoltes habitués à ne s'étonner de rien, qui se piquent d'être blasés sur tous les genres d'émotion, et de se trouver, en toute occasion, à la hauteur des circonstances, expriment la vaste étendue de leur courage impassible en face des aventures imprévues, en se déclarant prêts à tout, depuis une partie de pile ou face jusqu'à l'homicide. Entre ces deux extrêmes, il se trouve, sans aucun doute, un champ assez vaste, et une grande variété de sujets. Sans vouloir faire de Scrooge un matamore si farouche, je ne saurais m'empêcher de vous prier de croire qu'il était prêt aussi à défier un nombre presque infini d'apparitions étranges et fantastiques, et à ne se laisser étonner par quoi que ce fût en ce genre, depuis la vue d'un enfant au berceau, jusqu'à celle d'un rhinocéros !

Mais il s'attendait presque à tout, il n'était, par le fait, nullement préparé à ce qu'il n'y eût rien, et c'est pourquoi, quand l'horloge vint à sonner une heure, et qu'aucun fantôme ne lui apparut, il fut pris d'un frisson violent et se mit à trembler de tous ses membres. Cinq minutes, dix minutes, un quart d'heure se passèrent, rien ne se montra. Pendant tout ce temps, il demeura étendu sur son lit, où se réunissaient, comme en un point central, les rayons d'une lumière rougeâtre qui l'éclaira tout entier quand l'horloge annonça l'heure. Cette lumière seule lui causait plus de peur qu'une douzaine de spectres, car il ne pouvait en comprendre la signification ni la cause, et parfois il craignait d'être en ce moment un cas intéressant de combustion spontanée*, sans avoir au moins la consolation de le savoir. A la fin, cependant, il commença à penser, comme vous et moi l'aurions pensé d'abord (car c'est toujours la personne qui ne se trouve point dans l'embarras, qui sait ce qu'on aurait dû faire alors, et ce qu'elle aurait fait incontestablement) ; à la fin, dis-je, il commença à penser que le foyer mystérieux de cette lumière fantastique pourrait être dans la chambre voisine, d'où, en la suivant pour ainsi dire à la trace, elle semblait s'échapper. Cette idée s'empara si complètement de son esprit, qu'il se leva aussitôt tout doucement, mit ses pantoufles, et se glissa sans bruit du côté de la porte.

Au moment où Scrooge mettait la main sur la poignée, une voix étrange l'appela par son nom et lui dit d'entrer. Il obéit.

C'était bien son salon ; il n'y avait pas le moindre doute à cet égard ; mais son salon avait subi une transformation surprenante. Les murs et le plafond étaient si richement décorés de guirlandes de feuillage verdoyant, qu'on eût dit un bosquet véritable dont toutes les branches reluisaient de baies cramoisies. Les feuilles lustrées du houx, du gui et du

* Combustion spontanée : idée très répandue au début du XIXe siècle selon laquelle les éléments chimiques du corps humain pouvaient s'embraser suite à un état de décomposition avancé.

lierre reflétaient la lumière, comme si on y avait suspendu une infinité de petits miroirs ; dans la cheminée flambait un feu magnifique, tel que ce foyer morne et froid comme la pierre n'en avait jamais connu au temps de Scrooge ou de Marley, ni depuis bien des hivers. On voyait, entassés sur le plancher, pour former une sorte de trône, des dindes, des oies, du gibier de toute espèce, des volailles grasses, des viandes froides, des cochons de lait, des jambons, des chapelets de saucisses, des pâtés de hachis, des plum-puddings, des bourriches d'huîtres, des marrons rôtis, des pommes vermeilles, des oranges juteuses, des poires succulentes, d'immenses gâteaux des rois et des bols de punch bouillant qui obscurcissaient la chambre de leur délicieuse vapeur. Un joyeux géant, superbe à voir, s'étalait à l'aise sur ce trône ; il portait à la main une torche allumée, dont la forme se rapprochait assez d'une corne d'abondance, et il l'éleva au-dessus de sa tête pour que sa lumière vînt frapper Scrooge, lorsque ce dernier regarda au travers de la porte entrebâillée.

« Entrez ! s'écria le Fantôme. Entrez ! N'ayez pas peur de faire plus ample connaissance avec moi, mon ami ! »

Scrooge entra timidement, inclina la tête devant l'Esprit. Ce n'était plus le Scrooge obstiné de tout à l'heure, et, quoique les yeux du Spectre fussent doux et bienveillants, il baissait les siens devant lui.

« Je suis l'Esprit du Noël présent, dit le Fantôme. Regardez-moi ! »

Scrooge obéit avec respect. Ce Noël-là était vêtu d'une simple robe, ou tunique, d'un vert foncé, bordée d'une fourrure blanche. Elle retombait si négligemment sur son corps, que sa large poitrine demeurait découverte, comme s'il eût dédaigné de chercher à se cacher ou à se garantir par aucun artifice. Ses pieds, qu'on pouvait voir sous les amples plis de cette robe, étaient nus pareillement ; et, sur sa tête, il ne portait pas d'autre coiffure qu'une couronne de houx, semée çà et là de petits glaçons brillants. Les longues boucles de sa chevelure brune flottaient en liberté ; elles étaient aussi libres que son visage était franc, son œil étincelant, sa main ouverte, sa voix joyeuse, ses manières dépouillées de toute contrainte et son air jovial. Un antique fourreau était suspendu à sa ceinture, mais sans épée, et à demi rongé par la rouille.

« Vous n'avez encore jamais vu mon semblable ! s'écria l'esprit.

— Jamais, répondit Scrooge.

— Est-ce que vous n'avez jamais fait route avec les plus jeunes membres de ma famille ; je veux dire (car je suis très jeune) mes frères aînés de ces dernières années ? poursuivit le fantôme.

— Je ne le crois pas, dit Scrooge : j'ai peur que non. Est-ce que vous avez eu beaucoup de frères, Esprit ?

— Plus de dix-huit cents, dit le Spectre.

— Une famille terriblement nombreuse, quelle dépense ! » murmura Scrooge.

Le fantôme du Noël présent se leva.

« Esprit, dit Scrooge avec soumission, conduisez-moi où vous voudrez. Je suis sorti la nuit dernière malgré moi, et j'ai reçu une leçon qui commence à porter son fruit. Ce soir, si vous avez quelque chose à m'apprendre, je ne demande pas mieux que d'en faire mon profit.

— Touchez ma robe ! »

Scrooge obéit et se cramponna à sa robe : houx, gui, baies rouges, lierre, dindes, oies, gibier, volailles, jambons, viandes, cochons de lait, saucisses, huîtres, pâtés, puddings, fruits et punch, tout s'évanouit immédiatement. La chambre, le feu, la lueur rougeâtre, la nuit disparurent de même : ils se trouvèrent dans les rues de la ville, le matin de Noël, où les gens faisaient partout, car le froid était vif, un genre de musique quelque peu sauvage, mais non dénué de charme, en raclant la neige qui couvrait les trottoirs devant leur maison, ou en la balayant de leurs gouttières, d'où elle tombait dans la rue à la grande joie des enfants ravis de la voir ainsi rouler en autant de petites avalanches artificielles.

Les façades des maisons paraissaient bien noires et les fenêtres encore davantage, par le contraste qu'elles offraient avec la nappe de neige unie et blanche qui s'étendait sur les toits, et celle même qui recouvrait le sol, quoiqu'elle fût moins virginale ; car la couche supérieure en avait été comme

Scrooge's third Visitor.

labourée en sillons profonds par les roues pesantes des charrettes et des voitures ; ces ornières légères se croisaient et se recroisaient l'une l'autre des milliers de fois aux carrefours des principales rues, et formaient un labyrinthe inextricable de rigoles entremêlées, à travers la bourbe jaunâtre durcie sous sa surface, et l'eau congelée par le froid. Le ciel était sombre ; les rues les plus étroites disparaissaient enveloppées dans un épais brouillard qui tombait en verglas et dont les atomes les plus pesants descendaient en une averse de suie, comme si toutes les cheminées de la Grande-Bretagne avaient pris feu, de concert, et flambaient à cœur joie. Londres, et son climat, n'avaient rien de bien agréable. Cependant on remarquait partout dehors un air d'allégresse, que le plus beau jour et le plus brillant soleil d'été se seraient en vain efforcés d'y répandre.

En effet, les hommes qui déblayaient les toits paraissaient joyeux et de bonne humeur ; ils s'appelaient d'une maison à l'autre, et de temps en temps échangeaient en plaisantant une boule de neige (projectile assurément plus inoffensif que maint sarcasme), riant de tout leur cœur quand elle atteignait le but, et de grand cœur aussi quand elle venait à le manquer.

Les boutiques des marchands de volailles étaient encore à demi ouvertes, celles des fruitiers brillaient de toute leur splendeur. Ici de gros paniers, ronds, au ventre rebondi, pleins de superbes marrons, s'étalant sur les portes, comme les larges gilets de ces bons vivants s'étalent sur leur abdomen, semblaient prêts à tomber dans la rue, victimes de leur corpulence apoplectique ; là des oignons d'Espagne rougeâtres, hauts en couleur, aux larges flancs, rappelant par cet embonpoint heureux les moines de leur patrie, et lançant, du haut de leurs tablettes, d'agaçantes œillades aux jeunes filles qui passaient en jetant un coup d'œil discret sur les branches de gui suspendues en guirlandes ; puis encore, des poires, des pommes amoncelées en pyramides appétissantes ; des grappes de raisin, que les marchands avaient eu l'attention délicate de suspendre aux endroits les plus exposés à la vue, afin que les amateurs se sentissent venir l'eau à la bouche, et pussent se rafraîchir gratis en passant ; des tas de noisettes, moussues et brunes, rappelant, par leur bonne odeur, d'anciennes promenades dans les bois, où l'on avait le plaisir d'enfoncer jusqu'à la cheville au milieu des feuilles sèches ; des chaussons aux pommes dodus et cuivrés qui faisaient ressortir la teinte dorée des oranges et des citrons, et semblaient se recommander avec instance par leur volume et leur apparence juteuse, pour qu'on les emportât dans des sacs de papier, afin de les manger au dessert. Les poissons rouges, eux-mêmes, exposés dans des bocaux parmi ces fruits de choix, quoique appartenant à une race triste et apathique, paraissaient s'apercevoir, tout poissons qu'ils étaient, qu'il se passait quelque chose d'extraordinaire, allaient et venaient, ouvrant la bouche tout autour de leur petit univers, dans un état d'agitation hébétée.

Et les épiceries donc ! oh ! les épiceries ! leurs boutiques étaient presque fermées, sauf peut-être un volet ou deux demeurés ouverts ; mais que de belles choses se laissaient voir à travers ces étroites lacunes ! Ce n'était pas seulement le son joyeux des balances retombant sur le comptoir, ou le craquement de la ficelle sous les ciseaux qui la séparent vivement de sa bobine pour envelopper les paquets, ni le cliquetis incessant des boîtes de fer-blanc pour servir le thé ou le moka aux clients. Elles voltigeaient entre les mains des garçons comme les gobelets d'un prestidigitateur ; ce n'étaient pas seulement les parfums mélangés du thé et du café si agréables à l'odorat, les raisins secs si beaux et si abondants, les amandes d'une si éclatante blancheur, les bâtons de cannelle si longs et si droits, les autres épices si délicieuses, les fruits confits si bien glacés et tachetés de sucre candi, que leur vue seule bouleversait les spectateurs les plus indifférents et les faisait saliver d'envie ; ni les figues noires et charnues, ou les pruneaux de Tours et d'Agen, à la rougeur modeste, au goût acidulé, dans leurs corbeilles richement décorées, ni enfin toutes ces bonnes choses ornées de leur parure de fête ; mais il fallait voir les clients si empressés et si avides de goûter les promesses du jour qu'ils se bousculaient à la porte, heurtaient violemment l'un contre l'autre leurs paniers à provision, oubliaient leurs emplettes sur le comptoir, revenaient les chercher en courant et commettaient mille erreurs semblables de la meilleure humeur du monde, tandis que l'épicier et ses garçons montraient tant de gentillesse et de gaieté, que les cœurs de cuivre poli avec lesquels ils tenaient attachés par derrière leurs tabliers, étaient l'image de leurs propres cœurs exposés aux yeux de tous..., de beaux cœurs dorés, des cœurs à prendre, si vous voulez, mesdemoiselles !

Mais bientôt les cloches appelèrent les bonnes gens à l'église ou à la chapelle ; ils sortirent en troupe pour s'y rendre, remplissant les rues, dans leurs plus beaux habits, et avec leurs plus joyeux visages. Au même moment, d'une quantité de petites rues latérales, de passages et de cours sans nom, s'élancèrent une multitude innombrable de personnes, portant leur dîner chez le boulanger pour le mettre au four. La vue de ces pauvres gens parut beaucoup intéresser l'Esprit, car il se tint, avec Scrooge à ses côtés, sur le seuil d'une boulangerie, et soulevant le couvercle des plats à mesure qu'ils passaient, il arrosait d'encens leur dîner avec sa torche. C'était, en vérité, une torche fort extraordinaire que la sienne, car, une fois ou deux, quelques porteurs de dîner s'étant adressé des paroles de colère pour s'être heurtés un peu rudement dans leur empressement, il en fit tomber sur eux quelques gouttes d'eau ; et aussitôt les hommes reprirent toute leur bonne humeur, s'écriant que c'était une honte de se quereller un jour de Noël. Et rien de plus vrai ! mon Dieu ! rien de plus vrai !

Peu à peu les cloches se turent, les boulangeries se fermèrent, mais il y avait comme un avant-goût réjouissant de tous ces dîners en cours de cuisson dans la vapeur humide qui s'échappait de chaque four, où le trottoir fumait comme s'il cuisait avec les plats.

« Y a-t-il donc une saveur particulière dans ces gouttes que vous faites tomber de votre torche en la secouant ? demanda Scrooge.

— Certainement, il y a ma propre saveur.

— Est-ce qu'elle peut se communiquer à toute espèce de dîner aujourd'hui ? demanda Scrooge.

— A tout dîner offert cordialement, et surtout aux plus pauvres.

— Pourquoi aux plus pauvres ?

— Parce que ce sont eux qui en ont le plus besoin.

— Esprit, dit Scrooge après un instant de réflexion, je m'étonne alors que, parmi tous les êtres qui habitent les mondes situés autour de nous, des esprits comme vous se soient chargés d'une commission si peu charitable ; celle de priver ces pauvres gens des occasions qui s'offrent à eux de prendre un plaisir innocent.

— Moi ? s'écria l'Esprit.

— Oui, puisque vous les privez du moyen de dîner le septième et seul jour souvent où l'on puisse dire qu'ils dînent, continua Scrooge. N'est-ce pas vrai ?

— Moi ! s'écria l'Esprit.

— Certainement ; n'est-ce pas vous qui cherchez à faire fermer ces fours le jour du sabbat ? dit Scrooge. Et cela ne revient-il pas au même ?

— Moi ! s'écria l'Esprit.

— Pardonnez-moi, si je me trompe. Cela se fait en votre nom ou, du moins, au nom de votre famille, dit Scrooge.

— Il y a, répondit l'Esprit, sur cette terre où vous habitez, des hommes qui ont la prétention de nous connaître, et qui, sous notre nom, ne font que servir leurs passions coupables, l'orgueil, la méchanceté, la haine, l'envie, la bigoterie et l'égoïsme ; mais ils sont aussi étrangers à nous et à toute notre famille que s'ils n'avaient jamais vu le jour. Rappelez-vous cela, et une autre fois rendez-les responsables de leurs actes, mais pas nous. »

Scrooge le lui promit ; alors, ils se transportèrent, invisibles comme ils l'avaient été jusque-là, dans les faubourgs de la ville. Une faculté remarquable du Spectre (Scrooge l'avait observé déjà chez le boulanger) était de pouvoir, nonobstant sa taille gigantesque, s'arranger de toute place, sans être gêné, en sorte que, sous le toit le plus bas, il conservait la même grâce, la même majesté surnaturelle qu'il eût pu le faire sous la voûte la plus élevée d'un palais.

Peut-être était-ce le plaisir qu'éprouvait le bon Esprit à faire montre de cette faculté singulière, ou bien encore la tendance de sa nature bienveillante, généreuse, cordiale et sa sympathie pour les pauvres qui le conduisit tout droit chez le commis de Scrooge ; c'est là, en effet, qu'il porta ses pas, emmenant avec lui Scrooge, toujous cramponné à sa robe. Sur le seuil de la porte, l'Esprit sourit et s'arrêta pour bénir, en l'aspergeant de sa torche, la demeure de Bob Cratchit. Voyez ! Bob n'avait lui-même que quinze *Bobs** par semaine : chaque samedi, il n'empochait que quinze exemplaires de son prénom, et pourtant le Fantôme de Noël présent n'en bénit pas moins sa petite maison composée de quatre pièces.

Alors se leva Mrs. Cratchit, la femme de Cratchit, pauvrement vêtue d'une robe retournée, mais, en revanche, toute parée de rubans bon marché, de ces rubans qui produisent, ma foi, un joli effet, pour quelques sous. Elle mettait le couvert, aidée de Belinda Cratchit, la seconde de ses filles, tout aussi enrubannée que sa mère, tandis que maître Pierre Cratchit plongeait une fourchette dans la marmite remplie de pommes de terre et ramenait jusque dans sa bouche les coins de son monstrueux col de chemise, pas précisément *son* col de chemise, car c'était celle de son père ; mais Bob l'avait prêtée ce jour-là, en l'honneur de Noël, à son héritier présomptif, lequel, heureux de se voir si bien attifé, brûlait d'aller se montrer dans les parcs à la mode. Et puis deux autres petits Cratchit, garçon et fille, se précipitèrent dans la pièce en s'écriant qu'ils venaient de flairer l'oie, devant la boutique du boulanger, et ils avaient reconnu que c'était la leur. Ivres d'avance de la pensée d'une bonne sauce à la sauge et à l'oignon, les petits gourmands se mirent à danser de joie autour de la table, et portèrent aux nues maître Pierre Cratchit, le cuisinier du jour, tandis que ce dernier (pas du tout fier, quoique son col de chemise fût si imposant, qu'il menaçait de l'étouffer) soufflait le feu, jusqu'à ce que les pommes de terre en retard rattrapent le temps perdu et viennent taper, en bouillant, au couvercle de la casserole, pour avertir qu'elles étaient bonnes à retirer et à peler.

« Qu'est-ce qui peut donc retenir votre excellent père ! dit Mrs. Cratchit. Et votre frère Tiny Tim ? et Martha ? Au

* Bob : nom populaire pour exprimer un shilling.

dernier Noël, elle était déjà arrivée depuis une demi-heure !

— Voici Martha, mère ! s'écria une jeune fille qui entra en même temps.

— Voici Martha, mère ! répétèrent les deux petits Cratchit. Hourra ! si tu savais comme il y a une belle oie, Martha !

— Ah ! chère enfant, que le bon Dieu te bénisse. Comme tu viens tard ! dit Mrs. Cratchit l'embrassant une douzaine de fois et la débarrassant de son châle et de son chapeau avec une tendresse empressée.

— C'est que nous avions beaucoup d'ouvrage à terminer hier soir, ma mère, répondit la jeune fille, et, ce matin, il a fallu le livrer !

— Bien, bien ! n'y pensons plus, puisque te voilà, dit Mrs. Cratchit. Allons ! assieds-toi près du feu et chauffe-toi, ma chère enfant !

— Non ! non ! voici papa qui vient, crièrent les deux petits Cratchit, qu'on voyait partout en même temps. Cache-toi, Martha, cache-toi ! »

Et Martha se cacha ; puis entra le petit Bob, le père Bob avec son cache-nez pendant de trois pieds au moins devant lui, sans compter la frange ; ses habits usés jusqu'à la corde étaient raccommodés et brossés soigneusement, pour leur donner un air de fête ; Bob portait Tiny Tim sur son épaule. Hélas ! le pauvre Tiny Tim ! il avait une petite béquille et une armature en fer pour soutenir ses jambes.

« Eh bien ! où est notre Martha ? s'écria Bob Cratchit en jetant les yeux autour de lui.

— Elle ne vient pas, répondit Mrs. Cratchit.

— Elle ne vient pas ? dit Bob frappé d'un abattement soudain, et perdant, en un clin d'œil, tout cet élan de gaieté avec lequel il avait porté Tiny Tim depuis l'église, lui servant de cheval de course. Elle ne vient pas ! un jour de Noël ! »

Martha ne put supporter de le voir ainsi contrarié, même pour rire ; aussi n'attendit-elle pas plus longtemps pour sortir de sa cachette, derrière la porte du placard, et courut-elle se jeter dans ses bras, tandis que les deux petits Cratchit s'emparèrent de Tiny Tim et le portèrent dans la buanderie, afin qu'il pût entendre le pudding chanter dans la casserole.

« Et comment s'est comporté le petit Tiny Tim ? demanda Mrs. Cratchit après qu'elle eut raillé Bob de sa crédulité et que Bob eut embrassé sa fille tout à son aise.

— Sage comme une image, dit Bob, et mieux encore. Obligé qu'il est de demeurer si longtemps assis tout seul, il réfléchit énormément et on ne saurait croire toutes les idées qui lui passent par la tête. Il me disait, en revenant, qu'il espérait avoir été remarqué dans l'église par les fidèles, parce qu'il est estropié, et que les chrétiens doivent aimer, surtout un jour de Noël, à se rappeler celui qui a fait marcher les boiteux et voir les aveugles. »

La voix de Bob tremblait en répétant ces mots ; elle trembla plus encore quand il ajouta que Tiny Tim devenait chaque jour plus fort et plus vigoureux.

On entendit retentir sur le plancher son active petite béquille, et, à l'instant, Tiny Tim rentra, escorté par le petit frère et la petite sœur jusqu'à son tabouret près du feu. Alors Bob, retroussant ses manches par économie, comme si, le pauvre garçon ! elles pouvaient s'user davantage, prit du gin et des citrons et en composa dans un bol une sorte de boisson chaude, qu'il fit mijoter sur la plaque après l'avoir bien remuée ; pendant ce temps, maître Pierre et les deux petits Cratchit, qu'on était sûr de trouver partout, allèrent chercher l'oie, qu'ils rapportèrent bientôt en procession triomphale.

A voir le tumulte causé par cette apparition, on aurait dit qu'une oie était le plus rare de tous les volatiles, un phénomène emplumé, auprès duquel un cygne noir serait une chose banale ; et, en vérité, une oie était bien en effet une des sept merveilles du monde dans cette pauvre maison. Mrs. Cratchit fit bouillir le jus, préparé d'avance, dans une petite casserole ; maître Pierre écrasa les pommes de terre avec une vigueur incroyable ; miss Belinda sucra la sauce aux pommes ; Martha essuya les assiettes chaudes ; Bob fit asseoir Tiny Tim près de lui à l'un des coins de la table ; les deux petits Cratchit placèrent des chaises pour tout le monde, sans s'oublier eux-mêmes, et, une fois en faction à leur poste, fourrèrent leurs cuillers dans leur bouche, pour ne point céder à la tentation de demander de l'oie avant que vînt leur tour d'être servis. Enfin, les plats furent mis sur la table, et l'on dit le bénédicité suivi d'un moment de silence général, lorsque Mrs. Cratchit, promenant lentement son regard le long du couteau à découper, se prépara à le plonger dans les flancs de la bête ; mais à peine l'eut-elle fait, à peine la farce si longtemps attendue se fut-elle précipitée par cette ouverture, qu'un murmure de bonheur éclata tout autour de la table, et Tiny Tim lui-même, excité par les deux petits Cratchit, frappa sur la table avec le manche de son couteau, et cria d'une voix faible : « Hourra ! »

Jamais on ne vit oie pareille ! Bob dit qu'il ne croyait pas qu'on en eût jamais fait cuire une semblable. Sa chair tendre, sa saveur, sa grosseur, son prix modique firent l'admiration générale ; avec la sauce aux pommes et la purée de pommes de terre, elle suffit amplement pour le dîner de toute la famille. « En vérité, dit Mrs. Cratchit apercevant un petit morceau d'os dans son assiette, on n'a pas pu tout manger », et pourtant tout le monde en avait eu assez, et les deux petits Cratchit, en particulier, étaient barbouillés jusqu'aux yeux de sauce à la sauge et à l'oignon. Mais alors, les assiettes ayant été changées par miss Belinda, Mrs. Cratchit sortit seule, trop émue pour supporter la présence de témoins, afin d'aller chercher le pudding et de l'apporter sur la table.

Supposez qu'il soit manqué ! supposez qu'il se brise quand on le retournera ! supposez que quelqu'un ait sauté pardessus le mur de l'arrière-cour et l'ait volé pendant qu'on se régalait de l'oie ; à cette supposition, les deux petits Cratchit devinrent blêmes ! Toutes sortes d'horreurs furent envisagées.

Oh ! oh ! quelle vapeur épaisse ! Le pudding était tiré du chaudron. Quelle bonne odeur de lessive ! (c'était le linge qui l'enveloppait). Quel mélange d'odeurs appétissantes, qui rappellent le restaurant, le pâtissier de la maison à côté et la blanchisseuse sa voisine ! C'était le pudding. Après une demi-minute à peine d'absence, Mrs. Cratchit rentrait, le visage animé, mais souriante et toute glorieuse, avec le pudding, semblable à un boulet de canon tacheté, si dur, si ferme, nageant au milieu d'un quart de pinte d'eau-de-vie enflammée et surmonté de la branche de houx en l'honneur de Noël.

Oh ! quel merveilleux pudding ! Bob Cratchit déclara, et cela d'un ton calme et sérieux, qu'il le considérait comme le chef-d'œuvre de Mrs. Cratchit depuis leur mariage. Mrs. Cratchit répondit qu'à présent qu'elle n'avait plus ce poids sur le cœur, elle avouerait qu'elle avait eu quelques doutes sur la quantité de farine. Chacun eut quelque chose à dire, mais personne ne s'avisa de dire, s'il le pensa, que c'était un bien petit pudding pour une si nombreuse famille. Franchement, c'eût été bien vilain de le penser ou de le dire. Il n'y a pas de Cratchit qui n'en eût rougi de honte.

Enfin, le dîner achevé, on enleva la nappe, un coup de balai fut donné au foyer et le feu ravivé. Le grog confectionné par Bob ayant été goûté et trouvé parfait, on mit des pommes et des oranges sur la table et une grosse poignée de marrons sous les cendres. Alors toute la famille se rangea autour du foyer en cercle, comme disait Bob Cratchit, il voulait dire en demi-cercle : on mit près de Bob toute la verrerie de la famille, à savoir : deux verres et un petit pot à servir la crème dont l'anse était cassée. Ils n'en contenaient pas moins la liqueur bouillante tout aussi bien que des gobelets d'or auraient pu le faire, et Bob la servit avec des yeux rayonnants de joie, tandis que les marrons se fendaient avec fracas et pétillaient sous la cendre. Alors Bob proposa ce toast :

« Un joyeux Noël pour nous tous, mes amis ! Que Dieu nous bénisse ! »

La famille entière fit écho.

« Que Dieu bénisse chacun de nous ! » dit Tiny Tim le dernier de tous.

Il était assis très près de son père sur son tabouret. Bob tenait sa petite main flétrie dans la sienne, comme s'il eût voulu lui donner une marque plus particulière de sa tendresse et le garder à ses côtés de peur qu'on ne vînt le lui enlever.

« Esprit, dit Scrooge avec un intérêt qu'il n'avait jamais éprouvé auparavant, dites-moi si Tiny Tim vivra.

— Je vois une place vacante au coin du pauvre feu,

répondit le Spectre, et une béquille sans propriétaire qu'on garde soigneusement. Si mon successeur ne change rien à ces images, l'enfant mourra.

— Non, non, dit Scrooge. Oh non, bon Esprit ! Faites qu'il soit épargné.

— Si mon successeur ne change rien à ces images, qui sont l'avenir, reprit le Fantôme, aucun autre de ma race ne le trouvera ici. Eh bien ! après ! s'il meurt, il diminuera le surplus de population. »

Scrooge baissa la tête lorsqu'il entendit l'Esprit répéter ses propres paroles, et il se sentit pénétré de douleur et de repentir.

« Homme, fit le Spectre, si vous avez un cœur d'homme et non de pierre, cessez d'employer ce jargon odieux jusqu'à ce que vous ayez appris ce que c'est que ce surplus et où il se trouve. Voulez-vous donc décider quels hommes doivent vivre, quels hommes doivent mourir ? Il se peut qu'aux yeux de Dieu vous soyez moins digne de vivre que des millions de créatures semblables à l'enfant de ce pauvre homme. Grand Dieu ! entendre l'insecte sur la feuille déclarer qu'il y a trop d'insectes vivants parmi ses frères affamés dans la poussière ! »

Scrooge s'humilia devant la réprimande de l'Esprit, et, tout tremblant, abaissa ses regards vers le sol. Mais il les releva bientôt en entendant prononcer son nom.

« A M. Scrooge ! disait Bob ; je veux que l'on boive à la santé de M. Scrooge, le patron de notre petit festin.

— Un beau patron, ma foi ! s'écria Mrs. Cratchit, rouge d'émotion ; je voudrais le tenir ici, je lui servirais un festin de ma composition, et il faudrait qu'il eût bon appétit pour s'en régaler !

— Ma chère, reprit Bob... ; les enfants !... le jour de Noël !

— Il faut, en effet, que ce soit le jour de Noël, continua-t-elle, pour qu'on boive à la santé d'un homme aussi odieux, aussi avare, aussi dur et aussi insensible que M. Scrooge. Vous savez que j'ai raison, Robert ! Personne ne le sait mieux que vous, pauvre ami !

— Ma chère, répondit Bob doucement... le jour de Noël !

— Je boirai à sa santé pour l'amour de vous et en

l'honneur de ce jour, dit Mrs. Cratchit, mais non pour lui. Je lui souhaite donc une longue vie, joyeux Noël et heureuse année ! Voilà-t-il pas de quoi le rendre bienheureux et bien joyeux ! J'en doute. »

Les enfants burent à la santé de M. Scrooge après leur mère ; c'était la première chose qu'ils ne fissent pas ce jour-là de bon cœur ; Tiny Tim but le dernier, mais il aurait bien donné son toast pour deux sous. Scrooge était l'ogre de la famille. Son seul nom jeta sur cette petite fête un sombre nuage qui ne se dissipa complètement qu'après cinq grandes minutes.

Ce temps écoulé, ils furent dix fois plus gais qu'avant, dès qu'on en eut entièrement fini avec cet épouvantail de Scrooge. Bob Cratchit leur apprit qu'il avait en vue pour maître Pierre une place qui lui rapporterait, en cas de réussite, cinq schellings six pence par semaine. Les deux petits Cratchit rirent comme des fous en pensant que Pierre allait entrer dans les affaires, et Pierre lui-même regarda le feu d'un air pensif entre les deux pointes de son col, comme s'il se consultait déjà pour savoir quelle sorte de placement il honorerait de son choix quand il serait en possession de ce revenu important.

Martha, pauvre apprentie chez une marchande de modes, raconta alors quelle espèce d'ouvrage elle avait à faire, combien d'heures elle travaillait sans s'arrêter, et se réjouit d'avance à la pensée qu'elle pourrait demeurer fort tard au lit le lendemain matin, jour de repos passé à la maison. Elle ajouta qu'elle avait vu, peu de jours auparavant, une comtesse et un lord, et que le lord était bien à peu près de la taille de Pierre ; sur quoi, Pierre tira si haut son col de chemise, que vous n'auriez pu apercevoir sa tête si vous aviez été là. Pendant tout ce temps, les marrons et le pot au grog circulaient à la ronde, puis Tiny Tim se mit à chanter une ballade sur un enfant égaré au milieu des neiges ; Tiny Tim avait une petite voix plaintive et chanta sa romance à merveille, ma foi !

Il n'y avait rien dans tout cela de bien aristocratique. Ce n'était pas une belle famille ; ils n'étaient bien vêtus ni les uns ni les autres ; leurs souliers étaient loin d'être imperméables ; leurs habits n'étaient pas cossus ; Pierre connaissait certainement, j'en mettrais ma main au feu, la boutique du prêteur sur gage. Cependant ils étaient heureux, reconnaissants, satisfaits les uns des autres et contents de leur sort ; et au moment où Scrooge les quitta, ils semblaient plus heureux encore à la lueur des étincelles que la torche de l'Esprit répandait sur eux ; aussi les suivit-il du regard, et en particulier Tiny Tim, sur lequel il tint l'œil fixé jusqu'au bout.

Cependant la nuit était venue, sombre et noire ; la neige tombait à gros flocons, et, tandis que Scrooge parcourait les rues avec l'Esprit, l'éclat des feux pétillait dans les cuisines, dans les salons, partout, avec un effet merveilleux. Ici, la flamme vacillante laissait voir les préparatifs d'un bon petit dîner de famille, avec les assiettes qui chauffaient devant le feu, et des rideaux épais d'un rouge foncé, qu'on allait tirer bientôt pour faire obstacle au froid et à l'obscurité de la rue. Là, tous les enfants de la maison s'élançaient dehors dans la neige au-devant de leurs sœurs mariées, de leurs frères, de leurs cousins, de leurs oncles, de leurs tantes, pour être les premiers à leur dire bonjour. Ailleurs, les silhouettes des convives réunis se dessinaient sur les stores. Un groupe de belles jeunes filles, encapuchonnées, chaussées de souliers fourrés, et causant toutes à la fois, se rendaient d'un pied léger chez quelque voisin ; malheur alors au célibataire (les rusées magiciennes, elles le savaient bien !) qui les y verrait faire leur entrée avec leur teint vermeil animé par le froid !

A en juger par le nombre de ceux qu'ils rencontraient sur leur route se rendant à d'amicales réunions, vous auriez pu croire qu'il ne restait plus personne dans les maisons pour leur donner la bienvenue à leur arrivée, quoique ce fût tout le contraire ; pas une maison où l'on n'attendît quelqu'un, pas une cheminée où l'on n'eût empilé le charbon jusqu'à la gorge. Aussi, Dieu du ciel ! comme l'Esprit était ravi ! comme il découvrait sa large poitrine ! comme il ouvrait sa vaste main ! comme il planait au-dessus de cette foule, déversant avec générosité sa joie vive et innocente sur tout ce qui se trouvait à sa portée ! Il n'y eut pas jusqu'à l'allumeur de réverbères qui, dans sa course devant lui, marquant de points lumineux les rues ténébreuses, tout habillé déjà pour aller passer sa soirée quelque part, ne se mît à rire aux éclats lorsque l'Esprit passa près de lui, bien qu'il ne sût pas, le brave homme, qu'il eût en ce moment pour compagnie Noël en personne.

Tout à coup, sans que le Spectre eût dit un seul mot pour préparer son compagnon à ce brusque changement, ils se trouvèrent au milieu d'un marais triste, désert, parsemé de monstrueux tas de pierres brutes, comme si c'eût été un cimetière de géants ; l'eau s'y répandait partout où elle voulait, elle n'avait pas d'autre obstacle que la gelée qui la retenait prisonnière ; il ne poussait rien en ce triste lieu, si ce n'est de la mousse, des genêts et une herbe chétive et rude. A l'horizon, du côté de l'ouest, le soleil couchant avait laissé une traînée de feu d'un rouge ardent qui illumina un instant ce paysage désolé, comme le regard étincelant d'un œil sombre, dont les paupières s'abaissant peu à peu jusqu'à ce qu'elles se ferment tout à fait, finirent par se perdre complètement dans l'obscurité d'une nuit épaisse.

« Où sommes-nous ? demanda Scrooge.

— Nous sommes où vivent les mineurs, ceux qui travaillent dans les entrailles de la terre, répondit l'Esprit ; mais ils me reconnaissent. Regardez ! »

Une lumière brilla à la fenêtre d'une pauvre hutte, et ils se dirigèrent rapidement de ce côté. Passant à travers le mur de pierre et de boue, ils trouvèrent une joyeuse compagnie assemblée autour d'un feu splendide. Un vieux bonhomme et sa femme, leurs enfants, leurs petits-enfants, et une autre génération encore, étaient tous là réunis, vêtus de leurs habits de fête. Le vieillard, d'une voix qui s'élevait rarement au-dessus des sifflements aigus du vent sur la lande déserte, leur chantait un cantique (déjà fort ancien lorsqu'il n'était lui-même qu'un tout petit enfant) ; de temps en temps, ils reprenaient tous ensemble le refrain. Chaque fois qu'ils chantaient, le vieillard sentait redoubler sa vigueur et sa verve ; mais chaque fois, dès qu'ils se taisaient, il retombait dans sa faiblesse.

L'Esprit ne s'arrêta pas en cet endroit, mais ordonna à Scrooge de saisir fortement sa robe et le transporta, en passant au-dessus du marais, où ? Pas vers la mer ? Si, la mer. Scrooge, tournant la tête, vit avec horreur, bien loin derrière eux, la dernière langue de terre, une rangée de rochers affreux ; ses oreilles furent assourdies par le bruit des flots qui tourbillonnaient, mugissaient avec le fracas du tonnerre et venaient se briser au sein des épouvantables cavernes qu'ils avaient creusées, comme si, dans les accès de sa rage, la mer eût essayé de miner la terre.

Bâti sur le triste récif d'un rocher à fleur d'eau, à quelques lieues du rivage, et battu par les flots tout le long de l'année avec un acharnement furieux, se dressait un phare solitaire. D'énormes tas de plantes marines s'accumulaient à sa base, et les oiseaux des tempêtes, engendrés par les vents, peut-être comme les algues par les eaux, voltigeaient alentour, s'élevant et s'abaissant tour à tour, comme les vagues qu'ils effleuraient dans leur vol.

Mais même en ce lieu, deux hommes chargés de la garde du phare avaient allumé un feu qui jetait un rayon de clarté sur l'épouvantable mer, à travers l'ouverture pratiquée dans l'épais mur. Joignant leurs mains calleuses par-dessus la table grossière devant laquelle ils étaient assis, ils se souhaitaient l'un à l'autre un joyeux Noël en buvant leur grog, et le plus âgé des deux dont le visage était racorni et ravagé par les intempéries de l'air, comme une de ces figures sculptées à la proue d'un vieux bâtiment, entonna de sa voix rauque un chant sauvage qu'on aurait pu prendre lui-même pour un coup de vent pendant l'orage.

Le Spectre allait toujours au-dessus de la mer sombre et houleuse, toujours, toujours, jusqu'à ce que dans son vol rapide, bien loin de la terre et de tout rivage, comme il l'apprit à Scrooge, ils s'abattirent sur un vaisseau et se placèrent tantôt près du timonier à la roue du gouvernail, tantôt à la vigie sur l'avant, ou à côté des officiers de quart, visitant ces sombres et fantastiques silhouettes dans les différents postes où ils montaient leur faction. Mais chacun de ces hommes fredonnait un chant de Noël, ou pensait à Noël, ou rappelait à voix basse à son compagnon quelque Noël passé, avec les espérances qui s'y rattachent d'un retour heureux au sein de la famille. Tous, à bord, éveillés ou endormis, bons ou méchants, avaient échangé les uns avec les autres, ce matin-là, une parole plus bienveillante qu'en aucun autre jour de l'année ; tous avaient pris une part plus ou moins grande à ses joies ; ils s'étaient tous souvenus de leurs parents ou de leurs amis absents, comme ils avaient espéré tous qu'à leur tour ceux qui leur étaient chers éprouvaient dans le même moment le même plaisir à penser à eux.

Ce fut une grande surprise pour Scrooge, tandis qu'il prêtait l'oreille aux gémissements plaintifs du vent, et qu'il songeait à ce qu'avait de solennel un semblable voyage au milieu des ténèbres, par-dessus des abîmes inconnus dont les profondeurs étaient des secrets aussi impénétrables que la mort ; ce fut une grande surprise pour Scrooge, ainsi plongé dans ses réflexions, d'entendre un rire joyeux. Mais sa surprise fut bien plus grande encore quand il reconnut que cet éclat de rire avait été poussé par son neveu, et se vit lui-même dans une pièce parfaitement éclairée, chaude, brillante de propreté, avec l'Esprit à ses côtés, souriant et jetant sur ce même neveu des regards pleins de douceur et de complaisance.

« Ha ! ha ! ha ! faisait le neveu de Scrooge. Ha ! ha ! ha ! »

S'il vous arrivait, par un hasard peu probable, de rencontrer un homme qui sût rire de meilleur cœur que le neveu de Scrooge, tout ce que je puis vous dire, c'est que j'aimerais faire aussi sa connaissance. Faites-moi le plaisir de me le présenter, et je cultiverai sa compagnie.

Par une heureuse, juste et noble compensation des choses d'ici-bas, si la maladie et le chagrin sont contagieux, il n'y a rien qui le soit plus irrésistiblement aussi que le rire et la bonne humeur. Pendant que le neveu de Scrooge riait de cette manière, se tenant les côtes, et faisant faire à son visage les contorsions les plus extravagantes, la nièce de Scrooge, sa nièce par alliance, riait d'aussi bon cœur que lui ; leurs amis réunis chez eux n'étaient pas le moins du monde en reste et riaient également à gorge déployée. Ha ! ha ! ha ! ha ! ha ! ha !

« Oui, ma parole d'honneur, il m'a dit, s'écria le neveu de Scrooge, que Noël était une sottise. Et il le pensait !

— Ce n'en est que plus honteux pour lui, Fred ! » dit la nièce de Scrooge avec indignation. Ah, les femmes, elles ne font jamais rien à demi ; elles prennent tout au sérieux.

La nièce de Scrooge était jolie, excessivement jolie, avec un charmant visage, un air naïf, candide : une ravissante petite bouche qui semblait faite pour être embrassée, et elle l'était, sans aucun doute ; sur le menton, quantité de petites fossettes qui se fondaient l'une dans l'autre lorsqu'elle riait, et les deux yeux les plus vifs, les plus pétillants que vous ayez jamais vus illuminer le visage d'une jeune fille ; en un mot, sa beauté avait quelque chose de provocant peut-être, mais on voyait bien ainsi qu'elle était prête à donner satisfaction. Oh ! mais, complète satisfaction.

« C'est un drôle de vieux bonhomme ! dit le neveu de Scrooge ; c'est vrai, et il pourrait être plus agréable, mais ses défauts portent avec eux leur propre châtiment, et je n'ai rien à dire contre lui.

— Je crois qu'il est très riche, Fred, poursuivit la nièce de Scrooge ; du moins, vous me l'avez toujours dit.

— Qu'importe sa richesse, ma chère amie, reprit son mari ; elle ne lui est d'aucune utilité ; il ne s'en sert pour faire du bien à personne, pas même à lui. Il n'a pas seulement la satisfaction de penser..., ha ! ha ! ha !... que c'est nous qu'il en fera profiter bientôt.

— Tenez ! je ne peux pas le souffrir », continua la nièce.

Les sœurs de la nièce de Scrooge et toutes les autres dames présentes exprimèrent la même opinion.

« Oh ! bien, moi, dit le neveu, je suis plus tolérant que vous ; j'en suis seulement peiné pour lui, et jamais je ne pourrais lui en vouloir quand même j'en aurais envie, car enfin, qui souffre de ses boutades et de sa mauvaise humeur ? Lui, lui seul. Ce que j'en dis, ce n'est pas parce qu'il s'est mis en tête de ne pas nous aimer assez pour venir dîner avec nous ; car après tout, il n'a perdu qu'un médiocre dîner...

— Vraiment ! eh bien ! je pense, moi, qu'il perd un fort bon dîner », dit sa petite femme l'interrompant. Tous les convives furent du même avis, et on doit reconnaître qu'ils étaient juges compétents en cette matière, puisqu'ils venaient justement de le manger ; le dessert était encore sur la table et ils se pressaient autour du feu, à la lueur de la lampe.

« Ma foi ! je suis enchanté de l'apprendre, reprit le neveu de Scrooge, parce que je n'ai pas grande confiance dans le talent de ces jeunes ménagères. Qu'en dis-tu, Topper ? »

Topper avait évidemment jeté les yeux sur une des sœurs de la nièce de Scrooge, car il répondit qu'un célibataire était un misérable paria qui n'avait pas le droit d'exprimer une opinion sur ce sujet ; et là-dessus, la sœur de la nièce de Scrooge, la petite femme rondelette que vous voyez là-bas avec un fichu de dentelle, pas celle qui porte à la main un bouquet de roses, se mit à rougir.

« Continuez donc ce que vous alliez nous dire, Fred, dit la petite femme en frappant des mains. Il n'achève jamais ce qu'il a commencé ! Que c'est donc ridicule ! »

Le neveu de Scrooge s'abandonna bruyamment à un nouvel accès d'hilarité, et, comme il était impossible de se préserver de la contagion, quoique la petite sœur potelée essayât apparemment de le faire en respirant des sels, tout le monde sans exception suivit son exemple.

« J'allais ajouter seulement, dit le neveu de Scrooge, qu'en ne nous aimant pas et en refusant de venir se réjouir avec nous, il perd quelques moments de plaisir qui ne lui auraient pas fait de mal. A coup sûr, il se prive d'une compagnie plus agréable qu'il ne saurait en trouver dans ses propres pensées, dans son vieux comptoir humide ou au milieu de ses pièces poudreuses. Cela n'empêche pas que je compte bien lui offrir chaque année la même chance, que cela lui plaise ou non, car j'ai pitié de lui. Libre à lui de se moquer de Noël jusqu'à sa mort, mais il ne pourra s'empêcher d'en avoir meilleure opinion, j'en suis sûr, lorsqu'il me verra venir tous les ans, toujours de bonne humeur, lui dire : « Oncle Scrooge, comment vous portez-vous ? » Si cela pouvait seulement lui donner l'idée de laisser douze cents francs à son pauvre commis, ce serait déjà quelque chose. Je ne sais pas, mais pourtant je crois bien l'avoir ébranlé hier. »

Ce fut à leur tour de rire maintenant à l'idée présomptueuse qu'il eût pu ébranler Scrooge. Mais comme il avait un excellent caractère, et qu'il ne s'inquiétait guère de savoir pourquoi on riait, pourvu que l'on rît, il les encouragea dans leur gaieté en faisant circuler joyeusement la bouteille.

Après le thé, on fit un peu de musique ; car c'était une famille de musiciens qui s'entendaient à merveille, je vous assure, à chanter des ariettes et des ritournelles, surtout Topper, qui savait faire gronder sa voix de basse comme un artiste confirmé sans avoir besoin de gonfler les larges veines de son front, ni de devenir rouge comme une écrevisse. La nièce de Scrooge jouait très bien de la harpe : entre autres morceaux, elle interpréta un simple petit air (vous auriez pu apprendre à le siffler en deux minutes), justement l'air favori de la jeune fille qui allait autrefois chercher Scrooge à sa pension, comme le Fantôme des Noëls passés le lui avait rappelé. A ces sons biens connus, tout ce que le Spectre lui avait montré alors se présenta de nouveau à son souvenir ; de plus en plus attendri, il songea que, s'il avait pu souvent entendre cet air, depuis de longues années, il aurait sans doute cultivé de ses propres mains, pour son bonheur, les douces affections de la vie, ce qui valait mieux que d'aiguiser la bêche impatiente du fossoyeur qui avait enseveli Jacob Marley.

Mais la soirée ne fut pas consacrée tout entière à la musique. Au bout de quelques instants, on fit des jeux, car il faut bien redevenir enfants quelquefois, surtout à Noël, un jour de fête fondé par un Dieu enfant. Attention ! voilà qu'on commence d'abord par une partie de colin-maillard. Oh ! le tricheur de Topper ! Il fait semblant de ne pas voir avec son bandeau, mais, n'ayez crainte, il n'a pas ses yeux dans sa poche. Je suis sûr qu'il s'est entendu avec le neveu de Scrooge, et que l'Esprit du Noël présent ne s'y est pas laissé prendre. La manière dont le soi-disant aveugle poursuit la petite sœur rondelette au fichu de dentelle est une véritable insulte à la crédulité de la nature humaine. Qu'elle renverse le garde-feu, qu'elle roule par-dessus les chaises, qu'elle aille se cogner contre le piano, ou bien qu'elle s'étouffe dans les rideaux, partout où elle va, il y va ; il sait toujours reconnaître où est la petite sœur rondelette ; il ne veut attaquer personne autre ; vous aurez beau le heurter en courant, comme certains l'ont fait exprès, il fera bien semblant de chercher à vous saisir, avec une maladresse qui fait injure à votre intelligence, mais tout de suite il ira se jeter dans la direction de la petite sœur rondelette. « Ce n'est pas du jeu », dit-elle, souvent en fuyant, et elle a raison ; mais lorsqu'il l'attrape à la fin, quand, en dépit de ses mouvements rapides pour lui échapper, et de tous les frémissements de sa robe de soie froissée, il est parvenu à l'acculer dans un coin, d'où elle ne peut plus sortir, sa conduite alors devient vraiment abominable. Car, sous prétexte qu'il ne sait pas qui c'est, il faut qu'il touche sa coiffure ; sous prétexte de s'assurer de son identité, il se permet de toucher une bague qu'elle porte au doigt, de manier une chaîne passée autour de son cou. Le vilain monstre ! aussi nul doute qu'elle ne lui dise sa façon de penser, maintenant que le mouchoir ayant passé sur les yeux d'une autre personne, ils ont ensemble un entretien si confidentiel, derrière les rideaux, dans l'embrasure de la fenêtre !

La nièce de Scrooge n'était pas de la partie de colin-maillard ; elle était demeurée dans un petit coin, assise à son aise sur un fauteuil avec un tabouret sous les pieds ; le Fantôme et Scrooge se tenaient debout derrière elle ; mais, à certains jeux, elle prenait part et fut particulièrement admirable à *Comment l'aimez-vous ?* avec toutes les lettres de l'alphabet. De même au jeu de *Où, quand et comment,* elle était fort habile, et, à la joie secrète du neveu de Scrooge, elle battait à plates coutures toutes ses sœurs, quoiqu'elles ne fussent pas sottes, non ; demandez plutôt à Topper. Il se trouvait bien là environ une vingtaine de personnes, des jeunes et des vieux, mais tout le monde jouait, jusqu'à Scrooge lui-même qui, oubliant tout à fait, tant il s'intéressait à cette scène, qu'on ne pouvait entendre sa voix, criait tout haut les mots qu'on donnait à deviner ; et il tombait juste très souvent, je dois l'avouer, car l'aiguille la plus pointue, la meilleure *Whitechapel,* garantie pour ne pas couper le fil, n'est pas plus fine ni plus déliée que l'esprit de Scrooge, malgré l'air benêt qu'il se donnait pour tromper le monde.

Le Spectre prenait plaisir à le voir dans ces dispositions

et il le regardait d'un air si rempli de bienveillance, que Scrooge le supplia, comme l'eût fait un enfant, de rester jusqu'après le départ des convives. Mais l'Esprit lui dit que c'était chose impossible.

« Voici un nouveau jeu, dit Scrooge. Une demi-heure, Esprit, seulement une demi-heure ! »

C'était le jeu appelé *Oui et non,* le neveu de Scrooge devait penser à quelque chose et les autres chercher à deviner ce à quoi il pensait ; il ne répondait à toutes leurs questions que par *oui* et par *non,* suivant le cas. Le feu roulant d'interrogations auxquelles il se vit exposé lui arracha successivement une foule d'aveux : qu'il pensait à un animal, que c'était un animal vivant, un animal désagréable, un animal sauvage, un animal qui grondait et grognait quelquefois, qui d'autres fois parlait, qui habitait Londres, qui se promenait dans les rues, qu'on ne montrait pas pour de l'argent, qui n'était mené en laisse par personne, qui ne vivait pas dans une ménagerie, qu'on ne tuait jamais à l'abattoir, et qui n'était ni un cheval, ni un âne, ni une vache, ni un taureau, ni un tigre, ni un chien, ni un cochon, ni un chat, ni un ours. A chaque nouvelle question qui lui était adressée, ce terrible neveu partait d'un nouvel éclat de rire, et il lui en prenait de telles envies, qu'il était obligé de se lever du sofa pour trépigner sur le parquet. A la fin, la sœur rondelette, prise à son tour d'un fou rire, s'écria :

« Je l'ai trouvé ! Je le tiens, Fred ! Je sais ce que c'est.

— Qu'est-ce donc ? demanda Fred.

— C'est votre oncle Scro-o-o-o-oge ! »

C'était cela même. L'admiration fut générale quoique quelques personnes fissent remarquer que la réponse à cette question « Est-ce un ours ? » aurait dû être « Oui » ; d'autant qu'il avait suffi dans ce cas d'une réponse négative pour détourner leurs pensées de M. Scrooge, en supposant qu'elles se fussent portées sur lui d'abord.

« Eh bien ! il a singulièrement contribué à nous divertir, dit Fred, et nous serions de véritables ingrats si nous ne buvions à sa santé. Voici justement que nous tenons à la main chacun un verre de punch, ainsi donc : A l'oncle Scrooge !

— Soit ! à l'oncle Scrooge ! s'écrièrent-ils tous.

— Un joyeux Noël et une bonne année au vieillard, peu importe ce qu'il est ! dit le neveu de Scrooge. Il n'accepterait pas ce souhait de ma bouche, mais il l'aura néanmoins. A l'oncle Scrooge ! »

L'oncle Scrooge s'était laissé peu à peu si bien gagner par l'hilarité générale, il se sentait le cœur si léger, qu'il aurait bu à son tour à la santé de ces gens quoiqu'ils ne s'aperçussent pas de sa présence, et prononcé un discours de remerciement que personne n'eût entendu, si le Spectre lui en avait donné le temps. Mais la scène entière disparut comme le neveu prononçait la dernière parole de son toast ; et déjà Scrooge et l'Esprit avaient repris le cours de leurs voyages.

Ils virent beaucoup de pays, allèrent fort loin et visitèrent un grand nombre de demeures, et toujours avec d'heureux résultats pour ceux que Noël approchait. L'Esprit se tenait auprès du lit des malades, et ils oubliaient leurs maux, l'exilé se croyait pour un moment transporté au sein de sa patrie. Il visitait une âme en lutte avec le sort et aussitôt elle s'ouvrait à des sentiments de résignation et à l'espoir d'un meilleur avenir. Il abordait les pauvres, et aussitôt ils se croyaient riches. Dans les maisons de charité, les hôpitaux, les prisons, dans tous ces refuges de la misère, où l'homme vain et orgueilleux n'avait pu abuser de sa petite autorité si passagère pour en interdire l'entrée et en barrer la porte à l'Esprit, il laissait sa bénédiction et enseignait à Scrooge ses préceptes charitables.

Ce fut là une longue nuit, si toutes ces choses s'accomplirent seulement en une nuit ; mais Scrooge en douta, parce qu'il lui semblait que plusieurs fêtes de Noël avaient été condensées dans l'espace de temps qu'ils passèrent ensemble. Une chose étrange aussi, c'est que, tandis que Scrooge n'éprouvait aucune modification dans sa forme extérieure, le fantôme devenait plus vieux, visiblement plus vieux. Scrooge avait remarqué ce changement, mais il n'en dit pas un mot, jusqu'à ce que, au sortir d'un lieu où une réunion d'enfants célébrait les Rois, jetant un regard sur l'Esprit quand ils furent seuls, il s'aperçut que ses cheveux avaient blanchi.

« La vie des Esprits est-elle donc si courte ? demanda-t-il.

— Ma vie sur ce globe est très courte, en effet, répondit le Spectre. Elle finit cette nuit.

— Cette nuit ! s'écria Scrooge.

— Ce soir, à minuit. Écoutez ! L'heure approche. »

En ce moment, l'horloge sonnait les trois quarts de onze heures.

« Pardonnez-moi mon indiscrétion, dit Scrooge qui regardait attentivement la robe de l'Esprit, mais je vois quelque chose d'étrange et qui ne vous appartient pas, sortir de dessous votre robe. Est-ce un pied ou une griffe ?

— Ce pourrait être une griffe, à en juger par la chair qui est au-dessus, répondit l'Esprit avec tristesse. Regardez. »

Des plis de sa robe, il dégagea deux enfants, deux créatures misérables, abjectes, effrayantes, hideuses, repoussantes, qui s'agenouillèrent à ses pieds et se cramponnèrent à son vêtement.

« Oh ! homme ! regarde, regarde à tes pieds ! » s'écria le Fantôme.

C'étaient un garçon et une fille, jaunes, maigres, couverts de haillons, au visage renfrogné, féroces, quoique rampants dans leur abjection. Une jeunesse gracieuse aurait dû remplir leurs joues et répandre sur leur teint ses plus fraîches couleurs ; au lieu de cela, une main flétrie et desséchée, comme celle du Temps, les avait ridés, amaigris, décolorés ; ces traits où les anges auraient dû trôner, les démons s'y cachaient plutôt pour lancer de là des regards menaçants. Nul changement, nulle dégradation, nulle décomposition de l'espèce humaine, à aucun degré, dans tous les mystères les plus merveilleux de la création, n'ont produit des monstres aussi horribles et aussi effrayants.

Scrooge recula, pâle de terreur ; ne voulant pas blesser l'Esprit, leur père peut-être, il essaya de dire que c'étaient de beaux enfants, mais les mots s'arrêtèrent d'eux-mêmes dans sa gorge, pour ne pas se rendre complices d'un mensonge si énorme.

« Esprit ! est-ce que ce sont vos enfants ? »

« Ce sont les enfants des hommes, dit l'Esprit laissant tomber sur eux un regard, et ils s'attachent à moi pour échapper à leurs pères. Celui-là est l'Ignorance ; celle-ci la Misère. Gardez-vous de l'un et de l'autre et de toute leur descendance, mais surtout du premier, car sur son front je vois écrit : Condamnation. Hâte-toi, dit-il en étendant sa main vers la cité ; hâte-toi d'effacer ce mot qui te condamne plus que lui ; toi à ta ruine, comme lui au malheur. Ose dire que tu n'en es pas coupable ; calomnie même ceux qui t'accusent : Cela peut servir au succès de tes desseins abominables. Mais gare la fin !

— N'ont-ils donc aucun refuge, aucune ressource ? s'écria Scrooge.

— N'y a-t-il pas des prisons ? dit l'Esprit lui renvoyant avec ironie pour la dernière fois ses propres paroles. N'y a-t-il pas d'hospices ? »

L'horloge sonnait minuit.

Scrooge chercha du regard le Spectre et ne le vit plus. Quand le dernier son cessa de vibrer, il se rappela la prédiction du vieux Jacob Marley, et, levant les yeux, il aperçut un Fantôme à l'aspect solennel, drapé dans une robe à capuchon et s'avançant vers lui comme le brouillard au ras du sol.

QUATRIÈME COUPLET

Le dernier des Esprits

Le Fantôme approchait d'un pas lent, grave et silencieux. Quand il fut arrivé près de Scrooge, celui-ci fléchit le genou, car cet Esprit semblait répandre autour de lui, dans l'air qu'il traversait, une terreur sombre et mystérieuse.

Une longue robe noire l'enveloppait tout entier et cachait sa tête, son visage, la forme de son corps, ne laissant rien voir qu'une de ses mains tendues, sans quoi il eût été très difficile de détacher cette figure des ombres de la nuit, et de la distinguer de l'obscurité complète dont elle était environnée.

Quand Scrooge vint se placer à ses côtés, il reconnut que le Spectre était d'une taille élevée et majestueuse, et que sa mystérieuse présence le remplissait d'une crainte solennelle. Mais il n'en sut pas davantage, car l'Esprit ne prononçait pas une parole et ne faisait aucun mouvement.

« Suis-je en la présence du Spectre des Noëls à venir ? » dit Scrooge.

L'Esprit ne répondit rien, mais continua de tenir la main tendue en avant.

« Vous allez me montrer les ombres des choses qui ne sont pas arrivées encore et qui arriveront dans la suite des temps, poursuivit Scrooge. N'est-ce pas, Esprit ? »

La partie supérieure de la robe du fantôme se contracta un instant par le rapprochement de ses plis, comme si le

Spectre avait incliné la tête. Ce fut la seule réponse qu'il en obtint.

Quoique habitué maintenant à la compagnie des Esprits, Scrooge éprouvait une telle frayeur en présence de ce Spectre silencieux, que ses jambes tremblaient sous lui et qu'il se sentit à peine la force de se tenir debout, quand il se prépara à le suivre. L'Esprit s'arrêta un moment, comme s'il eût remarqué son trouble et qu'il eût voulu lui donner le temps de se remettre.

Mais Scrooge n'en fut que plus agité ; un frisson de terreur vague parcourait tous ses membres, quand il venait à songer que derrière ce sombre linceul, des yeux de Fantôme étaient attentivement fixés sur lui, et que, malgré tous ses efforts, il ne pouvait voir qu'une main de Spectre et une grande masse noirâtre.

« Esprit de l'avenir ! s'écria-t-il ; je vous redoute plus qu'aucun des Spectres que j'aie déjà vus ! Mais, parce que je sais que vous voulez mon bien, et parce que j'espère vivre de manière à être un tout autre homme que je n'étais, je suis prêt à vous accompagner avec un cœur reconnaissant. Ne me parlerez-vous pas ? »

Point de réponse. La main seule était toujours tendue droit devant eux.

« Guidez-moi ! dit Scrooge, guidez-moi ! La nuit avance rapidement ; c'est un temps précieux pour moi, je le sais. Esprit, guidez-moi. »

Le fantôme s'éloigna de la même manière qu'il était venu. Scrooge le suivit dans l'ombre de sa robe, et il lui sembla que cette ombre le soulevait et l'emportait avec elle.

On ne pourrait pas dire précisément qu'ils entrèrent dans la ville, ce fut plutôt la ville qui sembla surgir autour d'eux et les entourer de son propre mouvement. Toutefois, ils étaient au cœur même de la Cité, à la bourse, parmi les négociants qui allaient deçà et delà en toute hâte, faisant sonner l'argent dans leurs poches, se groupant pour causer affaires, regardant à leurs montres et jouant d'un air pensif avec leurs grandes breloques, etc., etc., comme Scrooge les avait vus si souvent faire.

L'Esprit s'arrêta près d'un petit groupe de ces hommes

d'affaires. Scrooge, remarquant la direction de sa main tendue de leur côté, s'approcha pour entendre la conversation.

« Non..., disait un grand et gros homme avec un menton monstrueux, je n'en sais pas davantage ; je sais seulement qu'il est mort.

— Quand est-il mort ? demanda un autre.

— La nuit dernière, je crois.

— Comment, et de quoi est-il mort ? dit un troisième personnage en prenant une énorme prise de tabac dans une vaste tabatière. Je croyais qu'il ne mourrait jamais...

— Il n'y a que Dieu qui le sache, reprit le premier avec un bâillement.

— Qu'a-t-il fait de son argent ? demanda un monsieur à la face rubiconde dont le bout du nez était orné d'une excroissance de chair qui pendillait sans cesse comme les caroncules d'un dindon.

— Je n'en sais trop rien, répondit l'homme au double menton en bâillant de nouveau. Peut-être l'a-t-il laissé à sa société ; en tout cas, ce n'est pas à *moi* qu'il l'a légué : voilà tout ce que je sais. »

Cette plaisanterie fut accueillie par un rire général.

« Il est probable, dit le même interlocuteur, que les chaises ne lui coûteront pas cher à l'église, non plus que les voitures ; car, sur mon âme, je ne connais personne qui soit disposé à aller à son enterrement. Si nous désignions un groupe de volontaires !

— Cela m'est égal, s'il y a une collation, observa le monsieur, avec l'excroissance sur le nez ; mais je veux être nourri pour la peine.

— Eh bien ! après tout, dit celui qui avait parlé le premier, je vois que je suis encore le plus désintéressé de vous tous, car je n'y allais pas pour qu'on me donnât des gants noirs, je n'en porte pas : ni pour la collation, je ne mange jamais entre les repas ; et pourtant, je m'offre à y aller, si quelqu'un veut venir avec moi. C'est que, voyez-vous, en y réfléchissant, je ne suis pas sûr le moins du monde de n'avoir pas été son plus intime ami, car nous avions l'habitude de nous arrêter pour échanger quelques mots toutes les fois que nous nous rencontrions. Adieu, messieurs ; au revoir ! »

Le groupe se dispersa et alla se mêler à d'autres. Scrooge reconnaissait tous ces personnages : il regarda l'Esprit comme pour lui demander l'explication de ce qu'il venait d'entendre.

Le Fantôme se glissa dans une rue et montra du doigt deux individus qui s'abordaient. Scrooge écouta encore, croyant trouver là le mot de l'énigme.

Il les reconnaissait également très bien ; c'étaient deux négociants, riches et considérés. Il s'était toujours vanté d'être bien placé dans leur estime, au point de vue des affaires, s'entend, purement et simplement au point de vue des affaires.

« Comment vous portez-vous ? dit l'un.

— Et vous ? répondit l'autre.

— Bien ! fit le premier. Le Diable a donc enfin récupéré son bien, hein ?

— On me l'a dit..., il fait froid, n'est-ce pas ?

— Peuh ! Un temps de saison ! temps de Noël. Vous ne patinez pas, je suppose ?

— Non, non ; j'ai bien autre chose à faire. Au revoir ! »

Pas un mot de plus. Telles furent leur rencontre, leur conversation et leur séparation.

Scrooge fut d'abord enclin à s'étonner que l'Esprit attachât une telle importance à des conversations en apparence si triviales ; mais intimement convaincu qu'elles devaient avoir un sens caché, il se mit à réfléchir à ce que cela pouvait être. Il était peu probable que ces conversations se rapportassent à la mort de Jacob, son vieil associé : car cette mort appartenait au passé, et le Spectre s'occupait de l'avenir ; il ne voyait non plus personne de ses connaissances à qui il pût les appliquer. Toutefois, ne doutant pas que, quelle que fût celle à qui il convenait de les appliquer, elles ne renfermassent une leçon secrète à son intention, et pour son bien, il résolut de recueillir avec soin chacune des paroles qu'il entendrait et chacune des choses qu'il verrait, mais surtout d'observer attentivement sa propre image lorsqu'elle lui apparaîtrait, persuadé que la conduite de son futur lui-même lui donnerait la clef de cette énigme et en rendrait la solution facile.

Il se chercha donc en ce lieu ; mais un autre occupait sa place accoutumée, dans le coin qu'il affectionnait particulièrement, et, quoique l'horloge indiquât l'heure où il venait d'ordinaire à la Bourse, il ne vit personne qui lui ressemblât, parmi cette multitude qui se pressait sous le porche pour y entrer. Cela le surprit peu, néanmoins, car depuis ses premières visions, il avait médité dans son esprit un changement de vie ; il pensait, il espérait que son absence était une preuve qu'il avait mis ses nouvelles résolutions en pratique.

Le Fantôme se tenait à ses côtés, immobile, sombre, toujours le bras tendu. Quand Scrooge sortit de sa rêverie, il s'imagina, au mouvement de la main et d'après la position du Spectre, que ses yeux invisibles le regardaient fixement. Cette pensée le fit frissonner de la tête aux pieds.

Quittant le théâtre bruyant des affaires, ils allèrent dans un quartier obscur de la ville, où Scrooge n'avait pas encore pénétré, quoiqu'il en connût parfaitement l'emplacement et la mauvaise renommée. Les rues étaient sales et étroites, les boutiques et les maisons misérables, les gens à demi nus, ivres, mal chaussés, hideux. Des allées et des passages sombres, comme autant d'égouts, vomissaient leurs odeurs repoussantes, leurs immondices et leurs ignobles habitants dans ce labyrinthe de rues ; tout le quartier respirait le crime, l'ordure, la misère.

Au fond de ce repaire infâme, on voyait une boutique basse, s'avançant en saillie sous le toit d'un auvent, dans laquelle on achetait le fer, les vieux chiffons, les vieilles bouteilles, les os, les restes des assiettes du dîner de la veille. Sur le plancher, à l'intérieur, étaient entassés des clefs rouillées, des clous, des chaînes, des gonds, des limes, des plateaux de balance, des poids et toute espèce de ferraille. Des mystères que peu de personnes eussent été curieuses d'approfondir s'agitaient peut-être sous ces monceaux de guenilles repoussantes, sous ces masses de graisse corrompue et ces sépulcres d'ossements. Assis au milieu des marchandises dont il faisait le commerce, près d'un réchaud de vieilles briques, un sale individu, aux cheveux blanchis par l'âge (il avait près de soixante-dix ans), s'abritait de l'air froid du dehors, au moyen d'un rideau crasseux, composé de lambeaux dépareillés suspendus à une ficelle, et fumait sa pipe en savourant avec délices la volupté de sa paisible solitude.

Scrooge et le Fantôme se trouvèrent en présence de cet homme, au moment précis où une femme, chargée d'un lourd paquet, se glissa dans la boutique. A peine y eut-elle mis les pieds, qu'une autre femme, chargée de la même manière, entra pareillement, cette dernière fut suivie de près par un homme vêtu d'un habit noir râpé, qui ne parut pas moins surpris de la vue des deux femmes qu'elles ne l'avaient été elles-mêmes en se reconnaissant l'une l'autre. Après quelques instants de stupéfaction muette partagée par l'homme à la pipe, ils se mirent à éclater de rire tous les trois.

« Que la femme de charge passe la première, s'écria celle qui était entrée d'abord. La blanchisseuse viendra après, puis, en troisième lieu, l'homme des pompes funèbres. Eh bien ! vieux Joe, dites donc, en voilà un hasard ! Ne dirait-on pas que nous nous sommes donné ici rendez-vous tous les trois ?

— Vous ne pouviez toujours pas mieux choisir votre lieu, dit le vieux Joe ôtant sa pipe de sa bouche. Entrez au salon. Depuis longtemps vous y avez vos libres entrées, et les deux autres ne sont pas non plus des étrangers. Attendez que j'aie fermé la porte de la boutique. Ah ! comme elle grince ! Je ne crois pas qu'il y ait ici de ferraille plus rouillée que ses gonds, comme il n'y a pas non plus, j'en suis bien sûr, d'os aussi vieux que les miens dans tout mon magasin. Ah ! ah ! nous sommes tous en harmonie avec notre condition, nous sommes bien assortis. Entrez au salon. Entrez. »

Le salon était l'espace séparé de la boutique par le rideau de loques. Le vieux marchand remua le feu avec un barreau brisé provenant d'une rampe d'escalier, et après avoir ravivé sa lampe fumeuse (car il faisait nuit) avec le tuyau de sa pipe, il le remit dans sa bouche.

Pendant qu'il faisait ainsi les honneurs de son hospitalité, la femme qui avait déjà parlé jeta son paquet à terre, et s'assit, dans une pose nonchalante, sur un tabouret, croisant ses coudes sur ses genoux, et lançant aux deux autres comme un défi hardi.

« Eh bien ! quoi ? Qu'y a-t-il donc ? Qu'est-ce qu'il y a ? Mrs. Dilber ? dit-elle. Chacun a bien le droit de songer à soi, je pense. Est-ce qu'il a fait autre chose toute sa vie, *lui* ?

— C'est vrai, ma foi ! fit la blanchisseuse. Personne plus que lui.

— Eh bien ! alors, vous n'avez pas besoin de rester là à écarquiller les yeux comme si vous aviez peur : les loups ne se mangent pas entre eux, je suppose.

— Bien sûr ! dirent en même temps Mrs. Dilber et le croque-mort. Nous l'espérons bien.

— En ce cas, s'écria la femme, tout est pour le mieux. Il n'y a pas besoin de chercher midi à quatorze heures. Et d'ailleurs, où est le mal ? A qui vont manquer ces babioles ? Ce n'est pas au mort, je suppose ?

— Ma foi, non, dit Mrs. Dilber en riant.

— S'il voulait les conserver après sa mort, le vieux grigou, poursuivit la femme, pourquoi n'a-t-il pas fait comme tout le monde ? Il n'avait qu'à prendre une garde pour le veiller quand la mort est venue le frapper, au lieu de rendre le dernier soupir dans son coin, tout seul comme un chien.

— C'est bien la pure vérité, fit Mrs. Dilber. Il n'a que ce qu'il mérite.

— Je voudrais bien qu'il ne s'en tirât pas à si bon compte, reprit la femme ; et il en serait autrement, vous pouvez me croire, si j'avais pu mettre les mains sur autre chose. Ouvrez ce paquet, vieux Joe, et voyons ce que cela vaut. Parlez franchement. Je n'ai pas peur de passer la première ; je ne crains pas qu'ils le voient. Nous savions très bien, je crois, avant de nous rencontrer ici, que nous faisions nos petites affaires. Il n'y a pas de mal à cela. Ouvrez le paquet, Joe. »

Mais ses amis, par délicatesse, ne voulurent pas le permettre, et l'homme à l'habit noir râpé, montant le premier sur la brèche, produisit son butin. Il n'était pas considérable : un cachet ou deux, un porte-crayon, deux boutons de manchettes et une épingle de peu de valeur, voilà tout. Chacun de ces objets fut examiné par le vieux Joe qui marqua sur le mur avec de la craie les sommes qu'il était disposé à en donner, et additionna le total quand il vit qu'il n'y avait plus d'autre article.

« Voilà votre compte, dit-il, et je ne donnerais pas six pence de plus même si on devait me faire rôtir à petit feu. A qui le tour ? »

C'était le tour de Mrs. Dilber. Elle déploya des draps, des serviettes, un costume, deux cuillers à thé en argent, une pince à sucre et des bottes. Son compte lui fut fait sur le mur de la même manière.

« Je donne toujours trop aux dames. C'est une des mes faiblesses, et c'est ainsi que je me ruine, dit le vieux Joe. Voilà votre compte. Si vous me demandez un penny de plus et que vous marchandiez là-dessus, je pourrai bien me raviser et rabattre un écu sur la générosité de mon premier instinct.

— Et maintenant, Joe, défaites mon paquet », dit la première femme.

Joe se mit à genoux pour plus de facilité, et, après avoir défait une grande quantité de nœuds, il tira du paquet une grosse et lourde pièce d'étoffe sombre.

« Quel nom donnez-vous à cela ? dit-il. Des rideaux de lit.

— Oui, répondit la femme en riant et en se penchant sur ses bras croisés. Des rideaux de lit !

— Il n'est pas Dieu possible que vous les ayez enlevés, anneaux et tout, pendant qu'il était encore là sur son lit ? demanda Joe.

— Que si, reprit la femme, et pourquoi pas ?

— Allons, vous étiez née pour faire fortune, dit Joe, et fortune vous ferez.

— Certainement je ne retirerai pas la main quand je pourrai la mettre sur quelque chose, par égard pour un homme pareil, je vous en réponds, Joe, dit la femme avec le plus grand sang-froid. Ne laissez pas tomber de l'huile sur les couvertures, maintenant.

— Ses couvertures, à lui ? demanda Joe.

— Et à qui donc ? répondit la femme. Avez-vous peur qu'il s'enrhume sans elles ?

— Ah çà ! J'espère qu'il n'est pas mort de quelque maladie contagieuse, hein ? dit le vieux Joe s'arrêtant dans son examen et levant la tête.

— N'ayez pas peur, Joe, je n'étais pas folle de sa compagnie au point de rester auprès de lui pour de semblables misères s'il y avait eu le moindre danger... Oh ! vous pouvez examiner cette chemise jusqu'à ce que les yeux vous en crèvent, vous n'y trouverez pas le plus petit trou ; elle n'est pas même élimée ; c'était bien sa meilleure, et en effet elle n'est pas vilaine. C'est bien heureux que je me sois trouvée là ; sans moi, on l'aurait perdue.

— Qu'appelez-vous perdue ? demanda le vieux Joe.

— On l'aurait enseveli avec, pour sûr, reprit-elle en riant. Croiriez-vous qu'il y avait déjà eu quelqu'un d'assez sot pour le faire ; mais je la lui ai ôtée bien vite. Si le calicot n'est pas assez bon pour cette besogne, je ne vois guère à quoi il peut servir. C'est très bon pour couvrir un corps ; et, quant à l'élégance, le bonhomme ne sera pas plus laid dans une chemise de calicot qu'il ne l'était avec sa chemise de toile. »

Scrooge écoutait ce dialogue avec horreur. Tous ces gens-là, assis ou plutôt accroupis autour de leur proie, serrés les uns contre les autres, à la faible lueur de la lampe du vieillard, lui causaient un sentiment de haine et de dégoût aussi prononcé que s'il eût vu d'obscènes démons occupés à marchander le cadavre lui-même.

« Ha ! ha ! continua en riant la même femme lorsque le vieux Joe, tirant un sac de flanelle rempli d'argent, compta à chacun, sur le plancher, la somme qui lui revenait pour sa part. Voilà bien le meilleur, voyez-vous ! Il n'a, de son vivant, effrayé tout le monde, et tenu chacun loin de lui que pour nous assurer des profits après sa mort. Ha ! ha ! ha !

— Esprit ! dit Scrooge frissonnant de la tête aux pieds. Je comprends, je comprends. Le sort de cet infortuné pourrait être le mien. C'est là que mène une vie comme la mienne... Seigneur miséricordieux, qu'est-ce que je vois ? »

Il recula de terreur, car la scène avait changé, et il touchait presque un lit, un lit nu, sans rideaux, sur lequel, recouvert d'un drap déchiré, reposait quelque chose dont le silence même révélait la nature en un terrible langage.

La chambre était très sombre, trop sombre pour qu'on pût remarquer avec exactitude ce qui s'y trouvait, bien que Scrooge obéissant à une impulsion secrète, promenât ses regards curieux, inquiet de savoir ce que c'était que cette chambre. Une pâle lumière, venant du dehors, tombait directement sur le lit où gisait le cadavre de cet homme dépouillé, volé, abandonné de tout le monde, auprès duquel personne ne pleurait, personne ne veillait.

Scrooge regarda le Fantôme dont la main fatale lui montrait la tête du mort. Le linceul avait été jeté avec tant de négligence, qu'il aurait suffi du plus léger mouvement de son doigt pour mettre à nu ce visage. Scrooge y songea ; il voyait combien c'était facile, il éprouvait le désir de le faire, mais il n'avait pas plus la force d'écarter ce voile que de renvoyer le Spectre qui se tenait debout à ses côtés.

« Oh ! froide, affreuse, épouvantable mort ! Tu peux dresser ici ton autel et l'entourer de toutes les terreurs dont tu disposes ; car tu es bien là dans ton domaine ! Mais, quand c'est une tête aimée, respectée et honorée, tu ne peux plier un seul de ses cheveux à tes terribles desseins, ni rendre odieux un de ses traits. Ce n'est pas qu'alors la main ne devienne pesante aussi, et ne retombe si je l'abandonne ; ce n'est pas que le cœur et le pouls ne soient silencieux ; mais cette main, elle fut autrefois ouverte, généreuse, loyale ; ce cœur fut brave, chaud, honnête et tendre ; c'était un vrai cœur d'homme qui battait là dans sa poitrine. Frappe, frappe, mort impitoyable ! tes coups sont vains. Tu vas voir jaillir de sa blessure ses bonnes actions, l'honneur de sa vie éphémère, la semence de la vie immortelle ! »

Aucune voix ne prononça ces paroles aux oreilles de Scrooge, il les entendit cependant lorsqu'il regarda le lit. « Si cet homme pouvait revivre, pensait-il, que dirait-il à présent de ses pensées d'autrefois ? L'avarice, la dureté de cœur, l'âpreté du gain, ces pensées-là, vraiment, l'ont conduit à une belle fin !

« Il est là, gisant dans cette maison déserte et sombre, où il n'y a ni homme, ni femme, ni enfant, qui puisse dire : « Il fut bon pour moi dans telle ou telle circonstance, et je serai bon pour lui, à mon tour, en souvenir d'une parole bienveillante. » Seulement un chat grattait à la porte, et, sous la pierre du foyer, on entendait les rats qui rongeaient quelque chose. Que venaient-ils chercher dans cette chambre mortuaire ? Pourquoi étaient-ils si avides, si turbulents ? Scrooge n'osa point y penser.

« Esprit, dit-il, ce lieu est affreux. En le quittant, je n'oublierai pas la leçon qu'il me donne, croyez-moi. Partons ! »

Le Spectre, de son doigt immobile, lui montrait toujours la tête du cadavre.

« Je vous comprends, répondit Scrooge, et je le ferais si je pouvais. Mais je n'en ai pas la force. »

Le Fantôme parut encore le regarder avec une attention plus marquée.

« S'il y a quelqu'un dans la ville qui ressente une émotion pénible par suite de la mort de cet homme, dit Scrooge en proie aux angoisses de l'agonie, montrez-moi cette personne, Esprit, je vous en conjure. »

Le Fantôme étendit un moment sa sombre robe devant lui comme une aile, puis, la repliant, lui fit voir une pièce éclairée par la lumière du jour, où se trouvaient une mère et ses enfants.

Elle attendait quelqu'un avec une impatience inquiète ; car elle allait et venait dans la pièce, tressaillait au moindre bruit, regardait par la fenêtre, jetait les yeux sur la pendule, essayait, mais en vain, de reprendre son ouvrage, et pouvait à peine supporter les voix des enfants dans leurs jeux.

Enfin retentit à la porte le coup de marteau si longtemps attendu. Elle courut ouvrir : c'était son mari, homme jeune encore, au visage abattu, flétri par le chagrin ; on y voyait pourtant en ce moment une expression étrange, une sorte de plaisir triste dont il avait honte et qu'il s'efforçait de réprimer.

Il s'assit pour manger le dîner que sa femme avait tenu chaud près du feu, et quand elle lui demanda d'une voix faible : « Quelles nouvelles ? » (ce qu'elle ne fit qu'après un long silence), il parut embarrassé de répondre.

« Sont-elles bonnes ou mauvaises ? dit-elle pour l'aider.

— Mauvaises, répondit-il.

— Sommes-nous tout à fait ruinés ?

— Non, Caroline. Il y a encore de l'espoir.

— S'*il* se laisse toucher, dit-elle toute surprise ; après un tel miracle, on pourrait tout espérer, sans doute.

— Il ne peut plus se laisser toucher, dit le mari ; il est mort. »

C'était une créature douce et patiente que cette femme. On le voyait rien qu'à son visage, et cependant elle ne put s'empêcher de bénir Dieu au fond de son âme à cette annonce imprévue, ni de le dire en joignant les mains. L'instant d'après, elle demanda pardon au ciel, car elle en avait regret ; mais le premier mouvement partait du cœur.

« Ce que cette femme à moitié ivre, dont je t'ai parlé hier soir, m'a dit, quand j'ai essayé de le voir pour obtenir de lui une semaine de délai, et ce que je croyais être une excuse pour m'éviter est la vérité pure ; non seulement il était déjà fort malade, mais il était mourant.

— A qui sera transférée notre dette ?

— Je l'ignore. Mais d'ici là, nous aurons la somme, et même si nous n'étions pas prêts, ce serait jouer de malheur si nous trouvions dans son successeur un créancier aussi impitoyable. Nous pouvons dormir cette nuit plus tranquilles, Caroline ! »

Oui, malgré eux, leurs cœurs étaient débarrassés d'un poids bien lourd. Les visages des enfants groupés autour d'eux, afin d'écouter une conversation qu'ils comprenaient si peu, étaient plus ouverts et animés d'une joie plus vive ; la mort de cet homme rendait un peu de bonheur à une famille ! La seule émotion causée par cet événement, dont le Spectre venait de rendre Scrooge témoin, était une joie.

« Esprit, dit Scrooge, faites-moi voir quelque scène de tendresse étroitement liée avec l'idée de la mort ; sinon cette chambre sombre, que nous avons quittée tout à l'heure, sera toujours présente à mon souvenir. »

Le Fantôme le conduisit au travers de plusieurs rues qui lui étaient familières ; à mesure qu'ils marchaient, Scrooge regardait de côté et d'autre dans l'espoir de retrouver son image, mais nulle part il ne pouvait la voir. Ils entrèrent dans la maison du pauvre Bob Cratchit, cette même maison que

Scrooge avait visitée précédemment, et trouvèrent la mère et les enfants assis autour du feu.

Ils étaient calmes, très calmes. Les bruyants petits Cratchit se tenaient dans un coin aussi tranquilles que des statues, et demeuraient assis, les yeux fixés sur Pierre, qui avait un livre ouvert devant lui. La mère et ses filles s'occupaient à coudre. Toute la famille était bien tranquille assurément !

« Et il prit un enfant, et il le mit au milieu d'eux. »

Où Scrooge avait-il entendu ces paroles ? Il ne les avait pas rêvées. Il fallait bien que ce fût l'enfant qui les avait lues à haute voix, quand Scrooge et l'Esprit franchissaient le seuil de la porte. Pourquoi interrompait-il sa lecture ?

La mère posa son ouvrage sur la table et se couvrit le visage de ses mains.

« La couleur de cette étoffe me fait mal aux yeux, dit-elle.

— La couleur ? Ah ! pauvre Tiny Tim !

— Cela va mieux maintenant, dit la femme de Cratchit. C'est sans doute de travailler à la lumière qui les fatigue, mais je ne voudrais pour rien au monde laisser voir à votre père, quand il rentrera, que mes yeux sont fatigués. Il ne doit pas tarder, c'est bientôt l'heure.

— L'heure est passée, répondit Pierre en fermant le livre. Mais je trouve, ma mère, qu'il va un peu moins vite depuis quelques soirs. »

La famille retomba dans son silence et son immobilité. Enfin, la mère reprit d'une voix ferme, dont le ton de gaieté ne faiblit qu'une fois :

« J'ai vu un temps où il allait vite, très vite même, avec... avec Tiny Tim sur son épaule.

— Et moi aussi, s'écria Pierre ; souvent.

— Et moi aussi », s'écria un autre.

Tous répètent : « Et moi aussi.

— Mais Tiny Tim était très léger à porter, reprit la mère en retournant à son ouvrage ; et puis son père l'aimait tant que ce n'était pas pour lui une peine... oh ! non. Mais j'entends votre père à la porte ! »

Elle courut au-devant de lui. Le petit Bob entra avec son cache-nez ; il en avait bien besoin, le pauvre. Son thé était tout prêt contre le feu, c'était à qui s'empresserait pour le servir. Alors les deux petits Cratchit grimpèrent sur ses genoux, et chacun d'eux posa sa petite joue contre les siennes, comme pour lui dire : « N'y pensez plus, mon père ; ne vous chagrinez pas ! »

Bob fut très gai avec eux, il eut pour tout le monde une bonne parole : il regarda l'ouvrage étalé sur la table et loua l'adresse et l'habileté de Mrs. Cratchit et de ses filles. « Ce sera fini bien avant dimanche, dit-il.

— Dimanche ! Vous y êtes donc allé aujourd'hui, Robert ? demanda sa femme.

— Oui, ma chère, répondit Bob. J'aurais voulu que vous eussiez pu y venir : cela vous aurait fait du bien de voir comme l'endroit est vert. Mais vous irez le voir souvent. Je lui avais promis que j'irais m'y promener un dimanche... Mon petit, mon petit enfant ! s'écria Bob ! Mon cher petit enfant ! »

Il éclata en sanglots tout à coup sans pouvoir s'en empêcher. Pour qu'il pût s'en empêcher, il n'aurait pas fallu qu'il se sentît encore si près de son enfant.

Il quitta la pièce et monta dans celle de l'étage supérieur, joyeusement éclairée et parée de guirlandes comme à Noël. Il y avait une chaise placée tout contre le lit de l'enfant, et l'on voyait à des signes certains que quelqu'un était venu récemment l'occuper. Le pauvre Bob s'y assit à son tour ; et, quand il se fut un peu recueilli, un peu calmé, il déposa un baiser sur ce cher petit visage. Alors il se montra plus résigné à ce cruel événement, et redescendit presque heureux... en apparence.

La famille se rapprocha du feu en causant ; les jeunes filles et leur mère travaillaient toujours. Bob leur parla de la bienveillance extraordinaire que lui avait témoignée le neveu de M. Scrooge, qu'il avait vu une fois à peine, et qui, le rencontrant ce jour-là dans la rue et le voyant un peu... abattu, « vous savez, dit Bob, s'était informé avec intérêt de ce qui lui arrivait de fâcheux. Sur quoi, poursuivit Bob, car c'est bien le monsieur le plus affable qu'il soit possible de voir, je lui ai tout raconté. — Je suis sincèrement affligé de ce que vous m'apprenez, monsieur Cratchit, dit-il, pour vous et pour votre excellente femme ». A propos, comment a-t-il pu savoir cela ? je l'ignore absolument.

— Savoir quoi, mon ami ?

— Que vous étiez une excellente femme.

— Mais tout le monde ne le sait-il pas ? dit Pierre.

— Très bien répliqué, mon garçon ! s'écria Bob. J'espère que tout le monde le sait. « Sincèrement affligé, disait-il, pour votre excellente femme ; si je puis vous être utile en quelque chose, ajouta-t-il en me remettant sa carte, voici mon adresse. Je vous en prie, venez me voir. » Eh bien ! j'en ai été charmé, non pas tant pour ce qu'il serait en état de faire en notre faveur, que pour ses manières pleines de bienveillance. On aurait dit qu'il avait réellement connu notre Tiny Tim, et qu'il le regrettait comme nous.

— Je suis sûre qu'il a bon cœur, dit Mme Cratchit.

— Vous en seriez plus sûre, ma chère amie, reprit Bob, si vous l'aviez vu et que vous lui eussiez parlé. Je ne serais pas du tout surpris, remarquez ceci, qu'il trouvât une meilleure place à Pierre.

— Entends-tu, Pierre ? dit Mme Cratchit.

— Et alors, s'écria une des jeunes filles, Pierre se mariera et s'établira à son compte.

— Allez vous promener, répliqua Pierre en faisant une grimace.

— Dame ! cela peut être ou ne pas être, l'un n'est pas plus sûr que l'autre, dit Bob. La chose peut arriver un de ces jours, quoique nous ayons, mon enfant, tout le temps d'y penser. Mais de quelque manière et à quelque moment que nous nous séparions les uns des autres, je suis sûr que pas un de nous n'oubliera le pauvre Tiny Tim ? n'est-ce pas, nous n'oublierons jamais cette première séparation ?

— Jamais, mon père, s'écrièrent-ils tous ensemble.

— Et je sais, dit Bob ; je sais, mes amis, que, quand nous nous rappellerons combien il fut doux et patient, quoique ce ne fût qu'un tout petit, tout petit enfant, nous n'aurons pas de querelles les uns avec les autres, car ce serait oublier le pauvre Tiny Tim.

— Non, jamais, mon père ! répétèrent-ils tous.

— Vous me rendez bien heureux, dit le petit Bob, oui bien heureux ! »

Mme Cratchit l'embrassa, ses filles l'embrassèrent, les deux petits Cratchit l'embrassèrent, Pierre et lui se serrèrent tendrement la main. Ame de Tiny Tim, dans ton essence enfantine, tu étais une émanation de la divinité !

« Spectre, dit Scrooge, quelque chose me dit que l'heure de notre séparation approche. Je le sais, sans savoir comment elle aura lieu. Dites-moi quel était donc cet homme que nous avons vu gisant sur son lit de mort ? »

Le Fantôme des Noëls futurs le transporta, comme auparavant (quoique à une époque différente, pensa-t-il, car ces dernières visions se brouillaient un peu dans son esprit ; ce qu'il y voyait de plus clair, c'est qu'elles se rapportaient à l'avenir), dans les lieux où se réunissent les gens d'affaires et les négociants, mais sans lui montrer son autre lui-même. A la vérité, l'Esprit ne s'arrêta nulle part, mais continua sa course directement, comme pour atteindre plus vite au but, jusqu'à ce que Scrooge le suppliât de s'arrêter un instant.

« Cette cour, dit-il, que nous traversons si vite, est depuis longtemps le lieu où j'ai établi le centre de mes occupations. Je reconnais la maison ; laissez-moi voir ce que je serai un jour. »

L'Esprit s'arrêta ; sa main désignait un autre point.

« Voici la maison là-bas, s'écria Scrooge. Pourquoi me faites-vous signe d'aller plus loin ? »

L'inexorable doigt ne changeait pas de direction. Scrooge courut à la hâte vers la fenêtre de son comptoir et regarda dans l'intérieur. C'était encore un comptoir, mais non plus le sien. L'ameublement n'était pas le même, la personne assise dans le fauteuil n'était pas lui. Le Fantôme indiquait toujours le même endroit.

Scrooge le rejoignit, et tout en se demandant pourquoi il ne se voyait pas là et ce qu'il pouvait être devenu, il suivit son guide jusqu'à une grille de fer. Avant d'entrer, il s'arrêta pour regarder autour de lui.

Un cimetière. Ici, sans doute, gît sous quelques pieds de terre le malheureux dont il allait apprendre le nom. C'était un bien bel endroit, ma foi ! environné de maisons, envahi par le gazon et les herbes sauvages, plutôt la mort de la végétation que la vie, encombrée du trop-plein des sépultures, engraissé jusqu'au dégoût. Oh ! le bel endroit !

L'Esprit, debout au milieu des tombes, en désigna une. Scrooge s'en approcha en tremblant. Le Fantôme était toujours exactement le même, mais Scrooge crut reconnaître dans sa forme solennelle quelque augure nouveau dont il eut peur.

« Avant que je fasse un pas de plus vers cette pierre que vous me montrez, lui dit-il, répondez à cette seule question : Tout ceci, est-ce l'image de ce qui *doit* être, ou seulement de ce qui *peut* être ? »

L'Esprit pour toute réponse, abaissa sa main du côté de la tombe près de laquelle il se tenait.

« Quand les hommes s'engagent dans quelques résolutions, elles leur annoncent certain but qui peut être inévitable, s'ils persévèrent dans leur voie. Mais s'ils la quittent, le but change ; en est-il de même des tableaux que vous faites passer sous mes yeux ? »

L'Esprit demeura immobile comme toujours. Scrooge se traîna vers la tombe, tremblant de frayeur, et, suivant la direction du doigt, lut sur la pierre d'une sépulture abandonnée son propre nom :

EBENEZER SCROOGE.

« C'est donc moi l'homme que j'ai vu gisant sur son lit de mort ? » s'écria-t-il, tombant à genoux.

Le doigt du Fantôme se dirigea alternativement de la tombe à lui et de lui à la tombe.

« Non, Esprit ! oh ! non, non ! »

Le doigt était toujours là.

« Esprit, s'écria-t-il, en se cramponnant à sa robe, écoutez-moi ! je ne suis plus l'homme que j'étais ; je ne serai plus l'homme que j'aurais été si je n'avais pas eu le bonheur de vous connaître. Pourquoi me montrer toutes ces choses, s'il n'y a plus aucun espoir pour moi ? »

Pour la première fois, la main parut faire un mouvement.

« Bon Esprit, poursuivit Scrooge toujours prosterné à ses pieds, la face contre terre, vous intercéderez pour moi, vous

The Last of the Spirits

aurez pitié de moi. Assurez-moi que je puis encore changer ces images que vous m'avez montrées, en changeant de vie ! »

La main s'agita avec un geste bienveillant.

« J'honorerai Noël du fond de mon cœur, et je m'efforcerai d'en entretenir le culte toute l'année. Je vivrai dans le passé, le présent et l'avenir ; les trois Esprits ne me quitteront plus, car je ne veux pas oublier leurs leçons. Oh ! dites-moi que je puis faire disparaître l'inscription de cette pierre ! »

Dans son angoisse, il saisit la main du Spectre. Elle voulut se dégager, mais il la retint par une puissante étreinte. Toutefois, l'Esprit, plus fort, encore cette fois, le repoussa.

Levant les mains dans une dernière prière, afin d'obtenir du Spectre qu'il changeât sa destinée, Scrooge aperçut une métamorphose dans la robe à capuchon de l'Esprit qui diminua de taille, s'affaissa sur lui-même et se transforma en colonne de lit.

CINQUIÈME COUPLET

La conclusion.

C'était une colonne de lit.

Oui ; c'était son lit encore et c'était sa chambre ! Mieux encore, le lendemain lui appartenait pour s'amender et réformer sa vie !

« Je veux vivre dans le passé, le présent et l'avenir ! répéta Scrooge en sautant à bas du lit. Les leçons des trois Esprits demeureront gravées dans ma mémoire. O Jacob Marley ! que le ciel et la fête de Noël soient bénis de leurs bienfaits ! Je le dis à genoux, vieux Jacob, oui, à genoux. »

Il était si animé, si échauffé par de bonnes résolutions que sa voix brisée répondait à peine au sentiment qui l'inspirait. Il avait sangloté violemment dans sa lutte avec l'Esprit, et son visage était inondé de larmes.

« Ils ne sont pas arrachés, s'écria Scrooge embrassant les rideaux de son lit, ils ne sont pas arrachés, les anneaux non plus. Ils sont ici, les images des choses qui auraient pu se réaliser peuvent s'évanouir ; elles s'évanouiront, je le sais ! »

Ses mains étaient occupées à froisser ses vêtements ; il les mettait à l'envers, les retournait sens dessus dessous, le bas en haut et le haut en bas ; dans son trouble, il les déchirait, les laissait tomber à terre, les rendait enfin complices de toutes sortes d'extravagances.

« Je ne sais pas ce que je fais ! s'écria-t-il riant et pleurant à la fois, en se transformant en Laocoon* antique avec ses bas semblables à des serpents. Je suis léger comme une plume ; je suis heureux comme un ange, gai comme un écolier, étourdi comme un homme ivre. Un joyeux Noël à tout le monde ! une bonne, une heureuse année à tous ! Holà ! hé ! ho ! holà ! »

Il avait passé en gambadant de sa chambre dans son salon, et se trouvait là maintenant, tout hors d'haleine.

« Voilà bien la casserole où était l'infusion de gruau ! s'écria-t-il en s'élançant de nouveau et recommençant ses cabrioles devant la cheminée. Voilà la porte par laquelle est entré le Spectre de Marley ! voilà le coin où était assis l'Esprit du Noël présent ! voilà la fenêtre où j'ai vu les âmes en peine ; tout est à sa place, tout est vrai, tout est arrivé... Ha ! ha ! ha ! »

Réellement, pour un homme qui n'avait pas pratiqué depuis tant d'années, c'était un rire splendide, un des rires les plus magnifiques ; le père d'une longue, longue lignée de rires éclatants !

« Je ne sais quel jour du mois nous sommes aujourd'hui ! continua Scrooge. Je ne sais combien de temps je suis demeuré parmi les Esprits. Je ne sais rien : je suis comme un petit enfant. Cela m'est bien égal. Je voudrais bien l'être, un petit enfant. Hé ! holà ! houp ! holà ! hé ! »

Il fut interrompu dans ses transports par les cloches des églises qui sonnaient le carillon le plus vigoureux qu'il eût jamais entendu.

Ding, din, dong, boum ! boum, ding, din, dong ! Boum ! boum ! boum ! dong ! ding, din, dong ! boum !

« Oh ! superbe, superbe ! »

Courant à la fenêtre, il l'ouvrit et regarda dehors. Pas de brume, pas de brouillard ; un froid clair, éclatant, un de ces froids qui vous égayent et vous ravigotent ; un de ces froids qui sifflent à faire danser le sang dans vos veines ; un soleil d'or, un ciel divin ; un air frais et agréable ; des cloches en gaieté. Oh ! superbe, superbe !

« Quel jour sommes-nous aujourd'hui ? cria Scrooge de sa

* Laocoon : prêtre d'Apollon. Étouffé avec ses fils par deux serpents monstrueux.

fenêtre à un petit garçon endimanché, qui s'était arrêté peut-être pour le regarder.

— Hein ? répondit l'enfant ébahi.

— Quel jour sommes-nous aujourd'hui, mon beau petit garçon ? dit Scrooge.

— Aujourd'hui ! répondit l'enfant ; mais c'est le jour de Noël.

— Le jour de Noël ! se dit Scrooge. Je ne l'ai donc pas manqué ! Les Esprits ont tout fait en une nuit. Ils peuvent faire tout ce qu'ils veulent ; qui en doute ? certainement qu'ils le peuvent. Holà ! hé ! mon beau petit garçon !

— Holà ! répondit l'enfant.

— Connais-tu la boutique du marchand de volailles, à deux rues d'ici ?

— Naturellement !

— Un enfant très intelligent ! dit Scrooge. Un enfant remarquable ! Sais-tu si l'on a vendu la belle dinde qui était hier à la devanture ? pas la petite ; la grosse ?

— Ah ! celle qui est aussi grosse que moi ?

— Quel enfant délicieux ! dit Scrooge. Il y a plaisir à causer avec lui. Oui, mon petit !

— Elle y est encore, dit l'enfant.

— Vraiment ! continua Scrooge. Eh bien, va l'acheter !

— Vous me faites marcher ! s'écria l'enfant.

— Non, dit Scrooge, je parle sérieusement. Va l'acheter et dis qu'on me l'apporte ; je leur donnerai ici l'adresse où il faut la porter. Reviens avec le garçon et je te donnerai un shilling. Tiens ! si tu reviens avec lui en moins de cinq minutes, je t'en donnerai trois. »

L'enfant partit comme un trait. Il aurait fallu que l'archer eût une main bien ferme sur la détente pour lancer sa flèche aussi vite.

« Je l'enverrai chez M. Bob Cratchit, murmura Scrooge se frottant les mains et éclatant de rire. Il ne saura pas d'où cela vient. Elle est deux fois grosse comme Tiny Tim. Je suis sûr que Bob goûtera la plaisanterie ; jamais Joe Miller n'en a fait une pareille*. »

* Allusion à un recueil de plaisanteries du XVIIe siècle : « Joe Miller's Jests ».

Il écrivit l'adresse d'une main qui n'était pas très ferme, mais il l'écrivit pourtant, tant bien que mal, et descendit ouvrir la porte pour recevoir le commis du marchand de volailles. Comme il restait là debout à l'attendre, le marteau attira son regard.

« Je l'aimerai toute ma vie ! s'écria-t-il en le caressant de la main. Et moi, qui, jusqu'à présent, ne le regardais jamais, je crois. Quelle honnête expression dans sa figure ! Ah ! le bon, l'excellent marteau ! Mais voici la dinde ! Holà ! hé ! Houp, houp ! comment ça va ? Un joyeux Noël ! »

C'était une dinde, celle-là ! Non, il n'est pas possible qu'il se soit jamais tenu sur ces jambes, ce volatile ; il les aurait brisées en moins d'une minute, comme des bâtons de cire à cacheter. « Mais j'y pense, vous ne pourrez pas la porter jusqu'à Camden-Town, mon ami, dit Scrooge ; il faut prendre un fiacre. »

Le rire avec lequel il dit cela, le rire avec lequel il paya la dinde, le rire avec lequel il paya le fiacre et le rire avec lequel il récompensa le petit garçon ne fut surpassé que par le fou rire avec lequel il se rassit dans son fauteuil, essoufflé, hors d'haleine, et il continua de rire jusqu'aux larmes.

Ce ne lui fut pas chose facile que de se raser, car sa main continuait à trembler beaucoup ; et cette opération exige une grande attention, même quand vous ne dansez pas en vous faisant la barbe. Mais il se serait coupé le bout du nez, qu'il aurait mis tout tranquillement sur l'entaille un morceau de taffetas d'Angleterre sans rien perdre de sa bonne humeur.

Il s'habilla, mit tout ce qu'il avait de mieux, et, sa toilette faite, sortit pour se promener dans les rues. La foule s'y précipitait en ce moment, telle qu'il l'avait vue en compagnie du Spectre du Noël présent. Marchant les mains croisées derrière le dos, Scrooge regardait tout le monde avec un sourire de satisfaction. Il avait l'air si parfaitement gracieux, en un mot, que trois ou quatre joyeux gaillards ne purent s'empêcher de l'interpeller. « Bonjour, monsieur ! Un joyeux Noël, monsieur ! » Et Scrooge affirma souvent plus tard que, de tous les sons agréables qu'il avait jamais entendus, ceux-là avaient été, sans aucun doute, les plus doux à son oreille.

Il n'avait pas fait beaucoup de chemin, lorsqu'il reconnut,

se dirigeant de son côté, le monsieur à l'allure distinguée qui était venu le trouver la veille à son bureau en lui disant : « Scrooge et Marley, je crois ? » Il sentit une douleur poignante lui traverser le cœur à la pensée du regard qu'allait jeter sur lui le vieux monsieur au moment où ils se rencontreraient ; mais il comprit aussitôt ce qu'il avait à faire, et prit bien vite son parti.

« Mon cher monsieur, dit-il en pressant le pas pour lui prendre les deux mains, comment vous portez-vous ? J'espère que votre journée d'hier a été bonne. C'est une démarche qui vous fait honneur ! Un joyeux Noël, monsieur !

— Monsieur Scrooge ?

— Oui, c'est mon nom ; je crains qu'il ne vous soit pas des plus agréables. Permettez que je vous fasse mes excuses. Voudriez-vous avoir la bonté... (Ici Scrooge lui murmura quelques mots à l'oreille.)

— Est-il Dieu possible ! s'écria ce dernier, comme suffoqué. Mon cher monsieur Scrooge, parlez-vous sérieusement ?

— Je vous en prie, dit Scrooge ; pas un liard de moins. Je ne fais que solder l'arriéré, je vous assure. Me ferez-vous cette grâce ?

— Mon cher monsieur, reprit l'autre en lui secouant la main cordialement, je ne sais comment répondre à tant de munifi...

— Pas un mot, je vous prie, interrompit Scrooge. Venez me voir un jour, voulez-vous ?

— Oui ! sans doute », s'écria le vieux monsieur. Évidemment, c'était son intention ; on ne pouvait s'y méprendre, à son air.

« Merci, dit Scrooge. Je vous suis infiniment reconnaissant, je vous remercie mille fois. Adieu ! »

Il entra à l'église ; il parcourut les rues, il examina les gens qui allaient et venaient en grande hâte, donna aux enfants de petites caresses sur la tête, interrogea les mendiants sur leurs besoins, laissa tomber des regards curieux dans les cuisines des maisons, les reporta ensuite aux fenêtres ; tout ce qu'il voyait lui faisait plaisir. Il ne s'était jamais imaginé qu'une promenade, que rien au monde pût lui donner tant de bonheur. L'après-midi, il dirigea ses pas du côté de la maison de son neveu.

Il passa et repassa une douzaine de fois devant la porte avant d'avoir le courage de monter le perron et de frapper. Mais enfin il s'enhardit et laissa retomber le marteau.

« Votre maître est-il chez lui, ma chère enfant ? dit Scrooge à la servante... Beau brin de fille, ma foi !

— Oui, monsieur.

— Où est-il, mignonne ?

— Dans la salle à manger, monsieur, avec madame. Je vais vous conduire au salon, s'il vous plaît.

— Merci ; il me connaît, reprit Scrooge, la main déjà posée sur la poignée de la porte de la salle à manger ; je vais entrer ici, mon enfant. »

Il tourna la poignée tout doucement et passa la tête de côté par la porte entrebâillée. Le jeune couple examinait alors la table (dressée comme pour un gala), car les jeunes mariés sont toujours excessivement pointilleux sur l'élégance du service : ils aiment à s'assurer que tout est comme il faut.

« Fred ! » dit Scrooge.

Dieu du ciel ! comme sa nièce par alliance tressaillit ! Scrooge avait oublié, pour le moment, comment il l'avait vue assise dans son coin avec un tabouret sous les pieds, sans quoi il ne serait point entré de la sorte ; il n'aurait pas osé.

« Dieu me pardonne ! s'écria Fred, qui est là ?

— C'est moi, votre oncle Scrooge ; je viens dîner, voulez-vous que j'entre, Fred ? »

S'il voulait qu'il entrât ! Peu s'en fallut qu'il ne lui arrachât le bras pour le faire entrer. Au bout de cinq minutes, Scrooge fut à son aise comme dans sa propre maison. Rien ne pouvait être plus cordial que la réception de son neveu ; la nièce imita son mari ; Topper en fit autant, lorsqu'il arriva, et aussi la petite sœur rondelette, quand elle vint, et tous les autres convives, à mesure qu'ils entrèrent. Quel admirable repas, quels admirables jeux, quelle admirable unanimité, quel ad-mi-ra-ble bonheur !

Mais le lendemain, Scrooge se rendit de bonne heure à son bureau, oh ! de très bonne heure. S'il pouvait seulement y arriver le premier et surprendre Bob Cratchit en flagrant délit de retard ! C'était en ce moment sa préoccupation la plus chère.

Il y réussit ; oui, il eut ce plaisir ! L'horloge sonna neuf heures, point de Bob ; neuf heures un quart, point de Bob. Bob se trouva en retard de dix-huit minutes et demie. Scrooge était assis, la porte grande ouverte, afin qu'il le pût voir se glisser dans sa citerne.

Avant d'ouvrir la porte, Bob avait ôté son chapeau, puis son cache-nez : en un clin d'œil, il fut installé sur son tabouret et se mit à faire courir sa plume, comme pour essayer de rattraper son retard.

« Holà ! grommela Scrooge imitant le mieux qu'il pouvait son ton d'autrefois ; qu'est-ce que cela veut dire de venir si tard ?

— Je suis désolé, monsieur, dit Bob. Je suis en retard.

— En retard ! reprit Scrooge. En effet, il me semble que vous êtes en retard. Venez un peu par ici, s'il vous plaît.

— Ce n'est qu'une fois tous les ans monsieur, fit Bob timidement en sortant de sa citerne ; cela ne m'arrivera plus. Je me suis un peu amusé hier, monsieur.

— Fort bien ; mais je vous dirai, mon ami, ajouta Scrooge, que je ne puis laisser plus longtemps aller les choses comme cela. Par conséquent, poursuivit-il, en sautant de son tabouret et en portant à Bob une telle bourrade dans le ventre qu'il le fit trébucher jusque dans sa citerne ; par conséquent, je vais augmenter vos appointements ! »

Bob trembla et se rapprocha de la règle de son bureau. Il eut un moment la pensée d'en assener un coup à Scrooge, de le saisir au collet et d'appeler à l'aide les gens qui passaient dans la ruelle pour lui faire mettre la camisole de force.

« Un joyeux Noël, Bob ! dit Scrooge avec un air trop sérieux pour qu'on pût s'y méprendre et en lui frappant amicalement sur l'épaule. Un plus joyeux Noël, Bob, mon brave garçon, que je ne vous l'ai souhaité depuis de longues années ! Je vais augmenter vos appointements et je m'efforcerai de venir en aide à votre laborieuse famille ; ensuite cet après-midi nous discuterons nos affaires autour d'un bol de bishop* fumant, Bob ! Allumez les deux feux ; mais avant de mettre un point sur un *i,* Bob Cratchit, allez vite acheter un seau neuf pour le charbon. »

Scrooge fit encore plus qu'il n'avait promis ; non seulement il tint sa parole, mais il fit mieux, beaucoup mieux.

Quant à Tiny Tim, qui ne mourut pas, Scrooge fut pour lui un second père.

Il devint un aussi bon ami, un aussi bon maître, un aussi bon homme qu'il était possible d'en trouver un dans la bonne vieille Cité de Londres, ou dans toute autre bonne vieille cité, ville ou bourg, de ce bon vieux monde. Quelques personnes rirent de son changement ; mais il les laissa rire et ne s'en soucia guère ; car il en savait assez pour ne pas ignorer que, sur cette terre, il n'est jamais rien arrivé de bon qui n'ait eu la chance de commencer par faire rire certaines gens. Puisqu'il faut que ces gens-là soient aveugles, il pensait qu'après tout, il vaut tout autant que leur maladie se manifeste par les grimaces, qui leur rident les yeux à force de rire, au lieu de se produire sous une forme moins attrayante. Il riait lui-même au fond du cœur ; c'était toute sa vengeance.

Il n'eut plus de contacts avec les Esprits ; pas plus qu'avec les spiritueux*. Il cultivait ses amis et sa famille tout le long de l'année pour bien se préparer à fêter Noël, et personne ne s'y entendait mieux que lui : tout le monde lui rendait cette justice.

Puisse-t-on en dire autant de vous, de moi, de nous tous, et alors comme disait Tiny Tim :

« Que Dieu nous bénisse, tous tant que nous sommes ! »

---

* Bishop : vin chaud épicé.

* Jeu de mot difficilement traduisible sur « spirits » désignant à la fois les « esprits » et les boissons alcooliques.

LE CARILLON

CONTE DE LUTINS SUR CERTAINES CLOCHES QUI SONNÈRENT LE DÉPART D'UNE ANNÉE PASSÉE ET L'ARRIVÉE D'UNE NOUVELLE ANNÉE

D. Maclise, R.A. del. E.P. Becker, sc.

The Spirits of the Bells.

Il est peu de personnes (et comme c'est une chose souhaitable que l'auteur et ses lecteurs s'entendent parfaitement le plus tôt possible, notez, je vous prie, que je n'applique pas seulement cette observation à la jeunesse et à l'enfance, mais que je l'étends à tout le monde, sans distinction, aux grands comme aux petits, aux vieux comme aux jeunes, à ceux qui sont encore dans l'âge de la croissance, comme à ceux qui tendent vers leur déclin), il est peu de personnes, dis-je, qui aimeraient dormir dans une église. Je ne dis pas pendant le sermon, par un temps bien chaud (on sait bien que cela s'est vu, ne fût-ce qu'une fois ou deux), mais la nuit et tout seul.

Ah ! si c'était en plein jour, il n'y aurait pas là de quoi étonner les gens. Mais, non, c'est la nuit ; c'est de la nuit seulement qu'il est question. Et je me charge de maintenir mon défi victorieusement, pendant la première nuit d'hiver qu'on voudra, une nuit bien noire, par un grand vent, contre le premier contradicteur venu qui viendra me trouver seul à seul dans un vieux cimetière, devant la porte d'une vieille église, après m'avoir autorisé au préalable, si cela est nécessaire pour lui donner satisfaction, à l'y enfermer jusqu'au lendemain matin.

Car le vent de la nuit a une façon lugubre d'errer autour de ces vieux édifices, avec des gémissements prolongés, en essayant d'ébranler de sa main invisible les portes et les fenêtres et de découvrir quelque crevasse par laquelle il puisse passer. Puis, lorsqu'il est entré, comme quelqu'un qui ne trouve pas ce qu'il cherche, n'importe quoi, il se lamente et hurle pour sortir ; non content de parcourir les nefs, de glisser autour des piliers, de s'engouffrer dans les profondeurs de l'orgue, il s'élance jusqu'aux voûtes, il s'efforce de briser la charpente et de soulever le toit, puis, tout à coup, se précipite en désespéré, sur les dalles d'en bas d'où il descend, en murmurant, dans les caveaux. Quelquefois il monte furtivement en rampant le long des murs ; on dirait qu'il lit à voix basse les inscriptions consacrées aux morts. Devant certaines, il semble pousser un cri perçant comme un éclat de rire ; face à d'autres, il gémit et pleure comme s'il se lamentait. C'est encore avec un accent lugubre et sépulcral qu'il s'arrête dans l'enceinte de l'autel, comme s'il entonnait, de sa voix sauvage, une complainte sur les crimes de toutes sortes, les meurtres, les sacrilèges, le culte des faux dieux, le mépris des Tables de la Loi, ces tables si belles et si unies au premier coup d'œil, mais si souvent écornées et brisées par leurs interprètes.

Ouf ! que le ciel nous en préserve ! Il vaut bien mieux rester commodément assis au coin de notre feu ! C'est une voix terrible que celle du vent, quand il chante à minuit dans une église !

Mais, tout en haut dans le clocher ! C'est là qu'il siffle et rugit avec violence ! Tout en haut dans le clocher, où il peut aller et venir librement à travers les nombreux arceaux et les ouvertures multipliées, tourbillonner en serpentant le long de l'escalier qu'on ne peut gravir sans éprouver des vertiges, faire tourner rapidement sur elle-même la girouette criarde et faire trembler la tour, comme si, du sommet à la base, elle devenait la proie d'un horrible frisson ! Tout en haut dans le clocher, où se trouve le beffroi, où les balustrades de fer sont rongées par la rouille, où les feuilles de cuivre et de plomb ridées par les variations de l'atmosphère craquent et s'enflent sous les pieds des rares visiteurs, où les oiseaux construisent des nids chétifs dans les encoignures formées par les vieilles solives de chêne, où la poussière grisonne à force de vieillir, où des araignées tachetées, qu'une longue sécurité a rendues grasses et indolentes, se balancent nonchalamment de côté et d'autre en suivant la vibration des cloches, toujours cramponnées à leurs châteaux aériens, à l'abri des alarmes subites qui les forcent à grimper rapidement le long du fil comme le matelot aux cordages, ou à se laisser tomber à terre pour chercher leur salut dans la fuite précipitée d'une vingtaine de jambes agiles ! Tout en haut dans le clocher d'une vieille église, bien au-dessus des lumières et du bruit de la ville, quoique bien au-dessous des nuages qui le couvrent de leur ombre passagère en traversant le ciel, c'est là qu'est le bon endroit pour avoir peur la nuit. Or, c'est dans le clocher d'une vieille église qu'habitaient les cloches dont je vais raconter l'histoire.

Dame ! c'étaient de vieilles cloches. Il y avait des siècles que ces cloches avaient été baptisées par des évêques, un si grand nombre de siècles que leur extrait de baptême était perdu depuis longtemps, bien longtemps ; on ne se souvenait plus même de l'époque, et personne ne connaissait leurs noms. Elles avaient eu leurs parrains et leurs marraines, ces cloches (pour ma part, soit dit en passant, si je devais être parrain, j'aimerais mieux encourir la responsabilité de tenir une cloche sur les fonts baptismaux qu'un petit garçon), et, sans aucun doute, elles avaient eu aussi leurs gobelets d'argent. Mais le temps avait moissonné leurs parrains, et Henri VIII avait fait fondre les gobelets de leur baptême, si bien qu'elles restaient maintenant suspendues dans la tour de l'église sans nom et sans gobelets.

Oui, mais non pas sans voix, bien loin de là. Elles avaient des voix claires, fortes, puissantes et sonores, ces cloches, et qui pouvaient être entendues à de lointaines distances, portées sur l'aile du vent. De plus, leurs accents étaient trop énergiques pour avoir rien à redouter des caprices de celui-ci. Bien au contraire, quand il était pris d'un élan capricieux, elles acceptaient bravement le combat et finissaient toujours par aller frapper royalement de leurs notes joyeuses les oreilles attentives. Elles tenaient à porter leurs chants, pendant les nuits orageuses, à quelque pauvre mère veillant au chevet de son enfant malade, ou à quelque femme solitaire dont le mari était en mer, si bien qu'elles avaient plus d'une fois battu « à plates coutures », une rafale du nord-ouest... comme disait Toby Veck ; car, bien qu'on l'appelât généralement Veck le Trotteux, son nom était Toby, et il n'est permis à personne de le changer en un autre (excepté en celui de Toblas), sans un acte spécial du Parlement, puisqu'il avait été aussi légalement baptisé dans son temps que les cloches dans le leur, quoique avec moins de solennité toutefois et moins de réjouissances publiques.

Quant à moi, je n'irai pas contredire là-dessus l'opinion de Toby Veck ; car il avait assez d'occasions de s'en former une pour que je la croie juste et vraie. Donc, tout ce que disait Toby Veck, je le dis : il me trouvera toujours à ses côtés, quoi que ce soit une rude besogne de rester debout avec lui toute la journée à la porte de l'église. Le fait est qu'il était commissionnaire, notre ami Toby Veck, et c'était là qu'il attendait qu'on l'envoyât en course.

Un joli endroit pour attendre, en hiver, avec les joues glacées, la peau gercée, le nez violacé, les yeux rougis, les pieds gelés, les dents brisées à force de claquer ! Le pauvre Toby n'était pas à son aise.

Le vent, surtout le vent d'est, se précipitait avec rage, en rasant l'angle de la vieille église, comme s'il s'élançait tout exprès des confins de la terre pour venir souffleter Toby. Souvent il semblait fondre sur lui, au moment où il s'y attendait le moins : tournant avec une rapidité furieuse le coin de la place, après avoir dépassé l'infortuné, il faisait demi-tour à l'improviste, comme s'il eût crié dans sa joie de le retrouver : « Ah ! le voici ! je le tiens ! »

Vainement alors Toby relevait sur sa tête son petit tablier blanc, à la façon de ces enfants mal élevés qui se couvrent les yeux des pans de leurs chemises ; en vain armé de sa pauvre petite canne, il essayait de soutenir quelque temps une lutte trop inégale, bientôt ses jambes mal assurées étaient prises d'un tremblement affreux. Il se tournait de biais, il se penchait, tantôt d'un côté, tantôt de l'autre ; mais, il avait beau faire, il était tellement tiraillé, secoué, bousculé, soulevé de terre, qu'il fallait presque un miracle pour qu'il n'eût pas été cent fois emporté dans les airs, comme ces colonies de grenouilles, de limaces ou autres créatures transportables, pour retomber ensuite en pluie, au grand étonnement des indigènes, sur quelque coin sauvage du globe où l'espèce des commissionnaires n'est pas encore connue.

Mais un jour de vent, malgré tout ce que Toby avait à souffrir de ses rigueurs, était après tout pour lui, une sorte de jour faste. C'est un fait. Les jours de vent, il lui semblait attendre moins longtemps les pièces de dix sous que les autres jours ; car, la lutte forcée qu'il se voyait alors obligé de soutenir contre l'élément fougueux tenait son attention éveillée et lui redonnait du cœur quand il sentait venir la faim ou le découragement. Une forte gelée, un temps de neige, étaient aussi pour lui une émotion qui rompait la monotonie de l'attente ; cela lui faisait du bien, je ne sais pourquoi ni comment : il aurait eu lui-même bien de la peine à le dire, le pauvre Toby ! De ce fait, les jours de vent, de gelée, de neige et peut-être aussi de grêle accompagnée d'orage, étaient des bons jours pour Toby Veck.

Les jours d'humidité, au contraire, étaient ses plus

mauvais jours, lorsqu'une pluie froide, pénétrante, visqueuse, l'enveloppait comme un manteau mouillé, la seule espèce de manteau que possédât Toby, et encore il s'en serait bien dispensé si on l'avait consulté.

Tristes jours pour lui que ces jours de pluie, quand elle tombait lente, épaisse, obstinée ; quand le brouillard prenait la rue comme Toby, à la gorge ; quand les parapluies fumants passaient et repassaient, pirouettant sur eux-mêmes comme autant de totons, lorsqu'ils se heurtaient l'un contre l'autre sur les trottoirs encombrés faisant jaillir tout autour d'eux une quantité de petits jets d'eau fort désagréables ; quand l'eau clapotait dans les gouttières, que les gargouilles engorgées la laissaient échapper en cascades bruyantes, que, renvoyée par les pierres en saillie et les larmiers de l'église, elle tombait goutte à goutte sur Toby et changeait en moins de rien, en un vrai bourbier, le tas de paille sur lequel il se tenait ; oh ! ces jours-là étaient vraiment pour lui des jours d'épreuve. Alors, en effet, vous auriez pu voir Toby regarder autour de lui d'un air inquiet et avancer sa figure triste et allongée en avant de l'angle formé par les murs de l'église qui lui servait d'abri, pauvre abri qui, en été, ne lui donnait pas plus d'ombre que n'aurait pu le faire en plein soleil une simple canne placée perpendiculairement sur le trottoir brûlant. Une minute après, il sortait de son coin pour se réchauffer par un peu d'exercice ; il allait et venait de droite à gauche, trottinant toujours, une douzaine de fois, puis rentrait plus gaillard à sa niche.

On l'appelait le Trotteux à cause de son allure qui avait l'intention d'être de la vitesse même si elle ne l'était pas en réalité. Il aurait pu marcher plus vite peut-être, c'est très probable ; mais ôtez-lui son trot et Toby se serait mis certainement au lit et serait mort. Ce trot, sans doute, le crottait jusqu'à l'échine, lorsqu'il y avait de la boue, et lui coûtait tout un monde d'embarras ; il aurait pu marcher autrement avec infiniment plus de facilité ; raison de plus pour y tenir avec tant d'obstination. Tout petit, faible et maigre vieillard qu'il fût, ce Toby, c'était un véritable hercule de bonnes intentions. Il ne voulait pas voler son argent ; il se faisait un plaisir de croire (Toby n'était pas assez riche pour pouvoir se priver facilement d'un plaisir si peu coûteux), il se faisait, dis-je, un plaisir de croire qu'il gagnait bien son pain. Avec un message à un shilling ou à huit pences ou un petit paquet à porter, son courage, toujours grand, grandissait encore. Dès qu'il se mettait à trotter, il criait aux facteurs qui couraient devant lui de se garer, bien persuadé que, suivant le cours naturel des choses, il allait inévitablement les rattraper et les renverser au passage, de même qu'il avait la confiance, confiance rarement mise à l'épreuve, qu'il était capable de porter tout fardeau que puissent soulever les forces d'un homme.

Ainsi donc, lors même qu'il sortait de son coin pour se réchauffer un jour de pluie, Toby trottait, traçant en zigzag dans la boue, avec ses souliers percés, une série d'empreintes irrégulières et fangeuses. Soufflait-il sur ses mains glacées en les frottant l'une contre l'autre, mal protégées qu'elles étaient contre le froid pénétrant par de vieilles moufles en laine grise, où le pouce avait seul le privilège d'avoir sa chambre particulière, tandis qu'une salle commune réunissait ensemble tous les autres doigts ; Toby, avec ses genoux en avant et son bâton sous le bras, trottait encore. S'avançait-il dans la rue pour regarder le beffroi quand les cloches sonnaient à pleines volées, Toby trottait toujours.

Il faisait cette dernière excursion plus d'une fois par jour, car les cloches étaient une compagnie pour lui ; et, quand il entendait leurs voix, il éprouvait un intérêt véritable à regarder leur demeure, à songer comment elles étaient mises en branle et quels marteaux frappaient leurs parois sonores. Peut-être cette curiosité pour les cloches tenait-elle à ce qu'il y avait entre elles et lui plusieurs traits de ressemblance. Elles restaient là, suspendues par tous les temps, exposées au vent et à la pluie, comme lui, ne voyant jamais comme lui que l'extérieur de toutes les maisons ; ne s'approchant jamais plus que lui des feux dont la flamme brillante se laissait voir à travers les fenêtres ou s'échappait en tourbillons de fumée épaisse par les tuyaux des cheminées ; exclues aussi de toute participation aux bonnes choses qu'elles voyaient apporter, par la porte des maisons ou par la grille des cuisines, à la cuisinière chargée de les préparer. Ne voyaient-elles pas comme lui aller et venir derrière les fenêtres une foule de visages, les uns jeunes, jolis, agréables, d'autres fois tout l'opposé. Toby de même (quoiqu'il réfléchît souvent à ces bagatelles lorsqu'il était là dans la rue à ne rien faire) ne savait pas plus que les cloches d'où venaient tous ces visages, où ils allaient, ni si, durant l'année, lorsque leurs lèvres remuaient, il en tombait une seule parole bienveillante à son sujet.

Toby n'était pas un casuiste, il le savait de reste, et je ne prétends pas que, quand il commença à s'attacher aux cloches et à convertir petit à petit en une liaison plus intime et plus délicate les premiers instincts de curiosité qui lui avaient fait faire connaissance avec elles, il pesa successivement l'une après l'autre ces diverses considérations dans son esprit, ni qu'il passa en revue les raisons de sympathie qui l'entraînaient de ce côté. Ce que je veux dire et ce que je dis, c'est que, comme les fonctions physiques de Toby, ses organes digestifs, par exemple, arrivaient d'eux-mêmes, par leur propre mécanisme, à un certain résultat, au moyen d'un grand nombre d'opérations qu'il ignorait complètement et dont la connaissance l'aurait bien étonné ; de même, ses facultés intellectuelles avaient, à son insu et sans sa participation, mis en mouvement tous ces rouages et fait jouer tous ces ressorts, avec bien des milliers d'autres encore, lorsqu'elles travaillèrent à développer en lui son singulier attachement pour les cloches.

Quand bien même j'aurais dit son amour, au lieu de son attachement, je ne retirerais point cette expression, car elle eût à peine été capable de définir un sentiment aussi complexe ; il allait, dans sa simplicité extrême, jusqu'à leur attribuer un caractère étrange et solennel. Elles mettaient tant de mystère à se faire entendre souvent sans être jamais vues ; elles étaient placées si haut, si loin ; leurs accents étaient pleins d'une harmonie si grave et si imposante, qu'il les regardait avec une sorte de terreur respectueuse. Quelquefois, quand il levait les yeux vers les sombres fenêtres en ogive de la tour, il s'attendait presque à un signe d'appel de la part de quelque être qui n'était pas la cloche elle-même, mais dont il avait cependant souvent entendu la voix dans leur carillon. Pour toutes ces raisons, Toby repoussait avec indignation une rumeur qui circulait, selon laquelle les cloches étaient hantées, comme s'il était permis de les croire capables d'avoir des rapports avec l'esprit du mal. Bref, ces cloches étaient souvent présentes à ses oreilles, souvent présentes dans ses pensées mais toujours en parfaite estime ; plus d'une fois, à force de contempler fixement, et la bouche grande ouverte le clocher où elles étaient suspendues, il s'était donné un tel torticolis que, pour le guérir, il dut ensuite piquer deux ou trois petits trots en plus de ses exercices habituels.

C'était précisément ce qu'il était en train de faire par une journée très froide, lorsque le dernier coup de midi vint à sonner, laissant après lui un bourdonnement semblable à celui d'une monstrueuse abeille qui aurait eu du temps à perdre à parcourir le clocher.

« Hé ! hé ! l'heure du dîner, dit Toby trottant toujours de long en large devant l'église. Ah ! »

Le nez de Toby était très rouge ainsi que ses paupières ; il clignotait beaucoup des yeux, ses épaules remontaient presque jusqu'à ses oreilles, ses jambes étaient raides et engourdies : s'il n'était pas encore gelé, il s'en fallait de peu.

« Hé ! hé ! l'heure du dîner », répéta Toby se servant de la moufle de sa main droite comme d'un ridicule gant de boxeur pour punir sa poitrine de ce qu'elle avait froid. « Ah... h... h... h... ! »

Après quoi il se remit à trotter en silence pendant une minute ou deux.

« Il n'y a rien » dit brusquement Toby... et il s'arrêta net dans son trot et dans son discours pour se tâter le nez dans toute sa longueur avec un air d'extrême préoccupation et d'inquiétude assez vive. La distance à parcourir pour ses doigts n'était pas grande, vu la dimension exiguë de son nez ; aussi eut-il bientôt fini.

« Ma foi, je le croyais parti, continua-t-il en se remettant à trotter. Heureusement que non. Ce n'est pas que j'eusse le droit de lui en vouloir s'il venait à me quitter. Son service est joliment dur dans la mauvaise saison, et il n'a pas grands profits pour sa peine, puisqu'il ne prend même pas de tabac.

Sans compter que, dans les meilleurs temps, il a bien encore des épreuves à supporter, le pauvre, car, s'il lui arrive par hasard de respirer une odeur agréable (et ce n'est pas tous les jours), c'est en général le fumet du dîner d'autrui qu'on sort du four. »

Cette réflexion le ramena à celle qu'il avait suspendue pour s'assurer qu'il lui restait un nez.

« Il n'y a rien, dit-il, qui revienne plus sûrement chaque jour que l'heure du dîner, et rien qui revienne, au contraire, moins sûrement que le dîner lui-même. C'est la grande différence qui existe entre eux. Il m'a fallu longtemps pour faire cette découverte. Je voudrais bien savoir si mon observation ne vaudrait pas la peine qu'on la vende à un monsieur quelconque pour les journaux ou le Parlement ! »

Ce n'était sans doute qu'une plaisanterie, car Toby secoua gravement la tête avec l'air de renoncer au bénéfice de sa découverte.

« Eh ! mon Dieu ! dit-il, les journaux sont pleins d'observations qui ne valent pas mieux ; et le Parlement, donc ! Tenez, voici le journal de la dernière semaine (et Toby tira de sa poche une feuille de papier fort sale qu'il tint à bout de bras) rempli d'observations ! oui, de belles observations ! J'aimerais mieux des nouvelles ; mais de nouvelles, point, poursuivit Toby lentement à mesure qu'il repliait le journal pour le mettre dans sa poche ; aussi, maintenant, c'est presque à contrecœur que je lis un journal. J'en ai la chair de poule ; je ne sais trop ce que nous deviendrons, nous autres pauvres gens ! Dieu veuille que nous devenions quelque chose de mieux pendant l'année qui va commencer.

— Hé ! père, père », dit une douce voix près de lui.

Tobby ne l'entendit pas. Il allait et venait, de son petit trot accoutumé, absorbé dans sa rêverie et se parlant à lui-même.

« Il semble, continua-t-il, que nous soyons incapables ni d'aller bien, ni de faire le bien, ni d'être ramenés au bien. Je n'ai pas été assez longtemps à l'école pour savoir dire si nous sommes, oui ou non, utiles à quelque chose ici-bas. Quelquefois je pense que nous n'y sommes peut-être pas tout à fait inutiles, d'autres fois que nous sommes de vrais intrus.

Je suis par moments dans un tel embarras, que je me trouve même tout à fait incapable d'avoir une idée sur cette question, à savoir s'il y a en nous quelque chose de bon, ou si nous naissons tout à fait mauvais. Il paraît que nous faisons des choses épouvantables, et que nous donnons bien du mal à la société. On se plaint toujours de nous ; on se tient toujours en garde contre nous ; de façon ou d'autre, il n'est question que de nous dans les journaux. Après cela, allez donc me parler de Nouvel An, poursuivit-il avec tristesse ; je puis porter ma charge comme bien d'autres, plus que bien d'autres la plupart du temps, car je suis aussi fort qu'un lion, et tous les hommes ne le sont pas ; mais en supposant qu'en effet le Nouvel An, ce ne soit pas pour nous, en supposant que nous ne soyons réellement que des intrus...

— Hé ! père, père », répéta la douce voix.

Toby l'entendit cette fois, il tressaillit, s'arrêta, et, ramenant sur un espace moins étendu son regard qu'il avait dirigé bien loin, jusque dans le cœur de l'année prochaine, comme pour y chercher l'éclaircissement de ses doutes, il se trouva face à face avec sa propre fille, ses yeux plongés dans les siens.

Et quels yeux ! des yeux dans lesquels il aurait fallu plonger longtemps avant d'en pénétrer la profondeur ! des yeux noirs qui réfléchissaient comme un miroir les yeux qui cherchaient à les sonder. Pas de ces yeux coquets, séducteurs, non, mais d'une expression limpide, calme, honnête, patiente, comme cette lumière pure que Dieu créa le premier jour ; des yeux où se peignaient la vérité et la candeur ; des yeux rayonnant d'espérance, d'une espérance si jeune et si fraîche, si ardente, si vive, si énergique en dépit des vingt années de travail et de misère dont ils avait contemplé les dures épreuves, qu'ils retentirent au cœur de Toby Veck comme une voix secrète qui lui disait : « Va, va, nous ne sommes pas inutiles dans ce monde... pas tout à fait. »

Le Trotteux baisa les lèvres et pressa entre ses mains les joues fraîches et vermeilles qui accompagnaient ces yeux-là.

« Eh bien ! mon ange, dit le Trotteux ; qu'y a-t-il ? Je ne t'attendais pas aujourd'hui, Margot.

— Et moi, je ne pensais pas non plus à venir, père, s'écria

la jeune fille en hochant la tête et souriant ; mais me voilà, et pas seule, oh ! non, pas seule !

— Allons donc ! tu ne veux pas dire, remarqua Toby tout en jetant un regard curieux sur un panier couvert qu'elle tenait à la main, que tu...

— Flairez-le, cher père, dit Margot ; flairez seulement. »

Trotty allait lever le couvercle en grande hâte, sans autre préambule, lorsqu'elle l'arrêta gaiement en posant sa main dessus.

« Non, non non, dit-elle avec une joie d'enfant ; faisons un peu durer le plaisir. Je vais seulement soulever un coin, un tout... pe... tit... coin ; voyez-vous », ajouta-t-elle en joignant le geste à la parole de la façon la plus gentille et à voix basse, comme si elle eût craint d'être entendue par l'objet enfermé dans le panier ; « là ! Maintenant, devinez ce que c'est ? »

Toby flaira aussi vivement que possible au bord du panier et s'écria avec ravissement :

« Eh ! eh ! c'est chaud !

— Oui, fit Margot, c'est tout chaud, tout bouillant. Ah ! ah ! ah ! c'est brûlant !

— Ah ! ah ! ah ! cria Toby de sa plus grosse voix avec une gambade. Ma foi ! oui, c'est brûlant.

— Mais qu'est-ce que c'est, père ? demanda Margot. Allons, vous ne l'avez pas deviné ! Il le faut, pourtant. Je ne puis rien tirer du panier avant que vous deviniez ce que c'est. Ne vous pressez pas ! Attendez encore une minute ! Tenez, je vais soulever le couvercle un tantinet. Devinez à présent. »

Margot avait terriblement peur qu'il ne vînt à deviner trop tôt, elle se reculait, tout en lui présentant le panier, relevait ses jolies épaules, se bouchant l'oreille avec une de ses mains comme pour arrêter le mot juste sur les lèvres de son père, continuant à rire doucement pendant tout ce manège.

Cependant Toby, les deux mains sur ses genoux, le nez penché vers le panier, se livrait dans le voisinage du couvercle à de longues aspirations qui faisaient épanouir sa face ridée : on aurait dit qu'il respirait un gaz hilarant.

« Ah ! c'est quelque chose de bien bon, dit-il. Ce n'est pas... Non, je ne crois pas que ce soit du boudin.

— Non, non, non, s'écria Margot ravie, rien de pareil.

— Non, fit Toby après avoir reniflé une seconde fois, c'est, c'est... c'est plus moelleux que du boudin, ça sent bon ! cela devient plus appétissant de minute en minute, c'est un parfum trop prononcé pour des pieds de mouton, n'est-ce pas ? »

Margot était dans l'extase. Il était à cent lieues de la vérité en pensant aux pieds de mouton ou au boudin.

« Du foie ? reprit Toby après réflexion... Non. Il y a là quelque chose de plus délicat qui ne se trouve pas dans le foie. Des pieds de cochon de lait ? Non. Ce n'est pas assez fade pour des pieds de cochon de lait... Des crêtes de coq ? ce n'est pas assez filandreux, ce n'est pas des saucisses, en tout cas. Ah ! ah ! j'y suis ; c'est de l'andouille !

— Non, non, s'écria Margot au comble du bonheur, vous n'y êtes pas !

— A quoi pensais-je donc, reprit tout à coup Toby se redressant sur ses pieds dans une position aussi verticale que sa nature le lui permettait. J'oublierai mon nom bientôt ; ce sont des tripes ! »

En effet, c'étaient des tripes, et Margot ravie l'assura qu'avant une demi-minute il ajouterait que c'étaient les meilleures tripes qu'il eût mangées de sa vie.

« Ainsi, mon père, dit Margot s'empressant de débarrasser le panier, je vais tout de suite mettre la nappe ; car j'ai apporté les tripes dans un plat, et j'ai enveloppé le plat dans un mouchoir ; mais, si je veux faire la fière pour une fois, faire une nappe de mon mouchoir et dire que c'est une nappe, il n'existe pas de loi qui me le défende, n'est-ce pas, mon père ?

— Pas que je sache, ma chère enfant, répondit Toby, quoiqu'on en fabrique tous les jours de nouvelles.

— Et cependant, d'après ce que je vous lisais l'autre jour dans le journal, vous vous rappelez, mon père, ce que disait le juge, il paraît que nous autres pauvres gens, nous sommes censés connaître toutes les lois. Ah ! ah ! quelle erreur ! Mon Dieu ! ils nous croient donc bien intelligents !

— Oui, ma fille, s'écria Trotty, et ils apprécieraient énormément celui d'entre nous qui les connaîtrait réellement toutes. Il s'engraisserait bien vite de son travail, cet homme-là, et il serait respecté par tous les riches du voisinage. Oui ! oui, c'est certain !

— Eh bien ! cela ne l'empêcherait pas de manger son dîner de bon appétit, cet homme-là, si son dîner avait une aussi bonne odeur que le vôtre, reprit gaiement Margot. Dépêchez-vous, car il y a encore avec cela une pomme de terre chaude et une demi-pinte de bière fraîche dans une bouteille. Où voulez-vous dîner, mon père ? Sur la borne ou sur le perron ? Voyez un peu quel luxe ! Nous avons l'embarras du choix.

— Le perron aujourd'hui, mon ange, dit Trotty. Le perron par temps sec, la borne quand il pleut. Le perron est plus commode en tout temps parce qu'on peut s'asseoir ; mais, lorsqu'il fait humide, on y attrape des rhumatismes.

— Ici, en ce cas, fit Margot se frappant les mains après un instant d'affairement ; voilà ; tout est prêt ! le dîner est servi ; comme il a bonne mine, hein ! Allons, père, allons ! »

Depuis sa découverte du contenu du panier, Trotty s'était tenu debout, les yeux fixés sur sa fille, parlant, mais sans suite, d'un air distrait qui montrait bien que, quoiqu'elle fût l'unique objet de ses pensées et de ses regards, à l'exclusion même des tripes, il ne la voyait plus dans son esprit telle qu'elle était en ce moment, mais telle qu'il se la figurait vaguement dans quelque tableau imaginaire où le drame de sa vie future se déroulait devant ses yeux. Tiré de sa rêverie par le joyeux appel de Margot, il secoua mélancoliquement la tête comme un homme qui veut chasser des idées noires dont il est assailli et trotta près d'elle. Au moment où il se baissait pour s'asseoir, les cloches vinrent à sonner.

« Amen ! dit Trotty ôtant son chapeau et levant les yeux vers le beffroi.

— Vous dites amen aux cloches, père ? demanda Margot.

— Elles ont sonné, ma chérie, comme pour dire le bénédicité, reprit Trotty en s'asseyant. Et si elles pouvaient parler, je suis sûr qu'elles en diraient un bon. Que de choses bienveillantes elles me disent, à moi !

— Les cloches, mon père ! fit Margot en éclatant de rire,

et plaçant devant lui l'assiette de tripes, avec un couteau et une fourchette. Ah ! bien !

— Oui, ma fille, à ce qu'il me semble, au moins, dit Trotty, attaquant son dîner avec une grande vigueur. Et alors où est la différence ? Si je les entends me parler, qu'importe qu'elles me parlent ou non ? Si tu savais, ma chérie, continua-t-il en lui montrant la tour avec sa fourchette, et s'animant de plus en plus sous l'influence du dîner, combien de fois j'ai entendu les bonnes cloches me dire : Toby Veck, Toby Veck, courage, Toby ! Toby Veck, Toby Veck, courage, cher Toby. Un million de fois ? Ce n'est pas assez, bien davantage, ma foi !

— Eh bien ! moi, jamais ! s'écria Margot. Le fait est cependant qu'elle l'avait entendu dire un nombre infini de fois. Car c'était le thème favori de son père.

— Et quand les choses vont très mal, continua Toby, aussi mal que possible, alors, c'est : Toby Veck, Toby Veck, la besogne viendra bientôt, Toby ! Toby Veck, Toby Veck, la besogne viendra bientôt, cher Toby ! Comme ça.

— Et à la fin, elle vient, au moins, mon père ? demanda Margot avec une nuance de tristesse dans sa douce voix.

— Toujours, répondit Toby sans la remarquer ; cela ne manque jamais. »

Pendant ce dialogue, le Trotteux n'interrompit pas une minute le repas savoureux placé devant lui, mais il coupait et mangeait, il coupait et buvait, il coupait et mâchait, passant des tripes à la pomme de terre chaude, puis, revenant de la pomme de terre chaude aux tripes, en véritable gourmet et avec un appétit infatigable. Cependant, comme il regardait à droite et à gauche dans la rue, pour voir si personne ne lui faisait signe de quelque porte ou de quelque fenêtre afin de lui donner une commission, ses yeux, au retour, rencontrèrent Margot, assise face à lui, les bras croisés et tout occupée de le voir à l'œuvre avec un sourire de bonheur.

« Mais, Dieu me pardonne ! dit-il tout à coup en laissant tomber son couteau et sa fourchette... ma colombe ! Margot chérie ! pourquoi ne pas me le dire ? quelle brute je suis !

— Comment !

— Quoi ! continua Toby pour expliquer son repentir subit, je suis là tranquillement assis, m'empiffrant et me gorgeant à mon aise, tandis que je te laisse debout devant moi, encore à jeun, sans doute, et ne voulant pas me le dire, tandis que...

— Mais je ne suis pas à jeun, mon père, interrompit sa fille en riant, tant s'en faut ; j'ai eu aussi mon dîner, moi.

— Allons donc ! dit Trotty. Deux dîners en un jour à la maison ? Pas possible ! Autant me dire qu'il y aura deux Jours de l'An à la fois, ou que j'ai gardé toute ma vie une pièce d'or sans la changer.

— Tout cela n'empêche pas que j'ai eu aussi mon dîner, mon père, dit Margot se rapprochant de lui ; et, si vous voulez continuer le vôtre, je vous dirai où et comment, comment il s'est fait que je vous aie apporté celui-ci, et... et encore autre chose. »

Toby paraissait toujours incrédule ; mais elle attacha sur lui un regard limpide, et lui mettant la main sur l'épaule, l'engagea à ne pas laisser refroidir son dîner. Le Trotteux reprit donc son couteau et sa fourchette et se remit à l'œuvre, mais beaucoup plus lentement qu'auparavant et en secouant la tête d'un air mécontent de lui-même.

« J'ai dîné, reprit Margot après une légère hésitation, avec... avec Richard. L'heure de son repas se trouvait avancée, et comme il avait apporté son dîner avec lui en venant me voir, nous... nous l'avons mangé ensemble, mon père. »

Trotty avala une gorgée de bière, fit claquer ses lèvres, et voyant que sa fille attendait, il se contenta de cette simple exclamation :

« Ah !

— Et Richard dit, mon père... » poursuivit Margot.

Puis elle s'arrêta court.

« Que dit Richard ? demanda Toby.

— Richard dit... »

Autre pause.

« Richard est bien long à le dire... fit Toby.

— Il dit donc, mon père, acheva Margot levant enfin les yeux et parlant d'une voix distincte quoique tremblante, il dit comme ça : voilà une année encore bientôt passée, et à quoi sert d'attendre d'année en année, quand il est si peu probable que nous soyons jamais plus à notre aise ? Il dit que nous sommes pauvres maintenant, mon père, et que nous ne le serons pas davantage après ; mais qu'aujourd'hui nous sommes jeunes, et que, d'année en année, nous aurons vieilli avant que nous ayons eu le temps de nous en apercevoir. Il dit que, pour des gens de notre condition, attendre, pour nous mettre en route, que le chemin soit sans épines, c'est vouloir attendre qu'il ne nous reste plus d'autre chemin à prendre qu'un triste chemin, celui de tout le monde, le chemin qui mène au tombeau, mon père. »

Il aurait fallu un homme plus hardi que Trotty pour avoir le courage de le nier. Il ne dit mot.

« Il serait bien dur, mon père, de devenir vieux et de mourir avec la pensée que nous aurions pu nous entraider et nous consoler mutuellement ! Il serait dur de s'aimer toute la vie et de languir néanmoins constamment séparés ; de se voir l'un l'autre travailler, changer, vieillir et blanchir chacun de son côté. Lors même que je pourrais prendre le dessus et oublier Richard (je crois que c'est impossible), oh ! mon père, qu'il est dur d'avoir le cœur plein comme le mien, et de vivre pour se sentir s'épuiser lentement, goutte à goutte, sans le souvenir d'un seul de ces moments si heureux qui font la vie d'une femme, pour me soutenir, me fortifier, me consoler. »

Toby demeurait silencieux. Margot s'essuya les yeux et reprit ensuite plus gaiement, c'est-à-dire tantôt riant, tantôt sanglotant, tantôt les deux à la fois :

« Ainsi donc, mon père, Richard dit comme cela que, puisqu'on lui a assuré qu'il aurait du travail pour quelque temps, puisque je l'aime depuis trois grandes années (ah ! depuis bien plus longtemps, s'il le savait !), il faut que je me décide à l'épouser le Jour de l'An, ce jour, dit-il, le plus beau, le plus heureux de toute l'année, et qui porte presque toujours bonheur. Je vous préviens bien peu de temps à l'avance, n'est-ce pas, mon père ? Mais je n'ai pas d'arrangements à prendre, relativement à ma dot, ni des robes de noce à faire faire comme les grandes dames, n'est-ce pas, mon père ? Enfin il m'en a tant dit là-dessus, et il a été à la fois si pressant et si doux, si sérieux et si tendre, que je lui ai promis de vous en parler, et comme on m'a payé ce matin (je ne m'y attendais guère, bien sûr) l'ouvrage que j'ai rendu, et comme les affaires ont mal marché pour vous pendant toute la semaine, je n'ai pu m'empêcher de concevoir le désir que cette journée si heureuse pour moi fût aussi pour vous comme un jour de fête ; c'est ce qui fait que j'ai préparé ce petit régal et que je vous l'ai apporté pour vous faire une surprise.

— Et voyez-vous comme il le laisse refroidir sur les marches ! » dit une autre voix.

C'était la voix dudit Richard, arrivé tout près d'eux sans être vu, et qui se tenait debout devant le père et la fille avec un visage aussi ardent que le fer rouge sur lequel retentissait chaque jour son lourd marteau. Un beau jeune homme, robuste, bien bâti, avec des yeux d'où s'échappaient des étincelles semblables à celles que lance un feu de forge, des cheveux noirs irisés en boucles épaisses sur ses tempes basanées, et un sourire, oh ! un sourire qui justifiait complètement tous les éloges donnés par Margot à son langage persuasif.

« Voyez comme il laisse refroidir son dîner sur les marches, répéta Richard. Margot ne sait donc pas ce qu'il aime ; elle ne l'a pas servi à son goût ? »

Le Trotteux, tout vivacité et enthousiasme, saisit aussitôt la main de Richard, et il allait lui parler avec empressement, lorsque la porte de la maison s'ouvrit brusquement ; un laquais faillit mettre le pied dans le plat de tripes.

« Allez-vous-en ! Dites-moi, l'ami, il faudra donc vous voir toujours installé sur notre perron ? Est-ce que vous ne pourriez pas partager vos faveurs entre nous et un de nos voisins ? Voulez-vous évacuer les lieux, oui ou non ? »

A dire vrai, cette dernière question était superflue, car ils avaient décampé sans demander leur reste.

« Qu'est-ce que c'est, qu'est-ce que c'est ? fit le personnage pour qui on venait d'ouvrir la porte de la maison, et qui sortait de ce pas à la fois leste et pesant, véritable juste milieu entre la marche et le petit trot, dont un homme entre deux âges, avec des bottes à semelles craquantes, une chaîne de montre et du linge blanc, doit sortir de chez lui, non seulement sans rien perdre de sa dignité personnelle, mais encore en laissant deviner dans son maintien ses riches et importantes relations et les rendez-vous distingués qui l'appellent ailleurs. Qu'est-ce que c'est, qu'est-ce que c'est ?

— Faut-il donc toujours vous prier, vous supplier, vous conjurer à deux genoux, dit le laquais à Toby Veck avec beaucoup de vivacité, de laisser nos marches tranquilles ? Pourquoi ne les laissez-vous pas tranquilles ? Ne pouvez-vous pas les laisser tranquilles ?

— Là ! là ! Assez, assez, interrompit son maître. Holà, commissionnaire ! ajouta-t-il en faisant signe de la tête du Trotteux. Arrivez ici ! Qu'est-ce que vous avez là ? Votre dîner ?

— Oui, monsieur, répondit Trotty en laissant le plat derrière lui dans un coin.

— Ne le laissez pas là ! s'écria le monsieur. Apportez-le ici. Bien ! c'est votre dîner, hein ?

— Oui, monsieur », répéta Trotty regardant d'un œil fixe, tandis que l'eau lui en venait à la bouche, le morceau de tripes qu'il avait gardé pour la bonne bouche, et que le personnage en question tournait et retournait dans tous les sens en le tenant sur la pointe de la fourchette.

Deux autres messieurs étaient sortis avec lui de la maison : l'un, qui n'était ni vieux ni jeune, maigre, de constitution chétive, au visage mélancolique ; il avait ses mains fourrées constamment dans les larges poches d'un étroit pantalon gris souris, dont cette habitude même faisait retomber de chaque côté les poches en oreilles de chien. Il avait l'air, dans toute sa personne négligée, d'un homme qui économise les coups de brosse et qui ne se ruine pas en savon. L'autre monsieur, gras, reluisant, cossu, portant un habit bleu à boutons de métal et une cravate blanche ; son teint très coloré annonçait sans doute qu'il y avait une partie du sang destiné à l'équilibre de son individu qui s'arrêtait indûment dans sa tête, ce qui explique sans doute pourquoi il paraissait si froid dans la région du cœur.

Celui qui tenait le dîner de Toby au bout de la fourchette appela le premier du nom de Filer, et ils se mirent tout près l'un de l'autre. Comment M. Filer avait la vue excessivement basse, il fut forcé d'examiner de si près le restant du dîner de Toby avant de pouvoir se rendre compte de ce que c'était, que le pauvre commissionnaire en eut la chair de poule. Cependant, il faut être juste, M. Filer ne le mangea pas.

« Vous voyez là, alderman*, dit M. Filer en piquant le morceau de tripes avec un porte-crayon, une espèce de nourriture animale connue généralement par la population ouvrière de ce pays sous le nom de *tripes.* »

L'alderman sourit et cligna de l'œil, car c'était un joyeux compère que l'alderman Cute ; oh ! oui, et un rusé compère aussi ! un vrai connaisseur en toutes choses ! On ne pouvait lui en imposer ; il lisait dans l'âme des gens. Il connaissait bien son monde, l'alderman Cute, je vous en réponds !

« Mais qui est-ce qui mange des tripes ? dit M. Filer promenant son regard autour de lui. La tripe est, sans contredit, l'article de consommation le moins économique qu'il soit possible aux marchés de ce pays de produire, celui qui donne le plus de déchet. On a reconnu que la perte d'une livre de tripes s'élevait, par la cuisson, à plus de sept huitièmes par livre d'un cinquième de la perte subie dans les mêmes circonstances par toute autre substance animale. La tripe, à tout prendre, revient donc plus cher que l'ananas de serre chaude. Si l'on calcule le nombre d'animaux abattus chaque année d'après les relevés de mortalité et si l'on estime au plus bas la quantité de tripes que produiraient ces animaux convenablement débités par la boucherie, on trouve que le déchet résultant de la cuisson sur cette quantité même suffirait pour nourrir une garnison de cinq cents hommes pendant cinq mois de trente et un jour chacun, et le mois de février par-dessus le marché. Quel gaspillage, quel gaspillage ! »

A cette terrible révélation, le Trotteux, debout, effaré, chancelant sur ses jambes, croyait avoir fait mourir de faim, de sa propre bouche, une garnison de cinq cents hommes.

---

* Alderman : magistrat municipal.

« Qui est-ce qui mange des tripes ? répéta M. Filer avec chaleur ; qui est-ce qui mange des tripes ? »

Trotty courba humblement la tête comme un coupable.

« C'est vous, ah ! c'est vous ! dit M. Filer. Alors, je vais vous apprendre quelque chose. Votre plat de tripes, mon ami, vous l'arrachez de la bouche des veuves et des orphelins.

— J'espère que non, monsieur, répondit le Trotteux d'une voix faible ; j'aimerais mieux mourir de faim.

— Divisez la somme des tripes ci-dessus, alderman, continua M. Filer, par le nombre présumé des veuves et des orphelins, vous aurez un gramme cinq cent cinquante-cinq milligrammes de tripes par tête. Il n'en reste même pas six cent quarante-sept dix-millièmes pour cet homme ; par conséquent, c'est un voleur ! »

Toby fut si écrasé sous ce coup d'assommoir, qu'il vit, sans le moindre regret, l'alderman achever lui-même le reste des tripes. C'était toujours cela qu'il aurait de moins sur la conscience.

« Et vous, qu'est-ce que vous dites ? demanda l'alderman d'un ton goguenard au monsieur à la figure rubiconde et à l'habit bleu. Vous avez entendu notre ami Filer. A *vous,* maintenant ; qu'en dites-vous ?

— Qu'est-ce qu'on peut dire ? répondit le personnage interpellé. Que voulez-vous qu'on dise ? Qui peut s'intéresser à un pareil individu (il voulait parler de Toby) ? les temps sont si dégénérés. Regardez-le ! Ah ! le bon vieux temps, le bon vieux temps ! le grand, le noble, le généreux bon vieux temps ! C'est alors qu'on pouvait voir une race de paysans robustes, et le reste ; parlez-moi de cela ; tandis qu'aujourd'hui il n'y a plus rien. Ah ! s'écria le monsieur à la figure rubiconde avec un gros soupir ; le bon vieux temps, le bon vieux temps ! »

Il ne prit pas la peine de spécifier à quels siècles en particulier il faisait allusion ; et il ne dit pas non plus si les reproches qu'il adressait au temps présent provenaient d'une conviction désintéressée que ce siècle-ci n'avait rien produit de très remarquable en le produisant lui-même.

« Le bon vieux temps, le bon vieux temps ! répétait-il. Quel temps c'était ! le vrai temps, le seul, le seul ; d'ailleurs ne me parlez pas des autres, pas plus que des gens de ce temps-ci. Vous n'appelez pas cela un temps, je pense ? Quant à moi, j'en suis à cent lieues. Jetez les yeux sur le recueil des *Costumes de Strutt,* et vous verrez ce qu'était un commissionnaire sous le règne de quelque bon vieux roi de notre vieille Angleterre.

— Laissez-moi rire ! c'était le temps où dans ses meilleurs jours, dit M. Filer, il n'avait pas de chemise à se mettre sur le dos, ni de bas dans ses souliers ; à peine si toute l'Angleterre produisait un seul légume qu'il pût manger. Il me serait facile de le prouver par les tableaux statistiques. »

Mais le monsieur à la figure rubiconde n'en fit pas moins

l'éloge du bon vieux temps, du grand et noble bon vieux temps. Quoi qu'on pût dire, il tournait et retournait toujours dans le même cercle pour en revenir à son éternel refrain, comme un pauvre écureuil qui tourne et retourne sans cesse dans sa cage rotative, avec une idée aussi claire et aussi distincte du mécanisme qu'il fait ainsi mouvoir, que le monsieur à la figure rubiconde en avait lui-même de feu l'âge d'or qu'il regrettait.

Il est possible que la foi du pauvre Toby dans ce bon vieux temps si confus ne fût pas non plus entièrement détruite, car il se sentit en ce moment fort embarrassé de ce qu'il devait croire. Une chose pourtant lui semblait claire et évidente au milieu de sa perplexité, c'est que, malgré les divergences d'opinions qui pouvaient exister entre ces messieurs dans les détails, ses conjectures philosophiques du matin, et de combien d'autres matinées encore, n'en demeuraient pas moins bien fondées. « Non, non, pensait-il dans son désespoir, nous ne sommes pas capables d'aller bien, ni de rien faire de bien ; nous ne sommes bons à rien. Nous sommes nés mauvais ! »

Cependant Trotty portait dans sa poitrine un cœur de père qui se révoltait contre cette sentence ; et il ne pouvait supporter l'idée que Margot, encore sous l'impression de sa courte joie, dût se voir prédire son avenir par ce trio d'oracles. « Dieu la bénisse ! pensait le pauvre père, elle ne saura que trop tôt le sort que lui réserve l'avenir. »

En conséquence, il fit signe au jeune forgeron de l'emmener. Mais Richard était si absorbé dans les doux propos qu'il tenait à sa fiancée, un peu en arrière, que les signes inquiets du bonhomme ne purent éveiller son attention avant d'avoir attiré celle de l'alderman Cute. Or, l'alderman n'avait pas encore placé son mot, et c'était aussi un philosophe, mais un philosophe pratique, oh ! ce qu'il y a de plus pratique, et, comme il n'avait pas envie de perdre un seul de ses auditeurs : « Arrêtez ! » s'écria-t-il.

« Vous savez, dit l'alderman, s'adressant à ses deux amis avec ce sourire de satisfaction qui lui était habituel, moi, je suis un homme simple, un homme pratique et qui va au fait directement, et sans chercher midi à quatorze heures. Je suis comme ça. Eh bien ! selon moi, il n'y a pas le moindre mystère, pas la moindre difficulté à traiter avec ces gens-là ; il n'y a qu'à connaître leur langage pour les comprendre et leur parler. Alors, commissionnaire, ne venez jamais me dire ou à un autre de mes amis, que vous n'avez pas toujours de quoi manger, et du meilleur encore, parce que je sais parfaitement ce qu'il en est, j'ai goûté vos tripes, vous le savez ; ainsi, vous ne pouvez pas « me la faire ». Vous comprenez bien ce que cela veut dire, hein ? c'est l'expression qui convient, n'est-ce pas ? Ha ! ha ! ha ! Parbleu ! continua l'alderman en se retournant vers ses amis ; c'est la chose du monde la plus facile d'avoir affaire à ces gens-là, il faut seulement savoir leur parler. »

Un fameux homme pour le menu peuple, que l'alderman Cute ! jamais de mauvaise humeur, toujours facile, affable, enjoué, et par-dessus tout d'une finesse !...

« Vous le voyez, mon ami, poursuivit le digne alderman, on débite un tas de sottises à propos du *besoin,* vous savez ; n'est-ce pas le mot consacré ? Ha ! ha ! ha ! Eh bien ! moi, je suis décidé à en venir à bout. On a mis aussi en vogue un certain jargon, comme *crever de faim* ; eh bien ! moi, je veux aussi en venir à bout, voilà tout ! Parbleu ! continua-t-il, se tournant une seconde fois vers ses amis, on peut venir à bout de tout avec ces gens-là, il faut savoir s'y prendre ! »

Trotty prit la main de Margot et la passa sous son bras, sans avoir trop l'air de savoir ce qu'il faisait.

« C'est votre fille, hein ? » dit l'alderman lui passant familièrement la main sous le menton.

Toujours affable avec la classe ouvrière, l'alderman Cute ! Il savait si bien les prendre ! Vraiment, il n'était pas fier !

« Où est sa mère ? demanda le digne homme.

— Morte, répondit Toby. Sa mère était lingère ; Dieu l'a rappelée au ciel lors de la naissance de sa fille.

— Ce n'est pas, je suppose, pour raccommoder son linge là-haut », remarqua facétieusement l'alderman.

Il est possible que Toby ne fût pas capable de séparer dans son esprit le séjour de sa femme au ciel des humbles tâches auxquelles elle se livrait en ce monde ; mais, permettez, une simple question. Si Mme Cute, l'honorable épouse de l'alderman, était allée au ciel, M. l'alderman Cute l'aurait-il imaginée tenant là-haut son rang et sa position officiels.

« Et vous, vous êtes son amoureux, sans doute ? dit l'alderman au jeune forgeron.

— Oui, répliqua vivement Richard piqué de cette question à brûle-pourpoint, et nous allons nous marier le Jour de l'An.

— Que voulez-vous dire ? s'écria Filer d'un ton aigre ; vous marier ?

— Mais, sans doute ; nous y pensons, Maître. Et nous sommes pressés, voyez-vous, de peur qu'on ne vienne aussi à bout de ça.

— Ah ! s'écria Filer en gémissant ; venez-en à bout, alderman, et vous n'aurez jamais rien fait de mieux. Le mariage ! l'ignorance des premiers principes de l'économie politique chez ces gens-là, leur imprévoyance, leur perversité, en voilà bien assez, grand Dieu ! pour... Regardez-moi un peu ce couple, s'il vous plaît ! »

En effet, Richard et Margot en valaient bien la peine ; et, à les voir, rien ne semblait plus naturel et plus raisonnable que leur mariage.

« Quand un homme vivrait aussi vieux que Mathusalem, dit M. Filer ; quand il travaillerait, pendant cette longue vie, dans l'intérêt de ces gens-là, quand il entasserait les faits sur les chiffres et les chiffres sur les faits, aussi haut que les plus hautes montagnes, il ne faudrait pas pour cela qu'il se flattât de les convaincre qu'ils n'ont pas plus de droit ou d'avantage à se marier qu'ils n'en avaient à naître. Et cependant, nous savons bien qu'ils n'en ont pas le droit. Depuis longtemps, c'est un fait rigoureusement démontré par nous, comme une vérité mathématique. »

L'alderman Cute, que tout cela divertissait extrêmement, commença par appuyer l'index de sa main droite sur l'un des côtés de son nez, comme pour dire à ses deux amis : « Regardez-moi bien, je vous prie, ne perdez pas de vue l'homme pratique ! » Puis il appela Margot auprès de lui.

« Venez ici, ma petite ! » lui dit-il.

Depuis quelques minutes, l'amoureux sentait bouillir son

sang qui lui montait furieusement à la tête, et il était fort peu disposé à la laisser obéir. Cependant, faisant un effort sur lui-même, il s'approcha en même temps qu'elle, hardiment, et se plaça debout à ses côtés. Le Trotteux continuait à presser sous son bras la main de sa fille, mais ne cessait de jeter, sur toutes les personnes présentes, des regards aussi effarés que ceux d'un somnambule au milieu de ses rêves.

« Maintenant, ma petite, je vais vous donner un ou deux bons conseils, dit l'alderman avec son air dégagé. C'est mon rôle, vous savez, de donner des conseils, puisque je suis juge de paix... Vous n'ignorez pas, sans doute, que je suis juge de paix ? »

Margot répondit timidement que non. Tout le monde, en effet, savait que l'alderman Cute était juge de paix, et un juge de paix si expéditif, si actif ! Si son mérite n'avait pas crevé les yeux du public, le public aurait donc été aveugle.

« Vous allez vous marier, dites-vous, poursuivit l'alderman. Ce n'est déjà pas si beau ni si délicat pour une demoiselle. Mais n'importe ! Une fois mariée, vous vous querellerez avec votre mari, et vous tomberez dans la misère. Peut-être croyez-vous que non ; mais vous avez tort, puisque je vous le dis. Or, je vous avertis loyalement d'avance que j'ai décidé de venir à bout des femmes dans le besoin. Ainsi, arrangez-vous pour ne pas être amenée devant moi. Vous aurez des enfants... des garçons. Ces garçons, en grandissant, feront naturellement de petits vauriens qui iront courir les rues, comme des va-nu-pieds. Faites-y bien attention, ma jeune amie ! je les condamnerai sans pitié jusqu'au dernier, car je suis déterminé à venir à bout des petits va-nu-pieds. Peut-être votre mari mourra-t-il jeune (c'est fort probable), vous laissant un enfant sur les bras. Vous serez alors mise à la porte par votre propriétaire, et vous vous trouverez sur le pavé. En ce cas, ne venez pas rôder, ma chère, dans ma circonscription, car je suis déterminé à venir à bout de toutes les mères sans asile ; oui, toutes les jeunes mères, de quelque genre que ce soit : c'est ma détermination bien arrêtée d'en venir à bout. Ne songez pas à m'alléguer la maladie ou le nombre de vos petits enfants, car je suis fermement décidé à venir à bout de tous *les malades et les petits enfants* (j'espère que vous connaissez le sermon de l'église, quoique je craigne que non). Et si, emportée par le désespoir, l'ingratitude ou l'impiété, vous tentez, au mépris des lois les plus saintes, de vous noyer ou de vous pendre, je ne vous ferai pas grâce ; car j'ai pris la résolution de venir à bout des suicides. S'il y a au monde, poursuivit l'alderman avec son sourire de satisfaction intime, une chose à laquelle on puisse dire que je suis résolu, c'est certainement de venir à bout du suicide. Ainsi, n'allez pas *vous y frotter.* C'est l'expression utilisée, n'est-ce pas ? ah ! ah ! nous nous comprenons à merveille, maintenant. »

Toby ne savait s'il devait se réjouir ou se désoler en voyant la pâleur mortelle qui couvrait le visage de Margot dont la main venait de quitter machinalement celle de son fiancé.

« Quant à vous, jeune lourdaud, reprit l'alderman en s'adressant avec un redoublement de gaieté et d'urbanité à Richard, pourquoi songez-vous à vous marier, pauvre sot ? Qu'est-ce que vous avez besoin de vous marier ? Si j'étais un beau gaillard, jeune et bien bâti comme vous, j'aurais honte d'être assez poule mouillée pour m'attacher aux cordons du tablier d'une femme. Ne voyez-vous pas qu'elle sera déjà vieille, avant que vous ayez atteint la trentaine ! Vous ferez alors une drôle de tête quand vous traînerez derrière vous une femme couverte de haillons et un tas d'enfants braillards, qui vous poursuivront partout de leurs larmes et de leurs cris ! »

Oh ! il savait bien railler les pauvres gens, l'alderman Cute !

« Voyons, continua-t-il, allez-vous-en et repentez-vous. Ne soyez pas assez bêtes pour vous marier au Jour de l'An. Vous aurez des idées toutes différentes avant le Jour de l'An suivant. Un jeune drôle comme vous, bien bâti, qui tape dans l'œil à toutes les jeunes filles !... Allons, décampez !... »

Ils décampèrent, non plus en se donnant le bras, ni en se tenant par la main, ni en échangeant de brillants regards, mais *elle* tout en larmes, et *lui* sombre et la tête baissée. Étaient-ce bien là les deux cœurs qui avaient naguère fait bondir de joie, dans sa poitrine, le cœur du vieux Toby au milieu de ses peines ? Non, non ; l'alderman, béni soit-il ! était venu à bout d'eux.

« Puisque vous êtes là, dit Cute à Toby, vous allez me porter une lettre. Êtes-vous assez rapide ? vous êtes déjà vieux. »

Toby, qui suivait de l'œil la pauvre Margot d'un air de stupeur, eut quelque peine à murmurer entre ses dents qu'il était très alerte et très fort.

« Quel âge avez-vous ? demanda l'alderman.

— Soixante ans passés, monsieur, dit Toby.

— Oh ! cet homme a dépassé de beaucoup la moyenne, comme vous voyez, s'écria M. Filer en éclatant, car sa patience, poussée à bout, ne pouvait plus supporter un tel abus.

— Je sens bien que je suis un *intrus,* monsieur, dit Toby, je... je... m'en doutais ce matin, hélas ! »

L'alderman coupa court à ses lamentations en lui remettant la lettre qu'il tira de sa poche. Il allait lui donner aussi un shilling pour sa peine, mais M. Filer lui démontra si clairement que c'était comme s'il prenait dix-neuf sous par tête dans la poche d'un nombre donné de personnes, qu'il ne donna que six pence à Toby, et encore ce dernier s'estima-t-il heureux de l'aubaine.

Alors l'alderman prit ses deux amis chacun par un bras, et se mit en marche d'un pas triomphant ; mais il revint presque aussitôt en arrière, comme s'il avait oublié quelque chose.

« Commissionnaire ! s'écria-t-il.

— Monsieur, dit Toby.

— Veillez bien sur votre fille, elle est beaucoup trop jolie.

— Allons ! vous verrez que son beau visage lui-même aura été volé à quelqu'un, pensa Toby, regardant les six pence qu'il tenait à la main, et songeant à ses tripes. Elle aurait dépouillé cinq cents grandes dames d'un soupçon de fraîcheur qui devait leur revenir que je n'en serais pas étonné. C'est vraiment bien terrible !

— Elle est beaucoup trop jolie, mon brave homme, répéta l'alderman. Il y a toutes les chances qu'elle tourne mal ; je le sens. Faites attention à ce que je vous dis. Veillez bien sur elle ! »

Sur ce, il se hâta de rejoindre ses deux amis.

« Toujours du mal ! partout du mal ! dit Toby joignant les mains. Nés mauvais ! nous n'avons que faire ici-bas. »

Comme il achevait de prononcer ces paroles, le carillon retentit tout à coup à ses oreilles ; le son était plein, grave et sonore ; mais il ne contenait pas une seule note d'encouragement pour le pauvre Toby.

« Ce n'est plus le même air, s'écria le vieillard écoutant avec attention. Il n'y a pas un mot de ce qui me charmait. Et pourquoi, en fait, en serait-il autrement ? Je n'ai pas plus affaire avec l'année qui va venir qu'avec l'année qui finit. Je voudrais mourir ! »

Les cloches, cependant, continuaient à remplir l'air de leurs nouveaux chants.

En venir à bout, en venir à bout, disaient-elles. Le bon vieux temps, le bon vieux temps ! Faits sur chiffres, chiffres sur faits ! En venir à bout, en venir à bout. »

Voilà ce qu'elles disaient, pas autre chose, si bien que Toby en avait le vertige.

Il se mit à presser sa tête égarée de ses deux mains, comme pour l'empêcher d'éclater, et il fit bien ; car en faisant ce geste, il trouva la lettre de l'alderman entre ses doigts, et, rappelé par là au souvenir de sa commission, il retomba machinalement dans son petit trot habituel et il partit toujours en trottant.

II
Second quart.

La lettre que Toby avait reçue de l'alderman Cute était adressée à un grand personnage dans le grand quartier de la ville, le plus grand quartier de la ville, puisqu'il était communément appelé « le monde » par ceux qui l'habitaient.

Et de fait, cette lettre aussi semblait à Toby plus lourde qu'aucune autre qu'il eût jamais portée ; non parce que l'alderman l'avait cachetée de larges armoiries avec une profusion de cire ; mais à cause du nom important de l'homme de poids dont elle portait l'adresse, et de l'énorme quantité d'or et d'argent dont ce nom seul donnait l'idée.

« Quelle différence entre eux et nous ! pensa Toby dans toute la simplicité et la bonne foi de son âme, en regardant l'adresse. Vous n'avez qu'à diviser le nombre des tortues vivantes d'après les tables de mortalité, par le nombre de gens de la bonne société pouvant les acheter ; je parie que chacun d'eux n'en peut prendre que sa part ! Quant à arracher des tripes de la bouche d'un autre, il n'en ferait rien ! »

En hommage involontaire à un personnage aussi éminent, Toby introduisit un coin de son tablier entre la lettre et ses doigts.

« Ses enfants, continua-t-il (et un nuage humide passa sur ses yeux) ; ses filles... de beaux messieurs peuvent gagner leur cœur et les épouser ; elles peuvent devenir d'heureuses femmes, d'heureuses mères ; elles peuvent être jolies comme ma bien-aimée M...a...r... »

Il fut impossible au pauvre père d'achever ce nom. La dernière syllabe s'enfla dans son gosier jusqu'à prendre les dimensions de l'alphabet tout entier.

« N'importe, pensa Trotty, je sais ce que je veux dire ; cela me suffit. »

Et ranimé par cette réflexion consolante, il continua de trotter.

Il gelait dur, ce jour-là : l'air était sain, clair, pétillant. Le soleil d'hiver était trop faible pour apporter de la chaleur ; mais il n'en regardait pas moins radieux, du haut du ciel, la glace qu'il n'avait plus la force de faire fondre, et s'y montrait encore rayonnant dans sa gloire. En d'autres temps, Toby aurait trouvé, dans l'exemple résigné du soleil d'hiver, une leçon pour un pauvre homme ; mais il n'en était plus là maintenant.

L'année, ce jour-là, était bien vieille. Elle avait poursuivi patiemment sa carrière au milieu des reproches injustes de ses détracteurs, et avait fidèlement accompli sa tâche. Le printemps, l'été, l'automne, l'hiver ; elle avait parcouru laborieusement son cercle prédestiné, et maintenant courbait sa tête fatiguée, attendant la mort. Privée par elle-même de tout espèce d'espérance, de désir et de jouissance active, mais messagère pour les autres de grand nombre de joies, elle suppliait à l'heure de son déclin qu'on se rappelât ses jours de labeur, ses heures de souffrance, et qu'on la laissât mourir en paix. Le Trotteux aurait pu lire, dans le déclin de l'année expirante, une allégorie pour la vieillesse d'un pauvre homme, mais il n'en était plus là maintenant.

Était-il le seul d'ailleurs ? Cette même supplication, les soixante-dix années qui pesaient sur la tête d'un travailleur anglais ne l'ont-elles pas lancée ensemble, mais en vain ? Cette supplication de l'année, pour qu'on la laissât mourir en paix, n'a-t-elle jamais été invoquée par l'ouvrier septuagénaire, Anglais comme nous, et invoquée sans succès ?

Les rues étaient pleines de mouvement et les boutiques revêtues gaiement de leur parure de fête. Le Nouvel An, comme un héritier présomptif du monde entier, était attendu avec des vœux, des présents, des réjouissances. Il y avait des livres et des jouets pour le Nouvel An, d'éblouissants bijoux pour le Nouvel An, des parures pour le Nouvel An, des plans de fortune pour le Nouvel An, toutes sortes d'inventions nouvelles pour le charmer et le distraire. Son existence était analysée dans une foule d'almanachs et d'agendas ; la venue de ses lunes, de ses astres, de ses marées, était connue d'avance à une seconde près ; toutes les vicissitudes de ses saisons par jours et par nuits étaient calculées avec autant de précision que pouvaient en présenter les tables statistiques de la population, dressées par M. Filer.

Le Nouvel An, le Nouvel An ! partout le Nouvel An ! Déjà la vieille année n'était plus considérée que comme une défunte, et ses effets se vendaient à vil prix, comme se vend, à bord d'un navire, la défroque d'un matelot tombé à la mer. Ses modes étaient de l'année *dernière,* et on s'en débarrassait à perte, sans attendre qu'elle eût rendu le dernier soupir, ses trésors n'étaient que de la boue au prix des richesses de son successeur encore à naître !

Le pauvre Trotteux ne voyait aucune part à réclamer dans la nouvelle année, pas plus que dans l'ancienne.

« En venir à bout, en venir à bout ; faits sur chiffres, chiffres sur faits ; le bon vieux temps, le bon vieux temps ; en venir à bout, en venir à bout... » C'est sur ce rythme que se basait son trot refusant tout autre accompagnement.

Mais cette allure-là même, triste et mélancolique, l'amena, dans le temps voulu, au terme de son voyage, la maison de sir Joseph Bowley, membre du Parlement.

La porte fut ouverte par un portier ; mais quel portier ! Rien à voir avec Toby. C'est lui qui avait la bonne place et non Toby.

Ce portier, haletant, eut besoin de reprendre haleine avant de pouvoir parler ; il s'était essoufflé à quitter son fauteuil trop précipitamment, sans se donner seulement le temps de réfléchir et de se remettre. L'imprudent ! Lorsqu'il eut enfin recouvré la voix, ce qui lui prit encore quelque temps, car elle était descendue très bas, ensevelie sous le poids d'un copieux dîner, il murmura d'une voix grasseyante :

« De la part de qui ? »

Toby le lui dit.

« Vous allez porter la lettre vous-même, continua le portier, lui montrant du doigt une pièce située à l'extrémité d'un long corridor qui donnait sur le vestibule. Tout le monde entre sans cérémonie, en ce jour de l'année. Vous arrivez juste, car la voiture est déjà à la porte, et les maîtres ne sont venus en ville, tout exprès, que pour y passer une heure ou deux. »

Toby essuya ses pieds avec grand soin, bien qu'ils fussent parfaitement secs, et prit le chemin qu'on venait de lui indiquer, non sans s'émerveiller à chaque pas de l'apparence grandiose qu'avait cette maison, quoique tous les meubles y fussent rangés et couverts comme si la famille était encore à la campagne. Il frappa à la porte ; de l'intérieur on lui cria d'entrer, ce que faisant aussitôt il se trouva dans une vaste bibliothèque où, devant une table jonchée de papiers et de dossiers, étaient assis une majestueuse dame en chapeau, et un monsieur très peu majestueux, vêtu de noir, qui écrivait sous sa dictée, tandis qu'un autre personnage, beaucoup plus âgé et plus majestueux, dont la canne et le chapeau se trouvaient sur la table, se promenait de long en large, une main dans son gilet, jetant par intervalles des regards de complaisance sur son portrait en pied, grandeur nature, suspendu au-dessus de la cheminée.

« Qu'est-ce que c'est ? dit ce dernier personnage. Monsieur Fish, voudriez-vous avoir la bonté de voir ? »

M. Fish s'excusa, et prenant la lettre des mains de Toby, la présenta lui-même avec de grandes marques de respect.

« C'est de l'alderman Cute, sir Joseph.

— Est-ce tout ? N'avez-vous pas autre chose, commissionnaire ? » demanda sir Joseph.

Toby répondit que non.

« Vous n'avez ni billet à ordre, ni traite à me présenter (mon nom est Bowley, sir Joseph Bowley) de quelque nature ou de la part de qui que ce soit, hein ? reprit sir Joseph. Si vous en avez, présentez-les. Voici un carnet de chèques à côté de M. Fish. Je ne veux pas qu'on transporte une seule dette d'une année à l'autre. Dans cette maison, les comptes sont arrêtés à la fin de chaque année ; en sorte que si la mort venait à... à...

— Couper, souffla M. Fish.

— Trancher, monsieur, reprit sir Joseph avec beaucoup de raideur, le fil de mes jours, on trouverait, je l'espère, mes affaires en ordre.

— Mon cher sir Joseph ! dit la dame, qui était beaucoup plus jeune que le monsieur, c'est affreux de dire ces choses-là !

— Milady Bowley, continua sir Joseph, pataugeant par intervalles comme un homme qui s'enfonce dans la trop grande profondeur de ses observations, nous devons, à ce moment de l'année, penser à... à... nous-mêmes ; il nous faut examiner nos... comptes. Nous devons reconnaître que le retour périodique d'une époque si importante dans le cours des transactions humaines fait naître les questions les plus graves entre un homme et... son banquier. »

Sir Joseph débita cette tirade en homme profondément pénétré de la moralité de ses observations, et avec le désir que le Trotteux lui-même saisît l'occasion de profiter de ses principes. Il n'avait peut-être pas d'autre but en différant de briser le cachet de la lettre, et en disant au Trotteux d'attendre là une minute.

« Milady, vous disiez donc à M. Fish d'écrire... remarqua sir Joseph.

— M. Fish l'a écrit, je crois, répondit la dame en jetant un coup d'œil sur la lettre... Mais, ma foi ! sir Joseph, je ne crois pas que je puisse l'envoyer. C'est si cher !

— Qu'est-ce qui est cher ? demanda sir Joseph.

— Cette œuvre de charité, mon ami. On n'accorde que deux votes pour une souscription de cinq livres. C'est réellement monstrueux !

— Milady Bowley, reprit sir Joseph, vous m'étonnez. Est-ce que le luxe du sentiment est en proportion du nombre de votes ? pour une âme bien placée, n'est-il pas plutôt en proportion du nombre des candidats et des dispositions salutaires que leur inspire l'œuvre dont ils sont l'objet ? N'est-ce pas un intérêt suffisant et des plus purs que d'avoir à sa disposition deux votes sur un total de cinquante personnes.

— Pas pour moi, je l'avoue, dit la dame. C'est fort ennuyeux. D'ailleurs, on ne peut dans ces conditions obliger ses connaissances. Mais, vous, vous êtes l'Ami du Pauvre, vous savez, sir Joseph, c'est ce qui fait que nous ne pensons pas de même.

— Je suis l'Ami du Pauvre, répéta Sir Joseph, en regardant le pauvre homme présent. On peut me critiquer, ce ne sera pas la première fois ; mais cela n'empêchera pas que je sois honoré de ce titre ; je n'en demande pas d'autre.

— Que Dieu le bénisse ! pensa le Trotteux ; voilà un brave et digne monsieur !

— Je ne suis point de l'avis de Cute, par exemple, continua sir Joseph en montrant la lettre. Je ne suis pas d'accord avec Filer et son clan ; je ne suis l'homme d'aucun clan. Mon ami le Pauvre n'a rien à voir avec tout cela, et tout cela n'a rien à voir avec lui. Mon ami le Pauvre, dans mon quartier, est mon affaire, à moi ; aucun individu, aucune corporation n'a le droit d'intervenir entre mon ami et moi. Voilà le terrain sur lequel je me place ; j'assume envers mon ami un... un rôle tout paternel. Je lui dis : Mon bon ami, je veux vous traiter en père. »

Toby écoutait avec un grand sérieux et commençait à se sentir plus à l'aise.

« Votre unique affaire, mon bon ami, poursuivit sir Joseph regardant Toby d'un air vague, votre unique affaire est de n'avoir affaire qu'à moi. Vous n'avez pas besoin de vous donner la peine de penser à quoi que ce soit ; j'y penserai pour vous ; je sais ce qui vous est bon ; je suis votre père à perpétuité. Tel est l'ordre, établi par une Providence, chef-d'œuvre de sagesse ! or, en vous créant, Dieu a voulu, non pas que vous allassiez vous griser, riboter, lier, comme une brute, vos plaisirs à la nourriture (Toby se souvint de ses tripes avec des remords), mais que vous sentissiez toute la dignité du travail. Ainsi donc, allez la tête haute, respirer l'air vivifiant du matin, et... et tenez-vous-en là. Menez une vie dure et frugale, soyez respectueux, pratiquez le désintéressement, élevez votre famille avec rien ou presque rien, soldez votre loyer avec la régularité d'une horloge, soyez ponctuel dans vos payements (je vous donne un bon exemple ; vous trouverez toujours M. Fish, mon secrétaire intime, avec une bourse devant lui pour acquitter les miens), et vous pouvez compter que je serai jusqu'à la fin votre ami et votre père.

— De charmants enfants, en vérité, sir Joseph ! dit la dame avec un geste de dégoût. Des rhumatismes, des fièvres, des jambes tordues, des asthmes et toutes sortes d'horreurs !

— Milady, répliqua sir Joseph avec solennité, je n'en suis pas moins l'ami et le père du Pauvre ; il n'en recevra pas moins mes encouragements. Chaque trimestre, il sera mis en communication avec M. Fish ; à chaque Nouvel An, mes amis et moi, nous boirons à sa santé ; une fois par an, mes amis et moi, nous lui adresserons des paroles inspirées par les sentiments les plus sympathiques ; une fois dans sa vie, il pourra recevoir publiquement, en présence d'une réunion de la classe supérieure, « une Bagatelle de la main d'un Ami ». Et quand, n'étant plus soutenu par ces stimulants et par la dignité du travail, il descendra dans une tombe décente que nous lui ferons préparer, alors, milady », ici sir

Joseph s'interrompit pour se moucher, « je serai un ami et un père... toujours au même titre... pour ses enfants. »

Toby était profondément ému.

« Pour ce que cette famille est reconnaissante, sir Joseph ! s'écria sa femme.

— Milady, répliqua sir Joseph de l'air le plus majestueux du monde, on sait que l'ingratitude est le défaut de cette classe ; je n'attends rien d'autre.

— Ah ! voilà ! nous sommes nés mauvais ! pensa Toby ; rien ne saurait nous rendre meilleurs !

— Ce qu'un homme peut faire, moi, je le fais, poursuivit sir Joseph. Je remplis mon devoir de père et d'ami du Pauvre, et je m'efforce de cultiver son esprit en lui inculquant dans toutes les circonstances l'unique grande leçon de morale qui convienne à cette classe, c'est-à-dire leur confiance absolue en moi. Ils n'ont que faire de... s'occuper d'eux-mêmes. Si des hommes pervers et animés de mauvaises intentions leur tiennent un autre langage, les rendent par suite impatients, mécontents de leur sort, coupables d'insubordination et de noire ingratitude, ce qui ne manque jamais d'arriver, je demeure encore leur père et leur ami. C'est écrit là-haut ; c'est dans la nature des choses. »

Après cette grande et belle profession de foi, il ouvrit la lettre de l'alderman et la lut.

« Très poli, très aimable assurément ! s'écria sir Joseph. Milady, l'alderman a l'obligeance de me rappeler que : « il a eu l'honneur insigne (il est trop bon, en vérité) de me rencontrer chez notre ami commun, le banquier Deedles, et il me fait la faveur de me demander s'il me serait agréable qu'il vînt à bout de Will Fern. »

— *Extrêmement* agréable ! répliqua milady Bowley. C'est le pire de tous ! Il aura commis quelque vol, j'espère ?

— Non, dit sir Joseph consultant la lettre, pas tout à fait. Quelque chose d'approchant ; pas tout à fait néanmoins. Il paraîtrait qu'il est venu à Londres chercher du travail (toujours pour améliorer sa situation ; vous savez, c'est son excuse éternelle) ; trouvé la nuit endormi sous un hangar, il a été arrêté et conduit le lendemain devant l'alderman. Celui-ci m'affirme et il a raison, selon moi, qu'il est déterminé à venir à bout de ce genre d'abus, et que s'il m'est agréable que l'on vienne à bout de Will Fern, il commencera par lui avec plaisir.

— Qu'on en fasse un exemple, certainement, répondit la dame. L'hiver dernier, lorsque j'ai voulu introduire parmi les hommes et les garçons du village, pour employer agréablement les veillées, le découpage du feston et des œillets, en chantant pendant ce travail les vers suivants, mis en musique d'après le nouveau système :

Aimons notre profession,
Donnons la bénédiction
Au squire ainsi qu'à sa maison.
Que toujours notre ration
Suffise à notre ambition,
N'ayant pas la prétention
De changer de position.

Ce même Fern, je le vois encore, porta la main à son chapeau et osa me dire : Je demande humblement pardon à milady, mais est-ce qu'on me prend pour une grande jeune fille ? Je m'y attendais, après tout ; peut-on espérer autre chose que de l'ingratitude et de l'insolence des gens de cette espèce ? mais ne parlons pas de cela. Sir Joseph, faites un exemple de ce Will Fern !

— Hem ! dit sir Joseph, monsieur Fish, si vous vouliez bien avoir la bonté de voir... »

M. Fish prit immédiatement sa plume et écrivit sous la dictée de sir Joseph.

« Personnelle. — Mon cher Monsieur,

« Je vous suis bien reconnaissant de votre politesse au sujet de William Fern, sur le compte duquel je regrette d'ajouter que je n'ai à vous donner aucun renseignement favorable. Je n'ai jamais cessé de me conduire avec lui comme son ami et son père, mais j'en ai été payé (malheureusement, c'est habituel) par de l'ingratitude et une opposition constante à mes plans. C'est un esprit turbulent et rebelle, un caractère indépendant et fier, qui ne voudrait pas du bonheur si vous le lui mettiez dans la main. Dans cet état de choses, il me semble, je l'avoue, que quand il se présentera de nouveau devant vous (comme vous me dites qu'il a promis de le faire demain, afin de connaître le résultat de votre enquête, et je crois qu'on peut compter sur lui pour cela), ce sera rendre service à la société que de le faire enfermer quelque temps comme vagabond, et donner un exemple salutaire dans un pays où ces exemples sont devenus des plus nécessaires, dans l'intérêt de ceux qui se dévouent à être les amis et les pères du Pauvre, aussi bien que dans l'intérêt de cette classe elle-même, généralement égarée.

« Je suis, etc., etc. »

« On dirait, remarqua sir Joseph après avoir signé cette lettre, tandis que M. Fish la cachetait, on dirait que c'était écrit Là-Haut, en vérité. Voyez ! à la fin de l'année, je règle mes comptes et j'établis ma balance, même avec William Fern ! »

Le Trotteux, qui depuis longtemps déjà était retombé dans un profond découragement, s'avança pour prendre la lettre.

« Avec mes compliments et mes remerciements, dit sir Joseph. Attendez.

— Attendez ! répéta M. Fish.

— Vous avez entendu peut-être, poursuivit sir Joseph sur le ton d'un oracle, certaines observations que j'ai été conduit à faire par l'époque solennelle de l'année à laquelle nous touchons, et l'obligation qu'elle nous impose de mettre nos affaires en ordre et de nous tenir prêts. Vous avez dû remarquer que je ne me prévaux en aucune façon du rang supérieur que j'occupe dans la société, mais que M. Fish, monsieur que voici, a près de lui un carnet de chèques qui n'est pas ici, en fait, pour autre chose que pour m'aider à liquider l'année courante, et à commencer l'année nouvelle avec des comptes parfaitement nets. Maintenant, mon ami, pouvez-vous, la main sur le cœur, dire que vous vous êtes, vous aussi, préparé pour la Nouvelle Année ?

— J'ai peur, monsieur, balbutia Toby en le regardant d'un air humble, d'avoir... un peu... d'arriéré dans mes petites affaires.

— De l'arriéré dans vos petites affaires ! répéta sir Joseph Bowley, articulant chaque syllabe avec une expression terrible.

— J'ai peur, monsieur, balbutia Trotty, de devoir encore quelque chose comme dix ou douze shillings chez Mme Chickenstalker.

— Chez Mme Chickenstalker ! dit encore sir Joseph sur le même ton qu'auparavant.

— C'est une boutique, monsieur, s'écria Toby, où l'on vend un peu de tout. Je dois aussi quel...que ar...gent... sur... mon loyer ; très peu de chose, monsieur. Cela ne devrait pas être, je le sais, mais nous étions si gênés ! »

Sir Joseph regarda milady, puis M. Fish, puis Trotty, l'un après l'autre, et deux fois de suite. Joignant alors les mains d'un air désespéré, comme un homme qui abandonne tout effort.

« Comment, dit-il, un homme, même de cette race si imprévoyante et si incorrigible, un homme âgé, un homme à cheveux blancs peut-il regarder en face la Nouvelle Année, avec ses affaires en un pareil état ? Comment peut-il se coucher le soir et se lever le matin ? Comment... allons ! continua-t-il en tournant le dos à Trotty, prenez la lettre, prenez la lettre !

— Je voudrais de tout mon cœur qu'il en fût autrement, monsieur, dit Trotty cherchant à s'excuser... Mais voyez-vous, nous avons été bien éprouvés. »

Sir Joseph répétait toujours : « Prenez la lettre, prenez la lettre ! » M. Fish, de son côté, non seulement disait la même chose, mais encore donnait une nouvelle force à cette injonction en montrant la porte au commissionnaire. Toby n'avait donc plus qu'à tirer sa révérence et à sortir. Une fois dans la rue le pauvre homme enfonça son vieux chapeau usé sur ses yeux pour cacher le chagrin qu'il ressentait de voir qu'il ne pût avoir aucune prise sur le Nouvel An.

Dans son chagrin, il ne se découvrit pas même devant la tour où étaient ses chères cloches, lorsqu'à son retour il passa devant la vieille église. Pourtant, il s'y arrêta un instant par la force de l'habitude, et vit alors qu'il se faisait tard, et que le clocher n'élevait plus au-dessus de sa tête qu'une forme vague et vaporeuse au milieu de l'atmosphère de la nuit. Il vit aussi que les cloches allaient bientôt sonner, et c'était l'heure où leurs chants harmonieux parlaient à son imagination comme des voix dans les nuages ; mais il ne s'en dépêcha que plus pour aller rendre la lettre à l'alderman, et s'éloigner avant que le carillon sonnât, car il craignait de les entendre encore bredouiller : « Amis et pères, amis et pères », avec le refrain qu'elles avaient entonné au moment de son départ.

Toby s'acquitta donc de sa commission le plus promptement possible, et reprit son trot pour rentrer chez lui. Soit que ce fût la faute de cette allure, qui était bien, sans aucun doute, la moins avantageuse dans la rue, soit que ce fût celle de son chapeau rabattu, qui ne contribuait pas à la rendre plus sûre, il trotta bientôt contre quelqu'un dont le choc le fit pirouetter sur ses jambes, au beau milieu de la chaussée.

« Je vous demande pardon, mille fois pardon, dit Trotty soulevant son chapeau avec une confusion extrême, la tête prise entre le couvre-chef et la doublure déchirée, comme dans une espèce de ruche. J'espère que je ne vous ai pas fait mal ! »

Quant à faire mal à qui que ce fût, Toby était trop loin de ressembler à un Samson, il se serait plutôt fait mal à lui-même, car il venait de rebondir sur la chaussée, comme un volant sur la raquette. Cependant, il croyait tellement en sa force, qu'il éprouvait une véritable inquiétude pour la personne qu'il avait heurtée ; aussi répéta-t-il :

« J'espère que je ne vous ai pas fait mal ! »

L'homme auquel il s'était heurté, espèce de paysan au teint bruni par le soleil, aux membres vigoureux, aux cheveux grisonnants et au menton rugueux, le regarda fixement pendant l'espace d'une seconde, comme s'il le soupçonnait de vouloir faire une mauvaise plaisanterie. Mais bientôt, convaincu de sa bonne foi :

« Non, mon ami, lui répondit-il, vous ne m'avez pas fait mal.

— Ni à l'enfant, j'espère ? ajouta le Trotteux.

— Ni à l'enfant, répondit l'homme. Je vous remercie. »

En disant cela, il laissa tomber son regard sur une petite fille qu'il portait endormie dans ses bras, et lui couvrant le visage d'un bout du misérable foulard qu'il avait autour du cou, il poursuivit lentement son chemin.

Le ton avec lequel il venait de lui dire : « Je vous remercie », était allé au cœur du bon Trotteux. Cet homme était si fatigué, il avait les pieds si gonflés par la marche, il était tellement crotté jusqu'à l'échine, et regardait autour de lui d'un air si malheureux et si étrange, que certainement il avait trouvé une consolation et un soulagement à pouvoir remercier quelqu'un, ne fût-ce que pour une bagatelle. Toby s'arrêta et le suivit des yeux, tandis qu'il se traînait péniblement d'un pas lourd et incertain, le bras de l'enfant passé autour de son cou.

En voyant cet homme avec ses souliers usés, car ce n'étaient plus que des ombres, des fantômes de souliers, avec ses grosses guêtres de cuir, sa blouse de toile commune, et son chapeau à larges bords rabattus, Trotty s'arrêta pour l'observer, oubliant tout le reste, excepté qu'il regardait fixement le petit bras de l'enfant accroché au cou du voyageur.

Avant de se perdre dans l'obscurité, celui-ci s'arrêta, se retourna, et apercevant Trotty, toujours immobile à la même place, il parut indécis, ne sachant s'il devait continuer ou revenir sur ses pas. Après un instant d'hésitation, il prit enfin ce dernier parti ; Trotty, de son côté, fit la moitié du chemin pour venir à sa rencontre.

« Vous pourriez peut-être, dit l'homme avec un faible sourire, et si vous le pouvez, je suis sûr que vous le voudrez, aussi j'aime mieux le demander à vous qu'à d'autres ; vous pourriez peut-être m'indiquer où demeure l'alderman Cute ?

— Tout près d'ici, répondit Toby. Je me ferai un plaisir de vous montrer sa maison.

— Je devais aller le trouver demain dans un autre endroit, ajouta l'homme en suivant Toby ; mais je ne suis pas à l'aise sous le coup du soupçon ; j'ai besoin de me justifier, afin de pouvoir être libre d'aller gagner mon pain, je ne sais où. Ainsi, peut-être qu'il m'excusera de me présenter ce soir chez lui.

— C'est impossible, s'écria Toby en tressaillant ; vous appelleriez-vous Fern, par hasard ?

— Quoi ! s'écria l'autre à son tour, se retournant vers lui, la stupéfaction peinte sur le visage.

— Fern ? Will Fern ? dit le Trotteux.

— C'est mon nom, répondit-il.

— Eh bien ! alors, cria le Trotteux en le prenant par le bras et en regardant avec précaution autour de lui ; au nom du ciel ! n'allez pas chez lui ! n'allez pas chez lui ! Aussi sûr que vous existez, il viendra à bout de vous. Par ici ! venez dans cette allée, je vais tout vous expliquer. Mais, pour l'amour de Dieu ! n'allez pas chez lui. »

Sa nouvelle connaissance le prenait pour un fou, mais cependant elle le suivit. Quand ils furent à l'abri des curieux, Toby lui raconta ce qu'il savait, quelle réputation on lui avait faite, et le reste.

Le héros de son récit l'écouta avec un calme surprenant, sans le contredire ni l'interrompre une seule fois. Il hochait de temps en temps la tête, plutôt pour confirmer une vieille histoire des temps passés semble-t-il, que pour la réfuter : une fois ou deux, il rejeta son chapeau en arrière, et passa sa main calleuse sur un front où chacun des sillons qu'il avait creusés, la charrue en main, semblait avoir laissé son empreinte en miniature. Il s'en tint là.

« C'est assez vrai, au fond, dit-il, mon brave homme ; je ne dis pas que je ne lui ai pas quelquefois donné du fil à retordre ; mais ce qui est fait est fait. Ma foi ! tant pis, si j'ai contrecarré ses plans, c'est moi qui en souffre. D'ailleurs, je ne peux pas m'en empêcher ; demain je recommencerais encore, s'il le fallait. Quant à notre réputation, que tous ces beaux messieurs-là fassent enquête sur enquête, qu'ils fouillent, qu'ils cherchent, ils la trouveront sans tache et exempte de tout reproche, et je les dispense de m'en faire le compliment. Je souhaite seulement pour eux qu'ils ne perdent pas l'estime des gens aussi aisément que nous autres, ou je leur réponds qu'ils mèneront une vie si rude, qu'elle ne vaudra pas la peine d'être regrettée. Quant à moi, mon ami, cette main, et il la tendit grande ouverte, cette main n'a jamais pris ce qui ne m'appartenait pas, elle n'a jamais reculé non plus devant la besogne, quelque pénible ou quelque mal payée qu'elle fût. Si quelqu'un peut affirmer le contraire, je lui permets de la couper à l'instant ! Mais quand le travail n'est plus capable de m'assurer une vie d'être humain, quand ma nourriture est si mauvaise, si peu abondante, que je meurs de faim, sans trouver à la satisfaire ni au-dedans ni au-dehors ; quand je vois une vie tout entière de labeur commencer comme cela, continuer comme cela, finir comme cela, sans espérance de changement, je dis à tous ces beaux messieurs : « Allez-vous-en ! Laissez ma chaumière tranquille ! La porte en est assez sombre pour que vous ne veniez pas l'assombrir davantage de votre ombre ! Ne comptez pas sur moi pour venir dans le parc les jours d'anniversaire participer aux spectacles, écouter vos beaux discours, ou que sais-je encore ? Jouez vos comédies, faites vos parades sans moi, amusez-vous, réjouissez-vous, si vous voulez ; mais nous n'avons rien à faire ensemble. »

S'apercevant que la petite fille qu'il portait dans ses bras avait ouvert les yeux et regardait autour d'elle avec une sorte d'étonnement, il s'interrompit pour lui murmurer à l'oreille une ou deux paroles enfantines, et la déposer à terre à côté de lui ; puis roulant lentement autour de son doigt grossier une des longues boucles de l'enfant, comme un anneau, tandis qu'elle se suspendait à sa jambe souillée de poussière, il dit au Trotteux :

« Je ne suis pas d'un naturel contrariant, je suis plutôt facile à contenter. Je n'en veux à aucun de ces gens-là ; tout ce que je demande, c'est de vivre comme une créature du bon Dieu. Je ne puis y arriver, j'ai beau faire, et c'est ce qui creuse un abîme entre moi et eux. Je ne suis pas le seul ; vous en compteriez plutôt par centaines et par milliers. »

Le Trotteux savait qu'en cela il disait la vérité, et il secoua la tête en signe d'assentiment.

« C'est comme cela que je me suis fait une mauvaise réputation, poursuivit Fern, et il n'est guère probable, je le crains, que j'en acquière jamais une meilleure. Il n'est pas permis d'être mécontent, et je suis mécontent, moi, quoique. Dieu le sait, j'aimasse bien mieux être de bonne humeur, si je le pouvais. En fait, je ne sais trop quel grand mal me ferait cet alderman en m'envoyant en prison ; mais comme je n'ai pas un ami qui soit à même de dire un mot en ma faveur, il pourrait bien m'y envoyer ; et vous voyez !... ajouta-t-il en montrant la petite fille.

— Elle a un joli visage, dit le Trotteux.

— Oh oui ! » reprit l'autre à voix basse, en même temps qu'il prenait doucement la petite tête avec ses deux mains pour la tourner de son côté, et la regardant fixement : « C'est aussi ce que je me suis dit bien des fois ; je me le disais, en voyant mon foyer froid et mon garde-manger vide : je me le disais encore hier soir quand on nous a arrêtés comme deux voleurs. Mais il ne faudrais pas qu'ils tracassent trop souvent ce petit visage, n'est-ce pas, Lilian ? C'est déjà bien assez de venir tracasser un homme ! »

Le timbre de sa voix s'abaissa d'une manière si sensible, il la regarda d'un air si grave et si étrange, que Toby lui demanda s'il avait encore sa femme.

« Je n'en ai jamais eu, répondit-il en secouant la tête. C'est l'enfant de ma sœur, une orpheline. Elle a neuf ans, on ne le croirait pas ; elle est si fatiguée et épuisée maintenant ! On l'aurait bien recueillie à l'hospice, à vingt-huit milles de l'endroit où nous habitons, entre quatre murs (comme ils avaient recueilli aussi mon vieux père, lorsqu'il fut hors d'état de travailler davantage ; et il ne les a pas embarrassés longtemps) ; mais au lieu de cela, je l'ai prise avec moi ; et, depuis lors, elle ne m'a plus quitté. Sa mère avait autrefois une amie ici à Londres, nous venons pour tâcher de la trouver ; et de trouver du travail, en même temps pour occuper mes bras, mais la ville est si grande ! Peu importe ; nous n'en aurons que plus d'espace pour nous promener, n'est-ce pas, Lily ? »

Ses yeux rencontrèrent ceux de l'enfant, et ce regard était accompagné d'un sourire qui attendrit Toby plus que des larmes ; puis, serrant affectueusement la main de ce dernier :

« Je ne sais pas même votre nom, lui dit-il ; pourtant, je vous ai franchement ouvert mon cœur, par ce que je vous suis reconnaissant, et ce n'est pas sans raison. Je vais suivre votre conseil et me mettre hors de portée de ce...

— Juge de paix, fit Toby.

— Ah ! reprit l'étranger, juge de paix, soit, si c'est là le titre qu'on lui donne. Demain, nous irons dans les environs de Londres, pour voir si nous serons plus heureux par là. Bonsoir. Une bonne et heureuse année !

— Arrêtez ! s'écria Toby retenant sa main comme il l'ouvrait pour lâcher la sienne. Arrêtez ! Le Nouvel An ne saurait être heureux pour moi, si nous nous séparions comme ça. Le Nouvel An ne saurait être heureux pour moi, si je vous voyais, vous et votre enfant, errer ainsi sans un abri. Venez chez moi ! Je suis un pauvre homme, qui habite un pauvre logement, mais je puis bien vous donner asile pour cette nuit sans que cela me gêne. Venez avec moi. Par ici ! Je porterai la petite, ajouta-t-il en prenant l'enfant dans ses bras. Une jolie petite fille ! Je porterais vingt fois son poids, que je ne m'en apercevrais même pas. Dites-moi si je vais trop vite pour vous ; c'est que je marche très vite ; je n'ai jamais su aller doucement. » Tout en disant cela, Trotty faisait six pas de son trot ordinaire contre une seule enjambée de son compagnon fatigué, et les jambes grêles de ce petit hercule tremblaient sous le poids de son fardeau.

« Mais c'est qu'elle est aussi légère qu'une plume, poursuivit le Trotteux, dont les paroles trottaient tout autant que ses pieds ; car il ne voulait pas lui laisser le temps de le remercier. Plus légère qu'une plume de paon ; beaucoup plus légère. Nous y sommes, nous y voilà ! Au premier tournant à droite, oncle Will, passez devant la pompe et enfilez le passage à gauche, juste en face du pub. Bon ! Nous y sommes, nous y voilà ! Traversez la rue, oncle Will et faites attention au marchand de pâtés de rognons du coin ! Bon ! Nous y sommes, nous y voilà. Suivez le long des écuries, de ce côté, oncle Will, et arrêtez-vous à la porte noire, où il y a écrit sur une planche : « T. Veck, commissionnaire. » Nous y sommes, nous y voilà ; ma foi ! nous y sommes cette fois tout de bon, et nous venons te faire une surprise, ma chère Margot ! »

Comme il achevait ces mots, le Trotteux, hors d'haleine, mit l'enfant à terre devant sa fille au milieu de la pièce. La petite étrangère n'eut pas besoin de regarder deux fois Marguerite ; elle lut tout de suite sur son visage qu'elle pouvait lui donner toute sa confiance, et elle courut se jeter dans ses bras.

« Nous y sommes, nous y voilà ! criait le Trotteux en courant tout essoufflé dans tous les coins. Par ici ! oncle

Will ! Voilà du feu, tenez ! Pourquoi ne vous approchez-vous pas du feu ? Oh ! nous y sommes, nous y voilà ! Margot, mon trésor bien-aimé, où est la bouilloire ? Elle est ici. La voilà ! elle va bouillir en moins de rien ! »

Au milieu de ces allées et venues burlesques, Toby avait, en effet, trouvé la bouilloire dans un coin ; il la mit sur le feu, tandis que Margot, faisant asseoir l'enfant auprès de la cheminée, et se mettant à genoux devant elle, lui ôtait ses souliers et séchait avec un linge ses pieds humides. Oui ! et cela ne l'empêchait pas de rire, en regardant le Trotteux d'un air si aimable et si joyeux, qu'il avait envie de lui donner sa bénédiction quand elle s'était mise à genoux ; car il l'avait vue en entrant assise près du feu tout en larmes.

« Eh bien ! mon père, dit Margot, je crois que vous perdez la tête ce soir ; je ne sais trop ce qu'en diraient les cloches. Pauvres petits pieds ! Sont-ils froids !

— Oh ! les voilà réchauffés maintenant, s'écria l'enfant : ils sont bien chauds.

— Non, non, non, reprit Margot. Nous ne les avons pas encore à moitié assez frottés. Nous avons tant à faire, tant à faire ! Et quand ils seront bien réchauffés, nous brosserons ces cheveux humides pour les sécher ; ensuite nous ferons revenir de la couleur sur ce pauvre visage pâlot avec un peu d'eau fraîche, et puis, après cela, nous serons si gaie, si contente, si heureuse ! »

L'enfant, éclatant en sanglots, lui passa les bras autour du cou, caressa sa belle joue avec la main, en disant : « O Margot, ô ma chère Margot ! »

La bénédiction de Toby n'aurait pas mieux valu. Celle-là était bien la meilleure.

« Eh bien ! père, s'écria Margot après un intervalle de silence.

— J'y suis, j'y suis, me voilà, ma chère, dit le Trotteux.

— Dieu de bonté ! fit Margot, il a perdu la tête. Il a mis le chapeau de cette chère petite sur la bouilloire, et accroché le couvercle derrière la porte !

— Je ne l'ai pas fait exprès, mon amour, dit le Trotteux se hâtant de réparer sa faute, ma Margot chérie ! »

Elle leva les yeux de son côté et vit que le brave homme, après maints efforts, s'était juché derrière la chaise de son hôte, et de là, avec des gestes mystérieux, lui montrait par-dessus la tête de Fern les six pence qu'il venait de gagner.

« J'ai vu en entrant, ma mignonne, dit-il, une demi-once de thé quelque part sur l'escalier, et je suis à peu près sûr qu'il y avait aussi une tranche de lard. Comme je ne puis me rappeler exactement où c'était, je vais aller chercher moi-même. »

Grâce à cet impénétrable artifice, Toby sortit pour aller acheter, argent comptant, chez Mme Chickenstalker, les articles mentionnés, après quoi il revint, affirmant qu'il avait eu quelque peine à les trouver dans l'obscurité.

« Mais les voilà enfin, dit-il en disposant ce qu'il fallait pour le thé, tout y est ; j'étais bien sûr qu'il y avait du thé et une tranche de lard ; je ne me trompais pas. Margot, ma chérie, si tu veux faire le thé, pendant que ton indigne père fera griller le lard, nous serons prêts dans une minute. Une chose étrange, poursuivit le Trotteux se mettant en devoir de vaquer à ses fonctions culinaires, à l'aide de la fourchette à rôtir, une chose étrange et bien curieuse, mais bien connue de mes amis, c'est que je n'ai jamais aimé le lard ni le thé. J'aime à voir les autres s'en régaler, ajouta-t-il très haut afin de mieux convaincre son hôte ; mais, en ce qui me concerne, ces aliments me sont particulièrement désagréables. »

Cependant, le Trotteux aspirait de toutes ses narines l'odeur du lard qui sifflait devant le feu !... tout comme s'il eût aimé ; et, quand il versa l'eau bouillante dans la théière, il regarda avec amour dans les profondeurs de ce petit pot, et laissa la vapeur odorante venir tourbillonner autour de son nez, et envelopper son visage et sa tête d'un épais nuage. Néanmoins, et malgré tout, il ne voulut ni boire ni manger, si ce n'est tout à fait au commencement, pour la forme, une bouchée seulement qu'il parut savourer avec un plaisir infini, quoique, à l'entendre, il ne s'en souciât nullement.

Non ; ce qui intéressait le Trotteux, c'était de voir ses deux nouveaux amis manger et boire. Il en était de même de Margot. Jamais spectateurs d'un dîner officiel du lord-maire dans la Cité, ou d'un banquet à la cour, n'éprouvèrent autant de plaisir à regarder d'illustres convives festoyer, fût-ce des empereurs ou des papes, que ces deux êtres simples et bons n'en ressentirent ce soir-là. Margot souriait au Trotteux, celui-ci riait pour répondre à Margot ; Margot secouait la tête et faisait mine de battre des mains pour applaudir le Trotteux ; le Trotteux, de son côté, par une pantomime muette, tâchait de faire comprendre à sa fille comment, quand et où il avait trouvé ses hôtes ; et ils étaient l'un et l'autre heureux, très heureux.

« Pourtant, pensait Toby avec chagrin en examinant le visage de Margot, cette union est rompue, je le vois !

— Maintenant, dit-il après le thé, je vais vous dire une chose. La petite couchera avec Margot, c'est entendu.

— Avec la bonne Margot, cria l'enfant la comblant de caresses.

— Très bien, dit le Trotteux. Et je ne serais pas étonné qu'elle vînt embrasser le père de Margot pour la peine, n'est-ce pas, Lily ? C'est moi qui suis le père de Margot. »

Grand fut le ravissement de Toby lorsque la délicieuse enfant s'avança vers lui d'un air timide, et, après l'avoir embrassé, courut se rejeter au cou de Margot.

« Elle est aussi sage que Salomon, dit le Trotteux. Nous y sommes, nous y...., non, nous ne... Ce n'est pas ce que je voulais dire... je... Qu'est-ce que disais donc, Margot, ma chérie ? »

Cette dernière regardait leur hôte, qui, penché sur la chaise où elle était assise, et le visage tourné d'un autre côté, caressait la tête de la petite fille, à moitié cachée sur ses genoux.

« Assurément, dit Toby ; assurément ; je ne sais plus ce que je raconte ce soir ; je perds la tête, je crois. Will Fern, venez avec moi. Vous êtes mort de fatigue, vous tombez de sommeil. Allons, venez avec moi ! »

L'étranger, toujours appuyé sur la chaise de Margot, tournant toujours la tête du côté opposé, continuait à jouer avec les boucles de l'enfant. Il ne disait pas un mot ; mais, dans la manière convulsive dont ses doigts rudes s'étendaient et se serraient tour à tour parmi les beaux cheveux de l'enfant, il y avait une éloquence muette qui en disait long.

« Oui, oui, continua Toby répondant, sans le savoir, aux sentiments dont il voyait l'expression peinte sur le visage de Margot, emmène-la avec toi, ma fille, couche-la. C'est bien. Maintenant, Will, je vais vous montrer où vous coucherez, mon ami. Ce n'est pas un bel appartement ; un grenier, pas autre chose : mais, comme je le dis toujours, c'est un des grands avantages d'habiter dans une écurie, on a du moins un grenier ; et, tant que cette remise et cette écurie ne se loueront pas plus cher, nous y demeurerons, à cause du prix. Il y a là-haut en abondance un excellent foin qui appartient à un voisin ; et puis, le grenier est propre comme... d'ailleurs Margot y est passée, c'est tout dire. Allons, du courage ! ne vous laissez point abattre. A nouvel an cœur neuf, dit le proverbe. »

Retirée de dessus la tête de l'enfant, la main de l'étranger était tombée, tremblante, dans celle de Toby, qui, sans cesser de parler, le conduisit à son gîte.

De retour avant Margot, il écouta un instant à la porte de sa chambrette attenante à la pièce principale. La petite fille murmurait une simple prière, avant de s'endormir, quand elle eut cité le nom de sa chère, bien chère Margot (ainsi disait-elle), le Trotteux l'entendit demander quel était le sien pour le mêler à sa prière.

Il s'écoula quelques instants avant que le pauvre homme recouvrât assez de sang-froid pour attiser le feu et approcher sa chaise de la cheminée. Mais quand il l'eut fait, quand il eut ranimé la lampe, il tira son journal de sa poche et se mit à lire, d'abord avec distraction, sautant d'une colonne à l'autre, mais bientôt avec une attention triste et sérieuse.

Car cet affreux journal ramenait les pensées de Toby dans la voie où elles s'étaient trouvées engagées toute la journée et que les événements dont il avait été témoin avaient si bien fait ressortir et mises en relief. Sa sympathie pour les deux étrangers venait heureusement de faire naître en lui un autre ordre d'idées, sur le moment plus souriantes, mais maintenant qu'il était seul de nouveau, et sous l'impression d'une lecture où il n'était question que de violences et de crimes commis par le peuple, il ne tarda pas à retomber dans sa préoccupation première.

Tel était son état d'esprit, quand il tomba justement sur le récit (et ce n'était pas le premier de ce genre qu'il eût lu) de l'horrible action d'une femme qui, égarée par le désespoir, avait attenté de ses mains, non seulement à sa propre vie, mais encore à celle de son jeune enfant. Un crime aussi atroce révolta tellement tous les sentiments de son cœur plein de son amour pour Margot, qu'il laissa tomber le journal et se rejeta en arrière sur sa chaise, saisi d'épouvante.

« Mère cruelle et dénaturée ! s'écria-t-il ; mère cruelle et dénaturée ! Il n'y a que des gens sans cœur, nés mauvais, n'ayant rien de bon à faire sur la terre, qui puissent se rendre coupables de pareils actes. Tout ce que j'ai entendu aujourd'hui n'est que trop vrai, trop juste, trop bien prouvé. Oui, nous sommes mauvais ! »

Les cloches répondirent à ces paroles si soudainement, elles éclatèrent en accents si forts, si clairs, si sonores, que leur voix assourdissante sembla le clouer sur sa chaise.

Et que disaient-elles donc ?

« Toby Veck, Toby Veck, nous t'attendons, Toby ! Toby Veck, Toby Veck, nous t'attendons, Toby ! Viens nous voir, viens nous voir ! Amenez-le-nous, amenez-le-nous ! attrapez-le, attrapez-le ! courez-lui après ! réveillez-le, réveillez-le ! Toby Veck, Toby Veck, la porte est grande ouverte, Toby ! Toby Veck, Toby Veck, la porte est grande ouverte, Toby ! » Puis, comme emportées par une ardeur furieuse, elles recommençaient de plus belle leurs accords impétueux, et retentissaient jusque dans le plâtre et les briques des murs ébranlés.

Toby écoutait. Imagination, illusion ! Pur effet de ses remords pour s'être sauvé d'elles cet après-midi ! Non, non, pas du tout. Tenez, les voilà qui répètent, encore et toujours : « Attrapez-le ! attrapez-le ! courez après ! amenez-le-nous, amenez-le-nous ! » De quoi assourdir la ville entière.

« Margot, dit doucement le Trotteux après avoir frappé à la porte, entends-tu quelque chose ?

— J'entends les cloches, mon père : elles font assez de vacarme ce soir.

— Dort-elle ? reprit Toby saisissant un prétexte pour regarder dans la chambre de sa fille.

— Oh ! d'un sommeil bien paisible et bien heureux. Je ne puis pourtant pas la quitter encore, mon père ; voyez comme elle me tient la main !

— Margot, dit tout bas le Trotteux, écoute les cloches ! »

Elle prêta l'oreille, mais son visage tourné vers son père n'exprima aucun étonnement ; il était clair qu'elle ne les comprenait pas.

Le Trotteux se retira, reprit sa place près du feu, et se remit à écouter seul. Il resta ainsi quelque temps.

Il lui fut impossible de résister davantage ; l'appel des cloches devenait d'une énergie effrayante.

« Si la porte de la tour est ouverte, se dit Toby ôtant son tablier à la hâte, mais oubliant son chapeau, qui m'empêche de monter au clocher pour m'assurer de ce qu'il en est ! Si elle est fermée, tout est dit, je n'en demande pas davantage. »

Quand il se glissa sans bruit dans la rue, il était à peu près certain de trouver la porte de la tour poussée et fermée à clef, car il la connaissait parfaitement, et l'avait rarement vue ouverte, trois fois au plus, d'après ses souvenirs. C'était une petite porte cintrée, placée en dehors de l'église, dans un enfoncement obscur, derrière un pilier, avec des gonds en fer si énormes, et une serrure si imposante, qu'il y avait plus de serrure et de gonds que de porte.

Mais quel fut son étonnement lorsque, s'avançant tête nue vers l'église, la main étendue vers cet enfoncement obscur, non sans éprouver quelque crainte de sentir une autre main saisir la sienne à l'improviste, et bien tenté de la retirer, ma foi ! car il en avait des frissons, il trouva cette porte qui s'ouvrait vers l'extérieur, entrebâillée !

Dans son premier mouvement de surprise, il songeait à revenir sur ses pas ou à aller chercher de la lumière, ou à prendre quelqu'un avec lui ; mais son courage se raffermit aussitôt, et il décida de monter seul.

« Qu'ai-je à craindre ? se disait le Trotteux... C'est une église ! D'ailleurs les sonneurs sont sans doute là ; ils auront oublié de fermer la porte. »

Il entra donc, tâtonnant comme un aveugle pour trouver son chemin ; car c'était bien noir et bien calme. Les cloches étaient silencieuses.

La poussière de la rue, poussée par le vent, s'était accumulée dans ce recoin et formait sous les pieds comme un tapis de velours qui procurait une sensation étrange et même effrayante. L'étroit escalier commençait, en outre, si près de la porte, que le Trotteux trébucha contre la première marche, et, frappant du pied la porte, sans le vouloir, il l'entendit rebondir pesamment et se refermer derrière lui, il ne put plus la rouvrir.

Raison de plus, cependant, pour avancer... Le Trotteux chercha son chemin à tâtons, et continua d'avancer toujours en tournant ; plus haut, plus haut, plus haut encore, toujours plus haut !

L'escalier n'était point du tout commode pour ce genre d'ascension au milieu des ténèbres ; si bas, si étroit, que la main de Toby, dans ses tâtonnements, rencontrait sans cesse quelque chose ; parfois il croyait apercevoir une forme humaine ou un fantôme debout devant lui, ou qui se rangeait pour le laisser passer, sans être vu ; alors il promenait sa main sur les parois unies du mur, cherchant en haut le visage, ou en bas les pieds de son apparition pendant qu'un frisson d'épouvante parcourait tous ses membres. Deux ou trois fois une porte ou une niche interrompit la monotone surface, et l'ouverture lui en semblait aussi vaste que l'église entière ; il se sentait sur le bord d'un abîme où il allait tomber la tête la première, jusqu'à ce que sa main retrouvât le mur.

« Monte, monte, monte toujours ; tourne, tourne, tourne toujours, plus haut, plus haut, toujours plus haut ! »

A la fin, l'atmosphère lourde et étouffante commença à fraîchir ! bientôt Toby ressentit les premiers assauts du vent qui, au bout d'un instant, en vint à souffler avec une violence telle que le pauvre homme pouvait à peine se tenir sur ses jambes. Mais il avait atteint une fenêtre en ogive de la tour, à hauteur d'appui, et, s'y cramponnant de toutes ses forces, il regarda de cette hauteur les toits des maisons, les cheminées d'où s'échappaient des nuages de fumée, les taches lumineuses produites par les becs de gaz, dirigeant surtout ses yeux vers le point où Margot inquiète de savoir ce qu'il était devenu, l'appelait peut-être, tout cela ramassé, confus au milieu du brouillard et de l'obscurité.

C'était le beffroi dans lequel venaient les sonneurs. Toby avait saisi une des cordes usées qui pendaient à travers les trous du plancher de chêne. D'abord il tressaillit, croyant tenir une poignée de cheveux, puis il trembla d'épouvante à la seule pensée de réveiller le gros bourdon. Quant aux cloches, elles occupaient l'étage supérieur. Trotty, cédant à la fascination, ou sous l'empire d'un envoûtement véritable, reprit sa route à tâtons ; mais cette fois, par une échelle excessivement raide et fatigante, et les barreaux n'offraient pas un appui sûr pour les pieds.

« Monte, monte, monte toujours ! gravis, grimpe ! monte, monte, monte toujours ! plus haut, plus haut, toujours plus haut ! »

Jusqu'à ce que, continuant son ascension difficile, passant à travers l'ouverture du plancher, et s'arrêtant juste pour dresser sa tête au-dessus des poutres, Toby se trouvât au milieu des cloches. Il lui était presque impossible de distinguer dans les ténèbres leurs formes gigantesques ; mais elles étaient là, sombres, obscures, muettes.

Une sensation accablante de frayeur et d'isolement s'empara de lui aussitôt, dès qu'il fut arrivé à ce nid aérien de pierres et de métal. La tête lui tourna ; il écouta, et poussa un cri sauvage : « Eh-oh ! »

« Eh-oh ! » répétèrent les échos d'une voix lugubre.

Saisi de vertige, épouvanté, hors d'haleine, Toby promena autour de lui des yeux hagards, effarés, et tomba évanoui.

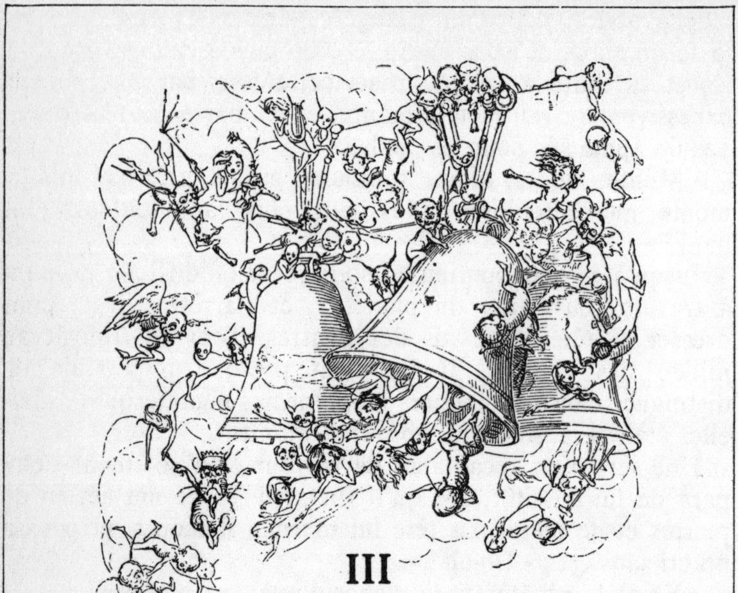

III

Troisième quart.

Des nuages noirs planent sur l'Océan de la Pensée, ses eaux profondes sont encore boueuses, lorsque se réveillant d'un calme inerte, il se soulève enfin avec effort, pour secouer sa torpeur. Des monstres informes et bizarres, au moment de sa résurrection imparfaite, s'élèvent prématurément au-dessus de sa surface : des fragments mutilés, des formes incohérentes s'unissent et se mêlent dans l'esprit au gré du hasard ; quand, comment, et par quels étonnants degrés se séparent-ils ensuite l'un de l'autre ? Comment chaque sensation, chaque pensée recouvre-t-elle sa forme habituelle, reprend-elle sa vie distincte et réelle ? C'est ce qu'aucun homme ne saurait dire (quoique chaque homme, en particulier, soit le théâtre où se célèbre tous les jours ce grand mystère).

De même ici : quand et comment l'obscurité profonde du clocher enseveli dans les ombres épaisses de la nuit, se changea-t-elle en une lumière brillante ? quand et comment la tour solitaire se peupla-t-elle de myriades de figures ? quand et comment le faible souffle qui murmurait d'un ton monotone pendant le sommeil ou l'évanouissement de Toby : Attrapez-le ! attrapez-le ! courez-lui après ! » devint-il une voix retentissante qui le tira de cette léthargie en criant à ses oreilles : « Réveillez-le, réveillez-le » ; et comment cessa-t-il d'avoir des idées vagues et confuses ? quand et comment parvint-il à différencier les objets autour de lui, des nombreuses chimères, fruits de son imagination ? il est impossible de le dire. Quoi qu'il en soit, parfaitement éveillé, semble-t-il, et debout sur le plancher où il gisait naguère, Toby fut témoin du fantastique spectacle que nous allons décrire.

Il vit la tour, où ses pas l'avaient conduit sous l'influence d'un charme inconnu, fourmiller de fantômes nains, d'esprits follets, de lutins, création vaporeuse des cloches. Il les vit sauter, voler, tomber goutte à goutte, ou versés à flots du fond des cloches, sans s'arrêter un instant. Il les vit tourner autour de lui, au sol ; au-dessus de lui, dans l'air ; descendre jusqu'en bas le long des cordes ; le regarder du haut des poutres massives maintenues par des crampons de fer ; le lorgner à travers les crevasses et les ouvertures des murs, s'éloignant de lui peu à peu en cercles concentriques, qui s'élargissaient de plus en plus comme ceux que forme l'eau brusquement agitée par une lourde pierre qui vient tout à coup troubler sa surface. Il les vit sous toutes sortes de formes et d'aspects ; il les vit laids, beaux, estropiés, admirablement bien bâtis, il les vit jeunes, il les vit vieux, il les vit gracieux, il les vit repoussants, il les vit gais, il les vit affreux ; il les vit danser, il les entendit chanter ; il les vit s'arracher les cheveux, et les entendit hurler. Il vit l'air épaissi ; il les vit aller et venir incessamment ; il les vit à cheval sur des coursiers aériens, descendre rapidement, puis remonter de même, prendre leur essor, cingler au loin, se percher près de lui, s'agitant tous dans une perpétuelle et violente activité. La pierre, la brique, l'ardoise, la tuile, devenaient transparentes pour lui comme pour eux. Il les voyait jusque *dans l'intérieur* des maisons, occupés près du lit des hommes endormis ; il les voyait consoler les uns par des songes agréables, il les voyait flageller les autres avec des fouets garnis de nœuds, il les voyait pousser des cris d'enfer à leurs oreilles ; il les voyait faire à leur chevet la plus suave musique ; il les voyait égayer ceux-ci par le chant des oiseaux et le parfum des fleurs ; il les voyait effrayer ceux-là en faisant paraître soudain à leurs yeux d'horribles visages, au moyen des miroirs enchantés qu'ils tenaient à la main.

Il vit ces créatures étranges, non seulement au milieu des hommes endormis, mais encore parmi ceux qui étaient éveillés, remplissant les fonctions les plus inconciliables, possédant ou empruntant les formes les plus opposées. Il en vit un s'attacher aux épaules d'innombrables ailes pour augmenter la rapidité de sa course ; un autre, au contraire, se charger de chaînes et de poids pour retarder sa marche. Il en vit quelques-uns avancer les aiguilles des horloges et des montres, d'autres les faire reculer, d'autres, enfin, chercher à les arrêter tout à fait. Il les vit représenter ici une cérémonie de mariage ; là, des funérailles ; dans cette salle, une élection ; dans cette autre, un bal ; toujours et partout, une agitation sans repos, et un mouvement qui ne se ralentissait jamais.

Étourdi par cette multitude de figures changeantes et extraordinaires, non moins que par le vacarme des cloches qui, pendant ce temps-là, sonnaient à toute volée, le Trotteux chercha un appui en se cramponnant à un des piliers de la charpente, et tourna de tous les côtés son visage pâle d'effroi, dans une muette stupéfaction.

Tandis qu'il promène ainsi à droite et à gauche ses regards effarés, les cloches s'arrêtent. En un clin d'œil, tout change : cet essaim d'esprits disparaît complètement, leurs formes s'affaissent sur elles-mêmes, leur activité prodigieuse les abandonne, ils cherchent à fuir, mais tombent, et, en tombant, meurent et s'évanouissent dans l'air, sans être remplacés. Un traînard saute assez agilement de la plus grosse cloche sur le sol et retombe sur ses pieds, mais il était mort et avait disparu avant d'avoir pu faire un tour sur lui-même. Un petit nombre de ceux qui avaient gambadé dans le clocher demeurèrent là à faire quelque temps encore pirouettes sur pirouettes ; mais à chaque tour, ils devenaient plus faibles, moins nombreux, plus languissants, et bientôt ils s'en allaient comme le reste. Le dernier de tous fut un petit bossu, blotti dans un angle où venait se répercuter l'écho ; là, il se mit à tourbillonner seul sans relâche, comme s'il eût flotté au-dessus de l'eau, pendant assez longtemps, avec une persévérance telle, qu'il en vint petit à petit à n'être plus qu'une jambe, puis même simplement un pied, avant de disparaître tout à fait ; mais, enfin, il s'évanouit aussi, et la tour redevint silencieuse.

Alors, et seulement alors, le Trotteux vit dans chaque cloche une figure barbue de même taille et de même dimension qu'elle, ou plutôt, ce qui est vraiment incompréhensible, la cloche elle-même, faite homme, grave, l'œil ouvert sur lui d'un air sombre, tandis qu'il demeurait là, immobile, comme s'il eût pris racine dans le sol.

Mystérieuses et imposantes figures ! Ne s'appuyant sur rien, suspendues dans l'atmosphère ténébreuse de la tour, avec leurs têtes drapées et encapuchonnées qui se perdaient dans le faîte obscur de l'édifice, immobiles et nébuleuses ! Sombres et ténébreux fantômes, quoiqu'il les vît à la lueur d'une lumière qui leur était personnelle, car il n'y en avait pas d'autre en ce lieu, chacun d'eux tenant sa main voilée sur ses lèvres de gobelin.

Toby ne pouvait plonger à travers l'ouverture du plancher, car il avait perdu toute faculté de se mouvoir ; autrement, il l'aurait fait, oui, il se serait jeté aveuglément, la tête la première, du haut du clocher, plutôt que de rester ainsi sous la surveillance de ces yeux constamment ouverts, au regard fixe et pénétrant, quoique sans prunelles.

De plus en plus, la crainte et la terreur que lui inspirait la solitude de ce lieu, jointe à la nuit effroyable qui y régnait, le pénétraient d'épouvante, comme s'il sentait sur lui la main d'un spectre. Son éloignement de tout secours ; ce sentier long, obscur, tournant sur lui-même, peuplé de fantômes, qui s'étendait entre lui et la terre où habitaient les autres hommes ; la pensée de se savoir si haut, si haut qu'il en avait le vertige, même en plein jour, rien que de regarder voler les oiseaux ; son isolement de tous les braves gens qui, bien en sûreté chez eux à cette heure, dormaient tranquillement dans leurs lits, tout cela le saisissait, non comme une simple réflexion, mais comme une sensation physique de froid qui lui glaçait le cœur et le transperçait de part en part. Cependant, ses yeux, sa pensée, ses craintes, tout se fixait sur les figures attentives que l'obscurité profonde et l'ombre épaisse, au sein de laquelle elles étaient comme ensevelies, ainsi que leurs regards étranges, leurs formes bizarres et la façon surnaturelle dont elles demeuraient suspendues au-dessus du plancher, rendaient bien différentes de toutes les figures de ce monde, quoiqu'il les aperçût aussi distinctement que la massive charpente de chêne, les poutres enchevêtrées les unes dans les autres, les barres de fer et les solives énormes assemblées pour supporter les cloches. Tout cet ensemble de pièces les encadrait comme dans une vaste forêt de charpente, dans une espèce de labyrinthe inextricable, du fond duquel les cloches continuaient à faire le guet, sombres et vigilantes, comme au travers d'un bois dont les arbres auraient été frappés de mort, exprès pour servir de retraite à ces bizarres fantômes.

Une bouffée d'air, mais d'un air froid et saisissant, passa en gémissant à travers la tour. Quand ce souffle expira, le bourdon ou son esprit se mit à parler.

« Qu'est-ce que ce visiteur ? » dit-il.

La voix était grave et creuse, et le Trotteux s'imagina qu'elle résonnait en même temps chez les autres fantômes.

« J'ai cru entendre mon nom prononcé par les cloches, répondit Toby levant les mains dans une attitude suppliante. Je ne sais trop pourquoi je suis ici ou comment j'y suis venu. Voilà un grand nombre d'années que j'écoute les cloches ; elles m'ont souvent réchauffé le cœur.

— Et les as-tu remerciées ? dit la voix.

— Mille et mille fois ! s'écria le Trotteux.

— Comment ?

— Je ne suis qu'un pauvre homme, balbutia le Trotteux ; je ne pouvais les remercier qu'en paroles.

— Et l'as-tu toujours fait ? demanda l'esprit de la cloche. Ne nous as-tu jamais insultées en paroles ?

— Non ! s'écria le Trotteux vivement.

— Ne nous as-tu jamais maltraitées par des paroles mensongères, injustes et méchantes ? » poursuivit l'esprit.

Le Trotteux allait répondre : « Jamais ! » Il s'arrêta confus.

« La voix du Temps, dit le fantôme, crie à l'homme : Avance ! Le temps lui est donné pour son progrès et son amélioration, pour ajouter à sa dignité, à son bonheur, à son bien-être ; pour qu'il marche en avant vers le but placé à la portée de son intelligence, but fixé à ses efforts dès l'instant où le Temps et lui ont commencé. Des siècles de ténèbres, d'injustice et de violence se sont succédé ; des millions d'hommes ont souffert, ont vécu, sont morts pour frayer la voie devant lui. Quiconque cherche à le ramener en arrière, ou à l'arrêter dans sa course, veut arrêter le mouvement d'une machine puissante qui frappera de mort le téméraire et n'en sera que plus furieuse et plus indomptable, pour avoir eu à subir ce temps d'arrêt momentané !

— Je n'ai jamais rien fait de pareil, que je sache, monsieur, dit le Trotteux. Si je l'ai fait, ç'a été un pur hasard ; je me garderais bien de le faire, à coup sûr !

— Celui qui met dans la bouche du Temps ou de ses ministres, dit l'esprit de la cloche, un cri de lamentation sur des jours qui ont eu leurs épreuves et leurs fautes et en ont laissé des traces visibles même aux moins clairvoyants ; un cri de lamentation qui ne peut servir qu'à mieux montrer aux hommes combien le Temps présent a besoin de leur assistance, puisqu'il se trouve encore des personnes disposées à écouter les regrets qu'inspire un tel passé ; celui qui fait cela a tort ; et ce tort, tu t'en es rendu coupable vis-à-vis de nous, les cloches. »

Toby était revenu de son premier effroi ; mais vous avez vu quels sentiments de tendresse et de reconnaissance lui inspiraient les cloches ; aussi, quand il s'entendit accuser d'une offense aussi grave envers elles, son cœur fut pénétré de douleur et de repentir.

« Si vous saviez, dit-il avec chaleur en joignant les mains ; ou peut-être le savez-vous ; si vous saviez combien de fois vous m'avez tenu fidèle compagnie, combien de fois vous m'avez redonné du courage lorsque j'étais abattu, comment vous étiez le jouet préféré de ma petite Margot (la pauvre enfant n'en a guère jamais eu d'autre) depuis le jour où sa mère, en mourant, nous laissa seuls, elle et moi, vous ne m'en voudriez pas pour un mot qui m'a échappé.

— Celui qui croit entendre dans notre langage, à nous, les cloches, une seule note exprimant le mépris ou la froideur pour n'importe quelle espérance, n'importe quelle joie, peine ou douleur de l'humanité souffrante ; celui qui croit nous entendre faire chorus avec les sectaires impies qui mesurent à leur jauge étroite les passions et les sentiments de l'homme, comme ils pèsent dans leurs chiches balances le minimum de nourriture misérable qui peut suffire pour prolonger la vie languissante de l'humanité affamée, celui-là nous fait injure ; cette injure, tu nous l'as faite ! ajouta la cloche.

— Oui ! je l'avoue, dit le Trotteux. Oh ! pardonnez-moi.

— Celui qui croit nous entendre faire écho à ces misérables vers de terre, ces hommes prêts à « venir à bout » impitoyablement des créatures écrasées par la douleur et la souffrance, formées cependant pour s'élever plus haut mille fois que ne sauraient le faire ou le comprendre ces insectes rampants, véritable vermine du temps, poursuivit l'esprit de la cloche ; celui qui agit de la sorte nous fait injure ; et cette injure, tu nous l'as faite !

— C'était bien involontairement, dit Toby ; pure ignorance, mais sans intention, je vous assure.

— Enfin, et voici le pire de tout ! poursuivit la Cloche... Celui qui se détourne de ses semblables tombés et dégradés, qui les abandonne comme une chose vile, au lieu de contempler avec un regard compatissant le précipice ouvert sous leurs pas qui ont failli ; celui qui leur refuse sa pitié, en les voyant saisir d'une main crispée, dans leur chute, quelque touffe d'herbes, quelque débris de cette terre qui leur échappe, et s'y cramponner avec désespoir, alors qu'ils arrivent meurtris et expirants au fond du gouffre, celui-là fait injure au Ciel, à l'Homme, au Temps et à l'Éternité ; et cette injure, tu t'en es rendu coupable.

— Ayez pitié de moi ! s'écria le Trotteux tombant à genoux ; grâce, au nom du ciel !

— Écoute ! dit le fantôme du bourdon.

— Écoute ! crièrent les autres fantômes.

— Écoute ! » dit une voix claire et enfantine, que le Trotteux crut reconnaître pour l'avoir déjà entendue.

L'orgue résonna faiblement d'abord dans l'église au-dessous d'eux. S'enflant peu à peu, la mélodie monta jusqu'au faîte et remplit le chœur et la nef ; s'étendant de plus en plus, elle s'éleva toujours, toujours plus haut, plus haut encore, éveillant des émotions puissantes au cœur des énormes piliers de chêne, des cloches aux flancs creux, des portes aux solides ferrures, de la pierre solide des escaliers, jusqu'à ce que les murs de la tour ne pouvant plus la contenir, elle prît son essor vers le ciel.

Il n'est pas étonnant que la poitrine du pauvre vieillard ne parvînt pas aussi à contenir un son si vaste et si puissant, qui s'échappa de cette faible prison en un torrent de larmes. Le Trotteux se couvrit le visage de ses mains.

« Écoute, dit le fantôme du bourdon.

— Écoute ! crièrent les autres fantômes.

— Écoute ! » dit la voix de l'enfant.

Un chœur solennel de voix réunies remplit la tour de ses accents.

C'était un chant sourd et lugubre, un chant funèbre où l'oreille avide du Trotteux reconnut la voix de sa fille parmi les autres.

« Elle est morte ! s'écria le vieillard. Margot est morte ! c'est son esprit qui m'apparaît, je l'entends !

— L'esprit de ta fille pleure les morts, elle se mêle aux

morts, aux espérances mortes, aux illusions mortes, aux rêves de jeunesse morts aussi, reprit la cloche, mais elle vit. Que sa vie soit pour toi une leçon vivante. Apprends de la créature la plus chère à ton cœur comme les méchants sont nés méchants. Vois arracher un à un tous les boutons, toutes les feuilles de la plus belle tige, et regarde comme elle peut se dessécher et se flétrir. Suis-la ! jusqu'au désespoir ! »

Chacun des fantômes tendit le bras droit et lui montra du doigt l'abîme au-dessous de lui.

« L'esprit des cloches t'accompagne, dit le spectre. Va ! il marche derrière toi ! »

Le Trotteux se retourna et vit... quoi ? l'enfant... l'enfant que Will Fern portait dans la rue, l'enfant que Margot avait couchée dans son lit, et auprès de laquelle, il y a un instant encore, elle veillait pendant son sommeil ! Elle était éveillée maintenant.

« Je l'ai portée moi-même ce soir, dit le Trotteux, dans ces bras !

— Montrez-lui ce qu'il appelle lui-même », dirent les ténébreux fantômes, tous ensemble.

La tour s'ouvrit à ses pieds. Il regarda et aperçut sa propre forme étendue au pied du clocher, hors de l'église, brisée, sans vie.

« Je ne suis plus du monde des vivants ! s'écria le Trotteux. Mort !

— Mort ! dirent tous les fantômes d'une seule voix.

— Bonté du ciel ! Et le Nouvel An !

— Passé, répondirent-ils.

— Quoi ! s'écria Toby frissonnant de terreur. Je me serais trompé de chemin, et m'avançant en dehors de cette tour, au milieu de l'obscurité, je suis tombé, il y a un an !

— Il y a neuf ans », répliquèrent les fantômes.

En faisant cette réponse, ils retirèrent leurs mains étendues, et là où avaient été les spectres se trouvaient maintenant les cloches.

Elles sonnèrent ; leur heure était venue de nouveau. Et une fois encore, d'immenses multitudes de fantômes furent rappelés à l'existence ; une fois encore, ils se mêlèrent confusément, comme ils avaient fait d'abord ; une fois encore, dès que les cloches se turent, ils s'évanouirent et rentrèrent dans le néant.

« Quelles sont ces figures que je viens de voir, si je ne suis pas devenu fou ? demanda le Trotteux à son guide ; qui sont-elles ?

— Ce sont les esprits des cloches ; c'est leur son qu'on entend dans l'air, répondit l'enfant. Ils prennent toutes les formes et exercent toutes les fonctions que leur donnent les espérances des hommes, leurs pensées et le trésor de leurs souvenirs.

— Et vous, dit le Trotteux brutalement, qui êtes-vous ?

— Chut ! chut ! fit l'enfant... Regardez ! »

Dans une pièce misérable, délabrée, travaillant au même ouvrage de broderie qu'il avait vu souvent devant elle, Margot, sa fille chérie, lui apparut. Il ne fit aucun effort pour imprimer ses baisers sur son front, il ne chercha point à la serrer contre son cœur si rempli d'amour, il savait que ces caresses n'étaient plus faites pour lui, mais retint sa respiration haletante, et essuya les larmes qui l'aveuglaient, pour pouvoir la regarder, pour pouvoir seulement la voir.

Ah ! qu'elle avait changé ! oui, bien changé ! Comme l'éclat de son regard limpide était obscurci, comme la fraîcheur de ses joues avait disparu ! Elle était encore belle, elle l'avait toujours été ; mais l'espérance, l'espérance, oh ! où était donc la riante espérance qui avait parlé naguère à ce bon père comme une voix ?

Elle leva les yeux de dessus son ouvrage pour regarder une compagne, assise à ses côtés ; le vieux Toby suivit la direction de ce regard et se jeta vivement en arrière.

Dans la femme mûre, il avait reconnu l'enfant au premier coup d'œil. Dans sa chevelure longue et soyeuse, il voyait les mêmes boucles d'autrefois ; autour des lèvres régnait encore l'expression enfantine. Voyez ! dans ces yeux qu'elle tournait présentement vers Margot avec un air d'intérêt curieux, brillait le même regard qui animait sa physionomie le jour où il l'avait apportée dans sa pauvre maison ! Mais qui était-ce donc là, à ses côtés ? Jetant un regard timide sur le visage de cet être inconnu, il y découvrit quelque chose de noble et d'imposant, quelque chose de vague et d'indéfini, qui n'était guère plus qu'un simple souvenir de cette enfant d'autrefois... Ne serait-ce pas elle, en effet, qui est là-bas ?... Mais oui ! c'est bien elle ; elle porte encore les mêmes vêtements.

Silence ! Elles parlaient !

« Margot, disait Lilian avec un peu d'hésitation, comme vous relevez souvent la tête de dessus votre ouvrage pour me regarder !

— Mes regards sont-ils donc si changés qu'ils vous fassent peur ? demanda Margot.

— Non, ma chère amie ! Mais vous en riez vous-même !... Pourquoi donc ne souriez-vous plus, quand vous me regardez, Margot ?

— Comment ? est-ce que je ne le fais pas ? lui répondit-elle en souriant.

— Maintenant, oui, dit Lilian, mais ce n'est plus votre habitude. Quand vous croyez que je suis occupée et que je ne vous vois pas, vous paraissez si inquiète, si soucieuse, que j'ose à peine lever les yeux. Certes, il n'y a guère de quoi sourire dans une existence si laborieuse et si pénible ; mais vous étiez autrefois si gaie !

— Quoi ! ne le suis-je donc plus autant ? s'écria Margot d'une voix qui dénotait un étrange trouble, en même temps qu'elle se leva pour l'embrasser. Est-ce que je rends plus lourd encore pour vous le fardeau déjà si lourd à porter de notre triste vie, ma chère Lilian ?

— Vous avez été la seule chose qui fait que cette existence soit encore une vie, reprit Lilian se jetant à son cou et l'embrassant avec ardeur, la seule chose parfois qui me fasse supporter de vivre ainsi. Que de peines ! que de travail ! Tant d'heures, tant de jours, tant de longues, interminables nuits d'un travail sans espoir, sans joie, sans fin, non pas pour entasser des richesses, ni pour vivre dans le luxe ou dans le plaisir, ni même pour jouir d'une honnête, quoique modeste aisance ; mais pour gagner son pain, rien que son pain, et se procurer tout juste ce qu'il faut pour continuer à travailler, à manquer de tout et conserver le sentiment de sa dure et triste destinée ! O Margot, Margot, ajouta-t-elle en élevant la voix et la serrant dans ses bras avec l'expression de la douleur, comment ce monde cruel peut-il passer son chemin sans jeter un œil de pitié sur des existences si malheureuses ?

— Lilly ! Lilly ! dit Margot s'efforçant de la calmer et rejetant derrière sa tête ses longs cheveux qui retombaient sur son visage inondé de larmes ; comment, Lilly ! vous ! si jeune ! si jolie ! »

La jeune fille l'interrompit, et faisant un pas en arrière, regarda son amie d'un air suppliant. « Ne me dites pas cela, s'écria-t-elle ; ne me dites pas cela ; voyez-vous, c'est le pire de tout. Margot, vieillissez-moi ! Faites que je devienne vieille et laide pour me délivrer des horribles pensées qui viennent tenter ma jeunesse ! »

Le Trotteux se retourna pour regarder son guide, mais l'esprit de l'enfant avait pris la fuite.

Le Trotteux lui-même se trouva transporté dans un autre lieu ; car il voyait sir Joseph Bowley, l'ami et le père du Pauvre, donner une grande fête à Bowley-Hall, pour célébrer l'anniversaire de lady Bowley ; et, comme cette dame était née le Jour de l'An (circonstance que les gazettes de la localité considéraient comme une prédestination providentielle pour lui accorder le numéro un, le seul digne de la personne de lady Bowley parmi les œuvres de la création), c'était aussi le Jour de l'An qu'on avait choisi pour cette fête.

Une foule considérable de visiteurs remplissait Bowley-Hall. Le monsieur à la face rubiconde se trouvait là, M. Filer aussi, de même que l'alderman Cute : celui-ci avait une sympathie très marquée pour les grands, et s'était lié d'une manière plus particulière avec sir Joseph Bowley depuis la lettre obligeante qu'il lui avait écrite ; disons mieux, il était devenu, en fait, un ami de la famille. On comptait encore bien d'autres invités, et c'était parmi eux qu'errait tristement le spectre du Trotteux, pauvre fantôme, occupé à chercher son guide disparu.

Au banquet servi dans la grande salle, sir Joseph, en sa qualité bien connue d'ami et de père du Pauvre, devait prononcer son fameux discours. Ses amis et enfants devaient d'abord manger des plum-puddings dans une autre salle, et, à un signal donné, amis et enfants, venant se mêler à leurs amis et pères, allaient former une assemblée de famille que pas un œil humain ne pourrait regarder sans être aussitôt mouillé de larmes.

Mais tout cela n'était rien : il y avait bien autre chose, ma foi ! Sir Joseph Bowley, baronnet et membre du Parlement, devait faire une partie de quilles, de vraies quilles, avec ses fermiers.

« Ceci nous rappelle tout à fait, dit l'alderman Cute, le temps du vieux roi Hall*, le robuste, le vigoureux Hall ! Ah le beau caractère !

— Oui, dit sèchement M. Filer, pour épouser les femmes et les tuer ensuite ; et, entre parenthèses, il a joliment dépassé le nombre de femmes qu'on peut avoir en moyenne.

— Vous épouserez les belles dames et vous ne les tuerez pas, vous, hein ?... dit l'alderman Cute à l'héritier présomptif des Bowley, âgé de douze ans. Le charmant garçon ! Bientôt nous verrons ce jeune gentleman siéger au Parlement, avant d'avoir eu le temps de nous retourner, ajouta-t-il en le prenant par les épaules et en le regardant d'un air aussi réfléchi qu'il lui était possible. Nous entendrons parler de ses succès aux élections, de ses discours à la Chambre, des propositions que lui fera le gouvernement, de ses brillants exploits en tout genre ; ah ! nous ferons nos petites harangues à son sujet dans le conseil de la Cité, j'en réponds, avant d'avoir seulement le temps de nous retourner. »

« Oh ! voyez-vous ce que c'est que de porter des bas et des souliers, se dit le Trotteux en lui-même ! Quelle différence de langage ! » Cependant cela n'empêcha pas son cœur de s'attendrir envers cet enfant, pour l'amour de ces mêmes petits va-nu-pieds prédestinés (selon l'alderman) à mal tourner, et qui auraient pu être les enfants de la pauvre Margot.

« Richard, disait le Trotteux en gémissant et errant à travers la foule, Richard, où est-il ? Je ne puis pas trouver Richard ! où est Richard ? »

Il n'était pas possible qu'il fût là, supposé qu'il vécût encore. Mais le chagrin du Trotteux et son isolement au

* Henry VIII.

milieu de cette brillante assemblée troublaient ses esprits ; et il se remettait à errer de plus belle au milieu de cette brillante société, cherchant son guide et répétant : « Où est Richard ? Voudriez-vous me montrer Richard ? »

Dans ses allées et venues, il rencontra M. Fish, le secrétaire particulier, en proie à une grande agitation. « Dieu du ciel ! s'écriait M. Fish, où est l'alderman Cute ? Quelqu'un a-t-il vu l'alderman Cute ? »

Vu l'alderman ! cher monsieur Fish ! qui aurait jamais pu s'empêcher de voir l'alderman ? C'était un homme si sensé, si affable ; il était tellement préoccupé du désir naturel de se faire voir aux gens, que, s'il avait un défaut, c'était bien certainement de se mettre constamment en vue. Et partout où se réunissait le beau monde, à coup sûr, attiré par la sympathie qui unit les grandes âmes, là se trouvait aussi Cute.

Plusieurs voix crièrent en même temps qu'il était dans le cercle formé autour de sir Joseph. M. Fish se fraya un passage jusque-là ; l'ayant trouvé, en effet, il l'emmena secrètement dans l'embrasure d'une fenêtre voisine. Le Trotteux alla les y rejoindre, non pas de son plein gré ; il sentait ses pas entraînés dans cette direction.

« Mon cher alderman Cute, dit M. Fish, venez un peu plus par ici. Une épouvantable catastrophe ! J'en reçois la nouvelle à l'instant. Je crois qu'il vaudra mieux ne pas en informer sir Joseph avant la fin de la journée. Vous connaissez sir Joseph et vous me donnerez votre avis. L'événement le plus déplorable, le plus affreux !

— Fish ! répondit l'alderman, Fish ! mon bon ami ! de quoi s'agit-il ? Pas de mouvement révolutionnaire, j'espère ? Pas... pas d'attentat non plus contre l'autorité des magistrats ?

— Deedles, le banquier, dit le secrétaire pouvant à peine respirer. Deedles Frères... qui devait être ici aujourd'hui même... un des principaux dignitaires de la Compagnie des Orfèvres...

— Il a été arrêté ? s'écria l'alderman ; impossible !

— Suicidé !

— Grand Dieu !

— Il s'est mis un pistolet à deux coups dans la bouche,

assis à son propre bureau, reprit M. Fish, et s'est fait sauter la cervelle. Pas de motif connu. Une fortune princière !

— Une fortune ! s'écria l'alderman ; dites la plus noble existence. Un des hommes les plus respectables de la terre. Se suicider, monsieur Fish ! de sa propre main !

— Ce matin même, ajouta Fish.

— Oh ! le cerveau ! le cerveau ! s'écria le pieux alderman en levant les mains au ciel. Oh ! les nerfs, les nerfs ; les mystères de cette machine appelée l'homme ! Qu'il faut peu de chose pour la détraquer ; pauvres créatures que nous sommes ! Peut-être un dîner, monsieur Fish ; peut-être la conduite de son fils qui, d'après ce que j'ai entendu dire, menait une vie fort dissipée et avait l'habitude de tirer des traites sur lui sans y être le moins du monde autorisé ! Un homme si respectable ! un des hommes les plus respectables que j'aie jamais connus ! C'est un déplorable événement, monsieur Fish ! une calamité publique ! Je me ferai un devoir de porter le deuil le plus sévère. Un homme si respectable ! Mais il y a un Dieu là-haut. Il faut se soumettre, monsieur Fish, il faut se soumettre. »

« Eh quoi ! alderman, je croyais que vous vouliez venir à bout du suicide, et vous n'en dites pas un mot ! Souvenez-vous, juge de paix, de ces principes de haute morale dont vous faisiez orgueilleusement parade. Allons, alderman ! ajustez votre balance. Jetez-moi dans ce plateau, celui qui est vide, l'absence de dîner, et, chez quelque pauvre femme, les fontaines mêmes de la Nature taries par la misère de la faim, rendues impuissantes et insensibles aux cris de détresse de son enfant qui réclame son droit, au nom de notre mère Ève. Pesez le pour et le contre, nouveau Daniel, le jour de votre jugement dernier ! Pesez-les, vos deux suicides, sous les yeux des milliers d'êtres souffrants, spectateurs attentifs de l'ignoble farce que vous jouez dans votre prétoire. Ou bien, supposez qu'un jour, privé de vos cinq sens (cela est loin d'être impossible), vous veniez aussi à porter la main sur votre gorge pour apprendre à vos camarades (si vous en avez) qu'ils croassent leur confortable méchanceté à des âmes en délire et à des cœurs brisés, que dites-vous de cela ? »

Ces paroles, le Trotteux les entendit distinctement au-dedans de lui-même, comme si une voix intérieure les avait réellement prononcées. L'alderman Cute promit à M. Fish son assistance, pour annoncer la douloureuse catastrophe à sir Joseph, à la fin de la journée. Puis, avant de se séparer, il serra la main de M. Fish dans l'amertume de son âme : « Le plus respectable des hommes ! » dit-il encore, ajoutant qu'il pouvait à peine comprendre (jugez ! l'alderman Cute lui-même ne le comprenait pas !) que le ciel permît de telles afflictions sur la terre.

On serait tenté de croire, ajouta l'alderman Cute, si on n'était persuadé du contraire, à voir ces secousses ébranler de temps en temps notre système, qu'elles menacent l'économie générale du tissu social. Deedles Frères !

La partie de quilles eut un succès immense. Sir Joseph les abattait avec une adresse merveilleuse ; master Bowley, son fils, ne s'en tira pas trop mal non plus, mais à une distance moins considérable, bien entendu, et chacun disait que, maintenant qu'on voyait un baronnet et le fils d'un baronnet jouer aux quilles, le pays ne pouvait manquer de prospérer prochainement.

A l'heure dite, le banquet fut servi, le Trotteux suivit involontairement la foule dans la grande salle ; car il s'y sentait entraîné par une impulsion étrange supérieure à sa volonté.

Le tableau était ravissant, les dames fort jolies, les convives enchantés, joyeux, de la meilleure humeur. Quand on ouvrit la petite porte à la foule vêtue de ses habits rustiques, qui se pressait à l'entrée, la beauté du spectacle fut à son comble ; ce qui n'empêchait pas le Trotteux de murmurer de plus en plus : « Où est Richard ? Il m'aiderait à la consoler ! Je ne pourrais donc pas voir Richard ? »

On avait prononcé quelques discours ; on avait proposé un toast à la santé de lady Bowley ; sir Joseph avait remercié et fait son grand discours où il avait démontré avec des preuves qu'il était l'ami né et le père du Pauvre ; puis il avait porté un toast à ses amis et enfants, à la dignité du travail, etc., lorsqu'un léger désordre, au fond de la salle, attira l'attention de Toby. Après un instant de confusion, de bruit et de résistance, un homme se fraya un chemin au milieu des autres et s'avança seul.

Ce n'était pas Richard, non, mais un homme auquel Toby avait pensé souvent aussi et qu'il avait cherché déjà plusieurs fois des yeux. Dans un endroit moins richement éclairé, il aurait pu douter de l'identité de cet homme usé, vieilli, courbé, aux cheveux blanchis ; mais l'éclat des lumières, qui venaient se refléter sur cette tête noueuse et rêche, lui fit reconnaître tout de suite Will Fern.

« Qu'est-ce que c'est ? s'écria sir Joseph en se levant ; qui est-ce qui a laissé entrer cet homme ? C'est un criminel qui sort de prison. M. Fish, voulez-vous avoir la bonté...

— Une minute, dit Will Fern. Une seule minute. Milady, ce premier jour de l'année est aussi le jour de votre anniversaire. Obtenez-moi la permission de parler une minute. »

Milady ne put se dispenser d'avoir l'air d'intercéder pour lui et sir Joseph reprit sa place avec sa dignité naturelle.

Le visiteur en haillons (car il était misérablement vêtu) promena son regard sur l'assemblée et salua humblement.

« Messieurs et Mesdames, dit-il. Vous venez de boire à la santé du Travailleur. Regardez-moi !

— Je vois un homme qui sort de prison ! dit M. Fish.

— C'est cela. Un homme qui sort de prison, reprit Will. Et ce n'est ni la première, ni la seconde, ni la troisième, ni même la quatrième fois. »

On entendit M. Filer remarquer d'un air bourru que quatre fois c'était plus que la moyenne légitime, et qu'il devrait rougir de honte d'usurper ainsi la part des autres.

« Messieurs et Mesdames, répéta Will Fern, regardez-moi. Vous le voyez, je suis au plus bas ; vous ne pouvez plus me faire de tort ni de mal, pas même me faire du bien, car le temps où les bonnes paroles et les bons traitements auraient pu me faire du bien, ajouta-t-il en se frappant la poitrine et en hochant la tête, s'est évaporé avec l'odeur des pois et des trèfles de l'année dernière que l'air a emportée. Au moins laissez-moi vous dire un mot pour ceux-ci (il montrait les travailleurs rassemblés dans la salle), et puisque vous êtes tous réunis ensemble, entendez, en leur nom, la vérité vraie une fois en votre vie.

— Je ne crois pas qu'il y ait ici personne, interrompit sir Joseph, qui voulût le choisir pour interprète.

— C'est très probable, sir Joseph. Je le crois sans peine. Peut-être ce que j'ai à dire n'en est-il pas moins vrai ; peut-être même est-ce une preuve de plus. J'ai demeuré dans ce pays de longues années. Vous pouvez voir d'ici ma cabane, là-bas, au-delà de la palissade renversée. J'ai vu cent fois les belles dames la dessiner dans leurs albums : elle fait très bien en peinture, à ce que j'ai entendu dire ; mais il n'y a pas non plus de mauvais temps dans vos paysages en peinture, et peut-être convient-elle mieux en effet pour figurer dans un tableau, que pour loger un homme. Eh bien ! moi, j'y ai demeuré, j'y ai vécu. (Quelle vie ! quelle triste vie ! Je n'ai pas besoin de vous le dire.) Toute l'année et tous les jours de l'année ; vous pouvez juger par vous-mêmes de ce que c'est. »

Il parlait comme le soir où le Trotteux l'avait rencontré dans la rue ; sa voix était plus lourde, plus rauque, elle tremblait par intervalles ; mais point d'éclat de colère, rarement dépassait-elle le ton calme et sérieux en rapport avec les simples faits qu'il exposait.

« Il est plus difficile que vous ne pensez, messieurs, de devenir un homme honnête, ce qu'on appelle un homme honnête, dans une semblable demeure. Si j'y suis resté un homme et non pas une brute, c'est déjà quelque chose qui plaide en ma faveur. Je parle, bien entendu, de ce que j'étais alors ; quant à ce que je suis maintenant, il n'y a rien à dire en ma faveur, ni rien à faire ; c'est fini, je n'en suis plus là.

— Au fait, dit sir Joseph regardant autour de lui d'un air serein, je suis bien aise que cet homme soit entré. Ne l'interrompez pas ; on dirait que c'était écrit là-haut. C'est un exemple, un exemple vivant, qui, je l'espère, je l'espère fermement, ne sera point perdu pour mes amis ici présents.

— Enfin, d'une manière ou d'une autre, j'ai donc continué à traîner comme j'ai pu ma triste existence, dit Fern après un moment de silence. Dire comment, ni moi ni personne ne pourrait le faire ; mais la charge était si lourde que je n'étais pas en état de l'envisager avec satisfaction, ni de laisser croire que je fusse d'une autre humeur. Maintenant, vous, messieurs, qui siégez aux assises, quand vous voyez un homme portant sur son visage l'expression du mécontentement, vous vous dites l'un à l'autre : C'est un homme suspect. J'ai mes doutes, dites-vous, sur Will Fern : surveillez-moi cet homme ! Je ne dis pas, messieurs, que ce ne soit point très naturel, je dis seulement que cela est ; et, dès ce moment, tout ce que Will Fern fera ou ne fera pas, c'est pareil ; il faut que cela se retourne contre lui. »

L'alderman Cute enfonça ses pouces dans les poches de son gilet, et se renversant sur sa chaise, regarda en clignant de l'œil d'un air souriant un lustre au plafond, comme s'il eût dit : Nous y voilà ! ne vous l'avais-je pas dit ? Leur plainte habituelle ? Mon Dieu, nous savons tout cela par cœur, moi et la nature humaine.

« Maintenant, messieurs, poursuivit Will Fern, les mains étendues en avant et son visage hagard un instant empourpré, voyez comme vos lois sont faites pour nous traquer et nous donner la chasse, lorsque nous en sommes arrivés là. J'essaye d'aller vivre ailleurs ; je suis un vagabond : en prison, vite ! Je reviens ici ; je vais cueillir des noisettes dans vos bois, je casse (à qui cela n'arrive-t-il pas ?) une baguette de coudrier ou deux : en prison ! Un de vos gardes me voit un fusil à la main, en plein jour, près de mon petit morceau de jardin : en prison ! J'ai naturellement une explication un peu vive avec cet homme quand je suis rendu à la liberté : en prison ! Je coupe un bâton : en prison ! Je mange une pomme pourrie ou un navet : en prison ! Elle est à vingt milles d'ici, votre prison ; au retour, je tends la main sur la route, je demande une bagatelle : en prison ! Enfin, le garde-champêtre, le gardien, n'importe qui, me trouve n'importe où, faisant n'importe quoi : en prison ! car cet homme est un vagabond, un pilier de prison ; ou plutôt il n'a pas d'autre maison que la prison. »

L'alderman hocha la tête avec une expression particulière de sagacité, comme pour dire : Eh, eh ! ce n'est déjà pas un si mauvais chez-soi !

« Croyez-vous que je dis tout cela pour servir ma cause ? s'écria Fern. Qui donc pourrait me rendre ma liberté, qui pourrait me rendre ma bonne réputation, qui peut me rendre l'innocence de ma nièce ? Il n'y a pas dans toute l'Angleterre de Lords ni de Ladies qui pussent le faire. Mais, messieurs, messieurs, quand vous aurez affaire à d'autres hommes comme moi, ne prenez pas la chose à l'envers. Donnez-vous, par pitié, des habitations moins misérables lorsque nous sommes au berceau ; donnez-nous une meilleure nourriture lorsque nous travaillons pour vivre ; donnez-nous des lois plus douces pour nous ramener sur le bon chemin lorsque nous allons nous égarer ; mais ne nous mettez pas sans cesse devant les yeux la prison, la prison et puis encore la prison, de quelque côté que nous nous retournions. Alors, vous n'aurez pas pour le travailleur un seul geste de condescendance dont il ne vous sache un gré infini, dont il ne vous soit reconnaissant autant qu'il est donné à l'homme de l'être, car il a le cœur patient, paisible, plein de bonne volonté. Mais il vous faut d'abord développer en lui ses bons sentiments ; car, soit qu'il devienne une ruine et un débris comme moi, soit qu'il ressemble à un de ceux qui se trouvent ici maintenant, sa sympathie n'est pas pour vous à cette heure. Ramenez le, messieurs, ramenez le avant que vienne le jour où la Bible elle-même n'aura plus pour lui le même sens que pour vous, où il croira y lire, comme je l'ai cru moi-même dans ma prison : « Où tu iras, je ne puis aller ; où tu demeures, je ne demeurerai point ; ton peuple n'est pas mon peuple, ton Dieu n'est pas mon Dieu ! »

Une agitation soudaine éclata dans la salle. Le Trotteux crut d'abord que plusieurs personnes s'étaient levées pour chasser l'intrus, et que de là provenait ce changement subit. Mais il s'aperçut, au bout d'un instant, que la salle et tous les gens avaient disparu. Sa fille était de nouveau devant lui, assise à travailler, mais dans un logement plus pauvre, plus misérable qu'auparavant, et sans Lilian auprès d'elle.

Le métier, qui servait autrefois à Lilian, avait été mis de côté sur une planche et recouvert entièrement ; la chaise sur laquelle elle s'asseyait d'habitude était tournée contre le mur. Il y avait toute une histoire écrite dans ces petits détails et aussi sur le visage de Margot flétri par le chagrin. Hélas ! elle n'était que trop facile à lire.

Margot continua de travailler, les yeux tendus sur son ouvrage, jusqu'à ce qu'il fît trop sombre pour distinguer les fils ; quand la nuit fut tout à fait venue, elle alluma sa pauvre lampe et se remit au travail. Son vieux père était toujours là, invisible ; il la regardait avec le même amour (Dieu sait jusqu'où allait cet amour !) et lui parlait d'une voix doucement émue du bon vieux temps et de ses chères cloches, quoiqu'il sût pourtant bien, le pauvre Trotteux, qu'elle ne pouvait l'entendre.

Une grande partie de la soirée s'était écoulée, lorsqu'on frappa à la porte. Margot l'ouvrit. Un homme se tenait sur le seuil, un individu aux regards hébétés, grognon et sale, à moitié ivre, usé par l'intempérance et le vice, les cheveux mal peignés, la barbe longue et en désordre, mais chez lequel l'on voyait encore à quelques traces qu'il avait dû être dans sa jeunesse un gaillard bien taillé et de belle mine.

Il s'arrêta, jusqu'à ce que Margot lui permît d'entrer ; alors faisant un ou deux pas en arrière, elle s'éloigna de la porte sans rien dire et en le regardant d'un œil plein de tristesse. Le Trotteux voyait enfin ses désirs accomplis ; c'était Richard.

— Puis-je entrer, Marguerite ?

— Oui. Entrez, entrez ! »

Heureusement que Toby l'avait tout d'abord reconnu avant de l'entendre dire un mot ; car, s'il avait pu conserver quelque doute à ce sujet, cette voix rauque et discordante lui aurait certainement fait supposer que c'était un autre que Richard.

Il n'y avait que deux chaises dans la pièce ; Margot lui donna la sienne et demeura debout à quelque distance, prête à entendre ce qu'il avait à lui dire.

Richard s'assit cependant, promenant sur le plancher des yeux égarés, accompagnés d'un sourire terne et stupide ; il offrait le spectacle d'une dégradation si profonde, d'un désespoir si abject, d'un si misérable abaissement, qu'elle se couvrit le visage de ses deux mains et se détourna pour ne pas lui laisser voir combien elle était émue.

J. Leech

Tiré de sa torpeur par le frôlement de sa robe, ou par quelque autre bruit insignifiant, il releva la tête et se mit à parler comme s'il venait juste d'entrer.

« Encore à l'ouvrage, Marguerite ? Vous travaillez tard !

— Oui, généralement.

— Et de bonne heure ?

— Et de bonne heure.

— C'est ce qu'elle m'a dit. Elle m'a dit que vous ne vous fatiguiez jamais, ou qu'au moins vous ne vouliez jamais convenir que vous fussiez fatiguée tout le temps que vous avez habité ensemble, même lorsque vous vous évanouissiez épuisée par le travail et le jeûne. Mais je vous ai déjà dit cela, lorsque je suis venu la dernière fois.

— Oui, répondit Margot ; je vous ai supplié de ne point m'en reparler, et vous m'avez fait la promesse solennelle, Richard, de ne plus recommencer.

— La promesse solennelle, répéta-t-il avec un rire niais et un regard vide ; la promesse solennelle. Certainement la promesse solennelle ! »

Après une assez longue pause, il eut l'air de se réveiller pour reprendre avec une animation soudaine :

« Comment voulez-vous que je fasse, Marguerite ? Je ne peux pas m'en empêcher. Elle est encore venue me trouver.

— Encore ! s'écria Margot en serrant les mains. Oh ! elle pense donc bien souvent à moi ! Elle est encore venue ?

— Vingt fois, dit Richard. Marguerite, elle me harcèle. Elle me suit dans la rue et me glisse cela dans les mains. J'entends son pas sur les cendres, lorsque je suis à mon travail (ah ! ah ! cela n'arrive pas souvent !), et avant que je puisse tourner la tête, sa voix murmure à mon oreille : « Richard, ne vous retournez pas. Pour l'amour du ciel, donnez-lui ceci ! » Elle me l'apporte chez moi, elle me l'envoie dans ses lettres, elle frappe à la fenêtre et le dépose sur le rebord. Qu'est-ce que vous voulez que je fasse ? Tenez, le voilà ! »

En même temps, il lui montra une petite bourse qu'il tenait dans sa main et fit sonner l'argent qu'elle contenait.

« Cachez-le ! dit Margot, cachez-le ! Lorsqu'elle reviendra, dites-lui, Richard, que je l'aime de toute mon âme, que je ne me couche jamais sans la bénir et prier pour elle, que, pendant mon travail solitaire, je ne cesse jamais de l'avoir présente à ma pensée, qu'elle est avec moi jour et nuit, que si je venais à mourir demain, je me la rappellerais jusqu'à mon dernier soupir, mais que je ne puis pas regarder cet argent ! »

Richard retira lentement sa main, et la refermant sur la bourse, il ajouta avec une sorte de réflexion somnolente :

« Je le lui ai bien dit ; je le lui ai bien dit, on ne peut plus clairement. J'ai rapporté ce cadeau à sa porte et l'y ai laissé une douzaine de fois au moins depuis lors. Mais quand elle est venue la dernière fois et qu'elle s'est tenue là, devant moi, que je me suis trouvé face à face avec elle, que pouvais-je faire ?

— Vous l'avez vue ? s'écria Margot. Vous l'avez vue ? O Lilian, ma chère fille ! Oh ! Lilian ? Lilian !

— Je l'ai vue, continua Richard, moins pour répondre à la question, que pour suivre lentement le cours de ses propres pensées. Elle était là, tremblante ! « Comment va-t-elle, Richard ? Parle-t-elle encore de moi ? A-t-elle maigri ? Mon ancienne place à table ; qu'y a-t-il à mon ancienne place ? Et le métier sur lequel elle m'a appris à travailler autrefois, l'a-t-elle brûlé, Richard ? » Voilà comme elle était ; voilà ce qu'elle me disait. »

Margot étouffait ses sanglots ; les yeux inondés de larmes, elle se penchait sur lui pour l'écouter sans perdre une syllabe.

Richard, accoudé sur ses genoux, le corps en avant, et plié en deux sur sa chaise, comme si ce qu'il disait eût été écrit à terre en caractères à peine lisibles, qu'il était occupé à déchiffrer et à ânonner, continua son récit :

« Richard, je suis tombée bien bas ; et vous pouvez deviner combien j'ai souffert en voyant qu'on m'ait renvoyé cette bourse, après que j'avais décidé de vous l'apporter moi-même. Mais vous l'avez aimée autrefois, tendrement même, si je m'en souviens bien. Des gens se sont interposés entre vous, des craintes, des jalousies, des doutes, l'amour-propre blessé vous ont éloigné d'elle ; cependant vous l'aimiez, si j'ai bonne mémoire ! » Ça, c'est vrai, ajouta-t-il en s'interrompant. Je l'aimais bien. « Oh ! Richard ! si vous l'avez jamais aimée ; si vous avez quelque souvenir de ce qui est passé et perdu maintenant, portez-le-lui encore une fois. Encore une fois ! Dites-lui combien je vous ai prié et supplié. Dites-lui comment j'ai appuyé ma tête sur votre épaule, à la place où sa tête, à elle, devait reposer si elle eût été votre femme, combien je me suis humiliée devant vous, Richard. Dites-lui que vous avez regardé mon visage et que vous avez vu cette beauté qu'elle avait coutume de tant vanter, disparue, tout à fait disparue ; et à sa place, des joues amaigries, creuses, décharnées, dont la vue lui arracherait des larmes. Dites-lui tout cela et rapportez-lui la bourse, elle ne vous refusera pas une seconde fois. Elle n'en aura pas le cœur ! »

Il demeura de la sorte assis et rêveur, répétant ces dernières paroles, jusqu'à ce qu'il eût encore l'air de se réveiller et se leva.

« Ainsi donc vous ne voulez pas la prendre, Marguerite ? »

Elle secoua la tête et fit un geste pour le prier de la laisser.

« Bonsoir, Marguerite !

— Bonsoir ! »

Richard se retourna pour la regarder, frappé par sa douleur, et peut-être aussi le sentiment de pitié pour lui-même que dénotait le tremblement de sa voix. Ce fut un mouvement rapide, instantané ; pendant un court instant, une étincelle de sa première jeunesse brilla sur tout son être. La seconde d'après, il s'en alla comme il était venu ; cet éclair passager, faible rayon d'une flamme à jamais éteinte, ne parut pas capable de provoquer en lui le sentiment de sa dégradation.

Quels que fussent les sentiments de Margot, quelques chagrins, quelques tortures de l'âme ou du corps qu'elle éprouvât, il fallait bien toujours que son ouvrage se fît. Elle se remit donc à sa tâche en redoublant l'ardeur. La nuit vint ; minuit sonna, elle travaillait toujours.

Elle avait du feu, car il faisait bien froid, mais un tout petit feu, et se levait de temps en temps pour le raviver. Tandis qu'elle s'en occupait, les cloches sonnèrent minuit et demi et quand elles se turent, Margot entendit frapper doucement à la porte. Avant presque qu'elle eût le temps de se demander qui ce pouvait être à une heure aussi avancée, la porte s'ouvrit.

O Jeunesse ! ô Beauté ! si heureuses que vous puissiez être, regardez ceci ! O Jeunesse ! ô Beauté ! la bénédiction et la joie de tout ce qui vous approche, vous qui restez fidèles, dans votre conduite, aux lois de votre bien-aimé Créateur, regardez ceci !

Margot vit une forme humaine entrer dans la pièce ; un nom s'échappa de ses lèvres avec un cri d'effroi : « Lilian ! chère Lilian ! »

Prompte comme l'éclair, Lilian, tombant à genoux devant elle, se cramponna à sa robe.

« Relevez-vous, chère enfant ! Relevez-vous, Lilian ! ma bien-aimée !

— Non, non, plus jamais, Margot, plus jamais ! Ici ! ici ! à vos pieds, mais près de vous, serrée contre vous ! je veux sentir votre souffle chéri contre mon visage !

— Chère Lilian ! Ma Lilian bien-aimée ! Enfant de mon cœur... Non, l'amour d'une mère ne saurait être plus tendre que le mien... Venez reposer votre tête sur mon cœur !

— Plus jamais, Margot, plus jamais ! La première fois que j'ai contemplé votre visage, vous étiez là, agenouillée devant moi ; à genoux à mon tour, devant vous, je veux, moi, mourir à vos pieds. Ici ! ici !

— Vous voilà revenue, cher trésor ! Nous demeurerons ensemble, nous travaillerons ensemble, nous espérerons ensemble, nous mourrons ensemble !

— Ah ! un baiser contre mes lèvres, Margot, entourez-moi de vos bras ; pressez-moi contre votre sein, regardez-moi avec tendresse, mais ne me relevez pas. Laissez-moi ici ; que prosternée à genoux, je voie pour la dernière fois dans cette posture votre visage chéri ! »

O Jeunesse ! ô Beauté ! heureuses comme vous méritez de l'être ; regardez ceci. O Jeunesse ! ô Beauté ! fidèles aux lois de votre bien-aimé Créateur, regardez ceci !

« Pardonnez-moi, Margot ! ma chère, ma bonne Marguerite, pardonnez-moi ! Je sais, je vois que vous me pardonnez ;

je le sais, je le vois ! mais dites-le, dites-le, Margot, ma bonne Margot ! »

Elle le dit en effleurant de ses lèvres les joues de Lilian, et en entourant de ses bras (hélas ! elle le vit bien alors) un cœur brisé.

« Que les bénédictions du ciel descendent sur vous, cher amour ! Encore un baiser, un seul ! *Lui* aussi, Il a souffert qu'elle s'assît à Ses pieds et les essuyât de ses cheveux. O Margot ! quelle compassion ! quelle miséricorde ! »

Tandis qu'elle expirait, l'esprit de l'enfant revint, innocent et radieux, toucha le vieillard de la main, et lui fit signe de s'éloigner avec lui.

IV

Quatrième quart.

Encore quelque réminiscence des figures fantomatiques apparues dans les cloches ; quelque vague impression produite par la voix sonore du carillon ; quelque sentiment intime accompagné de vertiges qui lui rappelait la vue de cet essaim de fantômes se reproduisant sans cesse à ses yeux, jusqu'à ce que leur souvenir vînt se perdre dans la confusion de leur innombrable multitude ; quelque connaissance acquise à la hâte, il ne savait trop comment, que plusieurs années s'étaient écoulées pendant cet intervalle, et le Trotteux, accompagné de l'esprit de l'enfant, considérait, attentif, deux mortels qui se tenaient compagnie.

Compagnie grosse et grasse, compagnie aux joues fraîches et vermeilles, compagnie heureuse et épanouie. Ils n'étaient que deux, mais ils étaient rouges pour dix, assis devant un bon feu et séparés seulement par une petite table basse qui venait de leur servir un petit régal à l'instant même, ou bien il fallait donc que le parfum du thé chaud et des brioches se conservât dans cette pièce plus longtemps que partout ailleurs. Mais comme les tasses et les soucoupes, parfaitement propres, occupaient leur place ordinaire dans le buffet de l'encoignure, que la fourchette à rôtir en cuivre pendait à son clou, étalant ses quatre doigts oisifs comme si elle eût voulu essayer une paire de gants, il ne restait pas d'autres indices visibles du repas qui venait de finir, que le ronron du chat de la maison, occupé à se lécher les moustaches, devant le feu, et puis aussi l'air radieux empreint sur les visages gracieux (pour ne pas dire gras) de ses maîtres.

Cet heureux couple, évidemment mari et femme, s'était partagé le feu d'une manière égale ; ils étaient assis à leur aise, l'œil abaissé sur les fragments de charbon embrasé qui tombaient dans la grille, tantôt remuant la tête de haut en bas en faisant un petit somme, tantôt se réveillant encore lorsqu'un morceau plus gros que les autres se détachait avec fracas de la masse, comme s'il allait entraîner avec lui tout le brasier.

Il n'y avait pourtant pas de danger que le feu s'éteignît avant longtemps, car il répandait sa vive lueur, non seulement dans le petit salon, sur les carreaux de la porte vitrée et les rideaux à demi tirés qui la garnissaient, mais encore jusque dans la petite boutique qu'on apercevait au-delà. Une petite boutique bourrée, étouffée par l'abondance des marchandises, une petite boutique avec des mâchoires aussi voraces et une panse aussi accommodante et aussi pleine que celle d'un requin. Fromage, beurre, bois à brûler, savon, conserves, allumettes, lard, bière, toupies, confitures, cerfs-volants, millet pour les petits oiseaux, jambon froid, balais de bouleau, pierres à foyer, sel, vinaigre, cirage, harengs saurs, papeterie, saindoux, champignons à la sauce piquante, lacets à corsets, pins, volants, œufs et crayons d'ardoise ; tout était bon pour le ventre de cette avide petite boutique ; tout poisson bon pour ses filets. Il y avait bien autre chose encore, et plus que je n'en saurais dire. Des pelotes de ficelles, des chapelets d'oignons, des paquets de chandelle, des paniers à salade, des brosses, etc., pendaient en grappes au plafond comme autant de fruits extraordinaires, tandis que des boîtes et des corbeilles de formes différentes, d'où s'exhalaient des odeurs aromatiques, attestaient la véracité de l'inscription placée au-dessus de la porte extérieure qui informait le public que le marchand établi dans cette petite boutique était débitant patenté de café, de thé, de poivre et de tabac, tant à priser qu'à fumer.

Jetant un coup d'œil sur ceux de ces articles qui se voyaient au rayonnement de la flamme et à la lueur moins gaie de deux lampes fumeuses, asphyxiées, dans la boutique elle-même, dont la pléthore semblait peser de tout son poids sur leurs poumons suffoqués ; puis, ramenant ses regards sur le visage d'une des deux personnes assises près du feu, dans la petite pièce, le Trotteux reconnut, sans beaucoup de peine, dans la grosse vieille dame, Mme Chickenstalker, qui avait toujours eu des dispositions à l'embonpoint, même du temps qu'il l'avait connue dans son commerce de denrées en tous genres, avec un petit arriéré inscrit sur ses livres de comptes.

Les traits de l'autre personnage lui causèrent un peu plus d'embarras. Ce large menton, avec des plis à y cacher le doigt, ces yeux étonnés, qui semblaient se consulter avec eux-mêmes pour savoir s'ils continueraient de s'enfoncer toujours plus avant dans la molle épaisseur de sa face charnue ; ce nez, affligé de la perturbation apportée dans ses fonctions par l'infirmité connue sous le nom de reniflement ; ce cou gros et court, cette poitrine asthmatique, et d'autres avantages du même genre, quoique de nature assurément à se graver profondément dans la mémoire, ne rappelèrent tout d'abord au Trotteux aucune des personnes qu'il eût jamais connues, et pourtant il lui en restait comme un souvenir confus. Finalement, dans le personnage doublement associé au commerce de denrées en tous genres de Mme Chickenstalker et autre commerce de son existence matrimoniale, il reconnut l'ancien portier de sir Joseph Bowley, ce bienheureux apoplectique qui, depuis plusieurs années, se trouvait inséparablement lié dans la pensée du Trotteux avec Mme Chickenstalker, parce que c'était lui qui l'avait fait entrer dans la maison où il avait dû s'avouer le débiteur de cette dame, et attiré par là sur sa tête infortunée de si grands reproches.

Un changement comme celui-ci, après les changements dont il avait été le témoin, offrait au Trotteux, bien peu d'intérêt, mais l'association d'idées a quelquefois une force considérable, et il regarda involontairement derrière la porte vitrée, où les crédits faits aux clients étaient ordinairement inscrits à la craie. Son nom n'y figurait pas ; il s'en trouvait d'autres, mais tout à fait inconnus à Toby ; la liste, d'ailleurs, paraissait infiniment moins longue qu'autrefois, ce qui le porta à conclure que le ci-devant portier était pour les affaires au comptant, et que, dès son entrée dans le commerce, il avait activement pourchassé les débiteurs retardataires de Mme Chickenstalker.

Eh bien ! au milieu de la profonde tristesse qu'éprouvait le Trotteux d'avoir vu se flétrir la jeunesse de son enfant bien-aimée, et s'évanouir les espérances qu'il avait fondées sur elle, croirait-on qu'il ne se vit pas non plus sans chagrin dépossédé de son titre de débiteur sur le grand livre de Mme Chickenstalker ?

« Quel temps fait-il ce soir, Anne ? » demanda l'ancien portier de sir Joseph Bowley en étendant ses jambes devant le feu et les frottant aussi bas que le peu de longueur de ses bras pouvait le lui permettre, d'un air qui semblait dire : « Je reste ici s'il fait mauvais, et s'il fait beau, je n'ai nulle envie de sortir. »

« Il vente et il pleut très fort, répondit sa femme ; le temps est à la neige ; il fait noir et très froid.

— Je suis bien aise de penser que nous avons eu des brioches, reprit l'ex-portier du ton d'un homme qui vient de mettre sur quelque point sa conscience en repos. C'est une vraie soirée à brioches, à galettes et à tartelettes. »

L'ex-portier énuméra successivement ces diverses sortes de friandises comme s'il eût fait une récapitulation mentale de ses bonnes actions. Après quoi, il se remit à frictionner ses grosses jambes, et croisant ses genoux l'un sur l'autre pour mieux exposer au feu les parties qui n'étaient pas encore rôties, il partit d'un grand éclat de rire, comme si quelqu'un l'avait chatouillé.

« Vous êtes de bien bonne humeur, Tugby, mon cher ami », remarqua sa femme.

La raison sociale du magasin était Tugby, anciennement Chickenstalker.

« Non, dit Tugby, pas précisément. Je me sens seulement un peu en train. Les brioches sont venues si à propos ! »

Sur ce, il recommença à rire de plus belle ; son visage en devint presque noir, si bien que pour le ramener à une couleur plus naturelle, il fit faire à ses jambes massives les exercices les plus étranges en l'air, jusqu'à ce qu'un bon coup de poing dans le dos, assené par sa robuste compagne, qui, non contente de ce premier avertissement, se mit à le secouer comme un prunier, vînt le rappeler au décorum, dont il s'écartait trop sans façon.

« Bonté divine ! s'écria Mme Tugby effrayée, que le ciel ait pitié de nous et vienne en aide au pauvre homme ! Qu'est-ce qui lui prend ? »

M. Tugby, s'essuyant les yeux, répondit d'une voix à peine intelligible qu'il se sentait un peu en train.

« Ma chère âme, lui dit sa femme, ne recommencez pas, si vous ne voulez me faire mourir de peur, à gigoter et à vous débattre comme vous faites. »

M. Tugby promit de ne plus recommencer, quoique son existence tout entière fût un combat perpétuel contre l'exubérance de sa santé, à en juger par son haleine, qui devenait chaque jour plus courte, et par la couleur violacée de son visage, chaque jour plus prononcée, symptômes avant-coureurs de sa défaite dans cette lutte pléthorique.

« Ainsi donc, il fait du vent, il pleut très fort, le temps est à la neige. Il fait noir et très froid, n'est-ce pas, ma chère amie ? fit le bonhomme les yeux fixés sur le feu et reprenant, après cette explosion passagère, son entrain délicieux.

— Un bien mauvais temps, en vérité, répondit sa femme en hochant la tête.

— Oui, oui, reprit M. Tugby. Les années sont à cet égard comme les chrétiens ; les unes ont une mort pénible, les autres une mort tout à fait douce ; celle-ci n'a plus que quelques jours à courir, et lutte énergiquement pour survivre ; je ne l'en estime que davantage. Ah ! voici un client, mon amour ! »

Attentive au bruit de la porte, Mme Tugby s'était déjà levée.

« Eh bien ! dit-elle passant dans la boutique, que vous faut-il ?... Ah ! je vous demande pardon, monsieur, je ne croyais pas que ce fût vous. »

Le personnage auquel Mme Tugby adressait ses excuses était un monsieur vêtu de noir, qui, les manchettes relevées, le chapeau négligemment incliné sur l'oreille et les mains dans ses poches, se mit, en entrant, à cheval sur le baril de bière, et répondit par un signe de tête :

« Cela va mal là-haut, madame Tugby, dit-il ; notre homme ne peut vivre longtemps.

— Ce n'est pas de la mansarde du fond que vous parlez ? s'écria Tugby, faisant son entrée dans la boutique afin de se mêler de la conversation.

— La mansarde du fond, monsieur Tugby, descend l'escalier quatre à quatre, et sera bientôt plus bas que le rez-de-chaussée. »

Après quoi, regardant tour à tour Tugby et sa compagne, il fit résonner le baril en frappant dessus avec ses doigts pour savoir où était le niveau de la bière ; quand il l'eut trouvé, il se mit à jouer un air sur la partie vide.

« La mansarde du fond, monsieur Tugby, ajouta-t-il (depuis un moment, Tugby paraissait plongé dans une consternation profonde), s'en va.

— En ce cas, fit Tugby s'adressant à sa femme, il faut, vous comprenez, qu'il s'en aille avant de s'en aller.

— Je ne pense pas qu'il vous soit possible de le faire transporter, reprit le monsieur en noir en secouant la tête. Je ne voudrais pas prendre sur moi la rcsponsabilité de dire que la chose est possible. Il vaudrait beaucoup mieux le laisser où il est : il ne peut vivre longtemps.

— C'est le seul sujet, dit Tugby, qui fit retomber sur le comptoir le plateau de sa balance à beurre sous le poids de son poing courroucé, c'est le seul sujet sur lequel nous ayons jamais eu la moindre divergence, ma femme et moi ; et voyez si ce n'est pas moi qui avais raison. Il va mourir ici, après tout ; mourir dans notre propriété ; mourir dans la maison !

— Et où donc vouliez-vous qu'il allât mourir, Tugby ? s'écria sa femme.

— A l'hôpital, répondit celui-ci. N'est-ce pas pour cela que sont faits les hôpitaux ?

— Certainement non, ce n'est pas pour cela, reprit Mme Tugby avec une grande énergie. Pas du tout pour cela. Ce n'est pas pour cela non plus que je vous ai épousé. N'y songez pas, Tugby ; jc nc lc vcux pas ; je ne le permettrai pas. J'aimerais mieux divorcer avec vous, et ne plus vous revoir. Lorsque mon nom de veuve figurait au-dessus de cette porte, où chacun a pu le lire pendant nombre d'années, quand cette maison était connue de tout le quartier sous la raison Chickenstalker, et citée seulement pour son crédit honorable et son excellente réputation ; quand mon nom de veuve figurait au-dessus de cette porte, Tugby, je l'ai connu, lui sous l'aspcct d'un beau et brave jeune homme, plein de bonne volonté et de courage ; je l'ai connue, elle, sous l'aspect de la plus gracieuse et la plus douce créature qu'on pût voir ; j'ai connu le père (pauvre vieux bonhomme, il est tombé du haut du clocher dans un accès de somnambulisme et s'est tué sur le coup) pour l'être le plus simple et le plus travailleur, innocent et sans malice comme l'enfant qui vient de naître. Avant que je les chasse de chez moi, de ma maison, puissent tous les anges me chasser aussi du ciel ! et ils le feraient certainement, et ils auraient raison. »

Son vieux visage, autrefois gras, frais, potelé, orné de ravissantes petites fossettes avant tous les changements survenus, semblait rajeunir de vingt ans pendant qu'elle prononçait ces paroles, et, quand après s'être essuyé les yeux, elle secoua la tête et son mouchoir en s'adressant à Tugby avec une expression de fermeté à laquelle évidemment il n'eût pas été prudent de vouloir résister, le Trotteux ne put s'empêcher de dire :

« Que Dieu la bénisse ! que Dieu la bénisse ! »

Il écouta ensuite, le cœur palpitant, ce qui allait suivre, car il ne savait rien encore, sinon qu'on parlait de Marguerite.

Si Tugby avait été un peu trop en train dans son petit salon, il en fut bien puni par son abattement dans la boutique, où il restait debout, posant sur sa femme un regard étonné, sans oser répondre, tout en faisant secrètement passer néanmoins, soit distraction, soit mesure de précaution, tout l'argent du tiroir dans sa poche.

Le monsieur assis à califourchon sur le tonneau de bière, et qui paraissait être quelque autorité médicale chargée de soigner officiellement les pauvres du quartier, était, évidemment, trop accoutumé à ces petits différends entre époux, pour intervenir par la moindre observation dans ces querelles de ménage. Il demeura donc assis, sifflant tout doucement et tournant la cannelle du baril de manière à laisser échapper de temps à autre quelques gouttes de bière sur le plancher, jusqu'à ce que le calme fût parfaitement rétabli ; alors il leva la tête et dit à Mme Tugby, anciennement Mme Chickenstalker :

« Cette femme a quelque chose d'intéressant dans sa personne, encore maintenant : comment a-t-elle pu l'épouser ?

— Oh ! cela, monsieur, dit Mme Tugby prenant place à côté du médecin sur une chaise, ce n'est pas la partie la moins douloureuse de son histoire. Ils s'étaient connus, voyez-vous, elle et Richard, depuis plusieurs années, du temps qu'ils formaient encore un couple brillant de jeunesse et de beauté ; tout était arrangé entre eux, et ils devaient se marier le Jour de l'An. Mais, je ne sais comment, un beau jour, Richard se mit dans la tête, d'après ce que lui dirent quelques gentlemen, qu'il avait tort, qu'il ne tarderait pas à s'en repentir, qu'elle n'était pas assez riche pour lui, et qu'un jeune homme, plein de force et d'avenir comme lui, n'avait que faire de se marier. Quant à elle, ces messieurs cherchèrent aussi à l'effrayer : ils l'attristèrent profondément en lui inspirant la crainte de se voir abandonnée un jour par Richard, de voir ses enfants devenir des gibiers de potence, de faire mauvais ménage, et combien d'autres choses encore ! Bref, ils différèrent leur union, de jour en jour, leur confiance mutuelle s'altéra peu à peu, et, en définitive, le mariage fut interrompu. Mais la faute en incomba à Richard. Elle l'aurait épousé avec joie, monsieur ; j'ai vu, bien souvent depuis, son pauvre cœur se gonfler, quand il passait près d'elle avec un air d'indifférence superbe, et jamais femme ne s'affligea plus sincèrement sur le compte d'un homme qu'elle ne le fit lorsque Richard commença à mal tourner.

— Ah ! il a mal tourné, vraiment ! dit le monsieur en noir, soulevant la bonde du tonneau et essayant de regarder le fond par l'ouverture.

— Je ne sais trop, monsieur, voyez-vous, s'il avait bien toute sa tête. Je crois que son esprit était dérangé par suite de cette rupture, et que, sans la peur d'être ridicule devant les gentlemen, ou peut-être l'incertitude sur la façon dont elle pourrait prendre sa démarche, il aurait surmonté bien des peines et bravé bien des épreuves pour obtenir de nouveau la parole et la main de Margot. C'est ma conviction. Il ne l'a jamais dit, et c'est là le malheur, selon moi. Il s'adonna dès lors à la boisson, à la fainéantise, fréquenta de mauvaises compagnies, eut recours enfin à toutes ces belles habitudes qui devaient remplacer si avantageusement pour lui l'intérieur qu'il aurait pu avoir. Il perdit sa bonne mine, sa bonne réputation, sa santé, ses forces, ses amis, son travail.

— Il ne perdit pas tout, madame Tugby, puisqu'il gagna une femme, et je voudrais bien savoir comment il y a réussi.

— J'y arrive, monsieur, dans un moment. Cela continua pendant des années et des années ; lui, se dégradant de plus en plus ; elle, la pauvre créature, endurant assez de misères pour miner sa vie et sa santé. Enfin, il tomba si bas, si bas, que personne ne voulut plus l'employer ni s'occuper de lui ;

partout où il se présentait, on lui fermait la porte au nez. Courant de place en place et de maison en maison, il alla trouver, pour la centième fois, un monsieur qui l'avait bien souvent employé (car c'était, au fond, un habile ouvrier) ; ce monsieur, auquel son histoire était parfaitement connue, lui dit : « Je vous crois incorrigible, il n'y a qu'une personne au monde qui puisse peut-être vous ramener dans le bon chemin ; ne me demandez plus de vous rendre ma confiance, à moins qu'elle n'entreprenne votre changement. » Ce fut à peu près là le langage qu'il lui tint dans sa colère et sa mauvaise humeur.

— Ah ! dit le monsieur en noir. Eh bien ?

— Eh bien ! monsieur, il vint la trouver, se jeta à genoux, lui raconta ce qui s'était passé, et la supplia de le sauver.

— Et elle... Ne vous attendrissez pas comme cela, madame Tugby.

— Elle vint, le soir même, me demander un logement ici. « Ce qu'il fut autrefois pour moi, me dit-elle, est enseveli pour jamais dans un tombeau, côte à côte avec ce que je fus moi-même pour lui. Mais j'ai réfléchi à sa demande, et je veux faire cette épreuve, dans l'espoir de le sauver, pour l'amour de la jeune fille joyeuse (vous vous la rappelez) qui devait se marier le Jour de l'An et pour l'amour de son Richard. » Puis, elle ajouta qu'il était venu la voir de la part de Lilian, que Lilian s'était confiée à lui, et que jamais elle n'oublierait cela. Ils se marièrent donc, et lorsqu'ils s'établirent ici, en les voyant, je souhaitai au fond du cœur que des prophéties comme celles qui les avaient séparés dans leur jeunesse ne s'accomplissent pas toujours si cruellement, et, dans tous les cas, je ne voudrais pas, pour tout l'or du monde, être du nombre de ces prophètes de malheur. »

Le monsieur en noir sauta en bas de son tonneau de bière et s'étira en disant :

« Je suppose qu'il la maltraita dès qu'ils furent mariés !

— Non, répondit Mme Tugby en secouant la tête et en s'essuyant les yeux ; je ne crois pas qu'il l'ait jamais maltraitée ; il se conduisit même mieux pendant quelque temps, mais ses habitudes étaient trop anciennes et trop invétérées pour qu'il pût s'en défaire ; il retomba bientôt, et

il allait se perdre de nouveau quand il s'est vu si violemment atteint par la maladie. Je crois qu'il l'a toujours aimée : j'en suis même sûre. Je l'ai vu, au milieu de ses accès mêlés de larmes et de tremblements nerveux, essayer de lui baiser la main, je l'ai entendu l'appeler « sa chère Margot », et lui dire : « C'est aujourd'hui votre dix-neuvième anniversaire depuis que je vous connais. » Voilà des semaines et des mois qu'il ne sort pas de son lit : partagée entre lui et son enfant, elle n'a pas été en état de reprendre son travail, et, ne pouvant rendre l'ouvrage régulièrement, elle n'en peut plus trouver ; d'ailleurs, il lui eût été impossible de travailler. Je ne sais pas comment ils ont vécu !

— Je le sais, *moi* », murmura M. Tugby, promenant ses regards du tiroir à la boutique et à sa femme avec des roulements d'yeux très significatifs qui les rendaient semblables à ceux d'un coq de combat !

Il fut interrompu par un cri, un cri déchirant, parti de l'étage supérieur de la maison. Le jeune médecin se précipita vers la porte.

« Mon ami, dit-il en se retournant, vous n'avez pas besoin d'entamer une discussion pour savoir s'il faut le renvoyer ou non : je crois qu'il vous en a épargné la peine. »

En parlant de la sorte, il monta rapidement l'escalier, suivi par Mme Tugby tandis que son digne époux soufflait et grommelait entre ses dents derrière eux tout à loisir, attendu que la charge ajoutée à son poids déjà respectable par le contenu du tiroir où se trouvait fort mal à propos une quantité de monnaie de cuivre, le rendait encore moins léger et plus poussif que de coutume.

Le Trotteux, toujours en la compagnie de l'enfant, s'élevait au-dessus de l'escalier comme un esprit aérien.

« Suis-la ! suis-la ! suis-la ! » Il entendait les voix fantomatiques des cloches lui répéter ces paroles à mesure qu'il montait : « Reçois cette leçon de la créature la plus chère à ton cœur ! »

C'en était fait ! C'en était fait ! Elle était là, Marguerite, l'orgueil et la joie de son père ! Cette femme aux yeux hagards, à l'aspect misérable, qui pleurait près du lit, si toutefois un pareil grabat méritait ce nom, pressant contre son cœur un petit enfant, et laissant retomber sur lui sa tête. Qui pourrait dire combien il était chétif, maigre, maladif, ce petit enfant ! qui pourrait dire aussi combien il lui était cher !

« Grâces soient rendues à Dieu, s'écria le Trotteux joignant les mains et les élevant vers le ciel ; oh ! oui, grâces soient rendues à Dieu ! elle aime son enfant ! »

Le monsieur en noir, dont on ne pouvait dire qu'il fût d'ailleurs plus insensible ou plus indifférent qu'un autre à ces sortes de scènes, dont il était chaque jour témoin, et qui les considérait comme autant de chiffres insignifiants destinés à figurer dans les états statistiques de Filer, de simples traits de plume dans ses calculs, posa sa main sur le cœur qui avait cessé de battre, et écouta pour s'assurer si l'infortuné respirait encore. « Ses souffrances sont terminées, dit-il ; c'est bien heureux ! » Mme Tugby s'efforça de consoler la veuve en redoublant vis-à-vis d'elle de soins empressés et de tendresse, tandis que M. Tugby avait recours à des raisonnements philosophiques.

« Allons ! allons ! lui dit-il, les deux mains dans ses poches, il ne faut pas vous désespérer ainsi, voyez-vous. Cela ne sert à rien. Vous devez lutter avec énergie. Que serais-je devenu, moi qui vous parle, si je m'étais laissé aller à mon chagrin du temps que j'étais portier, quand nous avions à la porte de l'hôtel jusqu'à six voitures à deux chevaux à piaffer toute la soirée ? Mais, bah ! je ne perdais pas la tête, je conservais tout mon courage, et... je n'ouvrais qu'à bonne enseigne. »

Le Trotteux entendit encore les voix lui dire : « Suis-la ! » Il se tourna vers son guide et le vit s'éloigner de lui, en s'élevant dans les airs, puis disparaître en répétant : « Suis-la ! »

Alors il plana autour de sa fille, s'assit à ses pieds, regarda son visage avec une grande attention pour y découvrir une trace de ce qu'elle était autrefois, et prêta l'oreille afin de saisir une note de sa voix, jadis si douce. Il voltigeait autour de l'enfant, pauvre petit être, si pâle, si vieux avant l'âge, si effrayant avec son air grave, et sa petite poitrine haletante, de laquelle s'échappaient des plaintes faibles, lugubres, étouffées. Il éprouvait pour lui presque de l'adoration, il s'attachait à lui comme à l'unique sauvegarde de sa fille, comme au dernier anneau qui restât encore pour la rattacher à une existence douloureuse. Il asseyait sur cette tête si frêle toutes ses espérances de père, épiait chacun des regards que lui adressait sa mère en le portant dans ses bras, et s'écria mille fois : « Elle l'aime ; Dieu soit loué ! elle l'aime ! »

Il vit la femme lui tenir compagnie le soir, retourner près d'elle lorsque son mari rechigneur était endormi et que tout était redevenu silencieux autour d'elle, l'encourager, pleurer avec elle, lui apporter de la nourriture. Il vit venir le jour, puis encore la nuit, les jours et les nuits se succéder, le temps s'écouler, la mort quitter la maison mortuaire, Margot laissée seule dans cette triste chambre avec son enfant ; il entendit ce dernier pleurer et gémir, il le vit la tourmenter, la fatiguer, et quand elle s'endormait épuisée, la rappeler à la conscience de ses peines et la replacer de ses petites mains sur le chevalet de torture sans qu'elle cessât d'être attentive, douce et patiente avec lui ! Patiente ! ah ! ce n'était pas de la patience, c'était de la tendresse. Elle restait, au fond du cœur, au fond de l'âme, sa mère, sa tendre mère, et la faible existence de ce petit ange était unie aussi intimement à la sienne que quand elle le portait encore dans son sein.

Cependant la misère se faisait vivement sentir ; Margot dépérissait rapidement, victime de cruelles, de terribles privations. Son enfant dans les bras, elle errait çà et là pour aller chercher du travail ; lorsqu'elle en avait trouvé pour une misérable somme, elle s'y mettait sans relâche, le pâle nourrisson couché sur ses genoux la regardant, un jour et une nuit de travail opiniâtre pour gagner autant de sous qu'il y a de chiffres sur le cadran. Lui arriva-t-il jamais de maltraiter son enfant, de le négliger, de laisser tomber sur lui un regard de haine, et de le frapper dans un moment d'égarement passager ! Oh ! non. Elle l'aimait toujours. C'était la consolation de Toby.

Elle ne parlait à personne de sa situation difficile, et sortait toute la journée sans but, de peur d'être interrogée par son unique amie ; car les légers secours que lui donnait la bonne dame occasionnaient sans cesse entre elle et son mari des altercations ; et c'était chaque fois pour la pauvre

Margot un nouveau sujet d'amertume d'être la cause de querelles journalières et de dissentiments sans fin dans un ménage auquel elle avait déjà tant d'obligations.

Elle aimait toujours son enfant, elle l'aimait de plus en plus. Mais cet amour vint à changer de visage, un soir.

Elle chantait à demi-voix pour l'endormir, et se promenait dans la chambre en le portant, pour faire cesser ses cris, quand, la porte s'étant ouverte doucement, un homme se montra.

« Pour la dernière fois, dit-il en entrant.

— William Fern !

— Pour la dernière fois. »

Il écouta comme un homme qu'on poursuit, puis dit tout bas :

« Marguerite, voilà ma course presque achevée. Je ne pouvais en finir sans vous adresser un mot d'adieu, sans vous apporter une parole de reconnaissance.

— Qu'avez-vous fait ?... » lui demanda-t-elle en l'observant d'un air effrayé.

Il la regarda à son tour, mais sans répondre.

Après un moment de silence, il fit un geste de la main, comme pour écarter la question de Margot, la rejeter bien loin et lui dire :

« Il y a bien longtemps, Marguerite ; mais cette nuit-là est toujours aussi présente à mon souvenir. Nous ne pensions guère, alors, ajouta-t-il en promenant ses regards autour de lui, que nous dussions jamais nous retrouver ainsi... Votre enfant, Marguerite ? Laissez-le-moi prendre dans mes bras. Laissez-moi tenir votre enfant. »

Il mit son chapeau à terre et prit l'enfant ; en le prenant, il tremblait de la tête aux pieds.

« Est-ce une fille ?

— Oui. »

Will mit la main sur ce petit visage.

« Voyez comme je suis devenu faible, Marguerite, puisque je n'ai pas le courage de la regarder. Laissez, laissez-la encore un moment. Je ne lui ferai pas de mal. Il y a longtemps, mais... Quel est son nom ?

— Marguerite, répondit-elle vivement.

— J'en suis bien aise, dit-il. J'en suis bien aise. »

Il sembla respirer plus librement, et, après un court intervalle, ôta sa main et regarda le visage de l'enfant. Mais il le recouvrit aussitôt.

« Marguerite ! dit-il en rendant l'enfant à sa mère. C'est tout Lilian.

— Lilian !

— J'ai tenu dans mes bras le même petit être quand la mère de Lilian mourut, me la laissant.

— Quand la mère de Lilian mourut et la laissa, répéta Margot l'air égaré.

— Comme vous criez d'un ton perçant ! Pourquoi fixez-vous ainsi vos yeux sur moi, Marguerite ? »

Elle se laissa tomber sur une chaise, pressa l'enfant contre sa poitrine et l'inonda de ses larmes. Par moments, elle interrompait ses embrassements pour poser sur le visage de la petite créature un regard inquiet ; puis elle redoublait ses étreintes. En ce moment, pendant qu'elle le considérait fixement, on voyait qu'un sentiment farouche, terrible, commençait à se mêler à son amour. Ce fut alors que son vieux père eut peur.

« Suis-la, dit une voix qui retentit dans toute la maison. Reçois cette leçon de la créature la plus chère à ton cœur !

— Marguerite, dit Fern en se penchant vers elle et lui embrassant le front, je vous remercie pour la dernière fois. Bonsoir ; adieu. Mettez votre main dans la mienne, et dites-moi que vous allez m'oublier désormais, et que vous essayerez de vous persuader qu'à partir de ce moment je cesse d'exister.

— Qu'avez-vous fait ? demanda-t-elle encore.

— Il y aura un incendie ce soir, répondit Will en s'éloignant de quelques pas. Il y aura des incendies cet hiver pour éclairer les nuits sombres, à l'est, à l'ouest, au nord, au sud. Quand vous verrez, dans le lointain, le ciel devenir rouge, c'est l'incendie qui l'éclairera. Quand vous verrez, dans le lointain, le ciel devenir rouge, ne pensez plus à moi, ou, si vous y pensez, rappelez-vous quel enfer fut allumé au-dedans de mon âme et figurez-vous que vous en voyez un reflet dans les nuages. Bonsoir ; adieu ! »

Margot l'appela, mais il était parti. Elle s'assit stupéfaite, jusqu'à ce que les cris de son enfant vinrent lui rappeler la faim, le froid, l'obscurité. Elle se promena dans la chambre toute la nuit en le portant dans ses bras, cherchant à le calmer et à le faire taire. Elle répétait par intervalles : « Tout comme Lilian, quand sa mère mourut et la laissa seule ! » Pourquoi son pas devenait-il donc si brusque, son regard si égaré ? pourquoi son amour prenait-il un aspect si farouche et si terrible toutes les fois qu'elle répétait ces paroles ?

« Ce n'est que de l'amour, se disait le Trotteux, rien que de l'amour. Elle ne cessera jamais de l'aimer. Ma pauvre Margot ! »

Le lendemain matin, elle habilla son enfant avec un soin tout particulier ; que de soins perdus pour de si pauvres langes ! et une fois encore elle essaya de se procurer quelques moyens d'existence. C'était le dernier jour de l'année. Jusqu'à la nuit elle continua ses recherches sans manger ni boire ; mais ses efforts furent vains.

Elle alla se mêler à une foule abjecte qui stationnait dans la neige, jusqu'à ce qu'il plût à un employé chargé de distribuer les secours de la charité publique (la charité légale, veux-je dire, non pas celle qui fut prêchée autrefois sur une montagne, vous savez), de faire entrer ces infortunés, de les interroger et de dire à l'un : « Allez-vous en dans tel endroit ; » à l'autre : « Revenez la semaine prochaine ; » de renvoyer comme une balle un autre de ces malheureux, le faire aller ici et là, le passer de main en main, de maison en maison, jusqu'à ce que, à la faim et à la fatigue, il succombe, à moins qu'il ne se relève, par un suprême effort, pour voler ; car alors le voilà devenu un criminel d'un genre élevé dont les réclamations ne souffrent pas de retard. Là encore elle échoua ; comme elle aimait son enfant, elle désirait le garder contre son cœur, et ne s'en séparer jamais : il n'en fallait pas davantage pour éprouver un refus.

Il faisait nuit ; une nuit obscure, froide, pénétrante, lorsque, serrant la pauvre petite créature entre ses bras pour lui donner un peu de chaleur, elle arriva bientôt à la porte de la maison qu'elle appelait son *chez elle*. Elle était si faible, elle avait la tête si lourde, qu'elle n'aperçut pas un homme debout sur le seuil, avant d'être arrivée tout près pour entrer. Alors seulement elle reconnut le maître de la maison qui s'était établi là de telle manière (et la chose n'était pas difficile pour un si gras personnage), qu'il bouchait entièrement le passage.

« Ah ! dit-il à voix basse, vous voilà revenue ! »

Margot regarda l'enfant et hocha la tête.

« Ah çà, croyez-vous que vous n'êtes pas demeurée ici assez longtemps sans payer de loyer ? N'y a-t-il pas, selon vous, assez longtemps que vous honorez gratis cette boutique de votre clientèle ? » dit M. Tugby.

Elle répéta encore le même appel muet à sa pitié.

« Supposons que vous essayiez d'en faire autant ailleurs, n'importe où, continua-t-il. Supposons que vous vous procuriez un autre logement. Allons ! ne pensez-vous pas que vous pourriez arranger cela ? »

Margot répondit à voix basse qu'il était bien tard... Demain.

« Maintenant, je vois ce que vous voulez, dit Tugby, et je devine vos intentions. Vous savez qu'il y a deux partis à votre sujet dans cette maison, et vous trouvez du plaisir à les mettre aux prises. Je ne veux pas de querelles ; je parle doucement pour éviter toute contestation ; mais si vous ne partez, je vais prendre ma grosse voix, et vous allez entendre parler assez haut pour vous satisfaire. Mais vous n'entrerez point pour cela, j'y suis résolu. »

De la main elle rejeta ses cheveux en arrière, leva les yeux au ciel par un mouvement subit, et les plongea dans l'ombre qui s'étendait devant elle.

« Nous voici à la dernière nuit de l'année ; je ne veux pas, pour vous plaire ou pour plaire à qui que ce soit, dit Tugby, véritable ami et père du Pauvre en miniature, reporter sur l'année nouvelle les sujets d'ennuis, de querelles et de discorde de celle qui finit. Je m'étonne que vous n'ayez pas honte vous-même d'aller charger le Nouvel An de ce vieux reliquat. Si vous n'avez pas autre chose à faire dans le monde que de toujours vous désoler et de semer constamment la discorde dans un ménage, vous feriez mieux de le quitter. Allez-vous-en.

— Suis-la jusqu'au désespoir ! »

Le vieillard entendit de nouveau les voix. Levant les yeux, il vit les fantômes planer dans l'air et désigner du doigt la route qu'elle suivait au milieu des ténèbres.

« Elle l'aime ! s'écria-t-il comme par une sorte de supplication pleine d'angoisses adressée au ciel pour sa fille. Chères cloches, elle l'aime toujours ! n'est-ce pas ?

— Suis-la ! » Et les ombres glissaient comme un nuage, rasant la terre sur le chemin qu'elle avait pris.

Il se joignit à elles pour la suivre, se tint près de sa fille, attacha son regard sur son visage. Il y lut la même expression farouche et terrible mêlée à celle de son amour qui brillait dans ses yeux d'un éclat effrayant. Il l'entendit répéter : « Tout comme Lilian !... Pour devenir comme Lilian ! » et elle redoublait de vitesse.

« Oh ! n'y a-t-il donc rien qui puisse l'éveiller ? Pas un objet, pas un son, pas une odeur pour rappeler de tendres souvenirs dans ce cerveau enflammé ! Pas une douce image du passé pour s'élever devant ses pas !

« ... J'étais son père ! j'étais son père ! s'écriait le vieillard étendant ses mains tremblantes vers les ombres ténébreuses qui voltigeaient au-dessus de sa tête. Ayez pitié d'elle et de moi ! Où va-t-elle ? Ramenez-la ! j'étais son père ! »

Mais les ombres se contentaient de la suivre du doigt dans sa course précipitée, et de dire :

« Jusqu'au désespoir : Reçois cette leçon de la créature la plus chère à ton cœur ! »

Cent voix répétèrent ces paroles comme un écho. L'atmosphère était faite de leur souffle quand elles exhalèrent ces mots. Le Trotteux semblait les aspirer chaque fois qu'il ouvrait la bouche. Elles étaient partout, il ne pouvait les éviter. Margot, cependant, pressait le pas, la même flamme dans les yeux, les mêmes paroles sur les lèvres ! « Tout comme Lilian !... Pour devenir comme Lilian ! »

Tout à coup elle s'arrêta.

« Oh ! ramenez-la maintenant ! s'écria le vieillard arrachant ses cheveux blancs. Margot ! mon enfant chérie ! Ramenez-la ! grand Dieu ! ramenez-la ! »

Elle enveloppa chaudement le petit corps de l'enfant dans

son châle usé ; de ses mains fiévreuses elle caressa ses membres délicats, arrangea sa tête et disposa ses misérables langes. Elle le serrait entre ses bras amaigris, décidée à ne plus s'en séparer, et de ses lèvres desséchées, elle imprima sur le front de la faible créature un tendre baiser, suprême expression de ses angoisses et de la longue mais dernière agonie de son amour.

Ramenant sa petite main autour de son cou, et le tenant serré dans les plis de sa robe, tout contre son pauvre cœur déchiré, elle appuya sur son épaule le visage de cet ange endormi, tout près de sa joue, bien serré, et courut à la rivière.

A la rivière, roulant ses flots rapides et noirs sur lesquels planait une froide nuit d'hiver, semblable aux dernières pensées lugubres et sombres d'une foule de malheureux qui, avant elle, étaient allés y chercher un refuge contre la rigueur du sort ; où des lumières rougeâtres éparpillées sur ses rives répandaient une lueur blafarde, comme des torches allumées afin d'éclairer la route qui conduit au trépas ; où nulle habitation, nulle demeure d'être vivant ne voit réfléchir son ombre dans l'obscurité profonde, impénétrable, triste et mélancolique de ses eaux.

A la rivière ! Ses pas guidés par le désespoir la portaient vers ce portail de l'éternité avec la même vitesse qui entraîne ses ondes rapides au sein de la vaste mer. Lorsqu'elle passa près de lui, courant dans la direction du gouffre ténébreux, le Trotteux essaya de la toucher ; mais l'infortunée, en proie à une vive agitation, à une sorte d'égarement sauvage, dominée par cet amour farouche et terrible, victime d'un désespoir qu'aucune force humaine ne pouvait plus contenir ni arrêter, glissa, comme un souffle, aux côtés du vieillard.

Il la suivit. Elle s'arrêta un instant sur le rivage avant d'exécuter son terrible plongeon. Pour lui, tombant à genoux, il poussa un cri inarticulé, humble supplication adressée aux esprits des cloches qui planaient en ce moment au-dessus d'eux.

« J'ai reçu la leçon, s'écria le Trotteux, de la créature la plus chère à mon cœur ! Oh ! sauvez-la, sauvez-la. »

Il put glisser les doigts dans les plis de sa robe ; il put la saisir ! Au moment où ces paroles s'échappaient de ses lèvres, il sentit renaître en lui le sens du toucher et comprit qu'il la retenait.

Les Spectres abaissèrent sur lui leurs regards et le considérèrent fixement.

« J'ai reçu la leçon ! s'écria le bon vieillard. Oh ! ayez pitié de moi à cette heure, si, entraîné par mon amour pour elle, jeune et bonne comme elle est, j'ai calomnié la Nature dans les entrailles des mères poussées au désespoir ! Ayez pitié de ma présomption, de ma méchanceté et de mon ignorance, mais sauvez-la ! »

Il sentit que sa main s'ouvrait, que Margot allait lui échapper. Les Spectres demeuraient silencieux.

« Ayez pitié d'elle ! s'écria-t-il ; c'est par un funeste égarement de son amour même qu'elle a conçu la pensée de ce crime ; entraînée par l'amour le plus fort, le plus profond que nous puissions connaître, nous autres, créatures déchues ! Songez à ce qu'a dû être sa misère, si de telles semences portent de tels fruits. Le ciel avait voulu la faire bonne ; il n'y a pas sur la terre de mère que l'amour de son enfant ne puisse conduire à une pareille extrémité, après une aussi douloureuse existence. Oh ! ayez pitié de mon enfant qui, dans ce moment même, cède à sa profonde pitié pour le sort de son enfant, et se voue à la mort, corps et âme, pour le sauver ! »

Elle était dans ses bras ; il la serrait contre son cœur avec la force d'un géant.

« Je vois parmi vous le génie des carillons, s'écria le vieillard distinguant au milieu d'eux l'esprit de l'enfant, et comme inspiré par l'influence surnaturelle de leurs regards. Je sais que notre héritage est tenu pour nous en réserve par la main du Temps. Je sais que le Temps se lèvera un jour comme un océan devant lequel tous ceux qui nous oppriment ou nous insultent seront balayés comme la feuille. Je le vois : le flux commence. Je sais que nous devons avoir confiance, espérer et ne point douter de nous-mêmes ni des autres. Je l'ai appris de la créature la plus chère à mon cœur. Je la serre de nouveau dans mes bras. O Esprits compatissants et bons, la leçon que vous me donnez, je la prends et la presse ainsi qu'elle contre mon cœur ! O Esprits compatissants et bons, que je vous suis reconnaissant ! »

Il aurait pu en dire davantage, mais les cloches, les cloches, qui lui étaient familières depuis si longtemps ; les cloches, ses amies si chères, si constantes, si fidèles, commencèrent à sonner joyeusement pour annoncer le Nouvel An, et cela si vivement, si lestement, si joyeusement, que Toby bondit sur ses pieds, et rompit le charme qui l'enchaînait.

« Vous direz tout ce que vous voudrez, mon père, dit Margot, mais dorénavant, ne mangez plus de tripes sans demander au médecin si elles ne peuvent pas vous faire du mal, car vous avez eu un sommeil assez agité, mon Dieu, pauvre père ! »

Elle était occupée à coudre, assise à la petite table, près du feu, ajustant des nœuds de ruban à sa modeste robe de noce ; mais si heureuse d'un bonheur doux et calme, si fraîche, si jeune, si pleine de beauté et d'espérances, que Toby poussa un grand cri, comme s'il eût vu un ange du ciel apparaître dans sa maison ; puis, il s'élança pour la serrer dans ses bras.

Mais ses pieds s'embarrassèrent dans le journal qui était tombé devant le foyer et quelqu'un profita de ce retard pour se précipiter entre eux deux.

« Que non ! s'écria la voix de ce quelqu'un, et une voix fièrement franche et gaillarde. Non ! pas même vous, pas même vous ! Le premier baiser de Margot, au Nouvel An, m'appartient ; il est pour moi ! Voilà une heure que j'attends dehors que les cloches sonnent pour le réclamer. Margot, ma précieuse conquête, une heureuse année ! Une vie entière d'heureuses années, ma petite femme ! »

Et Richard l'étouffait de baisers.

Jamais, de votre vie, vous n'avez rien vu de pareil au Trotteux après cette brusque interruption. Peu importe où vous avez vécu ni ce que vous avez vu ; mais, pour sûr, jamais de votre vie vous n'avez rien vu nulle part qui pût en approcher ! Il s'asseyait sur sa chaise et se frappait les genoux en pleurant ; il se rasseyait encore et se frappait les genoux en riant ; il s'asseyait de nouveau et se frappait les genoux en riant et pleurant à la fois ; il se levait de sa chaise pour étreindre Margot ; il se levait de sa chaise pour étreindre Richard ; il se levait de sa chaise pour les étreindre tous les deux en même temps ; il courait vers Margot, pressait son frais visage entre ses mains et l'embrassait, tantôt s'éloignant d'elle à reculons pour ne pas la perdre de vue, tantôt s'en rapprochant brusquement en courant comme les ombres chinoises des lanternes magiques ; mais toujours et toujours il ne faisait que s'asseoir dans cette chaise et la quitter en moins d'une minute, tant il était, c'est la vérité, fou de joie.

« C'est donc demain ton mariage, ma chérie ! s'écria le Trotteux, ton vrai, ton heureux mariage !

— C'est aujourd'hui ! interrompit Richard en lui serrant la main ; c'est aujourd'hui. Les cloches carillonnent pour le Nouvel An. Entendez-les ! »

C'était bien vrai ; elles sonnaient ! Gloire à leurs vigoureux poumons ! Comme elles sonnaient ! C'étaient de grandes cloches, de nobles cloches, harmonieuses, puissantes, fondues d'un métal rare, l'œuvre de quelque artiste distingué ; elles n'avaient jamais sonné comme cela auparavant.

« Aujourd'hui pourtant, mon ange, dit le Trotteux, Richard et toi vous avez eu une petite querelle, il me semble.

— C'est un si mauvais garçon, mon père, répondit Margot. N'est-il pas vrai, Richard ! Vilain entêté que vous êtes ! Il n'aurait pas hésité à dire sa façon de penser au gros alderman et à en “venir à bout” en l'envoyant je ne sais où, pas plus qu'à...

— Embrasser Margot », dit Richard. Et c'est qu'il le fit, ma foi, en joignant le geste à la parole.

« Non ; assez, répondit Margot. Mais je n'ai pas voulu le laisser faire, mon père. A quoi cela aurait-il servi ?

— Richard ! Richard ! s'écria le Trotteux. Vous avez toujours été un brave garçon et vous resterez un brave garçon jusqu'à la fin. Mais pourquoi pleurais-tu ce soir, près du feu, mon ange, quand je suis entré ?

— C'est que je songeais aux années que nous avons passées ensemble, mon père. Voilà tout. Je pensais que vous pourriez me regretter quand vous alliez vous trouver seul. »

Le Trotteux allait encore s'asseoir sur cette chaise extraordinaire, quand l'enfant, éveillée par le bruit, accourut, à demi habillée.

« Comment ! la voilà ! dit le bonhomme en la soulevant dans ses bras. Voici la petite Lilian ! Ha ! ha ! ha ! Nous y sommes, nous y voilà ! Oui, oui, nous y sommes, nous y voilà ! Et l'oncle Will aussi (s'arrêtant dans son trot pour lui faire un salut cordial). Ah ! oncle Will ! s'écria Toby ; si vous saviez la vision que j'ai eue ce soir pour vous avoir logé chez moi ! Oh ! oncle Will ! si vous saviez ce que je vous dois, mon ami, pour être venu habiter ma pauvre maison ! »

Avant que Will Fern pût répondre un seul mot, une troupe de musiciens fit irruption dans la maison, suivis d'une foule de voisins, criant à qui mieux mieux : « Une heureuse nouvelle année, Margot ! et une heureuse noce !... accompagnée de plusieurs autres ! » toute sorte d'autres souhaits. La grosse caisse, ami particulier du Trotteux, s'avança alors, et prenant la parole :

« Veck le Trotteux, mon camarade ! dit-il ; le bruit court que votre fille se marie demain. Il n'est personne, parmi toutes vos connaissances, qui ne vous souhaite toute sorte de bonheur, et de même, personne qui connaisse Margot et ne lui souhaite aussi toutes sortes de prospérités, ou personne qui vous connaisse l'un et l'autre et ne vous souhaite à tous deux le bonheur que la nouvelle année peut donner ; et c'est pour cela que nous sommes venus vous faire danser au son de la musique. »

Cette harangue fut accueillie par une acclamation générale. A propos, la grosse caisse était ivre ou presque, mais qu'importe ?

« Quel bonheur, en vérité, dit le Trotteux, d'être ainsi estimé ! Que vous êtes de bons, d'aimables voisins ! Et tout cela, à cause de ma chère fille ! Elle le mérite bien ! »

En moins d'une demi-seconde, tout le monde fut prêt à commencer la danse, Margot et Richard en tête ; la grosse caisse allait frapper dur sur sa double peau d'âne, quand on entendit tout à coup au-dehors un mélange de sons extraordinaires. Une bonne grosse matrone, qui paraissait avoir atteint environ la cinquantaine, mais très gracieuse encore et fort avenante, s'élança dans la pièce, accompagnée d'un homme qui portait une cruche de grès d'une taille effrayante, et suivie de près de cymbales et de clochettes, non pas les grosses cloches de Toby, bien entendu, mais un carillon en miniature, suspendu à un cadre.

« Voilà Mme Chickenstalker ! » s'écria le bon vieillard. Cela dit, il s'assit et frappa de plus belle ses genoux avec les mains.

« Se marier et ne m'en rien dire, Margot ! fit la bonne dame ; jamais je n'aurais pu dormir la dernière nuit de l'année sans venir vous offrir mes vœux et mes souhaits de bonheur. Je n'aurais pu le faire, Margot, quand même la maladie m'aurait clouée sur mon lit. Aussi, me voilà ; et comme nous sommes à la veille du Nouvel An, et en même temps à la veille de votre mariage, ma chère, j'ai fait préparer un petit punch de ma façon que j'apporte avec moi. »

Ce que Mme Chickenstalker entendait par un petit punch de sa façon faisait honneur à son talent. La cruche lançait des nuages de vapeur et de fumée, comme un volcan en éruption, et l'homme qui l'avait apportée défaillait.

« Madame Tugby, dit le Trotteux qui tournait et retournait autour d'elle en extase ; madame Chickenstalker, voulais-je dire, que Dieu vous bénisse pour votre bon cœur. Une bonne année accompagnée de plusieurs autres ! Madame Tugby, ajouta-t-il après l'avoir embrassée, c'est madame Chickenstalker que je veux dire, je vous présente William Fern et Lilian ! »

La bonne dame, à sa grande surprise, rougit et pâlit tour à tour.

« Ce n'est pas, dit-elle, la petite Lilian dont la mère est morte dans le Dorsetshire ?

— Précisément », répondit Will. Il s'approcha aussitôt d'elle et ils échangèrent rapidement quelques paroles, dont le résultat fut que Mme Chickenstalker serra affectueusement les deux mains de Will, embrassa de nouveau le Trotteux sur la joue, mais d'elle-même, et pressa l'enfant contre sa poitrine opulente.

« Will Fern ! dit le Trotteux tirant sur sa moufle de la main droite : est-ce que c'est là l'amie que vous espériez trouver ?

— Oui, répondit Will appuyant ses deux mains sur les épaules du vieillard, et une amie aussi dévouée, si c'est possible, j'espère, que l'ami que j'ai rencontré en vous.

— Oh ! fit le Trotteux. La musique, s'il vous plaît. Voulez-vous avoir cette bonté ? »

La musique, le carillon... tout éclata à la fois, et pendant que les cloches, dans la tour, sonnaient encore à toute volée, le Trotteux faisant passer Margot et Richard au second rang, s'il vous plaît, se mit avec Mme Chickenstalker en tête de la danse, et ouvrit le bal avec elle par un pas inconnu avant et depuis ; un pas qui avait pour base son petit trot particulier.

Le Trotteux avait-il rêvé ? Ses joies, ses chagrins, tous les acteurs qui ont joué un rôle dans ce drame ne sont-ils qu'un rêve ? Le Trotteux lui-même n'est-il qu'un rêve ? L'auteur de ce récit n'est-il qu'un rêveur qui ne se réveille lui-même qu'en ce moment ? S'il en est ainsi, ami lecteur, vous qui lui étiez si cher au milieu de toutes ses visions, tâchez de ne pas oublier les sérieuses réalités où ces ombres ont pris naissance ; et, dans votre sphère (il n'en est aucune qui soit trop étendue, aucune qui soit trop petite pour un tel but), efforcez-vous d'y apporter le remède, les améliorations et les adoucissements qu'elles comportent. Puisse, de cette sorte, le Nouvel An être pour vous une heureuse année, heureuse également pour tous ceux dont le bonheur dépend de vous ! Puisse ainsi chaque année être plus heureuse que la précédente, et que le dernier d'entre nos frères, la plus humble d'entre nos sœurs, reçoive sa part légitime du bonheur dont le Créateur du genre humain a voulu les faire jouir comme les autres.

[illegible]

— Oh ! il [illegible] qu'il [illegible] aussi [illegible]

[illegible] de [illegible] bien aussi [illegible]

[illegible] dans [illegible]

— Oui, [illegible] La musique [illegible]

[illegible] cette [illegible] ?

La musique [illegible] Roland [illegible]

[illegible] les cloches dans la tour [illegible]

[illegible] passer Manon et Roland [illegible]

[illegible]

de la [illegible] le bal [illegible]

[illegible]

[illegible]

Le Trouvère avait eu [illegible] chanteurs [illegible] acteurs qui [illegible] dans [illegible] Le Trouvère [illegible] de [illegible] qui [illegible] et de [illegible] de toutes les [illegible] et les [illegible] et [illegible] qui [illegible] les [illegible] de [illegible] pour [illegible] tous ceux dont [illegible] et que la [illegible] la [illegible]

les [illegible]

LE GRILLON DU FOYER

CONTE DE FÉES DOMESTIQUE

I

Premier grésillement

C’est la bouilloire qui commença ! Je sais bien que Mme Peerybingle dit le contraire, mais cela m’est égal. Que Mme Peerybingle jure ses grands dieux, si elle veut, jusqu’à la fin des temps, qu’elle ne pourrait pas dire qui des deux a commencé ; je dis, moi, que c'est la bouilloire. Je dois bien le savoir, tout de même. La bouilloire commença cinq bonnes minutes au petit coucou au cadran verni placé dans le coin, avant que le grillon eût fait entendre un seul grésillement.

Comme si l'horloge n'avait pas fini de sonner, comme si le petit faneur aux mouvements convulsifs et saccadés qui la surmonte, promenant sa faux de droite à gauche, puis de gauche à droite devant la façade d'un palais moresque, n'avait pas fauché un demi-acre de gazon imaginaire avant que le grillon se fût mis de la partie !

Certes, je ne suis pas un obstiné, comme chacun sait. Je ne voudrais, à aucun prix, opposer mon opinion personnelle à l'opinion de Mme Peerybingle, si je n'étais parfaitement sûr de la chose. J'en suis tout à fait incapable. Mais c'est ici une question de fait ; et le fait est que la bouilloire commença cinq minutes au moins avant que le grillon eût donné signe de vie. Avisez-vous de me contredire, et je parierai pour dix minutes.

Laissez-moi raconter exactement comment la chose arriva. C'est ce que j'aurais dû faire dès mon premier mot, sans cette considération bien simple, que, si je raconte une histoire, je dois commencer par le commencement ; et comment voulez-vous que je commence par le commencement, si je ne commence pas par la bouilloire ?

Il semble qu'il y eut une lutte, entendons-nous, je dis un assaut de talent musical, entre la bouilloire et le grillon. Et en voici l'origine et la suite.

Mme Peerybingle, sortie dans la brume humide et froide, faisait cliqueter sur le pavé boueux sa paire de patins dont les empreintes reproduisaient grossièrement tout autour de la cour une foule de figures circulaires de la première proposition d'Euclide ; Mme Peerybingle, dis-je était allée remplir la bouilloire à la fontaine. De retour maintenant, moins ses patins, ceci n'est pas peu de chose, car les patins étaient hauts, et Mme Peerybingle, au contraire, fort petite, elle mit la bouilloire sur le feu. Ce que faisant, elle perdit son sang-froid, ou du moins oublia pour un instant la patience de son caractère ; car l'eau se trouvant alors d'un froid glacial, dans cet état glissant et liquide, où elle s'infiltre jusqu'au cœur de toutes les substances, y compris les fers de patins, n'avait pas respecté les orteils de Mme Peerybingle ; elle avait même éclaboussé ses jambes. Or, quand nous sommes un peu fières de nos jambes, et qu'il y a de quoi, et que nous tenons en particulier à avoir toujours des bas bien propres, nous ne pouvons nous empêcher de trouver, sur le moment, cette petite épreuve très dure à supporter.

En outre, la bouilloire faisait preuve d'une obstination exaspérante. Elle ne voulait pas se laisser ajuster sur la barre supérieure de la grille ; elle refusait de s'accommoder tranquillement aux inégalités du charbon ; elle se penchait en avant avec des façons d'ivrogne, et pendant ce temps-là bavait, comme une sotte qu'elle était, sur le foyer. Elle faisait la mauvaise tête, elle sifflait et crachait sur le feu d'un ton de mauvaise humeur. Ce n'est pas tout, le couvercle, résistant aux doigts de Mme Peeryblingle, commença d'abord par se retourner sens dessus dessous, puis, avec une opiniâtreté ingénieuse, digne d'une meilleure cause, plongea de côté, jusqu'au fond de la bouilloire. La coque du *Royal-George* n'offrit pas, pour sortir de l'eau, la moitié de la résistance monstrueuse que le couvercle opposa aux efforts de Mme Peerybingle, avant qu'elle pût le retirer et le remettre à sa place.

Et même alors, cette malheureuse bouilloire se montrait revêche et grognon, portant son anse avec un air de bravade et relevant son bec avec impertinence et moquerie du côté de Mme Peeryblingle, comme si elle lui disait : « Je ne veux pas bouillir, moi. Rien ne pourra m'y forcer ! »

Mais Mme Peerybingle, dont la bonne humeur était revenue, frotta l'une contre l'autre ses petites mains grassouillettes pour en ôter la poussière, et s'assit en riant devant la bouilloire. Cependant, la flamme joyeuse s'élevait et retombait tour à tour, répandant une éclatante lueur sur le petit faucheur placé tout en haut du coucou, si bien qu'on aurait pu croire qu'il était planté là, immobile comme une souche devant le palais moresque, et que rien d'autre ne bougeait que la flamme.

Il se remuait, cependant, il avait ses spasmes, deux par seconde, toujours avec la même régularité. Mais c'était surtout effrayant de voir les souffrances auxquelles il était en proie quand l'horloge allait sonner. Lorsqu'un coucou passait sa tête hors de la trappe du palais et chantait six fois sa note, chacun de ces cris l'ébranlait comme si c'eût été la voix d'un fantôme, ou comme si on l'eût tiré chaque fois par un fil de fer attaché à ses jambes.

Ce n'était qu'après une violente secousse et quand le grincement des cordes et des poids placés au-dessous de lui avait entièrement cessé, que le pauvre faucheur, saisi d'effroi, revenait enfin à lui-même. Et il ne tressaillit pas sans raison, car ces bruyants squelettes d'horloges, avec leur cliquetis inquiétant, sont très déconcertants dans le cours de leurs opérations, et je m'étonne beaucoup qu'il se soit trouvé des hommes, mais par-dessus tout des Hollandais, qui aient trouvé du plaisir à les inventer. En effet, d'après une croyance populaire, les Hollandais aiment les larges fourreaux et d'amples vêtements, pour se cacher du haut en bas ; ils auraient donc aussi bien fait, par analogie, de ne pas laisser leurs horloges nues et sans protection dans les régions inférieures de leur individu.

Or, ce fut à cet instant, notez-le, que la bouilloire commença sa soirée. Ce fut à cet instant que la bouilloire, devenant tendre et musicale, commença à sentir dans sa gorge ses glouglous irrésistibles et à se permettre de courts ronflements, qu'elle arrêtait dès la première note, comme si elle n'était pas encore bien sûre qu'ils fussent de bonne compagnie. Ce fut à cet instant, qu'après avoir fait deux ou trois tentatives vaines pour étouffer ses sentiments expansifs, elle secoua toute humeur chagrine, toute réserve, et laissa échapper tout à coup un ruisseau de notes si gaies, si joyeuses, que jamais rossignol larmoyant n'en a conçu la moindre idée. Et si simples aussi ! vous auriez pu, Dieu merci, comprendre ce chant comme un livre, mieux peut-être que certains livres que vous et moi pourrions nommer. Avec sa chaude haleine s'exhalant en un léger nuage qui montait gracieux et coquet à une hauteur de quelques pieds, puis demeurait suspendu vers l'angle de la cheminée, comme dans un ciel domestique, la bouilloire mit à poursuivre sa chanson tant de verve et d'énergie, que son corps de fer en bourdonnait et se trémoussait de plaisir sur le feu ; et le couvercle lui-même, le couvercle naguère rebelle (tant est grande l'influence du bon exemple), exécuta une sorte de gigue et fit un bruit semblable à celui d'une jeune cymbale sourde et muette qui n'a jamais connu le contact de sa sœur jumelle.

Que ce chant de la bouilloire fût un chant d'invitation et de bienvenue adressé à quelqu'un du dehors, à quelqu'un qui se dirigeait en ce moment vers le bon petit intérieur domestique et le feu pétillant, il n'y a là-dessus aucun doute. Mme Peerybingle le savait parfaitement, tandis qu'elle rêvait assise devant le foyer. « Il fait nuit noire, chantait la bouilloire, et les feuilles mortes jonchent le chemin ; au-dessus, tout est brouillard et ténèbres ; au-dessous, tout n'est que fange et boue ; dans l'atmosphère triste et sombre il n'y a qu'un point où puisse se reposer le regard ; encore n'est-ce qu'une lueur d'un rouge foncé et sinistre à l'endroit où règnent le soleil et le vent. Ce n'est qu'un feu rouge dont sont flétris les nuages pour les punir de faire un pareil temps. La vaste campagne, dans toute son étendue, n'est qu'une longue bande noirâtre à l'aspect lugubre. Le givre couvre le poteau indicateur. Il y a du verglas sur le sentier ; l'eau n'est pas encore devenue glace, et pourtant elle n'est déjà plus libre ; rien n'a gardé sa forme naturelle ; mais le voilà qui vient, qui vient, qui vient !... »

C'est ici, si vous voulez, que le grillon se mit de la partie avec un crrri, crrri, crrri d'une ampleur magnifique, pour faire chorus ; et cela, avec une voix si étonnamment disproportionnée à sa taille, en le comparant à la bouilloire (sa taille ! vous n'auriez seulement pas pu la voir), que, s'il avait par hasard éclaté comme un canon trop chargé, et qu'il fût tombé sur la place, victime de son zèle, son petit corps brisé en mille pièces, cela n'aurait paru qu'une conséquence forcée, inévitable, de ses efforts surnaturels.

La bouilloire avait fini d'exécuter son solo. Elle persévéra avec une ardeur toujours égale, mais le grillon prit le dessus et s'y maintint. Mon Dieu ! comme il grésillait ! sa voix chevrotante, aiguë et perçante à la fois, résonnait dans la maison et paraissait scintiller comme une étoile au milieu de l'obscurité qui régnait au-dehors. Il y avait dans ses notes les plus élevées un indescriptible petit tremblement qui permettait de croire qu'emporté par l'intensité de son enthousiasme, il ne demeurait point en équilibre sur ses pattes et se voyait forcé de faire des sauts et des bonds. Cependant, ils allaient très bien ensemble, le grillon et la bouilloire. Le refrain de la chanson était toujours le même, et, dans leur émulation mutuelle, ils le répétaient d'une voix de plus en plus forte.

La jolie petite auditrice, car elle était jolie et jeune, quoiqu'un peu rondelette, mais, pour mon goût, je n'y trouve pas à redire, la jolie petite auditrice alluma une chandelle, jeta un coup d'œil sur le faucheur en haut de la pendule, qui faisait une assez jolie récolte de minutes, et regarda par la fenêtre où l'obscurité ne lui permit de voir que son visage réfléchi dans la vitre. Il est vrai, selon moi (et je suis sûr aussi, selon vous), qu'elle aurait pu chercher bien loin sans rien voir d'aussi agréable. Quand elle revint s'asseoir à sa place, le grillon et la bouilloire s'escrimaient encore à chanter avec une sorte de rivalité furieuse, le point faible de la bouilloire, étant évidemment de ne pas savoir quand elle était battue.

Il y avait entre eux toute l'animation d'une course. Crrri, crrri, crrri ! Un mille d'avance au grillon. Hum, hum, hum-m-m ! la bouilloire bourdonne derrière comme une grosse toupie. Crrri, crrri, crrri ! Le grillon tourne le coin. Hum, hum, hum-m-m ! la bouilloire le serre de près, la voilà sur ses talons ; pas question qu'elle lâche pied. Crrri, crrri, crrri ! le grillon est plus frais que jamais. Hum, hum, hum-m-m ! la bouilloire va doucement, mais elle est solide. Crrri, crrri, crrri ! le grillon va l'achever. Hum, hum, hum-m-m ! la bouilloire ne l'entend pas de cette oreille. Jusqu'à ce qu'enfin ils se brouillent et se confondent tellement ensemble, dans le désordre et la précipitation de la course, que pour décider si c'était la bouilloire qui grésillait et le grillon qui ronronnait ou si c'était le grillon qui grésillait et la bouilloire qui ronronnait, ou si tous deux grésillaient et ronronnaient tout ensemble, il aurait fallu avoir une tête plus solide que la mienne et peut-être que la vôtre. Mais une chose est certaine, la bouilloire et le grillon, au même moment, et par la puissance d'une combinaison qui n'est connue que d'eux, lancèrent chacun leur chanson du coin du feu sur un rayon de lumière, qui brillant au travers de la fenêtre, allait plonger jusqu'au fond du chemin creux ; et cette lumière, frappant en plein sur une certaine personne qui, au même instant, s'avançait de ce côté dans les ténèbres, lui expliqua toute la chose littéralement en un clin d'œil et lui cria : « Sois le bienvenu chez toi, mon vieil ami ! sois le bienvenu chez toi, mon garçon ! »

Ce but atteint, la bouilloire, battue à plate couture, répandit de colère son contenu en bouillonnant et fut retirée du feu. Mme Peerybingle courut ensuite à la porte où le bruit des roues d'une charrette, le pas d'un cheval, la voix d'un homme, les allées et venues d'un chien transporté de joie et l'apparition aussi surprenante que mystérieuse d'un bébé causaient une confusion au milieu de laquelle il devenait difficile de s'entendre.

D'où venait le bébé, comment Mme Peerybingle le saisit-elle dans ses bras en moins d'une seconde, pour ma part je l'ignore ; mais il y avait un bébé plein de vie dans les bras de Mme Peerybingle qui en paraissait joliment fière, quand elle fut doucement entraînée vers le feu par un homme aux formes robustes, beaucoup plus grand et plus âgé qu'elle, et obligé de se baisser en deux pour l'embrasser. Mais elle en valait certes bien la peine ; qu'on me donne six pieds et six pouces, même aux risques d'un lumbago, et je me charge bien d'en faire autant.

« Bonté du ciel, John ! dit Mme Peerybingle, dans quel état es-tu avec ce temps ! »

On ne pouvait nier, en effet, qu'il en eût souffert. Le brouillard épais pendait à ses cils en gouttes congelées, semblables à des stalactites, et l'action simultanée du feu et de l'humidité faisait éclater de véritables arcs-en-ciel jusque dans ses favoris.

« Eh ! vois-tu, Dot, répondit John lentement, en déroulant un châle qui lui entourait le cou et en se chauffant les mains,

ce n'est pas précisément un temps d'été. Ainsi, rien d'étonnant.

— Je voudrais bien, John, t'habituer à ne plus m'appeler Dot* ; je n'aime point ce nom, dit Mme Peerybingle, faisant une moue gentille qui montrait clairement qu'elle l'aimait au contraire beaucoup.

— Et comment donc veux-tu que je t'appelle ? reprit John laissant tomber sur elle un regard accompagné d'un sourire, et pressant sa taille

* Dot : dans ce cas signifie « mioche », sens affectif.

d'une étreinte aussi légère que sa large main et son bras d'hercule en étaient capables. Une mioche avec sa... » Ici il jeta un coup d'œil sur l'enfant. « Une mioche avec sa... Non, je ne veux pas dire : sa charge* de peur de tout gâter ; mais j'étais bien près de faire une plaisanterie ; je ne crois pas en avoir jamais été plus près. »

A l'en croire, il était souvent sur le point de dire quelque chose de très ingénieux, ce lent, ce lourd, honnête John ; mais s'il avait le corps pesant, il n'en avait pas moins l'humeur contente et légère ; s'il était rude à la surface, il n'en était pas moins doux au fond ; il était engourdi au-dehors, c'est possible, mais si vif au-dedans ; un peu benêt, mais si bon enfant. O mère Nature, donne à tes enfants la véritable poésie du cœur qui se cachait dans la poitrine de ce pauvre voiturier (car soit dit en passant, ce n'était qu'un voiturier), et nous pourrons supporter de les entendre s'exprimer en prose et de les voir mener une existence prosaïque ; nous aurons même à te remercier de l'agrément que nous trouverons dans leur compagnie !

Il était plaisant de voir Dot, avec sa petite taille et son bébé dans les bras, une vraie poupée de bébé, regarder le feu d'un air de coquetterie rêveuse, et pencher sa délicate petite tête d'un côté, juste assez pour la laisser reposer d'une façon singulière, moitié naturelle, moitié étudiée, dans le nid qu'elle s'était fait, très gracieusement, du reste, sur la large et rude épaule du voiturier. C'était plaisant de le voir, lui, avec sa tendre gaucherie, s'efforcer d'adapter son grossier appui aux besoins de la légère créature et faire de sa robuste quarantaine un bâton de jeunesse pour cette jeune fille en fleur. C'était plaisant de voir comment Tilly Slowboy, la petite bonne, qui attendait dans le fond qu'on lui donnât le bébé, contemplait ce groupe avec ses yeux de quatorze ans ; comme elle se tenait là, bouche béante et les yeux grands ouverts, la tête en avant, humant avec avidité cet air salubre de la vie de famille. Il fallait voir encore comment John le voiturier, sur une remarque que lui fit Dot à propos du bébé

* Jeu de mots sur « Dot and Carry » pouvant signifier « Dot et sa charge » mais aussi en arithmétique : « Je pose tant et je retiens tant. »

retint sa main au moment de toucher l'enfant, comme s'il eût craint de le briser entre ses doigts, et, le corps incliné, se contenta de le regarder attentivement à une distance respectueuse, avec une sorte de fierté mêlée d'embarras, l'expression d'un aimable mâtin, qui viendrait à se trouver un beau jour le père d'un jeune canari.

« N'est-ce pas qu'il est beau, John ! N'est-ce pas qu'il est ravissant quand il dort ?

— Très beau, dit John, certainement : et il dort presque toujours, n'est-ce pas ?

— Mon Dieu, non, John !

— Ah ! dit John d'un air pensif, je croyais qu'il avait généralement les yeux fermés. Holà !

— Bonté du ciel, John, comme tu fais tressaillir le pauvre petit !

— C'est vrai, cela ne lui vaut rien, n'est-ce pas, de lever les yeux en l'air comme ça ? dit le voiturier étonné. Vois comme il cligne des deux yeux à la fois ! regarde sa bouche ! il est là qui l'ouvre et la ferme comme un poisson en bocal.

— Tu ne mérites pas d'être père, non, tu ne le mérites pas, dit Dot avec toute la dignité d'une femme remplie d'expérience. Mais comment connaîtrais-tu les petits maux qui affligent les enfants, John ! Tu n'en sais pas même les noms, grand benêt. » Et après avoir retourné le bébé sur son bras gauche, et lui avoir donné une légère tape sur son dos, en guise de stimulant, elle pinça l'oreille de son mari en riant.

— Non, fit John ôtant sa houppelande ; c'est bien vrai, Dot, je n'y connais pas grand-chose. Tout ce que je sais, c'est que j'ai eu à soutenir ce soir contre le vent une lutte assez rude. Il soufflait du nord-est juste dans la charrette, tout le long du chemin, à mon retour.

— Vraiment ! mon pauvre homme, s'écria Mme Peerybingle devenant à l'instant d'une activité prodigieuse. Tilly, prenez ce précieux trésor, pendant que je vais me rendre bonne à quelque chose. Mon Dieu ! je l'étoufferais, je crois, à force de l'embrasser ! Veux-tu bien t'en aller, mon bon chien ; veux-tu bien t'en aller, Boxer !... Laisse-moi d'abord faire le thé, John ; je t'aiderai ensuite à faire les paquets, « comme une diligente abeille ; comme la petite », et le reste, tu sais, John. As-tu jamais appris « comme la petite abeille », quand tu allais à l'école, John ?

— Pas assez pour la savoir entièrement, répondit John. J'en ai été bien près une fois, mais je n'aurais fait que l'écorcher, je crois.

— Ha ! ha ! fit Dot partant d'un éclat de rire. (Elle avait bien le plus joyeux petit rire que vous ayez entendu.) « Quel âne chéri tu fais, en vérité, John ! »

Sans contester ce point le moins du monde, John sortit pour aller voir si le garçon d'écurie, armé d'une lanterne qu'on voyait danser depuis un moment devant la porte et la fenêtre comme un feu follet, avait bien pansé le cheval, beaucoup plus gros certainement que vous ne voudriez le croire, si je vous donnais son volume et si vieux que la date de sa naissance se perdait dans la nuit des temps. Boxer sentant que la famille tout entière avait droit à ses attentions, qui devaient être réparties impartialement entre chacun de ses membres, entrait et sortait avec une agitation désordonnée, tantôt décrivant un cercle d'aboiements brusques autour du cheval, tandis qu'on le bouchonnait à la porte de l'écurie, tantôt feignant de fondre comme une bête farouche sur sa maîtresse et s'arrêtant de lui-même juste devant elle d'un air facétieux ; tantôt arrachant un cri d'effroi à Tilly Slowboy assise près du feu dans la petite chaise à bascule, en lui appliquant, alors qu'elle s'y attendait le moins, son museau humide sur la joue ; tantôt tournant un nombre indéfini de fois sur lui-même devant le foyer avant de se coucher, comme pour s'y établir pour la nuit, puis se relevant et allant remuer dehors son petit bout de queue, comme s'il venait de se rappeler un rendez-vous, et qu'il partît au grand trot pour ne pas le manquer.

« Là ! voilà la théière toute prête sur le feu, dit Dot aussi sérieusement affairée qu'une petite fille qui joue à la dînette. Voilà le jambonneau froid, voilà le beurre, voilà le petit pain croustillant et le reste ! Voici le panier à linge pour les petits paquets, John, si tu en as quelques-uns. Mais où es-tu donc, John ? Surtout ne laissez pas tomber le cher poupon sous la grille, Tilly. »

Il est bon de savoir que Mlle Slowboy, malgré la vivacité

avec laquelle elle repoussa cette mise en garde, avait un talent rare et surprenant pour mettre le bébé dans des positions difficiles ; plusieurs fois déjà elle avait mis en péril sa frêle existence avec un sang-froid qui n'appartenait qu'à elle. La jeune personne avait une taille longue et maigre, en sorte que ses vêtements paraissaient toujours sur le point de glisser de ses épaules en porte-manteau, auxquelles ils étaient négligemment suspendus. Sa tenue avait cela de remarquable, qu'elle offrait, dans toutes les occasions possibles, le déploiement partiel de quelque vêtement de flanelle d'une coupe singulière, et laissait apercevoir, dans la région du dos, quelque bout de brassière ou de corset, couleur vert bouteille. Comme elle était dans un état perpétuel d'admiration devant n'importe quoi, et absorbée en outre dans la contemplation incessante des perfections de sa maîtresse et de l'enfant, on peut dire que les petites bévues produites par les distractions de Mlle Slowboy faisaient également honneur à son cœur et à sa tête, et, quoiqu'elles en fissent moins à la tête du bébé, mis trop souvent, dans ces circonstances, en contact avec les portes, les buffets, les rampes d'escalier, les bois de lit et autres substances étrangères, ce n'était, après tout, que le résultat flatteur de l'étonnement qu'éprouvait sans cesse Tilly Slowboy de se voir si bien traitée et installée dans une maison si confortable. Car les Slowboy, tant du côté paternel que du côté maternel, étaient tous inconnus de la renommée. Tilly avait été élevée par la charité publique, c'était une enfant trouvée, et les enfants trouvés n'étant pas des enfants gâtés, sa condition, quoique modeste, ne lui en paraissait que plus heureuse.

Cela vous aurait amusé presque autant que John lui-même de voir la petite Mme Peerybingle revenir avec son mari, traînant le fameux panier et faisant les plus énergiques efforts pour ne rien faire du tout (car, en somme, c'était John qui le traînait). Il n'est même pas impossible que cette petite scène ait également diverti le grillon ; je serais tenté de le croire ; ce qu'il y a de sûr, c'est qu'il se remit à chanter avec une nouvelle ardeur.

« Eh ! eh ! dit John lentement, selon sa coutume, il est plus gai que jamais ce soir, je crois.

— Il va sûrement nous porter chance, John ! Comme il l'a toujours fait. Avoir un grillon dans son foyer, c'est la plus heureuse chose au monde ! »

John la regarda comme s'il était sur le point de croire qu'elle était son grillon en chef et qu'il était là-dessus tout à fait de son avis. Mais ce fut probablement encore une de ces occasions où il avait manqué de dire un bon mot, car il ne dit rien.

« La première fois que j'entendis sa joyeuse petite chanson, John, ce fut le soir où tu m'amenas chez toi ici, dans ma nouvelle demeure, pour être ta petite femme. Il y a près d'un an. Tu te le rappelles, John ? »

Oh ! oui ! John se le rappelait ; n'ayez pas peur.

« Son petit gazouillement me souhaitait la bienvenue d'une manière si expressive ! Il semblait si plein de promesses et d'encouragements ; il semblait me dire que tu seras aimable et bon pour moi, et que tu ne t'attendais pas (je le craignais alors, John) à trouver une tête mûrie sur les épaules de ta folle de petite femme. »

John, d'un air pensif, donna une petite tape d'amitié sur l'épaule et puis après sur la tête de Dot, comme s'il voulait dire : « Non, non ; je ne comptais pas là-dessus et je ne me plains pas de ce que j'ai trouvé. » Et il avait bien raison ; ce qu'il avait trouvé n'était déjà pas si mal.

« Le grillon disait la vérité, John, quand il semblait me le promettre ; car tu as toujours été pour moi, bien sûr, le meilleur, le plus attentif et le plus affectionné des maris. Tu m'as rendu cette maison bien heureuse, John, et c'est à cause de cela que j'aime le grillon.

— Eh bien, moi aussi je l'aime, Dot, dit le voiturier, moi aussi je l'aime.

— Je l'aime pour les bonnes pensées que son innocente musique a fait naître en moi chaque fois que j'ai pu l'entendre. Quelquefois, le soir, à la tombée de la nuit, quand je me sentais un peu seule et triste, John, avant que le bébé fût là, pour me tenir compagnie et égayer la maison ; quand je venais à penser combien tu serais triste si je mourais, combien, à mon tour, je le serais si je pouvais savoir que tu m'avais perdue, mon bon ami ; son crrri, crrri, crrri, venu du foyer, semblait me parler d'une autre petite voix, si douce, si chère à mon cœur, que le premier son avait bientôt fait évanouir mon chagrin comme un rêve. Et quand je craignais (je l'ai craint d'abord, John, j'étais si jeune, tu sais) que notre union ne fût mal assortie, moi n'étant guère qu'une enfant, et toi ayant plutôt l'air de mon tuteur que de mon mari, quand je craignais que tu ne puisses parvenir, malgré tous tes efforts, à m'aimer autant que tu l'espérais, autant que tu le désirais, son crrri, crrri, crrri relevait mon courage et me remplissait d'une nouvelle confiance. Je pensais à toutes ces choses ce soir, mon ami, assise là à t'attendre, et voilà pourquoi j'aime le grillon !

— Et moi aussi, donc, répéta John. Mais, Dot !... espérer et demander que je puisse apprendre à t'aimer ! Que veux-tu dire ? Et comment parles-tu de la sorte ? Il y avait longtemps que j'y étais parvenu avant de t'amener ici pour être la petite maîtresse du grillon, Dot ! »

Elle posa un moment la main sur son bras et le regarda d'un air ému et en proie à une certaine agitation, comme si elle eût voulu lui dire quelque chose. Le moment d'après, elle était agenouillée devant le panier, babillant de sa voix animée et s'occupant des paquets.

« Il n'y en a pas beaucoup ce soir, John, mais j'ai vu tout à l'heure quelques marchandises derrière la voiture, et, quoiqu'elle donnent peut-être plus d'embarras, elles rapportent aussi davantage ; nous n'avons donc pas lieu de nous plaindre, n'est-ce pas ? Tu as dû d'ailleurs sans doute faire des livraisons, le long du chemin ?

— Oh ! oui, dit John ; un bon nombre.

— Mais qu'est-ce que cette boîte ronde ? Oh ! John, c'est un gâteau de noces !

— Il n'y a qu'une femme pour deviner cela, dit John saisi d'admiration. Un homme n'y aurait jamais pensé ! Au lieu de cela, je parie que, si on emballait un gâteau de mariage dans une caisse de thé, dans un lit pliant, dans un baril de saumon mariné ou dans tout autre emballage aussi peu vraisemblable, une femme mettra immédiatement la main dessus, sans aucun doute. Oui ; c'est un gâteau que j'ai pris chez le pâtissier.

— Et il pèse je ne sais combien, quelque chose comme... cent livres ! s'écria Dot, faisant de grands efforts pour essayer de le soulever. A qui est-il destiné, John ? Où va-t-il ?

— Lis l'adresse de l'autre côté, répondit le messager.

— Comment, John ! Bonté du ciel, John !

— Hein ! qui l'aurait cru ? reprit celui-ci.

— Tu ne veux pas dire, poursuivit Dot s'asseyant sur le plancher et secouant la tête en le regardant, que c'est pour Gruff et Tackleton, le marchand de jouets. »

John fit un signe afffirmatif.

Mme Peerybingle le répéta cinquante fois au moins avec sa tête ; mais chez elle ce n'était pas une affirmation : c'était un signe de surprise muette et pleine de pitié. Pendant tout ce temps-là, elle serrait ses lèvres et leur imprimait une petite moue pour laquelle elles n'étaient point faites à coup sûr, et continuait à jeter sur son bon mari un regard distrait mais pénétrant ; et Mlle Slowboy, de son côté, qui avait un talent mécanique pour reproduire des lambeaux de conversation courante pour l'amusement du bébé, mais en les dépouillant de toute espèce de sens et en mettant les noms substantifs au pluriel sans aucune exception, demandait tout haut au marmot « si c'étaient bien réellement les Gruffs et les Tackletons, les marchands de jouets, si on passerait chez les pâtissiers pour y prendre les gâteaux de noces, et si les mamans savaient bien les reconnaître dans la boîte quand les papas les apportaient dans les maisons ». Et ainsi de suite.

« Et tu crois que ce mariage se fera réellement ? dit Dot. Mais, mon Dieu ! nous allions, elle et moi, à l'école ensemble John, quand nous étions petites filles. » Peut-être John l'imaginait-elle, du temps qu'elle était petite fille et qu'elle allait à l'école. Il la regardait d'un air de satisfaction rêveuse, mais il ne dit rien.

« Et lui, il est si vieux ! il est si différent d'elle ! Dis donc, John, combien d'années Gruff et Tackleton a-t-il de plus que toi ?

— Combien de tasses de thé boirai-je de plus ce soir en une séance que Gruff et Tackleton n'en but jamais en quatre ? Voilà ce que je me demande, répliqua John avec enjouement, en même temps qu'il approcha sa chaise de la table ronde et attaqua le jambon. Pour ce qui est de manger, Dot, je mange peu, mais ce peu-là je le mange avec plaisir. »

C'était une phrase consacrée de John à chaque repas, une de ses illusions innocentes, car son appétit farouche ne manquait pas de lui donner un démenti formel ; cette fois, elle n'amena pas même le moindre sourire sur les lèvres de sa femme qui debout parmi les paquets, repoussa lentement la boîte du gâteau de son petit pied, sans seulement regarder, bien que ses yeux fussent baissés, sa jolie chaussure à laquelle elle prêtait généralement tant d'attention. Absorbée dans sa rêverie, elle demeurait là debout, ne songeant ni au thé, ni à John (quoique ce dernier l'appelât et frappât sur la table avec son couteau pour éveiller son attention), jusqu'à ce qu'enfin il se levât et lui touchât le bras ; elle le regarda alors un instant et courut bien vite prendre sa place à table, derrière la table à thé, en riant de sa négligence. Mais ce n'était plus le même rire qu'auparavant ; la manière et la musique avaient changé.

Le grillon, lui aussi, s'était tu. Je ne sais pourquoi cette petite pièce n'avait plus la même physionomie joyeuse. Ce n'était plus ça.

« Ainsi donc, John, voilà tous les paquets ? dit Dot rompant un long silence, que l'honnête voiturier avait consacré à la démonstration pratique d'une partie de sa phrase favorite, prouvant du moins qu'il mangeait avec plaisir ce qu'il mangeait, bien qu'il ne fût pas possible d'admettre avec lui qu'il mangeât peu. Ainsi donc, John, voilà tous tes paquets ?

— C'est tout, dit John. Mais... non... je... ajouta-t-il en déposant sur la table sa fourchette et son couteau et respirant longuement. Ma foi... j'avais tout à fait oublié le vieux monsieur !

— Le vieux monsieur ?

— Dans la voiture, dit John. Il était endormi sur la paille la dernière fois que je l'ai vu. J'ai été sur le point de me le rappeler deux fois, depuis que je suis arrivé ; mais il m'est encore sorti de la tête... Holà ! oh ! debout ! levez-vous ! nous voilà arrivés. »

John prononça ces dernières paroles au-dehors, où il s'était précipité la chandelle à la main.

Mlle Slowboy, convaincue que ce nom de *vieux monsieur** cachait quelque mystère, et associant avec cette expression, dans son imagination ébranlée par des croyances superstitieuses, certaines idées d'une nature peu rassurante, fut si troublée, qu'elle se leva en hâte de dessus la chaise basse au coin du feu pour aller chercher protection derrière les jupons de sa maîtresse. Au moment où elle passait devant la porte, ayant heurté un vieillard inconnu, elle l'attaqua instinctivement avec la seule arme offensive qu'elle eût sous la main. Comme cet instrument se trouva être le bébé, il s'ensuivit une grande agitation et une vive alarme que la sagacité de Boxer ne fit qu'accroître, car le brave chien, qui avait plus de mémoire que son maître, avait, à ce qu'il paraît, surveillé le vieux monsieur pendant son sommeil, de peur qu'il ne s'esquivât avec quelques jeunes peupliers liés derrière la voiture, et il le serrait encore de très près, mordant ses jambes hardiment et livrant bataille à ses boutons de guêtres.

« Ma foi ! vous êtes, monsieur, dit John quand le calme fut rétabli, un beau dormeur (pendant ce temps-là, le vieux monsieur se tenait debout au milieu de la pièce, immobile et tête nue), un si beau dormeur, en vérité, que je suis presque tenté de vous demander où sont les six autres**, si ce n'était pas une plaisanterie, que j'aurais bien peur de gâter ; j'étais pourtant bien sur le point de la faire, murmura-t-il avec un gros rire. Ah ! oui, j'étais sur le point vraiment ! »

L'étranger, qui avait de longs cheveux blancs, de beaux traits, singulièrement fiers et expressifs pour un vieillard, des yeux noirs brillants et pénétrants, regarda tout autour de lui avec un sourire et salua la femme du voiturier par une grave inclination de tête.

Son costume, de couleur brune, était d'une singularité originale depuis longtemps démodée. Il tenait à la main un gros bâton, une sorte de canne, brune aussi ; lorsqu'il en eut

* Sobriquet du diable, en Angleterre.
** Allusion aux Sept Dormants d'Ephèse.

frappé le plancher, elle s'ouvrit et devint une chaise sur laquelle il s'assit avec le plus grand calme.

« Là ! dit le voiturier, se tournant vers sa femme. Voilà de quelle manière je l'ai trouvé, assis sur le bord du chemin, immobile comme une borne et presque aussi sourd.

— Assis en plein air, John ?

— En plein air, répondit-il, précisément à la tombée de la nuit. « Port payé » m'a-t-il dit en me donnant dix-huit pence ; puis il est monté et le voilà !...

— Il va s'en aller, je pense, John ? »

Pas du tout. Il allait seulement parler.

« Pardon, dit l'étranger avec douceur, je dois rester en consigne, j'attendrai ici qu'on vienne me chercher. Ne faites pas attention à moi. »

Là-dessus, il tira d'une de ses grandes poches une paire de lunettes et de l'autre un livre, puis se mit à lire tranquillement, sans plus s'inquiéter de Boxer que si c'eût été un agneau domestique !

Le voiturier et sa femme échangèrent un regard embarrassé. L'étranger leva la tête et passant de la femme au mari :

« C'est votre fille, mon ami ! demanda-t-il à ce dernier.

— Ma femme, répondit John.

— Votre nièce ? dit l'étranger.

— Ma femme, cria John à tue-tête.

— Vraiment ? reprit l'autre. Ah ! vraiment ! Elle est bien jeune ! »

Cela dit, il se remit à feuilleter son livre et continua sa lecture. Mais avant d'avoir pu lire deux lignes, il s'interrompit de nouveau pour demander :

« Et l'enfant, il est à vous ? »

John lui fit de la tête un signe gigantesque, aussi affirmatif que s'il eût trompeté sa réponse à l'aide d'un porte-voix.

« Une fille ?

— Un ga-a-a-arçon ! hurla John.

— Bien jeune aussi, hein ? »

Mme Peerybingle se mêla aussitôt de la conversation.

« Deux mois et trois jou-ours ! vacciné, il y a juste six semai-ai-aines ! Le vaccin a parfaitement bien pri-is ! Le docteur dit que c'est un enfant remarquablement beau-eau ! aussi fort que les autres enfants de cinq moi-ois ! d'une intelligence vraiment merveilleu-euse ! Vous ne croiriez pas qu'il se tient déjà sur ses jam-ambes ? »

Ici la petite mère, hors d'haleine pour avoir crié ces courtes phrases dans l'oreille du vieux monsieur, au point que son joli visage en était devenu cramoisi, tient l'enfant devant lui sur ses jambes comme une preuve sans réplique et triomphante à l'appui de ce qu'elle vient d'avancer, tandis que Tilly Slowboy, avec le cri harmonieux de *Trapéla ! Trapéla !* paroles mystérieuses qui résonnaient à l'oreille comme un éternuement populaire, se mit à cabrioler comme une vache autour de l'innocente petite créature.

« Écoutez ! on vient le chercher, j'en suis sûr, dit John. Il y a quelqu'un à la porte. Ouvrez, Tilly. »

Mais, avant que la jeune fille eût pu le faire, la porte avait été ouverte du dehors ; car c'était une de ces portes primitives, à loquet, que chacun pouvait ouvrir à son gré, et bien des gens se le permettaient, je vous assure ; car tous les voisins aimaient à venir échanger une parole ou deux avec le voiturier, quoiqu'il ne fût pas grand parleur. La porte ouverte livra passage à un petit homme maigre, soucieux, au visage hâlé, qui semblait s'être fait un manteau avec une toile d'emballage ayant servi à recouvrir quelque vieille caisse ; car, lorsqu'il se tourna pour refermer la porte, afin de ne pas laisser entrer le froid, il montra inscrites au dos de ce vêtement les initiales G et T, inscrites en grandes capitales noires, et le mot *fragile* en toutes lettres.

« Bonsoir, John ! dit le petit homme. Bonsoir, madame. Bonsoir, Tilly. Bonsoir, inconnu ! Comment va l'enfant, madame ? Boxer va bien, j'espère ?

— Tout le monde va à merveille, Caleb, répondit Dot. Pour vous en convaincre, vous n'aurez qu'à regarder ce cher amour d'enfant, d'abord.

— Ou bien je n'ai qu'à vous regarder vous-même », dit Caleb.

Pourtant il ne la regarda pas ; car son œil errant et soucieux avait toujours l'air d'être ailleurs, comme sa voix d'ailleurs.

« Ou bien encore John, ajouta Caleb ; ou Tilly, ou Boxer même.

— Vous avez du travail en ce moment, Caleb ? demanda le voiturier.

— Oui, John, assez, répondit l'autre de l'air distrait d'un homme qui chercherait, pour le moins, la pierre philosophale. Pas mal. Les arches de Noé sont très demandées. J'aurais bien voulu perfectionner la famille, mais je ne vois pas trop comment faire en la vendant à ce prix. Ce serait pourtant une satisfaction véritable pour moi de distinguer d'une manière plus nette Sem de Cham et les femmes de leurs maris. Les mouches non plus, voyez-vous, lorsqu'on les compare aux éléphants, ne sont pas assez bien proportionnées. Mais, à propos, John ; avez-vous quelque paquet pour moi ? »

Le voiturier mit la main dans l'une des poches de la houppelande qu'il avait quittée et en retira, soigneusement enveloppé de papier et de mousse, un petit pot de fleurs.

« Voilà ! dit-il en l'arrangeant avec le plus grand soin : pas la moindre feuille endommagée. Des boutons en masse ! »

L'œil terne de Caleb s'illumina en prenant l'arbuste, et il remercia son ami.

« C'est cher, Caleb, dit ce dernier. Très cher, en cette saison.

— N'importe ! Je le trouverai toujours bon marché, quel qu'en soit le prix, répondit le petit homme. Y a-t-il autre chose, John ?

— Une petite boîte, fit le voiturier. La voici !

— Pour Caleb Plummer, dit le petit homme en épelant l'adresse. « Avec sous. » Avec sous, John, je ne crois pas que ce soit pour moi.

— Avec soin*, reprit le messager en regardant par-dessus son épaule. Où voyez-vous « sous » ?

— Oh ! bien sûr ! dit Caleb. C'est cela, « avec soin » : oui, oui, c'est bien mon adresse. Il aurait bien pu aussi y avoir « avec sous », John, si mon pauvre garçon, qui est parti pour la Californie, vivait encore. Vous l'aimiez comme un fils,

* Jeu de mots basé sur la confusion entre « With Cash » et « With Care ».

n'est-ce pas ? Vous n'avez pas besoin de me le dire, je le sais. « A Caleb Plummer ! avec soin. » Oui, oui, c'est bien cela ; une boîte d'yeux de poupée pour le travail de ma fille. Je voudrais bien que ses yeux se retrouvassent aussi au fond de cette boîte, John.

— Et moi aussi, Caleb, je le souhaiterais de bon cœur, comme vous.

— Merci, reprit le petit homme. Vos paroles partent du cœur. Penser qu'elle ne pourra jamais voir ces poupées qui sont là fixant leurs yeux sur elle, tout le long du jour ! N'est-ce pas déchirant ! Que vous dois-je pour votre peine, John ?

— Je vais vous en faire de la peine, dit John, si vous me répétez votre question. Dot ! j'ai été bien près de...

— Je vous reconnais bien là, dit le petit homme. C'est bien là votre bonté ordinaire. Voyons ! je crois que c'est tout.

— Je ne crois pas, moi, dit le voiturier : cherchez encore.

— Quelque chose pour notre patron, hein ? fit Caleb, après avoir réfléchi un instant. Vous avez raison, c'est pour cela que je venais ; mais j'ai la tête si remplie de ces arches de Noé, et, du reste !... il n'est pas venu ici, dites ?

— Lui ! répondit le voiturier ; certes non, il est trop occupé à faire sa cour.

— Il doit venir, cependant, dit Caleb, car il m'a recommandé de me tenir sur la gauche de la route parce qu'il y avait neuf chances sur dix qu'il me ramasse en chemin. A propos, je ferais mieux de m'en aller... Mais, auparavant, madame, ne voudriez-vous pas avoir la bonté de me laisser pincer la queue de Boxer une petite seconde ; le permettez-vous ?

— Quoi ! Caleb, quelle drôle de question ?

— Pardon, madame, dit le petit homme, ne faites pas attention ; car, peut-être que ce ne serait pas non plus beaucoup de son goût. Je viens de recevoir, voyez-vous, une commande assez forte de chiens jappants, et je désirerais approcher de la Nature, autant que cela se peut au prix de six pence. Voilà tout, madame ; n'y pensons plus. »

Il arriva heureusement que Boxer, sans qu'on eût besoin de lui appliquer le stimulant proposé, se mit à aboyer avec une ardeur exceptionnelle. Mais, comme cet aboiement annonçait l'arrivée du nouveau visiteur, Caleb remettant à un moment plus favorable son étude d'après nature, chargea la boîte ronde sur une épaule et prit congé à la hâte. Il aurait pu s'épargner toute cette agitation, car il rencontra le nouveau venu avant de passer la porte.

« Oh ! oh ! vous êtes encore ici ? Eh bien ! attendez un peu. Je vous ramènerai chez vous. John Peerybingle, votre serviteur ; et surtout le serviteur de tout mon cœur, de votre jolie femme. Plus jolie chaque jour ! et meilleure aussi, s'il est possible ! Et plus jeune aussi, murmura-t-il à voix basse ; c'est là le diable !

— Je serais étonnée de vous voir faire tant de compliments, monsieur Tackleton, dit Dot d'assez mauvaise grâce, si votre situation nouvelle ne nous en donnait pas l'explication.

— Ainsi vous savez tout ?

— J'ai fait tout mon possible pour le croire, reprit Dot.

— Ça n'a pas été sans peine, à ce que je vois.

— Vous avez raison. »

Tackleton, le marchand de jouets, assez généralement connu sous le nom de Gruff et Tackleton (c'était la raison sociale, quoique Gruff fût mort déjà depuis longtemps, laissant à son associé son nom, et au dire de bien du monde, l'humeur renfrognée que le dictionnaire attache à ce mot*) ; Tackleton, le marchand de jouets, était un homme dont la vocation avait été complètement méconnue de ses parents et tuteur. S'ils en avaient fait un prêteur sur gages, un procureur cupide, un huissier ou un courtier, il aurait pu jeter sa mauvaise gourme dans sa jeunesse et, après avoir épuisé toute la malignité de son naturel dans les devoirs désagréables de son état, il aurait pu finir par redevenir aimable quand ce n'aurait été que par l'attrait de la nouveauté. Mais, demeurant cloué à ses paisibles occupations de marchand de jouets, c'était un véritable ogre domestique qui, toute sa vie, avait vécu aux dépens de la bourse des enfants sans cesser d'être leur implacable ennemi. Il méprisait tous les jouets, n'en aurait pas acheté un seul

* Gruff : bourru, bougon.

pour le monde entier ; il trouvait, dans sa malice, un singulier plaisir à donner une expression farouche aux visages des fermiers de carton qui conduisaient leurs porcs au marché, aux crieurs publics qui annonçaient une récompense honnête à quiconque aurait retrouvé une conscience d'avocat perdue, aux vieilles dames mécaniques qui ravaudaient des bas ou découpaient des pâtés, ainsi qu'aux autres personnages qu'on trouvait à acheter dans sa boutique. Il éprouvait un véritable bonheur à imaginer des masques effrayants, des diablotins à surprise, hideux, crépus, aux yeux rouges, des cerfs-volants vampires, des bateleurs démoniaques qu'on ne peut pas tenir renversés, mais qui se relèvent toujours, pour courir après les petits enfants mourants de peur. C'était sa seule consolation, et si je puis le dire, la soupape de sûreté par laquelle s'échappait son mauvais caractère. Il avait vraiment du génie pour ces sortes d'inventions ; et l'idée de quelque cauchemar nouveau lui causait un bonheur indicible. Il avait même perdu de l'argent (c'était là, par exemple, le seul jouet qu'il affectionnait véritablement) à se procurer des sujets infernaux de lanterne magique où les puissances des ténèbres étaient représentées sous la forme de crustacés surnaturels à faces humaines ; il avait encore compromis un petit capital à exagérer la taille effrayante de ses géants, et, quoiqu'il ne fût pas peintre lui-même, il pouvait indiquer aux artistes qu'il employait, à l'aide d'un morceau de craie, certains regards furtifs destinés à modifier d'une si étrange façon les physionomies de ces monstres, que leur vue était après cela capable de jeter l'effroi dans l'âme de tous les jeunes enfants de six à onze ans, pendant toute la durée des vacances de Noël ou de Pâques.

Ce qu'il était dans les jouets, il l'était, comme la plupart des hommes, dans tout le reste. Vous pouvez, en conséquence, aisément supposer que sa grande redingote verte, boutonnée jusqu'au menton, et qui lui descendait jusqu'aux mollets, recouvrait un individu déplaisant au possible ; figurez-vous le plus distingué, le plus agréable personnage qui ait jamais chaussé une paire de grosses bottes à revers, couleur acajou.

Et cependant Tackleton, le marchand de jouets, allait se

marier ! Oui, en dépit de tout cela, il allait se marier, et à une jeune femme encore, une belle jeune femme.

Il ne ressemblait guère à un fiancé, lorsqu'il parut dans la cuisine du voiturier avec son visage sec et froid, sa taille en tire-bouchon, son chapeau rabattu en avant sur le bout de son nez, ses mains plongées jusqu'au fond de ses poches et toute sa méchante nature pétrie de sarcasme se faisant jour par un petit coin de son œil, comme l'essence concentrée d'une multitude de corbeaux ; et pourtant c'était bien là l'homme qui allait se marier.

« Encore trois jours, dit-il ; jeudi prochain, le dernier jour du premier mois de l'année, sera le jour de mes noces. »

Ai-je remarqué qu'il avait toujours un œil grand ouvert et l'autre presque fermé, et que c'était l'œil presque fermé qui était toujours l'œil expressif ? Je ne crois pas l'avoir dit.

« Oui, c'est le jour de mon mariage ! répéta Tackleton en faisant sonner son argent dans sa poche.

— Tiens ! c'est aussi l'anniversaire de notre mariage, s'écria le voiturier.

— Ha ! ha ! ajouta en riant, voilà qui est drôle ! Vous faites justement un couple tout pareil au nôtre. Les deux font la paire. »

L'indignation de Dot, lorsqu'elle entendit une assertion aussi présomptueuse, ne saurait se dépeindre. Il ne manquait plus qu'il allât jusqu'à ambitionner la possibilité d'un autre bébé tout pareil aussi, sans doute, à son cher nourrisson. Cet homme était fou, en vérité.

« Ah çà, mais ! j'ai un mot à vous dire, murmura Tackleton, en poussant du coude le voiturier et le tirant à part. Vous viendrez à la noce ? Nous sommes logés à la même enseigne, vous savez.

— Logés à la même enseigne ! et comment cela ? demanda John.

— Une petite différence d'âge entre époux, vous savez bien, dit Tackleton en le poussant de nouveau du coude. Allons ! venez auparavant passer une soirée avec nous.

— Pourquoi ? demanda John, étonné de cette hospitalité pressante.

— Pourquoi ? répondit l'autre. Voilà une nouvelle manière de recevoir une invitation. Pourquoi ? mais pour le plaisir, pour l'agrément de la société et tout cela.

— Je ne vous ai jamais vu si sociable, dit John avec sa simplicité et sa franchise habituelles.

— Ta, ta, ta ! Je vois qu'il ne sert de rien d'user de détours avec vous, dit Tackleton. Il vaut mieux aller droit au but. Eh bien ! alors, la vérité est que vous donnez, vous... et votre femme, quand vous êtes ensemble... ce que les gens du monde appellent une impression de confort. Nous savons bien qu'en penser, nous autres ; mais...

— Comment ? nous savons bien qu'en penser ! interrompit John. Que voulez-vous dire ?

— Bien, bien ! nous ne savons pas qu'en penser alors, si vous voulez, dit Tackleton. Nous ne nous disputerons pas là-dessus. Comme il vous plaira ; qu'importe d'ailleurs ? Je voulais donc dire que, parce que vous avez cette sorte d'apparence satisfaite, votre compagnie produira un effet favorable sur la future Mme Tackleton. Et quoique je ne croie pas votre bonne dame très bien disposée à mon égard, elle ne pourra néanmoins s'empêcher d'entrer dans mes vues, car il y a une atmosphère de satisfaction et de contentement répandue autour d'elle qui fait toujours un bon effet, quel que soit le fond des choses. Vous viendrez, j'y compte ?

— Nous nous sommes arrangés pour fêter l'anniversaire de notre mariage (tant que nous pourrons) chez nous, répondit John. C'est une promesse que nous nous sommes faite à nous-mêmes depuis six mois. Nous pensons, voyez-vous, que notre maison...

— Bah ! qu'est-ce que c'est que ça, votre chez-vous ? s'écria Tackleton. Quatre murs et un plafond !... (Tiens ! pourquoi donc ne tuez-vous pas ce grillon ? il y a longtemps que je l'aurais fait, à votre place ! Moi, je n'en laisse pas un... je déteste leur vacarme.) Il y a aussi chez moi quatre murs et un plafond. Aussi vous venez me voir ?

— Vous tuez vos grillons, hein ? dit John.

— Je les écrase, monsieur, répliqua l'autre en laissant retomber lourdement son talon sur le plancher.

« Allons, promettez-moi de venir ; c'est dans votre intérêt

autant que dans le mien ; vous savez que nos femmes se persuadent mutuellement qu'elles sont heureuses et contentes et qu'elles ne pourraient l'être davantage ailleurs. Je connais les femmes. Ce qu'une femme dit, l'autre femme est toujours déterminée à le soutenir. Il y a entre elles, monsieur, un tel esprit d'émulation, que si votre femme dit à la mienne : Je suis la plus heureuse femme du monde, et mon mari est le meilleur des maris... je l'adore... ma femme dira la même chose à la vôtre, ou même ira plus loin, et finira presque par le croire.

— Voulez-vous donc dire, demanda le voiturier, qu'elle ne... ?

— Qu'elle ne !... s'écria Tackleton, avec un rire bref, aigu..., qu'elle ne... quoi ?... »

John avait eu quelque velléité d'ajouter : « Vous adore pas. » Mais rencontrant l'œil à demi fermé de Tackleton, au moment où il s'arrêtait sur lui en clignant par-dessus le collet relevé de sa redingote, dont la pointe semblait prête à le lui crever, il comprit que, dans toute la personne de cet être singulier, il y avait si peu de chose qui méritât l'adoration qu'il substitua une autre phrase à la première et continua ainsi : « Ne le croit pas du tout.

— Ah ! rusé compère, vous plaisantez », dit Tackleton.

Mais John, quoique lent à comprendre toute la portée de ce qu'il avait eu l'intention de dire, le regarda d'un air si sérieux, que Tackleton se vit forcé de s'expliquer plus catégoriquement.

« J'ai la fantaisie, dit-il en levant sa main gauche et tapant légèrement sur l'index, comme pour dire : Me voilà, moi, Tackleton ; j'ai la fantaisie, monsieur, d'épouser une jeune et jolie femme (ici, il frappa sur son petit doigt : celui-là désignait la future ; aussi, quand il tapa dessus, il ne le ménagea pas, il lui fit sentir son maître). Je suis en état de me passer cette fantaisie et je le fais, c'est mon caprice. Mais... maintenant, regardez par ici. »

Il lui montrait du doigt Dot assise, pensive et rêveuse, devant le feu, tenant appuyé sur sa main son joli menton orné d'une gracieuse fossette et contemplant la flamme brillante. Le voiturier la regarda, puis le regarda, puis elle encore, et revint à lui de nouveau, sans rien comprendre.

« Elle vous honore et vous obéit, sans aucun doute, continua Tackleton ; et je ne suis pas un homme de sentiment, moi, je n'en demande pas davantage. Mais pensez-vous qu'il y ait quelque chose de plus ?

— Je pense, observa le voiturier, que je jetterais par la fenêtre tout homme qui dirait le contraire.

— C'est exactement cela, reprit l'autre avec une vivacité extraordinaire. Oui, certainement, sans aucun doute, vous le feriez comme vous le dites. J'en suis persuadé. Bonsoir, bonne nuit. Faites de beaux rêves. »

Le bon John fut troublé et éprouva, en dépit de lui-même, un malaise mêlé d'incertitude. Il ne put s'empêcher de le laisser paraître à sa manière.

« Bonsoir, mon cher ami, fit Tackleton d'un air compatissant. Je pars. Nous sommes, en réalité, exactement semblables l'un à l'autre, à ce que je vois. Vous ne voulez pas nous donner la soirée de demain ? Eh bien ! je sais où vous allez faire une visite le jour d'après ; je vous rencontrerai là et j'y amènerai ma future. Cela lui fera du bien. Vous êtes un homme charmant. Merci ! Mais qu'est-ce que c'est ?

C'était un grand cri poussé par la femme du voiturier, un cri aigu, un cri soudain qui fit résonner la pièce comme un vase de verre. Elle s'était levée de son siège et demeurait debout pétrifiée en quelque sorte par la terreur et la surprise. L'étranger, lui, s'était approché du feu pour se chauffer et se tenait à deux pas de sa chaise, mais toujours calme et silencieux.

« Dot ! s'écria le voiturier ; Marie ! mon trésor ! Qu'est-ce ? qu'y a-t-il ? »

En un moment tout le monde fut auprès d'elle. Caleb, qui commençait à s'endormir sur la boîte du gâteau, réveillé en sursaut, avait, dans le premier instant de trouble, saisi Mlle Slowboy par les cheveux ; mais, dès qu'il eut recouvré ses sens, il lui fit aussitôt des excuses.

« Marie ! s'écria John en soutenant sa femme dans ses bras, es-tu malade ? Qu'est-ce donc ? parle-moi, ma chérie !

Elle ne répondit qu'en se frappant les mains l'une contre

l'autre et en partant d'un grand éclat de rire ; puis, se laissant glisser des bras de John sur le plancher, elle se couvrit le visage de son tablier et fondit en larmes. Puis elle recommença à rire, pleura encore, trouva qu'il faisait froid, se laissa ramener par son mari près du feu, où elle s'assit comme auparavant. Le vieil étranger, lui, demeurait toujours debout, calme et en silence.

« Je vais mieux, John, dit-elle ; je suis tout à fait bien maintenant ; je... »

Mais en parlant à John elle regardait de l'autre côté. Pourquoi donc se tourner vers le vieil étranger comme si elle se fût adressée à lui ? Est-ce qu'elle perdait la tête ?

« Pure imagination, cher John... une espèce de rencontre subite... quelque chose comme une apparition soudaine se dressant tout à coup devant mes yeux... Je ne sais trop ce que c'était... Mais tout est fini, c'est parti.

— Je suis bien aise que ce soit parti, murmura Tackleton promenant son œil expressif tout autour de la pièce. Je serais curieux de savoir où cela est allé et ce que c'était. Hum ! Caleb, venez par ici ! Qui est cet homme à cheveux gris ?

— Je ne sais pas, monsieur, répondit Caleb à voix basse. Je ne l'ai jamais vu de ma vie. Une belle figure de casse-noisette, un modèle tout à fait nouveau. Avec une mâchoire à charnière qui rabattrait en s'ouvrant sur son gilet, ce serait délicieux.

— Pas assez laid, dit Tackleton.

— Ou bien encore pour une boîte à feu, observa Caleb plongé dans une profonde contemplation, quel modèle ! Dévissez-lui la tête pour placer les allumettes ; tournez-lui les talons en l'air pour la bougie ; tenez, tenez ! dans cette attitude, quel charmant briquet à mettre sur la cheminée d'un gentleman !

— Il n'est pas assez laid, reprit Tackleton. On ne peut rien en faire. Allons ! chargez-vous de cette boîte... Cela va bien maintenant, j'espère ?

— Oh ! c'est fini ! entièrement fini, dit la petite femme se hâtant de le congédier du geste. Bonsoir, bonsoir !

— Bonsoir, madame, fit Tackleton. Bonsoir, John Peerybingle !... Prenez garde à la manière dont vous portez cette boîte, Caleb. Laissez-la tomber et je vous assomme ! Il fait noir comme dans un four, le temps est pire que jamais ; diable ! bonsoir ! »

Après avoir promené dans toute la pièce un autre regard scrutateur, il se dirigea ainsi vers la porte, suivi de Caleb portant le gâteau de noces sur la tête.

Le voiturier avait été si abasourdi par l'accident arrivé à sa petite femme, si occupé à la calmer et à lui donner des soins, qu'il avait presque entièrement oublié la présence de l'étranger, jusqu'à ce qu'il l'aperçût enfin là toujours debout et maintenant, le seul étranger dans sa maison.

« Il n'est pas des leurs, tu vois, dit John. Il faut que je lui fasse comprendre qu'il est temps de s'en aller.

— Je vous demande pardon, l'ami, dit le vieillard s'avançant vers lui, d'autant plus que je crains que votre femme ne se soit trouvée indisposée ; mais la personne dont mon infirmité (en même temps il porta la main à ses oreilles et secoua la tête) rend les soins presque indispensables n'étant pas arrivée, je crains qu'il n'y ait eu quelque méprise. Le mauvais temps, qui, ce soir, m'a fait trouver si agréable l'abri de votre bonne voiture (puissé-je n'en jamais avoir de pire !), est aussi affreux que jamais. Voudriez-vous avoir l'extrême bonté de me donner un lit chez vous en payant !

— Oui, oui, s'écria Dot. Oui certainement !

— Oh ! oh ! dit le voiturier surpris de ce consentement si prompt. Bien ! bien ! je n'irai pas à l'encontre ; toutefois je ne suis pas absolument sûr que...

— Chut ! John ! fit Dot l'interrompant.

— Bah ! il est sourd comme un pot !

— Je le sais, mais... Oui, monsieur, certainement. Oui, certainement ! Je vais lui faire un lit tout de suite, John ! »

Au moment où elle sortit précipitamment pour tout préparer, le trouble et l'agitation qui se montraient dans sa personne avaient quelque chose de si étrange, que le voiturier, la suivant du regard, demeura confondu.

« Et ses petites mamans font donc des lits, cria Mlle Slowboy à l'enfant ; et ses cheveux sont devenus noirs et frisés quand ses bonnets étaient ôtés, et c'est ce qui a fait peur aux petits mimis chéris assis près des feux ? »

Par suite de cette attraction inexplicable que les choses, les plus insignifiantes exercent souvent sur un esprit en proie au doute et à la confusion, le voiturier, tout en se promenant de long en large à pas lents dans la pièce, se surprit à répéter mentalement, à diverses reprises, les absurdes paroles de Tilly. Il les répéta si souvent qu'il les apprit par cœur, et les récitait comme une leçon, lorsque Mlle Slowboy, après avoir frictionné avec la paume de sa main (selon la pratique des nourrices) la petite tête chauve, aussi longtemps qu'elle le crut utile à sa santé, lui remit ensuite son bonnet et noua le ruban sous le menton.

« Et fait peur aux petits mimis chéris assis près des feux ! Qu'est-ce qui a donc fait peur à Dot ? je voudrais bien le savoir ! » murmurait le voiturier, continuant d'aller et venir.

Il chassait de son cœur les insinuations perfides du marchand de jouets, et pourtant elles le remplissaient d'un sentiment de malaise vague, indéfini ; car Tackleton était un esprit vif et fin, tandis que lui, il avait le sentiment douloureux de ne pas avoir l'esprit bien ouvert : ce qui faisait qu'une allusion indirecte le tourmentait toujours. Il n'avait certainement pas l'idée de rattacher en rien ce que lui avait dit Tackleton à la conduite étrange de sa femme ; mais ces deux sujets de réflexion se présentaient en même temps à son esprit sans qu'il pût parvenir à les séparer.

Le lit fut bientôt prêt : l'étranger, refusant tout autre rafraîchissement qu'une tasse de thé, se retira. Alors, Dot, complètement remise, disait-elle, arrangea le grand fauteuil dans le coin de la cheminée pour son mari, bourra sa pipe, la lui donna, et prit son petit tabouret accoutumé, à côté de lui, près du feu.

Elle ne manquait jamais de s'asseoir sur ce petit tabouret-là ; il fallait qu'elle eût dans l'idée que c'était un petit tabouret enjôleur et cajoleur.

Dot était bien, d'ailleurs, la femme la plus habile à bourrer une pipe, il faut le dire, qu'on pût trouver dans les quatre parties du monde. Rien de plus ravissant que de la voir introduire dans le fourneau son petit doigt potelé, puis souffler dans la pipe pour en nettoyer le tuyau : puis, quand elle avait fait cela, affecter de croire qu'il y avait réellement quelque chose dans le tuyau, y souffler une douzaine de fois, l'appliquer à son œil comme un télescope en regardant au fond avec une grimace provocante qui allait si bien à son beau petit visage. Quant au tabac, personne ne pouvait lui en remontrer là-dessus. Lorsqu'elle prenait un morceau de papier enflammé pour allumer la pipe, tandis que le bon voiturier la tenait à la bouche, sans jamais lui griller le nez, bien qu'elle s'en approchât de très près, ce n'était pas de l'adresse, c'était de l'art, ou plutôt du génie.

Le grillon et la bouilloire reprirent leur chanson comme pour lui rendre hommage, et le feu lança tout à coup des jets de flamme brillante, pour la féliciter à sa manière ! et le petit faucheur de l'horloge, poursuivant son travail, dont personne ne remarquait les progrès, n'y était pas non plus insensible. Et le bon voiturier, le front déridé, la face épanouie, fut le premier de tous à lui en savoir gré.

Tandis qu'il fumait sa vieille pipe d'un air grave et pensif, que le coucou faisait entendre sans interruption son tic-tac monotone, que le feu flambait joyeusement dans l'âtre, et que le grillon grésillait, ce bon génie du Foyer (car il valait bien les dieux pénates) évoqua dans l'esprit de l'heureux John, sous une forme féerique, une multitude d'images de son bonheur domestique. Des Dot de tout âge et de toutes tailles se mirent à remplir la chambre ; des Dot, enfants joyeuses, qui couraient devant lui et qui cueillaient des fleurs dans les champs ; des Dots modestes, tantôt le repoussant, tantôt cédant aux supplications pleines de tendresse que lui adressait sa rude image ; des Dot nouvellement mariées, franchissant le seuil de sa maison, et prenant, en bonnes ménagères, possession des clefs des armoires ; de petites Dot, devenues mères, servies par des Slowboys fictives, portant des enfants au baptême ; des Dots plus mûres, quoique jeunes encore et fraîches, qui surveillaient, en matrones vénérables, d'autres Dot, leurs filles, dansant à des bals champêtres ; des Dot, grasses et rondelettes, entourées, assiégées comme de vraies grand-mères, par des bandes de petits enfants tout roses, des Dot ridées, qui s'appuyaient sur leurs bâtons et cheminaient lentement d'un pas mal assuré. Il vit aussi passer devant ses yeux de vieux voituriers avec de vieux Boxers aveugles, couchés à leurs pieds ; de nouvelles voitures, conduites par de nouveaux voituriers (« Peerybingle Frères », lisait-on sur la bâche) ; de vieux voituriers malades, soignés par les plus douces mains ; et des tombes de voituriers, morts depuis longtemps, couvertes d'un gazon verdoyant dans le cimetière. Et pendant que le grillon lui faisait voir toutes ces choses, car il les voyait distinctement, quoique ses yeux demeurassent fixés sur la flamme du foyer, le voiturier se sentait le cœur heureux et satisfait, et remerciait de toute son âme ses dieux domestiques, sans plus se soucier de Gruff et Tackleton que vous ne vous en souciez vous-même.

Mais quelle était cette figure de jeune homme que le même grillon enchanté plaça si près de son tabouret, à elle, et qui y demeurait seul, debout ? Pourquoi restait-il si près d'elle, le bras appuyé sur le manteau de la cheminée, et répétant toujours : « Mariée ! et mariée à un autre que moi ! »

O Dot, ô Dot ! aurais-tu trahi tes devoirs ? Oh ! non ! c'est une pensée qui ne peut trouver place dans toutes les visions de ton mari ; mais pourquoi donc alors cette ombre est-elle venue s'abattre sur son foyer ?

II

Deuxième grésillement

Caleb Plummer et sa fille aveugle vivaient seuls dans leur coin, comme disent les livres de contes (les bons petits livres de contes ; je suis sûr que vous les bénissez comme moi, de venir rompre par leurs récits la monotonie de ce monde prosaïque !), Caleb Plummer et sa fille aveugle vivaient tout seuls dans leur coin, c'est-à-dire dans une petite maison de bois lézardée, une vraie coquille de noix fêlée, comme qui dirait une verrue sur le nez proéminent, couleur de brique, de Gruff et Tackleton. La propriété de Gruff et Tackleton tenait la moitié de la rue, mais vous auriez pu abattre la demeure de Caleb Plummer d'un coup de marteau ou deux, et en emporter les débris dans une charrette.

Si quelqu'un avait fait à la maison de Caleb Plummer l'honneur, après une semblable expédition, de remarquer qu'elle avait disparu, ç'aurait été, sans aucun doute, pour en approuver, de tous points, la démolition comme une amélioration réelle. En effet, elle adhérait à celle de Gruff et Tackleton comme une moule à la quille d'un navire, un escargot à une porte, ou un petit bouquet de champignons vénéneux au coin d'un arbre. Mais c'était le germe d'où s'était élancé le tronc vigoureux et superbe de Gruff et Tackleton ; et sous son toit en ruine, l'avant-dernier Gruff avait, sur une petite échelle, fabriqué des jouets pour une génération de jeunes enfants, filles et garçons, du temps jadis, qui avaient commencé par jouer avec, et les avaient ensuite démontés et brisés, avant d'aller se coucher.

J'ai dit que Caleb et sa pauvre fille aveugle l'habitaient ; j'aurais mieux fait de dire que Caleb y habitait, mais que sa pauvre fille aveugle avait une autre résidence, une demeure enchantée ornée et meublée par Caleb, où l'épargne et le besoin ne se faisaient point sentir, où les soucis n'entrèrent jamais. Caleb n'était pourtant pas sorcier, mais il était passé maître dans cette seule magie qui nous reste encore, la magie de l'amour dévoué, impérissable : c'est la Nature qui avait dirigé ses études ; c'était d'elle qu'il avait appris l'art de faire des miracles.

La fille aveugle ne sut jamais que les plafonds étaient jaunis, les murs tachés et dépouillés par endroits de leur enduit de plâtre, que de grandes crevasses, faute de réparations, allaient s'élargissant chaque jour, que les poutres vermoulues s'affaissaient de plus en plus. La fille aveugle ne sut jamais que le fer se rouillait, que le bois pourrissait, que le papier s'en allait en lambeaux, que la maison elle-même perdait insensiblement de sa forme, de ses dimensions et de ses proportions régulières. La fille aveugle ne sut jamais qu'il n'y avait sur le buffet qu'une hideuse vaisselle de terre ou de faïence grossière ; que le chagrin et le découragement étaient dans la maison ; que les rares cheveux de Caleb grisonnaient de plus en plus devant les yeux éteints de sa compagne chérie. La fille aveugle ne sut jamais qu'ils avaient un maître froid, exigeant, insensible ; elle ne sut jamais que Tackleton était Tackleton pour tout dire ; elle vivait, au contraire, dans la croyance que c'était un original, d'humeur excentrique, qui aimait à les plaisanter ; et qui, tout en jouant vis-à-vis d'eux le rôle protecteur d'un ange gardien, repoussait de leur part tout témoignage de reconnaissance.

Et tout cela, elle le devait à Caleb ; tout cela, elle le devait à son bon père. Mais lui aussi, il avait un grillon dans son foyer ; tandis qu'il écoutait mélancoliquement sa musique, lorsque l'enfant aveugle et déjà privée de sa mère, n'était encore qu'une toute petite fille, cet esprit lui avait inspiré la pensée que la grande infortune de sa fille pourrait presque être changée en un bienfait du ciel, et la jeune fille rendue heureuse par ces petits moyens. Car les grillons forment une tribu d'esprits puissants, quoique les gens qui ont affaire à eux l'ignorent presque toujours ; et il n'existe pas, dans le monde invisible, des voix plus douces et plus vraies, sur lesquelles on puisse plus absolument compter, et qui nous donnent aussi sûrement des conseils doux et tendres que les voix dont se servent les esprits du coin du feu et du foyer domestique pour communiquer avec le genre humain.

Caleb et sa fille travaillaient ensemble dans leur atelier accoutumé, ou plutôt ils y passaient leur vie, et c'était un étrange endroit. On voyait des maisons achevées et non achevées pour des poupées de toutes conditions, des appartements de banlieue pour les poupées d'une existence modeste ; des logements composés d'une seule pièce et d'une cuisine pour les poupées des classes inférieures ; de somptueuses résidences de ville pour les poupées du grand monde. Quelques-unes de ces demeures étaient déjà meublées à forfait, selon la condition et la fortune des poupées bourgeoises qui devaient les habiter ; d'autres pouvaient l'être à la minute, de la manière la plus riche et la plus dispendieuse, sur un simple avis ; il n'y avait qu'à prendre ce qu'il fallait sur des tablettes chargées de chaises et de tables, de sofas, de lits et de tout ce qui constitue un mobilier complet. Les personnages de la haute noblesse, les gentilshommes de province, et le public en général, auxquels ces habitations étaient destinées, gisaient, çà et là, étendus dans des paniers, les yeux fixés vers le plafond ; mais en marquant leurs divers rangs sur les degrés de l'échelle sociale, et en les mettant chacun à sa place respective (l'expérience est là pour nous apprendre combien c'est une chose malheureusement difficile dans la vie réelle) ; les faiseurs de poupées avaient été beaucoup plus habiles que la Nature qui se montre souvent si capricieuse et si imparfaite ; car eux, au lieu de s'en tenir aux distinctions arbitraires du satin, de l'indienne ou des haillons, avaient ajouté, selon les classes, des différences frappantes qui ne permettaient aucune méprise. Ainsi, la dame poupée distinguée avait des membres de cire d'une symétrie parfaite, privilège réservé à celles de sa condition ; le second degré de l'échelle sociale était en peau, et le degré inférieur en chiffons de toile grossière. Quant aux gens du commun, autant de bras et de jambes, autant d'allumettes prises dans la boîte, et par conséquent chacune se trouvait une fois pour toutes, bien établie dans sa sphère, sans possibilité d'en sortir jamais.

Outre les poupées, l'atelier de Caleb Plummer renfermait encore grand nombre d'autres échantillons de son industrie : c'étaient des arches de Noé, dans lesquelles quadrupèdes et volatiles se trouvaient serrés à profit, je vous assure, empilés les uns sur les autres, n'importe comment, jusqu'au toit, sans perdre de place. Par une licence poétique pleine de hardiesse, la plupart de ces arches de Noé avaient des marteaux à leurs portes, appendices peu naturels peut-être, en ce qu'ils semblaient supposer des visites matinales comme celles du facteur de la poste, mais c'était pour qu'il ne manquât rien à l'extérieur de l'édifice. On voyait par vingtaines de mélancoliques petites charrettes qui, pendant que leurs roues tournaient, exécutaient une musique plaintive ; quantité de petits violons, de tambours, et autres instruments de torture ; des masses innombrables de canons, de boucliers, d'épées, de lances, de fusils ; il y avait de petits saltimbanques, en culottes rouges, qui franchissaient incessamment, à qui mieux mieux, de hautes barrières en rubans rouges, et retombaient de l'autre côté, la tête la première ; il y avait encore de vieux messieurs, d'un extérieur respectable, pour ne pas dire vénérable, qui sautaient constamment, comme des fous, par-dessus des chevilles horizontales, plantées dans ce but au beau milieu de leurs propres portes. Il y avait des animaux de toute espèce, des chevaux, en particulier, de toutes les races, depuis le cylindre tacheté, monté sur quatre piquets avec une petite panoufle pour crinière, jusqu'au sauteur pur sang, animé de l'ardeur la plus indomptable. Il eût été difficile de compter les douzaines de figures grotesques, toujours prêtes à commettre toutes sortes d'absurdités, à un simple tour de manivelle. Il n'eût pas été plus facile de citer quelque folie humaine, quelque vice ou quelque infirmité dont on ne pût trouver le type plus ou moins exact, dans l'atelier de Caleb Plummer ; et sans qu'il eût besoin pour cela d'avoir recours à des formes exagérées, car il ne faut pas de bien grandes manivelles pour faire exécuter à nous tous, hommes et femmes, dans le monde, des tours non moins étranges que ceux de n'importe quels jouets.

Au milieu de tous ces objets, Caleb et sa fille étaient assis à travailler ; la pauvre aveugle, en qualité de couturière, habillant les poupées, et lui, peignant et vernissant la façade à quatre fenêtres d'un petit hôtel bourgeois.

Les soucis dont les traits du visage de Caleb portaient la douloureuse empreinte, son air rêveur et distrait, qui aurait parfaitement convenu à la physionomie d'un alchimiste ou d'un adepte des sciences occultes, formaient, à première vue, un contraste étrange avec la nature triviale de ses occupations et les frivolités dont il était entouré. Mais si triviales que soient les choses, quand on les invente et qu'on les exécute pour gagner son pain, cela devient une affaire très sérieuse ; et, d'ailleurs, je ne suis point du tout sûr, et je ne voudrais pas en être garant, que si Caleb avait été un Lord

Chambellan, ou un membre du Parlement, ou un homme de loi, ou même un grand spéculateur, en changeant de jouets, il les eût trouvés moins frivoles, tandis que je doute très fort qu'ils eussent été, dans tous les cas, aussi innocents.

« Ainsi, vous étiez dehors, sous la pluie, hier soir, mon père, avec votre belle redingote neuve ? dit la jeune fille de Caleb.

— Avec ma belle redingote neuve, répondit celui-ci jetant un coup d'œil rapide vers une corde tendue dans la chambre, sur laquelle était soigneusement suspendu, pour sécher, le vêtement en toile d'emballage que nous avons décrit plus haut.

— Combien je suis heureuse que vous l'ayez achetée, mon père !

— Et chez un tailleur si fameux ! dit Caleb. C'est trop beau pour moi. »

La jeune aveugle interrompit son travail et se mit à rire avec délices.

« Trop beau, mon père ! est-ce qu'il peut y avoir rien de trop beau pour vous ?

— Cela n'empêche pas que je suis presque honteux de la porter, dit le vieillard épiant l'effet de ses paroles sur le visage rayonnant de sa fille ; ma parole ! Lorsque j'entends les gens et les enfants dire derrière moi : « Oh ! oh ? en voilà un rupin ! » je ne sais quelle mine faire. Et ce mendiant qui, hier soir, ne voulait pas s'en aller, s'obstinant à me répondre, lorsque je lui disais que j'étais un homme du commun : « Oh ! que non, Votre Honneur ! Votre Honneur ne me fera pas croire cela ! » J'en étais tout confus, et il me semblait vraiment que je n'avais pas le droit de porter un si bel habit. »

Comme elle était heureuse, la jeune aveugle ! Quelle joie, quel triomphe pour elle !

« Je vous vois, mon père, dit-elle en croisant ses mains, aussi clairement que si j'avais les yeux dont je ne sens jamais le besoin quand vous êtes avec moi. Un habit bleu...

— Bleu clair, dit Caleb.

— Oui, oui ! bleu clair ! s'écria la jeune fille relevant son visage radieux ; la couleur que je me rappelle précisément avoir vue au beau ciel ! quand vous me disiez que c'était bleu. Ainsi donc, une belle redingote bleu clair !...

— Ample à la taille, ajouta Caleb.

— Oui, ample à la taille ! s'écria la jeune aveugle, riant de tout son cœur ; et dans cet habit, vous, cher père, avec votre œil joyeux, votre face souriante, votre pas dégagé et vos cheveux noirs, votre air si jeune et si beau !

— Grâce, grâce ! dit Caleb, ou je vais devenir vaniteux, vous allez voir.

— Je crois que vous l'êtes déjà, s'écria sa fille, le montrant du doigt, dans son ravissement. Je vous connais, mon père. Ah ! ah ! ah ! je lis en vous, voyez-vous ! »

Ah ! que le pauvre Caleb ne ressemblait guère à ce portrait, assis là, sur sa chaise, occupé à l'observer !

Elle avait parlé de son pas dégagé, et, sur ce point, elle avait raison. Depuis nombre d'années, il n'avait pas une seule fois franchi le seuil de cette porte avec son pas naturel lent et pesant mais avec un pas factice destiné à tromper l'oreille de sa fille ; et jamais, lorsque son cœur était le plus lourd, il n'avait oublié cette marche légère, calculée pour rendre à sa fille la vie plus légère et le courage plus facile. Il n'y a que Dieu qui le sache ! mais je crois que cet égarement vague, qui régnait dans les manières de Caleb, provenait en partie de la fiction où il s'était volontairement placé avec tous les objets qui l'entouraient, de cette comédie perpétuelle à laquelle il s'était condamné par amour pour sa fille aveugle. Comment le pauvre petit homme n'aurait-il pas eu l'air égaré, après tant d'efforts pendant tant d'années, dans le but de détruire sa propre identité et celle de tous les objets qui s'y rattachaient !

« Nous y voilà, dit Caleb reculant d'un pas ou deux pour mieux juger du mérite de son ouvrage ; aussi près de la réalité que cinquante centimes d'une pièce de dix sous. Quel dommage que toute la façade de la maison s'ouvre d'un coup. S'il y avait seulement un escalier et de vraies portes pour entrer dans chaque chambre ! Mais c'est là le mal du métier. Je passe ma vie à m'illusionner, à me prendre moi-même pour dupe.

— Vous parlez bien bas, mon père ! Vous n'êtes pas fatigué ?

— Fatigué ! répéta Caleb avec un nouvel élan de vivacité. Qu'est-ce qui me fatiguerait, Bertha ? Je n'ai jamais été fatigué. Qu'est-ce que cela signifie ? »

Pour donner une plus grand force à ses paroles, il s'interrompit lui-même au moment où, sans le vouloir, il allait faire comme les deux personnages qui s'étiraient et bâillaient sur le manteau de la cheminée, images parfaites de l'ennui éternel, depuis le buste jusqu'à la pointe des cheveux ; puis il se mit à fredonner un refrain. C'était une chanson bachique, quelque drôlerie en l'honneur d'un vin généreux qui mousse dans le verre, et il l'entonna avec une insouciance feinte qui faisait paraître son visage mille fois plus maigre et plus soucieux que jamais.

« Quoi ! vous chantez, dit Tackleton avançant la tête dans l'intérieur de la pièce à travers la porte. Continuez, continuez ! Ce n'est pas moi qui chanterais ! »

Personne ne l'en eût soupçonné, certes. Il n'avait, en aucune façon, une tête à chanter.

« Ce n'est pas moi qui me permettrais de chanter, dit Tackleton. Je suis ravi que vous, vous puissiez le faire. J'espère que cela ne vous empêche pas de travailler, quoiqu'on n'ait guère le temps de faire les deux choses à la fois.

— Si tu pouvais seulement le voir, Bertha ; comme il me regarde en clignant de l'œil ! murmura Caleb à l'oreille de sa fille. Il n'y a pas d'homme pareil pour plaisanter ! si on ne le connaissait pas, on croirait qu'il parle sérieusement, n'est-ce pas ? »

La jeune aveugle sourit et fit de la tête un signe affirmatif.

« Quand un oiseau sait chanter et ne veut pas le faire, il faut l'y forcer, dit le proverbe, grommela Tackleton ; mais quand un hibou, qui ne sait pas chanter, qui ne devrait pas chanter, chante quand même, qu'est-ce qu'il faut lui faire ?

— Quels yeux malins il nous fait dans ce moment ! dit encore Caleb à sa fille. Oh ! bonté du ciel !

— Toujours gai, toujours de joyeuse humeur avec nous ! s'écria Bertha en souriant.

— Ah ! vous voilà, vous ? répondit Tackleton. Pauvre idiote ! »

Il la croyait réellement idiote, et il se fondait pour le croire, par instinct ou par réflexion, sur ce qu'elle l'aimait.

« Eh bien ! puisque vous êtes là... comment allez-vous ? dit Tackleton de son ton bourru.

— Oh ! bien, tout à fait bien. Et aussi heureuse que vous pouvez le désirer, aussi heureuse que vous voudriez rendre le monde entier, si cela dépendait de vous.

— Pauvre idiote ! murmura Tackleton. Pas une lueur de raison, pas la moindre lueur ! »

La jeune aveugle lui prit la main et la baisa ; elle la tint un moment pressée entre les siennes, et y appuya tendrement sa joue avant de la lâcher. Il y avait dans cette caresse quelque chose de si affectueux, et une expression de reconnaissance si vive, que Tackleton lui-même fut ému jusqu'à dire avec un grognement moins brutal que d'habitude :

« Qu'est-ce que vous avez ?

— Je l'ai placé à côté de mon oreiller lorsque je suis allée me coucher hier au soir, et je m'en suis souvenue dans mes rêves. Puis, quand le jour a paru, et que le soleil s'est levé tout rouge dans sa gloire... le soleil *rouge,* mon père.

— Rouge le matin et le soir, Bertha, dit le pauvre Caleb en jetant un regard empreint d'une tristesse profonde sur son patron.

— Quand il s'est levé, et que sa brillante lumière, contre laquelle je crains toujours de me heurter en marchant, est entrée dans la chambre, j'ai tourné le petit arbuste vers lui, j'ai béni le ciel qui a fait pour nous de si jolies choses, et je vous ai béni, vous qui me les envoyez pour me donner du bonheur !

— Une vraie échappée de l'asile d'aliénés ! fit Tackleton en lui-même. Nous arriverons bientôt à la camisole de force et aux menottes. Nous faisons des progrès ! »

Caleb, les deux mains crispées et accrochées l'une dans l'autre, regardait devant lui d'un air égaré pendant que sa fille parlait, comme si réellement il se fût demandé (et je crois qu'il se le demandait en effet) si Tackleton n'avait pas fait quelque chose pour mériter ou non ces remerciements.

Si le pauvre Caleb eût été pour lors parfaitement libre d'agir à sa guise, et si, dans ce moment, il eût dû, sous peine de mort, choisir de chasser à coups de pied le marchand de jouets, ou de tomber à ses genoux pour reconnaître ses bienfaits, je crois qu'on aurait pu parier à chances égales sur les deux solutions. Il savait pourtant, le bon Caleb, que c'était lui-même qui, de ses propres mains, avait apporté si soigneusement le petit rosier à la maison pour sa fille ; que c'étaient bien ses propres lèvres qui avaient forgé ce mensonge innocent qui devait l'aider à écarter de sa fille jusqu'au moindre soupçon des privations nombreuses, infinies, qu'il s'imposait chaque jour, pour lui donner quelques jouissances de plus.

« Bertha ! dit Tackleton, affectant à dessein un peu de cordialité ; venez ici.

— Oh ! répondit-elle, je puis aller droit à vous ! vous n'avez pas besoin de me guider !

— Voulez-vous que je vous dise un secret, Bertha ?

— Je veux bien », répondit-elle avec empressement.

Comme il devint radieux et brillant ce visage plongé dans les ténèbres ! quelle auréole lumineuse entoura cette tête attentive :

« C'est aujourd'hui que la petite... quel est son nom, déjà ?... l'enfant gâté, la femme de Peerybingle, vient vous faire sa visite habituelle, pour son pique-nique extravagant, n'est-ce pas ? ajouta Tackleton avec une expression prononcée de dédain pour leur petite fête.

— Oui, répondit Bertha. C'est aujourd'hui.

— C'est bien ce que je pensais, reprit Tackleton. Eh bien ! je voudrais être de la partie.

— L'entendez-vous, mon père ! s'écria la jeune aveugle, folle de joie.

— Oui, oui, je l'entends, murmura Caleb avec le regard fixe d'un somnambule ; mais je ne le crois pas. C'est encore une de ces illusions dont je me berce, sans doute.

— Non, c'est que, voyez-vous, je... je désire rapprocher un peu plus les Peerybingle de May Fielding, je... je voudrais les lier ensemble, dit Tackleton. Je vais me marier avec May !

— Vous marier ! s'écria la jeune aveugle en s'éloignant de lui par un mouvement brusque.

— Elle est tellement idiote que je croyais ne jamais pouvoir me faire comprendre. Oui, Bertha, me marier ! L'église, le pasteur, le clerc, le bedeau, le carrosse avec des glaces, les cloches, le déjeuner, le gâteau, les rubans de soie, les clarinettes, les trombones, et tout le tremblement ; une noce, voyez-vous, une noce. Savez-vous bien ce que c'est qu'une noce ?

— Je le sais, reprit la jeune aveugle d'une voix douce ; je comprends !

— Vraiment ? murmura Tackleton. C'est bien heureux. Eh bien ! voilà pourquoi je désire être de la partie, et vous amener May avec sa mère. Je vous enverrai dans la matinée quelque petite chose, n'importe quoi ; un gigot de mouton froid ou quelque friandise de même genre. Vous m'attendrez ?

— Oui », répondit-elle.

Elle avait laissé retomber sa tête sur sa poitrine, et s'était tournée de l'autre côté ; elle demeurait ainsi debout, les mains jointes, immobile et rêveuse.

« Je ne crois pas que vous m'attendiez, murmura Tackleton jetant les yeux sur elle ; car vous paraissez avoir déjà tout oublié. Caleb !

— Je puis me hasarder, je suppose, à croire que je suis ici, pensa Caleb... Monsieur !

— Prenez garde qu'elle n'oublie ce que je lui ai dit.

— Oh ! n'ayez pas peur, elle n'oublie jamais, elle, répondit Caleb. C'est peut-être la seule chose qu'elle ne sache pas faire.

— Chacun prend ses oies pour des cygnes, murmura le marchand de jouets en haussant les épaules. Pauvre diable ! »

Après cette remarque méprisante, le vieux Gruff et Tackleton se retira.

Bertha demeura à la même place où il l'avait laissée, perdue dans ses tristes pensées. La gaieté avait disparu de son visage abattu, empreint d'une profonde mélancolie. Trois ou quatre fois elle secoua la tête comme si elle pleurait le souvenir d'un bien qu'elle aurait perdu ; mais ses réflexions douloureuses ne trouvèrent point de paroles pour s'épancher.

Caleb, de son côté, était, depuis quelque temps, occupé à fixer à une voiture un attelage de chevaux, à l'aide d'un procédé excessivement simple, qui consistait à clouer des harnais dans les chairs vives de l'animal ; il finissait quand sa fille s'approcha de son tabouret de travail, et s'asseyant à ses côtés :

« Mon père, lui dit-elle, je sens que je suis retombée dans la solitude et les ténèbres. J'ai besoin de mes yeux, vous savez, de mes yeux patients et toujours prêts.

— Les voici, fit Caleb : toujours prêts. Ils sont plus à toi qu'à moi, Bertha, à toute heure du jour. Qu'est-ce que tes yeux peuvent faire pour toi, chère enfant ?

— Admirer la pièce, mon père.

— Voilà, dit Caleb. Aussitôt fait aussitôt dit, Bertha.

— Décrivez-la-moi.

— Elle est toujours pareille, fit Caleb ; simple, mais très confortable. Les vives couleurs des murs, les fleurs brillantes sur les assiettes et les plats, le bois poli et luisant partout où il y a des poutres et des panneaux, la gaieté et la propreté générale de la maison la rendent vraiment jolie. »

En effet, elle était propre et gaie, partout où les mains de Bertha pouvaient s'affairer, mais, nulle part ailleurs, il n'y avait ni gaieté, ni propreté possible dans le vieux hangar crevassé que l'imagination de Caleb avait su transformer de la sorte.

« Vous avez sur vous votre habit de travail, et vous n'êtes pas aussi élégamment vêtu que quand vous portez le bel habit, dit Bertha en touchant son père.

— Pas tout à fait aussi élégamment, répondit Caleb ; mais c'est déjà bien comme cela.

— Mon père, dit la jeune aveugle se rapprochant de lui et lui passant un bras autour du cou, parlez-moi de May. Elle est très belle ?

— Oui, assurément », dit Caleb. Et c'était vrai. Il arrivait rarement que Caleb eût moins besoin de se mettre en frais d'imagination.

« Elle a des cheveux noirs, reprit Bertha d'un air pensif,

plus noirs que les miens. Sa voix est douce et harmonieuse, je le sais ; j'ai souvent pris plaisir à l'entendre. Sa taille...

— Il n'y a pas dans toute la pièce une poupée dont la taille puisse être comparée à la sienne, dit Caleb. Et ses yeux !... »

Il s'arrêta ; car Bertha s'était plus étroitement suspendue à son cou, et ce bras qui l'entourait lui fit sentir une pression convulsive dont il ne comprit que trop bien le sens.

Il toussa un moment, donna quelques coups de marteau à ses chevaux fringants, puis se remit à fredonner la chanson bachique sur le vin mousseux ; c'était sa ressource infaillible dans toutes les difficultés de ce genre.

« Notre ami, notre bienfaiteur. Je ne me lasse jamais d'entendre parler de lui. Vous savez que je ne m'en suis jamais lassée ? dit-elle avec précipitation.

— Non, assurément, répondit Caleb, et avec raison.

— Oh ! oui ! avec raison ! s'écria la jeune aveugle. » Elle mit tant de chaleur à prononcer ces mots, que Caleb, malgré la pureté de ses intentions, n'osa pas la regarder en face ; mais il baissa les yeux, comme si elle eût pu y lire son innocent mensonge.

« Parlez-moi encore de lui, alors, cher père, dit Bertha. Plusieurs fois encore ! Son visage est bienveillant, tendre, honnête, plein de franchise, j'en suis sûre. Le cœur généreux, qui cherche à dissimuler tous ses bienfaits sous une apparence de rudesse et de mauvaise volonté, se trahit dans chacun de ses regards.

— Et l'ennoblit encore, ajouta Caleb dans son calme désespoir.

— Et l'ennoblit encore ! s'écria la jeune aveugle. Il est plus âgé que May, mon père ?

— Oui, fit Caleb comme malgré lui. Il est un peu plus âgé que May. Mais cela ne veut rien dire.

— Oh ! que si, mon père ! Être sa compagne patiente dans les infirmités de la vieillesse, sa garde attentive dans la maladie, son amie fidèle dans la souffrance et l'affliction, ne pas connaître la fatigue en travaillant pour lui, le veiller, le consoler, s'asseoir à côté de son lit, lui parler quand il est éveillé, prier pour lui quand il dort : quels privilèges heureux pour sa femme ! Quelles occasions de lui prouver toute sa fidélité et son dévouement ! La croyez-vous capable de faire tout cela, cher père ?

— Sans aucun doute, dit Caleb.

— En ce cas, j'aime May, mon père ; je puis l'aimer de toute mon âme ! » s'écria la jeune aveugle. Et en disant ces mots, elle appuya son pauvre visage privé de la vue sur l'épaule de Caleb, en pleurant si fort et si fort, qu'il fut presque peiné de lui avoir causé un bonheur accompagné de tant de larmes.

Pendant tout ce temps, il y avait eu pas mal de remue-ménage chez John Peerybingle. La petite Mme Peerybingle ne pouvait penser naturellement à aller quelque part sans son bébé, et il fallait du temps pour le préparer. Non pas qu'il y eût beaucoup à se préoccuper de lui quant au poids et au volume, mais c'était une multitude infinie de soins à prendre, par-ci, par-là, et de précautions successives. Par exemple, lorsqu'on fut arrivé, de fil en aiguille, à un certain point de son habillement, et que vous auriez pu raisonnablement supposer qu'en un tour de main ou deux il ne devait plus rien y manquer pour en faire un poupon des mieux bichonnés, en état de défier hardiment le monde entier, il fallut tout à coup l'ensevelir dans un bonnet de flanelle, véritable éteignoir, et le porter dans son berceau, où il mitonna (si je puis m'exprimer ainsi) entre deux draps pendant près d'une heure. On l'arracha ensuite à cet état de torpeur, rouge comme une écrevisse et poussant des cris atroces, pour lui faire prendre... Tenez ! je dirais, pour parler d'une manière générale... un léger repas ; après quoi, il alla dormir encore. Mme Peerybingle profita de cet intervalle pour se faire aussi pimpante, à sa manière, que femme de votre connaissance ; et durant cette trêve fort courte, miss Slowboy se glissa dans un manteau d'une forme si surprenante et si ingénieuse, qu'il ne paraissait avoir été fait ni pour elle ni pour qui que ce fût au monde ; c'était quelque chose d'étriqué, qui retombait en oreilles de chien, ne ressemblant à rien, unique dans sa coupe et sans nul rapport avec une âme vivante. Cependant le bébé, rendu une seconde fois à l'existence, était affublé, par les efforts réunis de Mme Peerybingle et de miss

Slowboy, d'un manteau beurre frais et d'une espèce de bonnet nankin en forme de tourte montée. Enfin, ces préparatifs achevés, ils descendirent tous les trois à la porte, où le vieux cheval avait déjà coûté à la Compagnie des Routes plus que la valeur du péage qu'il faudrait payer pour la journée, en creusant la chaussée avec ses autographes impatients ; tandis qu'on pouvait à peine apercevoir de là, dans une perspective lointaine, l'impétueux Boxer en arrêt, se retournant vers son camarade, comme pour l'engager à partir sans attendre les ordres du maître.

Quant à une chaise ou toute autre espèce d'objet de ce genre pour aider Mme Peerybingle à monter dans la voiture, vous connaissez bien peu l'ami John, si vous croyez que ce fût chose nécessaire. Avant que vous eussiez eu le temps de la voir soulevée dans ses bras, elle était déjà assise à sa place, fraîche et rose, et lui disait :

« A quoi donc songez-vous, John ? Songez plutôt à Tilly ! »

Si je pouvais seulement me permettre de parler des jambes d'une jeune personne, je remarquerais, à propos de celles de miss Slowboy, que, par une fatalité singulière, elles étaient sans cesse exposées à des avaries, et qu'elle n'effectuait jamais le moindre mouvement d'ascension ou de descente sans y faire une encoche pour s'en souvenir, absolument comme Robinson Crusoé marquait les jours sur son calendrier de bois. Mais comme ces réflexions pourraient paraître inconvenantes, je les garderai pour moi.

« John, dit Dot, avez-vous pris le panier où se trouvent le pâté au jambon et au veau, les autres petites choses et les bouteilles de bière ? Si vous ne l'avez pas fait, il faut retourner le chercher, à l'instant même.

— En voilà une gentille fille, répondit le voiturier, venir me parler de retourner, après m'avoir déjà mis en retard d'un bon quart d'heure.

— Je suis désolée, John, reprit Dot fort troublée, mais je ne saurais réellement songer à aller chez Bertha... Je n'y consentirais à aucun prix, John... sans le pâté et les autres petites choses et les bouteilles de bière... Hoh ! »

Cette interjection s'adressait au cheval qui n'y fit pas la moindre attention.

« Arrête donc, John, je t'en prie ! dit Mme Peerybingle.

— Il sera bien assez temps d'arrêter, répondit John, quand j'aurai oublié quelque chose. Le panier est ici, en lieu sûr.

— Quel cœur de monstre il faut que tu aies, John, pour ne pas me l'avoir dit tout de suite, au lieu de me laisser dans une pareille inquiétude ! Je déclare que, pour tout l'or du monde, je ne serais pas allée chez Bertha sans le pâté, les autres petites choses et les bouteilles de bière. Régulièrement, tous les quinze jours depuis notre mariage, John, nous avons fait là notre pique-nique. Si quelque chose allait de travers dans cette petite fête, je croirais presque que cela nous porterait malheur pour toujours.

— Allons ! tu as eu là une bonne pensée, dit le voiturier, et cela te fait honneur, ma petite femme.

— Mon cher John, reprit Dot en rougissant, ne parle pas de me faire honneur. Honneur ! à moi ! Bonté divine !

— A propos... observa le voiturier, ce vieux monsieur... »

Nouvel embarras de la part de Dot, et bien visible, ma foi !

« C'est un drôle de bonhomme, dit John regardant devant eux sur la route. Je ne le comprends pas. Je suppose toujours qu'il n'y a rien à craindre de sa part.

— Oh non, certainement. Je... je... suis même sûre du contraire.

— Vraiment ? dit le voiturier, les yeux attirés vers elle par la vivacité de sa réponse. Je suis ravi que tu en sois si convaincue parce que cela me confirme dans mes espérances. Mais néanmoins, il est curieux qu'il ait demandé à loger chez nous, n'est-ce pas ? Il y a des choses si étranges dans ce monde !

— Des choses si étranges ! répéta Dot à voix basse, si basse qu'on l'entendait à peine.

— Malgré tout, c'est un bon vieillard, reprit John, et qui paye en gentleman ; ainsi, je crois bien qu'on peut compter sur sa parole comme sur la parole d'un gentleman. J'ai eu ce matin une très longue conversation avec lui ; il peut déjà mieux m'entendre, dit-il, à mesure qu'il s'accoutume à ma voix. Il m'a beaucoup parlé de lui-même ; je lui ai, à mon tour, beaucoup parlé de moi ; il m'a posé d'étranges questions. Je lui ai appris que j'avais deux tournées à faire, tu sais, pour mon commerce : un jour celle de droite en partant de la maison et retour (car il est étranger au pays et ne connaît pas les noms des localités), et cela a paru lui faire plaisir. « Ainsi donc, m'a-t-il dit, je retournerai ce soir chez moi par le même chemin que vous, alors que je croyais au contraire que vous prendriez la route exactement opposée. C'est parfait ! Je vous dérangerai peut-être encore pour vous prier de me faire une place dans votre voiture, mais je m'engage à ne plus tomber dans un si profond sommeil. » C'est qu'il dormait profondément, en effet... Dot, à quoi penses-tu donc ?

— A quoi je pense, John ? Je... je... t'écoutais.

— Bien ! bien ! dit l'honnête voiturier. Je craignais, à ton air distrait, d'avoir parlé si longuement, que tu en étais venue à songer à tout autre chose. Ma foi ! j'étais sur le point de le croire, bien sûr. »

Dot ne répondit rien, et ils continuèrent quelque temps à trotter en silence. Mais il n'était pas facile de rester longtemps muet dans la voiture de John Peerybingle, car tous ceux qu'on rencontrait sur le chemin avaient quelque chose à lui dire, ne fût-ce qu'un : « Comment ça va ? » Et en réalité, le plus souvent ce n'était pas autre chose. Encore fallait-il y répondre avec toute la cordialité possible, non seulement par un signe de tête ou un sourire, mais aussi par un exercice salutaire des poumons, ni plus ni moins que s'il s'agissait d'un discours de longue haleine, prononcé au Parlement. Quelquefois des voyageurs, à pied ou à cheval, venaient à côté de la voiture faire un petit bout de chemin, uniquement pour causer un moment, et alors on échangeait, de part et d'autre, bon nombre de paroles.

Ensuite Boxer donnait lieu à des salutations amicales de la part ou à l'adresse du voiturier et réciproquement, mieux que n'auraient pu le faire une douzaine de chrétiens. Tout le monde le connaissait sur la route, principalement les poules et les cochons, qui ne le voyaient pas plutôt approcher marchant de guingois, les oreilles dressées pour écouter aux portes, et son petit bout de queue en trompette, qu'ils se retiraient aussitôt dans les endroits les plus reculés de leurs logis, sans attendre l'honneur de faire avec lui plus ample connaissance. Boxer avait affaire partout, s'engageait jusque dans les moindres détours, regardait dans tous les puits, s'élançait dans l'intérieur de toutes les chaumières, en sortait avec la même pétulance, faisait irruption chez toutes les maîtresses d'école, effarouchait tous les pigeons, faisait hérisser la queue de tous les chats et se promenait dans tous les pubs comme un habitué de l'endroit. Partout où il allait, on entendait quelqu'un s'écrier : « Tiens ! voici Boxer ! » et ce quelqu'un sortait aussitôt, accompagné d'au moins deux ou trois autres, pour donner le bonjour à John Peerybingle et à sa jolie petite femme.

Les gros ballots et les petits paquets chargés sur la voiture étaient en grand nombre, ce qui obligeait le voiturier à des haltes fréquentes pour les recevoir ou les distribuer, et ces temps d'arrêt ne formaient point, tant s'en faut, la partie la moins agréable du voyage. Il y avait des gens qui attendaient leurs paquets avec une si vive impatience, d'autres qui s'émerveillaient si fort d'en recevoir, d'autres enfin qui ne pouvaient jamais mettre un terme à leurs recommandations pour leurs paquets ! Et puis, John lui-même prenait un intérêt si réel à tous les paquets, que c'était une vraie comédie. De même, il y avait des articles dont John ne pouvait se charger sans mûre réflexion, sans discussion préalable, et pour les ajuster, et pour les placer, c'étaient, entre les expéditeurs et le voiturier, des conférences en règle auxquelles Boxer assistait d'ordinaire ; il s'y faisait remarquer par de courts accès d'une attention très sérieuse, et surtout par de longs accès de folie, où il se mettait à courir comme un dératé autour des sages assemblées en aboyant jusqu'à s'enrouer. Dot, immobile sur son siège dans la voiture, s'amusait de tous ces petits incidents dont elle demeurait la spectatrice attentive sans se déranger, charmant petit portrait admirablement encadré par la bâche. Aussi, je vous assure, les jeunes gens ne se faisaient pas faute, en l'apercevant, de se pousser du coude, de se regarder entre eux, de se parler bas et d'envier le sort de l'heureux John ; et l'heureux John en était ravi, car il était fier de voir admirer sa petite femme, sachant bien qu'elle n'y faisait pas attention..., quoiqu'elle ne détestât pas cela non plus.

Le petit voyage ne se faisait pas sans brouillard, certainement, car on était en janvier, et le temps était rude et froid. Mais qui s'inquétait de si peu de chose ? Ce n'était pas Dot, à coup sûr, ni Tilly Slowboy, pour qui aller en voiture, n'importe comment, était le suprême degré des félicités humaines, le *nec plus ultra* des espérances de ce bas monde ; ni le bébé, j'en mettrais la main au feu, car jamais bébé quelles que furent ses capacités sous ce rapport, ne fut plus chaudement ni plus profondément endormi que le bienheureux petit Peerybingle, pendant tout le chemin.

On ne pouvait pas voir bien loin devant soi dans le brouillard, c'est vrai ; mais on voyait encore assez ! C'est étonnant combien de choses on peut voir dans un brouillard plus épais encore, pour peu qu'on veuille prendre la peine d'y regarder. Tenez ! rien que d'être là, à regarder de sa chaise les rondes des fées* et les paquets de givre encore ramassés à l'ombre près des haies et des arbres, c'était déjà une agréable occupation, sans parler des formes inattendues que présentaient tout à coup les arbres en se dégageant du brouillard, avant d'y rentrer pour disparaître de nouveau. Les haies entremêlées, dépouillées de leurs feuilles, abandonnaient au vent une multitude de guirlandes flétries ; mais cette vue n'avait rien d'attristant. C'était, au contraire, un spectacle agréable à contempler, car il faisait ressortir encore davantage le charme du coin du feu que vous possédiez et la verdeur du printemps. La rivière avait un air frileux, mais elle coulait tout de même gentiment, c'était déjà ça, le cours en était un peu lent et engourdi, sans doute ; mais peu importe, il n'en gèlerait que plus vite lorsque le froid se ferait sentir tout de bon, et alors on viendrait y patiner, y glisser, et les grosses vieilles barques, emprisonnées par la glace quelque part près du quai, n'en feraient fumer que de plus belle, tout le long du jour, les tuyaux rouillés de leurs cheminées pour se donner un peu de bon temps.

Plus loin, dans les champs, brûlait un tas de mauvaises

* On appelle ainsi, en Angleterre, les places nues, ordinairement circulaires, dans les landes et les bruyères.

herbes et de chaume ; les voyageurs regardèrent le feu, si pâle au jour, jetant à travers le brouillard, par intervalles, une lueur de flamme rougeâtre, jusqu'à ce que Mlle Slowboy, après avoir fait observer « que la fumée lui montait au nez, » se mît à étouffer (c'était d'ailleurs assez son habitude quand quelque chose la gênait), et réveillât le bébé qui ne voulut plus se rendormir. Cependant Boxer, en avance d'un quart de mille environ, avait déjà dépassé les avant-postes du bourg et gagné le coin de la rue où demeuraient Caleb et sa fille. Aussi, longtemps avant que les Peerybingle fussent arrivés à leur porte, Caleb et la jeune aveugle se tenaient dehors sur le trottoir prêts à les recevoir.

Boxer, soit dit en passant, dans ses rapports avec Bertha, faisait certaines distinctions subtiles qui me permettent de croire qu'il la savait aveugle. Il ne cherchait jamais à attirer son attention en la regardant, comme c'était son habitude avec les gens, il la touchait immanquablement. J'ignore quelle expérience il avait pu faire d'hommes ou de chiens aveugles ; il n'avait jamais vécu avec un maître aveugle ; ni M. Boxer père, ni Mme Boxer, ni aucun autre membre de sa respectable famille, tant du côté paternel que du côté maternel, n'avait, que je sache, été atteint par cette infirmité. Peut-être avait-il trouvé cela de lui-même ; ce qu'il y avait de sûr, c'est qu'il y tenait tout comme il tenait Bertha par le bas de sa robe et tenait ferme sans lâcher prise, jusqu'à ce que Mme Peerybingle, le bébé, Mlle Slowboy et le panier furent tous bel et bien entrés dans la maison.

May Fielding était déjà arrivée, ainsi que sa mère, petit brin de vieille femme grognon, à la mine bourrue, qui, parce qu'elle avait conservé une taille semblable à une colonne de lit, passait pour une personne transcendante. Parce qu'en outre elle s'était vue autrefois dans une meilleure position de fortune, ou qu'elle était persuadée qu'elle aurait pu s'y voir, si une chose était arrivée qui n'arriva jamais et qui ne paraissait même pas avoir jamais eu la moindre chance d'arriver (ce qui, d'ailleurs, revient au même), elle affectait les manières d'une personne comme il faut et se donnait des airs protecteurs. Gruff et Tackleton se trouvait là aussi, faisant l'aimable avec la mine d'un homme qui se trouve aussi parfaitement à son aise et aussi incontestablement dans son propre élément, qu'un jeune saumon nouvellement éclos sur le sommet de la Grande Pyramide.

« May ! ma chère vieille amie ! s'écria Dot en se précipitant à sa rencontre. Quel bonheur de vous voir ! »

Sa vieille amie était tout aussi ravie qu'elle-même, et c'était, croyez-moi, un spectacle charmant de les voir s'embrasser de la sorte. Il faut avouer que Tackleton était un homme de goût : May était ravissante.

Quelquefois, vous savez, quand vous êtes habitué à un joli visage, et qu'il se trouve, par hasard, à côté d'un autre joli minois, la comparaison commence par faire trouver le premier ordinaire et fade : il perd sur-le-champ, dans votre esprit, la haute opinion que vous en aviez conçue. Eh bien ! ici ce fut tout le contraire, aussi bien pour May que pour Dot, pour Dot que pour May ; car le visage de Dot faisait ressortir celui de May et le visage de May celui de Dot, d'une façon si naturelle et si agréable que, comme John Peerybingle fut sur le point de le dire lorsqu'il entra dans la pièce, elles auraient dû naître sœurs, et c'était tout ce qu'on pouvait ajouter.

Tackleton avait apporté son gigot de mouton, et, chose merveilleuse, une tarte par-dessus le marché (mais on peut bien se permettre un peu de prodigalité quand nos fiancées sont en jeu, on ne se marie pas tous les jours) ; à ces friandises venaient s'ajouter le pâté de veau et de jambon, et les autres « petites choses », ainsi que Mme Peerybingle les appelait, c'est-à-dire des noix, des oranges, des gâteaux et autre menu gibier. Lorsque le repas fut servi sur la table, flanqué de la contribution de Caleb, qui consistait en une énorme terrine remplie de pommes de terre fumantes (il lui était interdit, par une solennelle convention, de fournir aucune autre victuaille), Tackleton conduisit sa future bellemère à la place d'honneur. Pour s'en montrer plus digne en une pareille solennité, la majestueuse vieille dame s'était parée d'un bonnet calculé pour inspirer aux plus indifférents des sentiments de crainte respectueuse. Elle portait aussi des gants. Plutôt mourir que de manquer de distinction.

Caleb s'assit près de sa fille ; Dot et son ancienne

compagne d'enfance à côté l'une de l'autre ; le bon voiturier prit place au bout de la table. Mlle Slowboy fut éloignée, momentanément, de tout autre meuble que la chaise où elle était assise, afin qu'elle ne pût avoir à sa portée aucun obstacle pour heurter la tête du bébé.

Comme Tilly regardait autour d'elle d'un air ébahi les poupées et les jouets, ceux-ci, à leur tour, la regardaient de même avec de grands yeux, elle et les autres. Les vieux messieurs, à l'aspect vénérable (tous en plein exercice de cabrioles contre la porte de leurs maisons), témoignaient d'un intérêt particulier pour cette petite fête ; ils s'arrêtaient parfois avant de sauter, comme s'ils eussent écouté la conversation, puis recommençaient avec une énergie forcenée leur plongeon extravagant, je ne sais combien de fois, sans s'arrêter pour reprendre haleine, comme si ces perpétuelles culbutes leur eussent causé un bonheur frénétique. Ce qu'il y a de sûr, c'est que, si ces vieux messieurs étaient disposés le moins du monde à ressentir une joie maligne de la déconvenue de Tackleton, ils avaient amplement de quoi se satisfaire. Tackleton n'était pas dans son assiette : plus sa future devenait gaie en présence de Dot, moins il en éprouvait de plaisir, quoique pourtant il les eût réunies dans ce but. Car c'était un véritable fagot d'épines que ce Tackleton ; quand on riait sans qu'il sût pourquoi, il se mettait aussitôt dans la tête que c'était de lui qu'on devait rire.

« Ah ! chère May, disait Dot, quels changements, ma bonne amie ! Comme cela rajeunit de parler de ces heureux jours de l'école !

— Mais, dites donc, vous n'êtes pas encore si vieille, ce me semble, interrompit Tackleton.

— Regardez quel mari grave et posé j'ai là, répondit Dot.

Il ajoute au moins vingt années à mon âge ; n'est-ce pas, John ?

— Quarante, répliqua John.

— Et vous, continua Dot en riant, combien en ajouterez-vous à l'âge de May ? Je n'en sais trop rien ; mais, à son prochain anniversaire, elle ne pourra guère avoir moins de cent ans.

— Ah ! ah ! fit Tackleton en riant, mais d'un rire creux comme un tambour, accompagné d'un certain regard lancé sur Dot, comme s'il aurait quelque plaisir à lui tordre le cou.

— Chère amie, ajouta Dot, vous rappelez-vous de quelle façon nous parlions à l'école des maris que nous prendrions un jour. Je ne sais plus combien le mien devait être jeune et beau, et gai et aimable ! Et quant à celui de May !... Ah ! ma chère, je ne sais si je dois rire ou pleurer, quand je pense à nos folles idées de jeunes filles. »

May parut fixée sur ce qu'elle devait faire, elle ; car ses joues se colorèrent d'une vive rougeur et les larmes lui vinrent aux yeux.

« Et ceux-là mêmes... de véritables jeunes gens en chair et en os... auxquels nous pensions quelquefois, continua Dot. Nous nous doutions peu du tour que prendraient les choses. Je ne m'étais jamais intéressée à John, pour sûr ; je n'avais même jamais songé à lui. Et si je vous avais dit alors que vous épouseriez M. Tackleton, vous m'auriez administré une fameuse tape. Qu'en dites-vous, May ? »

Quoique May ne dit pas oui, certainement elle ne dit pas non : elle n'en fit même pas mine.

Tackleton riait, riait à s'en faire mal, ou plutôt il criait plus qu'il ne riait. John Peerybingle riait également, mais de son rire habituel franc et bon enfant ; aussi ce n'était qu'un murmure de rire, à côté du rire de Tackleton.

« Et malgré tout cela, dit ce dernier, vous n'avez pas pu y échapper, vous n'avez pas pu résister, vous voyez. Nous y voici, nous y voici, nous ; où sont-ils maintenant vos jeunes et gais fiancés ?

— Quelques-uns d'entre eux sont morts, répondit Dot ; quelques-uns oubliés. Quelques autres, s'ils pouvaient paraître en ce moment au milieu de nous, ne voudraient pas croire que nous soyons les mêmes créatures ; il n'en croiraient ni leurs yeux ni leurs oreilles, et ne sauraient se persuader que nous ayons pu les oublier de la sorte. Oh ! non, ils ne voudraient pas le croire !

— Eh ! mais, Dot, ma petite femme ! » s'écria le voiturier.

Elle avait parlé avec une telle vivacité et un tel feu, qu'elle avait besoin, sans doute, qu'on la rappelât à elle-même. L'avertissement de son mari était très doux, car il n'intervenait, dans sa pensée, que pour couvrir le vieux Tackleton, mais il produisit son effet ; car Dot se tut sans ajouter un mot de plus. Pourtant il y avait jusque dans son silence une émotion inaccoutumée, remarquée par le rusé Tackleton, qui avait fixé sur elle son œil à demi fermé ; il en prit note, le vieux démon, et n'eut garde de l'oublier comme vous verrez, le moment venu.

May ne prononçait pas une parole, ni en bien, ni en mal ; elle demeurait immobile, les yeux baissés, sans avoir l'air de prendre le moindre intérêt à ce qui venait de se passer. Mais la bonne dame, sa mère, intervint à son tour ; observant d'abord que les jeunes filles étaient des jeunes filles, que ce qui était passé était passé, et encore que : « Tant que la jeunesse serait jeune et étourdie, elle se conduirait probablement en jeunesse folle et étourdie. » Après avoir lancé deux ou trois autres affirmations d'un sens non moins solide et d'un caractère non moins incontestable, elle fit cette remarque, inspirée par un sentiment de piété reconnaissante, qu'elle remerciait le ciel d'avoir toujours trouvé dans sa fille May une enfant respectueuse et obéissante, et elle ne s'en attribuait en aucune façon le mérite, bien qu'elle eût toutes sortes de raisons de penser qu'elle ne le devait qu'à son propre savoir-faire. Relativement à M. Tackleton, elle dit : « Qu'au point de vue moral, c'était un individu présentable ; un homme que, sous certains rapports, on devait s'estimer bien aise d'avoir pour gendre ; il faudrait avoir perdu la tête pour dire le contraire. » (Elle débita cette dernière phrase d'un ton très emphatique). Quant à la famille dans laquelle il allait bientôt être admis, après avoir sollicité cet honneur, elle pensait que M. Tackleton n'ignorait pas que, si sa bourse était un peu réduite, elle n'en avait pas moins de justes prétentions à la noblesse, et que si certaines circonstances, relatives au commerce de l'indigo, car elle voulait bien condescendre à indiquer cette origine de tous leurs maux mais sans entrer dans plus de détails sur la question, s'étaient présentées différemment elle aurait pu peut-être se trouver à la tête d'une grande fortune. Elle remarqua ensuite qu'elle ne voulait aucunement revenir sur le passé, ni rappeler que sa fille avait, pendant quelque temps, rejeté la demande de M. Tackleton, et qu'elle ne voulait pas dire une foule d'autres choses dont elle parla cependant longuement. Enfin, elle se résuma en donnant comme le résultat général de son observation et de son expérience que ces sortes de mariages dans lesquels se trouvait le moins de ce qu'on appelle, dans le sot langage des romans, de l'amour, étaient toujours les plus heureux ; qu'elle prévoyait par conséquent, pour celui dont la date approchait, la plus grande somme possible de bonheur, non pas d'un de ces bonheurs qui brillent et passent comme un feu de paille, mais de ces bonheurs bien établis et solidement conditionnés. Elle conclut en informant la compagnie que la journée du lendemain était celle qu'elle avait ambitionnée toute sa vie, et que ce jour une fois passé, elle ne désirerait plus rien que d'être emballée et expédiée pour n'importe quel aimable cimetière.

Comme il n'y avait absolument rien à répondre à ces remarques, heureux avantage de toutes les remarques dont le caractère est de se renfermer dans les généralités, elles changèrent le cours de la conversation et détournèrent l'attention des convives sur le pâté de veau et jambon, le mouton froid, les pommes de terre et la tarte. Afin qu'on ne négligeât point la bière en bouteilles, John Peerybingle proposa un toast en l'honneur du lendemain et demanda aux autres de boire avant qu'il poursuivît sa tournée.

Car il faut vous dire que John ne faisait là qu'une pose pour donner un picotin à son vieux cheval. Il avait encore à faire quatre ou cinq milles, et le soir, au retour, il venait chercher Dot en passant et s'arrêtait une seconde fois avant de rentrer au logis. C'était le programme de tous les jours de pique-nique, fidèlement observé depuis son institution.

Deux personnes de l'assistance outre Tackleton et sa fiancée firent peu d'honneur au toast. L'une d'elles était Dot, trop agitée et trop troublée pour prendre sa part des petits incidents de la fête ; l'autre était Bertha, qui se leva précipitamment avant les autres et quitta la table.

« Adieu ! dit le robuste John Peerybingle en jetant sur son dos sa houppelande imperméable. Je serai de retour à l'heure habituelle. Adieu tous !

— Adieu, John ! » répondit Caleb.

Il prononça cet adieu machinalement, et le salua également de la main comme par routine, car il observait en ce moment sa fille avec un regard inquiet qu'on ne voyait jamais altérer l'expression de sa physionomie.

« Adieu, jeune blanc-bec ! » dit le joyeux voiturier, se penchant pour embrasser l'enfant que Tilly Slowboy, tout absorbée pour l'instant par sa fourchette et son couteau, avait déposé endormi (et, chose singulière, sans accident !) dans une petite maisonnette meublée par les mains de Bertha. « Adieu ! quand est-ce que tu iras braver le froid à ma place, mon bel ami, pour laisser ton vieux père soigner sa pipe et ses rhumatismes au coin de la cheminée : eh bien ! où est Dot ?

— Me voici, John ! dit-elle réveillée comme en sursaut.

— Allons, allons ! continua le voiturier en frappant ses deux mains l'une contre l'autre ; où est la pipe ?

— J'avais complètement oublié la pipe, John ! »

Oublié la pipe ! Avait-on jamais entendu chose pareille ? Elle ! Dot ! oublier la pipe !

« Je... je vais la bourrer tout de suite. Ce ne sera pas long... »

Ce ne fut pas aussi rapide, pourtant. La pipe était à sa place habituelle dans la poche du manteau, avec la petite blague, ouvrage de ses mains, où elle avait coutume de prendre le tabac pour garnir la pipe ; mais sa main tremblait tellement qu'elle s'y empêtra (et cependant elle avait la main assez petite pour qu'elle n'eût pas de peine à en sortir, ma foi !), enfin elle fut d'une maladresse révoltante. Moi, qui vous avais vanté son habileté à bourrer la pipe, à l'allumer, eh bien ! tous ces petits travaux où elle excellait, elle y fut, on ne peut plus maladroite depuis le commencement jusqu'à la fin. Pendant tout ce temps-là, Tackleton ne faisait qu'ajouter à sa confusion en la regardant malicieusement de son œil à demi fermé, toutes les fois qu'il rencontrait le sien, ou plutôt qu'il l'attrapait au passage, car on ne peut pas dire qu'il rencontrât jamais un autre œil ; le sien était plutôt comme une trappe ouverte pour engloutir les autres.

« Mon Dieu ! quelle petite nigaude, cet après-midi ! dit John. Je crois vraiment que je l'aurais mieux bourrée moi-même ! »

Après ces paroles, prononcées sans méchanceté, le voilà parti en compagnie de Boxer, du vieux cheval et de la voiture, faisant ensemble une joyeuse musique le long de la route. Cependant, Caleb, toujours rêveur, observait sa fille aveugle avec la même expression de stupeur sur le visage.

« Bertha, dit-il enfin, doucement... qu'est-il arrivé ? Comme te voilà changée, ma chérie, en quelques heures... depuis ce matin ! Tu es demeurée tout le jour triste et silencieuse ! Qu'est-ce ? dis-moi !

— O mon père, mon bon père ! s'écria la jeune aveugle fondant en larmes. O ma cruelle destinée ! ma cruelle destinée ! »

Caleb, avant de lui répondre, passa la main sur ses yeux.

« Mais songe donc, Bertha, combien tu as toujours été gaie et heureuse, bonne et aimée de tant de monde !

— C'est là ce qui me déchire le cœur, cher père ! de vous voir toujours si soucieux de moi, toujours si bon ! »

Caleb avait du mal à la comprendre.

« Être... être aveugle, Bertha, ma pauvre chère enfant, balbutia-t-il, voilà sans doute une grande affliction ; mais...

— Je ne l'ai jamais sentie ! s'écria la jeune fille, je ne l'ai jamais sentie, du moins dans toute sa plénitude. Non, jamais, j'ai désiré quelquefois vous voir, ou le voir, lui, seulement une fois, mon bon père, une petite minute seulement, afin de pouvoir connaître de mes yeux l'image que je conserve ici (elle mit la main sur son cœur), comme un précieux trésor ! afin d'être sûre que je ne m'étais pas trompée ! Et quelquefois (mais j'étais une enfant, alors), j'ai pleuré, dans mes prières du soir, en songeant que vos chères images, qui montaient de mon cœur au ciel, pourraient bien n'avoir pas avec vous une exacte ressemblance. Mais je n'ai pas éprouvé longtemps ces sentiments ; ils se sont dissipés et m'ont laissée satisfaite et tranquille.

— Il en sera encore de même, dit Caleb.

— Mais, mon père, mon bon, mon tendre père, ayez de l'indulgence pour moi, si je suis coupable ! continua l'aveugle. Ce n'est pas là le chagrin qui m'accable en ce moment. »

Son père ne put retenir les larmes dont ses yeux étaient inondés, tant la voix de Bertha était émue et son accent pathétique ! Pourtant il ne la comprenait pas encore.

« Amenez-la-moi, reprit Bertha : je ne puis garder ce secret enfermé au-dedans de moi-même. Amenez-la-moi, mon père ! »

Elle s'aperçut qu'il hésitait ; « May, ajouta-t-elle. Amenez May ! »

May entendit prononcer son nom, et, s'approchant d'elle doucement, lui toucha le bras. La jeune aveugle se retourna aussitôt et lui prit les deux mains.

« Regardez mon visage, cher cœur, bonne et douce amie ! dit-elle. Lisez-y avec vos beaux yeux, et dites-moi si la vérité y est écrite.

— Oui, chère Bertha ! »

La jeune aveugle, relevant son visage sans regard, le long duquel se précipitaient des larmes abondantes, lui parla en ces termes :

« Il n'y a pas dans mon âme un désir ou une pensée qui ne soit pour votre bonheur, belle May ! Il n'y a pas dans mon âme un souvenir de reconnaissance plus grand que le souvenir profondément gravé là des nombreuses marques d'attention données par vous, vous qui pourriez être fière de vos yeux clairvoyants et de l'éclat de votre beauté, à la pauvre aveugle Bertha, alors même que nous étions deux enfants, hélas ! s'il y a une enfance pour un aveugle ! Que toutes les bénédictions du ciel descendent sur votre tête ! Que toutes les splendeurs brillent sur votre heureuse destinée tant mieux ! tant mieux ! chère May ! »

Et, en ce moment, elle se rapprocha encore de son amie, dont elle serra les mains avec un redoublement de tendresse.

« Oh, tant mieux ! je vous assure, quoique la nouvelle que vous alliez devenir sa femme ait torturé mon cœur presque jusqu'à le briser ! Mon père, May, Marie, pardonnez-moi ce sentiment. Il est bien naturel. Songez à tout ce qu'il a fait pour alléger les peines de ma triste vie plongée dans les ténèbres. Eh bien ! pourtant, vous pouvez me croire avec confiance, quand je prends le ciel à témoin que je ne pouvais lui souhaiter d'épouser une femme plus digne de sa bonté ! »

Tout en parlant, elle avait lâché les mains de May Fielding pour saisir ses vêtements, auxquels elle se tenait cramponnée dans une attitude où la tendresse se mêlait à la supplication ; jusqu'à ce que, prenant une pose de plus en plus humble, à mesure qu'elle avançait dans son étrange confession, elle se laissât enfin tomber aux pieds de son amie, et cachât son visage aveugle dans les plis de la robe de May.

« Grand Dieu ! s'écria son père, éclairé tout à coup par une illumination subite de la vérité, ne l'ai-je donc trompée depuis son berceau que pour finir par lui briser le cœur ! »

Il fut heureux pour eux tous que Dot, cette rayonnante, utile, active petite Dot, car elle était tout cela, avec tous ses défauts, et, en dépit de la mauvaise opinion que vous pourrez concevoir d'elle, quand le moment sera venu, il fut heureux, dis-je, pour eux tous, qu'elle se trouvât là ; sans quoi, on ne sait pas comment cela aurait fini. Mais Dot, recouvrant sa présence d'esprit, intervint avant que May pût répliquer, ou Caleb dire un mot de plus.

« Venez, venez, chère Bertha ! venez avec moi ! Donnez-moi le bras, May. C'est cela. Voyez comme elle est déjà plus calme, et comme c'est bien à elle de se soucier de nous, dit la joyeuse petite femme en l'embrassant sur le front. Allons, venez, chère Bertha ! venez ! Et voici son excellent père qui va l'emmener ; n'est-ce pas Caleb ? vous allez l'em-me-ner !

— Bien ! bien ! bravo ! »

C'était une noble petite créature que Dot dans ces occasions, et il aurait fallu avoir le cœur bien dur pour résister à son influence. Quand elle eut fait sortir le pauvre Caleb avec sa fille Bertha, afin qu'ils pussent se consoler et s'encourager l'un l'autre (elle savait bien qu'ils étaient seuls

capables de le faire), elle revint d'un seul bond aussi fraîche, comme on dit, qu'une pâquerette, et moi je dis plus fraîche, pour monter la garde auprès de ce monument de raideur, ganté et chapeauté, de peur que la pauvre vieille n'en vînt à faire quelque fâcheuse découverte.

« Apportez-moi le cher poupon, Tilly, dit-elle en approchant une chaise du feu. Pendant que je le tiendrai sur mes genoux, voici Mme Fielding, Tilly, qui va me dire comme on doit s'y prendre pour emmaillotter les enfants, et m'enseigner une foule de petits soins où je suis aussi maladroite que possible. Le voulez-vous bien, madame Fielding ? »

Le géant gallois lui-même, qui, suivant la légende populaire, fut assez nigaud pour exécuter sur sa propre personne une fatale opération chirurgicale, en croyant imiter le tour de passe-passe que faisait devant lui son ennemi mortel, à l'heure du déjeuner, ce géant lui-même ne se laissa pas prendre plus facilement au piège qu'on lui tendait que la vieille dame aux remarques flatteuses de Dot. Le départ de Tackleton, sorti pour aller faire un tour, et surtout les chuchotements de deux ou trois autres personnes causant ensemble à l'écart quelques minutes, en l'abandonnant à ses propres agréments, auraient suffi pour la faire se retrancher derrière sa dignité et renouveler l'expression de ses regrets, vingt-quatre heures durant, sur cette mystérieuse et fatale révolution dans le commerce de l'indigo. Mais une déférence si marquée pour son expérience, de la part de la jeune mère, fut si irrésistible, qu'après une brève affectation de modestie, elle commença à l'éclairer de la meilleure grâce du monde. Assise, raide comme un piquet, face à la malicieuse petite Dot, elle débita en une demi-heure plus de recettes infaillibles et de préceptes domestiques qu'il n'en aurait fallu (si on l'avait écoutée) pour ruiner complètement la santé du jeune Peerybingle, eût-il été un autre Samson au berceau.

Pour changer de thème, Dot se mit à coudre, car je ne sais pas comment elle faisait, mais elle portait toujours dans sa poche le contenu d'un plein sac à ouvrage ; puis elle berça un peu l'enfant, reprit ensuite son ouvrage pendant quelques instants, entama une petite causerie à voix basse avec May, tandis que la vieille dame faisait un somme, si bien qu'en débitant son temps par menus morceaux, suivant son habitude, elle finit par arriver, sans s'en apercevoir, au bout de l'après-midi, qui passa comme un songe. A la tombée de la nuit, comme c'était une des conventions solennelles de cette institution du pique-nique qu'elle devait, ce jour-là, faire tout le ménage de Bertha, elle arrangea le feu, balaya le foyer, prépara la table à thé, tira le rideau et alluma une chandelle. Après quoi, elle joua un air ou deux sur une espèce de harpe grossièrement fabriquée par Caleb pour sa fille et en joua, ma foi ! fort bien, car la nature lui avait fait don d'une jolie petite oreille aussi bien faite pour la musique qu'elle l'aurait été pour des boucles, si elle en avait eu à se mettre. L'heure fixée pour le thé étant arrivée sur ces entrefaites, Tackleton revint en prendre une tasse, et passer la soirée avec eux. Caleb et Bertha étaient déjà rentrés depuis quelque temps : le bonhomme avait repris son ouvrage interrompu ; mais il ne pouvait guère s'y remettre, le pauvre diable, tant il était inquiet, tant il éprouvait de remords au sujet de sa fille. C'était un spectacle attendrissant de le voir assis les bras croisés, sans rien faire, sur son tabouret de travail, l'œil fixé tristement sur elle et se répétant sans cesse : « Ne l'ai-je trompée depuis le berceau que pour finir par lui briser le cœur ! »

Quand il fit tout à fait nuit, qu'on eut pris le thé, que Dot eut fini de laver les tasses et les soucoupes, en un mot (car je suis bien obligé d'en venir là, à quoi sert de lanterner ?) quand vint le moment où chaque bruit lointain des roues allait lui annoncer, en se rapprochant, le retour du voiturier, les manières de Dot changèrent de nouveau ; elle rougissait et pâlissait tour à tour sans pouvoir rester en place. Toutes les honnêtes femmes, dites-vous, en font autant quand elles entendent revenir leur mari. Mais non, son agitation ne venait pas de son impatience.

On entend le bruit des roues, le pas d'un cheval, les aboiements d'un chien. Ces divers sons se rapprochent peu à peu. Voilà Boxer qui gratte à la porte.

« Quel est ce pas ? s'écria Bertha en tressaillant.

— Le pas de qui ? répondit le voiturier, debout sur le seuil, sa bonne figure hâlée, rougie comme un graine d'églantier par l'air vif du soir. Eh ! parbleu, c'est le mien !

— L'autre, reprit Bertha, le pas de l'homme qui marche derrière vous ?

— Il n'y a pas moyen de la tromper, fit John en riant. Entrez monsieur, vous serez le bienvenu ne craignez rien ! »

Il criait ces derniers mots à tue-tête : pendant qu'il parlait, le vieux monsieur sourd entra dans la chambre.

« Monsieur ne vous est pas totalement inconnu, vous l'avez déjà vu une fois, Caleb, continua le voiturier. Vous lui donnerez bien l'hospitalité, jusqu'à ce que nous partions ?

— Oh ! certainement, John, c'est bien de l'honneur pour moi.

— C'est d'ailleurs le compagnon le plus agréable qu'on puisse avoir sur terre, dit John, quand on a des secrets à se dire. Je possède d'assez bons poumons, mais il les met à l'épreuve ; croyez-moi. Asseyez-vous, monsieur. Il n'y a que des amis ici, tous enchantés de vous voir ! »

Après avoir donné cette assurance à l'étranger d'une voix qui confirmait amplement ce qu'il venait de dire de ses poumons, il ajouta de son ton naturel :

« Une chaise dans le coin de la cheminée, et qu'on le laisse tranquillement assis regarder à son aise autour de lui, voilà tout ce qu'il demande. Il n'est pas difficile à contenter. »

Bertha avait écouté avec une profonde attention. Elle appela Caleb auprès d'elle, lorsqu'il eut placé une chaise pour l'étranger, et le pria, tout bas, de lui dépeindre le visiteur. Quand Caleb l'eut fait (sans mentir, cette fois, et avec une fidélité scrupuleuse), elle fit un mouvement, le premier depuis qu'il était entré, poussa un soupir, et ne parut plus s'occuper de lui.

Le voiturier était de très bonne humeur, cet excellent garçon, et plus épris que jamais de sa petite femme.

« Comme elle a été maladroite, la petite Dot cet après-midi, dit-il en passant autour de la taille son rude bras, pendant qu'elle se tenait debout, seule à l'écart ; mais peu importe, ça ne m'empêche pas de l'aimer tout de même. Regardez là-bas, Dot ! »

Il lui montrait du doigt le vieux monsieur. Elle baissa les yeux. Je crois même qu'elle trembla.

« C'est... ah ! ah ! ah ! votre admirateur, savez-vous ! ajouta le voiturier. Il ne m'a pas parlé d'autre chose tout le long du chemin jusqu'ici. Mais, bah ! c'est un brave vieux bonhomme. Je l'aime bien.

— Je voudrais qu'il eût choisi un plus digne sujet, répondit Dot, promenant autour de la pièce un regard inquiet, dirigé surtout du côté de Tackleton.

— Un plus digne sujet ! s'écria le bon John, il n'y en a guère. Allons ! à bas la houppelande, à bas le cache-nez, à bas les lourdes couvertures de voyage, et passons une bonne demi-heure près du feu ! je suis votre serviteur très humble, madame Fielding. Voulez-vous que nous fassions tous les deux une partie de cribbage* ? Je suis à vous. Dot, les cartes et la table ! et puis, un verre de bière aussi,... si vous n'avez pas tout bu, petite femme ! »

Sa proposition s'adressait à la vieille dame, qui l'accueillit avec un gracieux empressement, en sorte que la partie fut bientôt engagée. D'abord, le voiturier regardait par intervalles autour de lui avec un sourire, ou bien, de temps en temps, il appelait Dot pour qu'elle vînt examiner son jeu pardessus son épaule et le conseiller sur quelque point difficile. Mais, comme son adversaire était une joueuse rigide, et sujette de plus à la faiblesse de se marquer parfois plus de points qu'elle n'avait le droit de le faire, force fut à notre ami John d'exercer une vigilance telle, qu'il n'eut pas trop de tous ses yeux et de toutes ses oreilles pour veiller à ses intérêts. Les cartes absorbèrent de la sorte toute son attention, et il ne pensait plus à autre chose, lorsqu'une main appuyée sur son épaule vint lui rappeler qu'il existait un Tackleton.

« Je suis désolé de vous déranger, mais un mot, tout de suite.

— C'est moi qui donne, répondit le voiturier. Voilà le moment critique.

— Vous avez raison, le moment critique, dit Tackleton. Venez,mon brave ! »

Il y avait dans son pâle visage une expression qui fit lever

---

* Cribbage : très ancien jeu de cartes.

John immédiatement en lui demandant, avec précipitation, de quoi il s'agissait.

« Chut ! John Peerybingle, dit Tackleton ; j'en suis désolé, oui, désolé ; je le craignais, à vrai dire ; je l'avais soupçonné tout d'abord.

— Qu'est-ce que c'est ? demanda le voiturier, l'effroi peint sur son visage.

— Chut ! je vais vous le montrer, si vous voulez venir avec moi. »

John le suivit, sans dire un mot de plus. Ils traversèrent une cour, à la clarté des étoiles, et, par une petite porte de derrière, ils entrèrent dans le bureau même de Tackleton, où se trouvait une vitre au travers de laquelle on voyait dans le magasin, fermé alors pour la nuit. Il n'y avait pas de lumière dans le bureau, mais des lampes le long de son étroit magasin éclairaient les vitres.

« Un moment ! dit Tackleton. Aurez-vous la force de regarder par la vitre ? Le pensez-vous ?

— Pourquoi non ? demanda le voiturier.

— Un moment encore, dit Tackleton. Surtout pas de violence ! cela ne servirait de rien, ce serait même dangereux. Vous êtes un gaillard solide, et vous pourriez bien tuer un homme avant de vous rendre compte. »

Le voiturier le regarda en face et recula d'un pas comme s'il venait de recevoir un coup à bout portant. D'un saut il fut à la porte vitrée et vit...

« Oh ! quelle Ombre sur le Foyer ! ô fidèle Grillon ! ô Épouse perfide ! »

Il la vit avec le vieux monsieur ; que dis-je ? ce n'était plus un vieillard, mais bien plutôt un jeune et beau garçon, droit comme un I, tenant à la main les faux cheveux blancs qui lui avaient donné accès dans leur demeure, maintenant ravagée et misérable. Il la vit, prêtant l'oreille à ses discours, tandis qu'il se penchait pour lui parler à l'oreille, lui laissant passer le bras autour de sa taille, lorsqu'ils se dirigèrent lentement le long de la sombre galerie de bois vers la porte par laquelle ils étaient entrés ; ils les vit s'arrêter, il la vit se retourner (oh ! voir ce visage, ce visage qu'il aimait tant, sous ce nouvel aspect), il la vit rajuster de ses propres mains, sur la tête du jeune vieux les cheveux menteurs, en riant sans doute de la simplicité confiante et crédule de son mari.

John serra d'abord convulsivement sa robuste main, comme s'il se préparait à terrasser un lion ; mais ses muscles se détendirent aussitôt ; il la déploya tout ouverte devant les yeux de Tackleton, car il aimait encore sa Dot, il l'aimait même en ce moment, et, quand les deux apparitions se furent évanouies, il se laissa tomber sur un bureau, aussi faible qu'un enfant.

Il était déjà emmitouflé jusqu'au menton, s'occupant de son cheval et de ses paquets, lorsque Dot rentra dans la pièce pour s'apprêter à partir.

« Allons, John, mon ami ! Bonne nuit, May ! Bonne nuit, Bertha ! »

Avait-elle bien le cœur de les embrasser ? d'être enjouée et gaie comme elle l'était en leur disant adieu ? Pouvait-elle les regarder en face sans rougir ? Oui. Tackleton l'observait de près ; eh bien ! elle en eut le cœur.

Tilly calmait l'enfant ; elle passa et repassa une douzaine de fois près de Tackleton, en répétant de sa voix traînante :

« C'était donc de savoir que les autres allaient être leurs femmes qui leur brisait les cœurs ; et les papas ne les trompaient donc dès leurs berceaux que pour finir par leur briser les cœurs !

— Maintenant, Tilly, donnez-moi le bébé. Bonne nuit, monsieur Tackleton. Où est John, pour l'amour du ciel ?

— Il veut aller à pied, à la tête du cheval, dit Tackleton en l'aidant à monter sur son siège.

— Mon cher John, aller à pied ! la nuit. »

La figure emmitouflée de son mari lui fit aussitôt un signe de tête affirmatif : le perfide étranger et la petite bonne s'étant assis dans la voiture, le vieux cheval se mit en mouvement. Boxer, dans son ignorance absolue de toutes choses, partit devant, au galop ; puis, rebroussant chemin, revint en arrière ; il courait à droite et à gauche, traçant un cercle autour de la voiture, et aboyait d'une façon aussi triomphante et aussi joyeuse que jamais.

Quand Tackleton fut sorti, lui aussi, pour reconduire Mme Fielding et sa fille jusque chez elles, le pauvre Caleb s'assit près du feu à côté de sa chère Bertha, le cœur déchiré d'inquiétudes et de remords, et disant toujours, en la contemplant avec tristesse : « Ne l'ai-je donc trompée depuis le berceau que pour finir par lui briser le cœur ! »

Les jouets qu'on avait mis en mouvement pour amuser le bébé s'étaient tous arrêtés depuis longtemps. Au milieu du silence, à la lueur de cette faible lumière, les poupées avec leur calme imperturbable ; les chevaux à bascule, si agités peu auparavant, avec leurs yeux fixes et leurs naseaux ouverts : les vieux bonshommes, devant la porte de leurs maisons, à demi repliés sur eux-mêmes, courbés en deux, sur leurs genoux défaillants ; les casse-noisettes aux visages grimaçants ; jusqu'aux animaux qui se rendaient dans l'arche, deux par deux, comme une pension qui va à la promenade ; tous avaient l'air d'avoir été frappés d'une immobilité magique, un double miracle. Dot infidèle et Tackleton aimé.

III

Troisième grésillement

Dix heures sonnaient à la pendule placée dans le coin de la cuisine, lorsque le voiturier s'assit près du feu, si troublé, si abattu par le chagrin, que le coucou en fut, je crois, tout effarouché car, après s'être dépêché de pousser ses dix petits cris mélodieux afin d'annoncer l'heure, il se replongea bien vite dans le palais moresque, en fermant avec fracas la petite porte derrière lui, comme s'il ne se sentait pas le courage d'affronter plus longtemps ce spectacle inaccoutumé.

Le petit faucheur lui-même, eût-il été armé de la faux la plus tranchante, et l'eût-il enfoncée à chaque coup dans le cœur du voiturier, n'aurait jamais pu le blesser, l'entailler aussi cruellement que l'avait fait Dot.

C'était un cœur si rempli d'amour pour elle, uni si étroitement, si solidement au sien par d'innombrables liens, de souvenirs doux et puissants, tissu précieux que ses qualités, aussi nombreuses qu'attrayantes, travaillaient assidûment chaque jour à rendre plus serré ; c'était un cœur dans lequel Dot s'était, en quelque sorte, enchâssée si doucement et si profondément ; un cœur si simple et si vrai ; toujours si droit, toujours si innocent, qu'il ne put d'abord nourrir ni colère ni pensée de vengeance, et n'eut de place que pour y garder encore l'image brisée de son idole.

Mais peu à peu, insensiblement, à mesure que le voiturier demeurait plus longtemps absorbé par ses réflexions devant son foyer, maintenant froid et sombre, d'autres pensées plus farouches commencèrent à se faire jour dans son esprit, comme un vent furieux qui s'élève au milieu de la nuit. L'étranger était sous son toit déshonoré. Trois pas pouvaient le conduire à sa chambre, un seul coup de poing suffirait pour en enfoncer la porte. « Vous pourriez bien tuer un homme avant de vous en rendre compte », avait dit Tackleton. Ce ne serait pas un meurtre, s'il donnait à l'infâme le temps de lutter avec lui, corps à corps ; n'avait-il pas l'avantage de la jeunesse ?

C'était une pensée dangereuse dans les sombres dispositions de son esprit. C'était une pensée de colère, une tentation de vengeance, qui pouvait changer sa joyeuse maison en un lieu hanté devant lequel le voyageur craindrait de passer seul la nuit, et où les imaginations timides verraient, à travers les fenêtres brisées, des ombres lutter ensemble, quand la lune serait voilée, et entendraient des bruits sauvages les jours de tempête.

Il avait l'avantage de la jeunesse ! Oui, oui ; c'était un

amant qui avait trouvé le chemin d'un cœur que *lui,* John, n'avait jamais touché ; amant choisi par elle autrefois, dans sa jeunesse, à qui elle avait songé toujours, dont elle avait rêvé dans son sommeil, pour qui elle languissait et soupirait, tandis qu'il la croyait si heureuse à ses côtés. O la cruelle douleur seulement d'y penser !

Elle était montée à l'étage supérieur pour coucher le bébé. Pendant que John s'abandonnait de la sorte à ses tristes réflexions, seul, près du feu, elle vint se mettre à côté de lui, sans même qu'il la remarquât (car les douleurs qu'il souffrait dans ses tortures lui avaient fait perdre jusqu'à la perception des sens), et plaça son petit tabouret à ses pieds. Il ne s'en aperçut que lorsqu'il sentit la main de Dot se poser sur la sienne, et qu'il la vit le regarder en face.

Avec étonnement ? Non. C'est ce qui le surprit d'abord, et il eut besoin de la regarder encore pour s'assurer que c'était bien vrai. Non, pas avec étonnement, avec un regard curieux et scrutateur, mais pas étonné du tout ; un regard inquiet, sérieux, qui fit place à un sourire étrange, sauvage, effrayant, comme si elle devinait ses pensées ; puis, rien d'autre, si ce n'est qu'elle appliqua ses mains croisées sur son front, les cheveux tombants.

Quand John aurait pu disposer en ce moment de la toute-puissance de Dieu, n'ayez pas peur qu'il en eût fait tomber sur Dot le poids d'une plume ; il avait dans le cœur trop de miséricorde, cet autre attribut du bon Dieu. Aussi ne put-il supporter de la voir, ainsi affaissée sur le petit siège où il l'avait souvent contemplée, avec amour et orgueil, si innocente et si gaie ; et quand elle se leva et s'éloigna de lui en sanglotant, il se sentit plus soulagé de voir sa place vide à ses côtés, que si elle l'avait encore remplie de sa présence, si longtemps chère à son cœur. Cette présence était en ce moment pour lui la plus poignante de toutes les angoisses, parce qu'elle lui rappelait dans quel abîme de désolation il venait de tomber, et comment venait de se briser à jamais le lien suprême qui l'attachait à la vie.

Plus il y songeait, plus il sentait qu'il aurait préféré la voir frappée à ses yeux d'une mort prématurée avec leur petit enfant dans les bras, et plus aussi la rage contre son ennemi redoublait de violence. Il regarda autour de lui pour chercher une arme.

Un fusil se trouvait suspendu au mur. John le décrocha, et fit un pas ou deux vers la porte de la chambre du perfide étranger. Il savait que le fusil était chargé : une idée vague qu'il avait le droit de tuer cet homme comme une bête fauve, s'empara de son esprit, et l'envahit tout entier comme un noir démon, bannissant toute pensée de clémence et de pardon.

Non, ce n'est pas tout à fait exact. Cette idée ne bannit point de son cœur toute pensée de clémence et de pardon, elle les transforma avec adresse, et en fit des aiguillons qui le stimulaient davantage, changeant l'eau en sang, l'amour en haine, la douceur en férocité aveugle. L'image de Dot désespérée, humiliée, mais faisant encore appel à sa tendresse et à sa pitié avec un pouvoir irrésistible, ne sortait point de son esprit ; mais la vue même de cette image le poussait vers la porte, élevait l'arme à la hauteur de son épaule, posait, assurait son doigt sur la détente et lui criait : « Tue-le ! Dans son lit ! »

Il renversa le fusil pour enfoncer la porte avec la crosse ; déjà il le tenait levé en l'air ; il sentait une voix prête à s'échapper de ses lèvres pour crier à sa victime, dans un dernier accès de miséricorde : « Sauve-toi, au nom du ciel ; sauve-toi par la fenêtre ! »

Quand, tout à coup, le feu, qui, jusque-là avait couvé en silence, illumina la cheminée par un jet brillant de lumière, et le grillon du foyer se remit à grésiller.

Aucun des sons qu'il aurait pu entendre, aucune voix humaine, pas même celle de Dot, n'aurait ému et calmé le pauvre John d'une manière aussi efficace. Les paroles pleines de franchise par lesquelles Dot lui avait exprimé son amour pour ce grillon retentissaient encore toutes vibrantes à ses oreilles ; il la revoyait avec son ton de franchise et de douceur, son léger tremblement dans tout son être, sa douce voix (oh ! quelle voix ! ou plutôt quelle musique domestique pour charmer un honnête homme au coin du feu !), tout cela venait ranimer ses bonnes pensées, les réchauffer, leur rendre le mouvement et la vie.

Il recula de la porte, comme un somnambule éveillé au milieu d'un rêve effrayant, et mit le fusil de côté. Alors, couvrant son visage de ses deux mains, il se rassit près du feu et trouva du soulagement dans les larmes.

Le grillon du foyer s'avança dans la chambre, et vint se placer devant lui sous la forme d'une fée.

« Je l'aime, dit la voix féerique, répétant les paroles que John se rappelait bien ; je l'aime, pour toutes les bonnes pensées que son innocente musique a fait naître en moi, chaque fois que j'ai pu l'entendre. »

— Ce sont ses propres paroles ! s'écria le voiturier. C'est bien cela !

— « Vous m'avez rendu cette maison bien heureuse, et c'est à cause de cela que j'aime le grillon. »

— Oui, elle a été bien heureuse, Dieu le sait, cette maison, reprit le voiturier. C'est elle qui l'a rendue heureuse, toujours... jusqu'à présent.

— Si gracieuse, d'humeur si douce ; si bonne ménagère, si joyeuse, si occupée, le cœur si léger ! dit la voix.

— Sans cela, est-ce que je l'aurais aimée comme je l'aimais ? fit le voiturier.

— Dites « comme je l'aime » !... reprit la voix.

— Comme je l'aimais », répéta le voiturier ; mais son ton n'était plus aussi ferme ; sa voix, mal assurée, résistait à sa volonté et voulait parler à sa manière, pour elle-même et pour lui.

L'apparition, dans une attitude solennelle, leva la main et dit :

« Par ton foyer...

— Le foyer qu'elle a souillé, interrompit John.

— Le foyer qu'elle a... si souvent... béni et illuminé ! dit le grillon ; le foyer qui, sans elle, n'était qu'un assemblage de pierres et de briques avec des barreaux de fer rouillé, mais qui, par elle, est devenu ton autel domestique, l'autel sur lequel tu as sacrifié chaque soir quelque petite passion mauvaise, quelque égoïsme, quelque souci, pour y déposer l'offrande d'un esprit tranquille, d'une nature confiante et d'un cœur généreux, en sorte que la fumée, s'élevant de ta pauvre cheminée, est montée vers le ciel avec un parfum plus suave que le plus riche encens brûlé devant les plus riches châsses, dans tous les magnifiques temples de ce monde ! Par ton foyer, par son paisible sanctuaire, entouré de toutes les douces influences qu'il te rappelle, écoute-la ! écoute-moi ! car tout, ici, te parle le langage de ton foyer et de ton intérieur domestique.

— Et, croyez-vous qu'il parle en sa faveur ? demanda John.

— Oui, tout ce qui parle le langage de ton foyer et de ton intérieur doit parler en sa faveur ! répondit le grillon, car ce langage-là ne peut mentir. »

Et, pendant que le voiturier, la tête appuyée sur ses mains, continuait à rêver, assis sur sa chaise, la Présence se tenait à ses côtés, lui suggérant ses pensées grâce à son pouvoir surnaturel, et les lui remettant devant les yeux, comme dans un miroir ou dans un tableau.

Et l'image présente n'était pas seule. De la pierre du foyer, de la cheminée, de l'horloge, de la pipe, de la bouilloire et du berceau ; du plancher, des murs, du plafond et de l'escalier ; de la voiture à l'extérieur et du buffet à l'intérieur, de tous les ustensiles de ménage ; de chaque objet, de chaque lieu avec lesquels Dot avait toujours été familière, et auxquels se rattachait un souvenir d'elle dans l'esprit de son infortuné mari, des fées sortaient en foule, non pour se tenir immobiles à côté de lui, comme avait fait le grillon, mais pour s'occuper et s'agiter en tous sens ; pour rendre toutes sortes d'honneurs à l'image de Dot, pour le tirer par le pan de son habit, et la lui montrer du doigt quand elle paraissait ; pour se grouper autour d'elle, l'enlacer dans leurs bras et jeter des fleurs sur ses pas ; pour essayer de couronner sa belle tête avec leurs petites mains ; pour lui montrer qu'elles l'aimaient tendrement, et qu'il n'y avait pas une seule créature laide, méchante et accusatrice qui pût se vanter de la connaître... Elles, elles seules, ses compagnes folâtres et fidèles, savaient tout ce qu'elle valait.

Ses pensées suivaient constamment l'image de Dot qui était toujours là.

Assise devant le feu, elle travaillait à l'aiguille en chantonnant toute seule. Quelle créature enjouée, active et patiente que cette petite Dot ! Les figures des fées se tournèrent toutes à la fois vers lui, d'un seul et même accord, et concentrant sur elle un regard, semblaient dire, toutes fières de leur idole : « Et c'est là la femme légère que tu accuses ? »

Au-dehors, on entendait des sons joyeux d'instruments de musique, de voix bruyantes et de rires éclatants. Une troupe de jeunes gens en train de se divertir se précipitèrent dans la maison ; parmi eux, May Fielding, avec une vingtaine d'autres filles aussi jolies ; Dot était la plus belle de toutes, et aussi jeune que n'importe laquelle. Elles venaient l'inviter à prendre part à leur fête ; il s'agissait d'aller danser. Si jamais pieds furent faits pour danser, c'étaient assurément les siens. Mais elle se mit à rire, hocha la tête et leur montra son dîner sur le feu et la table déjà mise, avec un air de satisfaction peu jalouse de leurs plaisirs qui la rendait encore plus charmante. Elle les congédia donc gaiement en saluant de la tête, l'un après l'autre, à mesure qu'ils sortaient, ses aspirants danseurs, avec une indifférence comique ; ils n'avaient plus, après cela, ces beaux galants, qu'à s'aller jeter à l'eau de désespoir ; et pourtant l'indifférence n'était pas son défaut, oh non ! car en ce moment, parut à la porte certain voiturier et Dieu sait quel bon accueil elle lui fit !

Les fées se tournèrent toutes à la fois vers lui et semblèrent lui dire : « Est-ce la femme qui t'a abandonné ? »

Une ombre passa sur le miroir ou le tableau, comme il vous plaira. La grande ombre de l'étranger, tel qu'il apparut d'abord sous leur toit ; elle en couvrait toute la surface et effaçait tous les autres objets. Mais les fées agiles travaillèrent comme des abeilles diligentes à la dissiper ; Dot reparut encore belle et brillante.

Elle berçait son petit enfant ; lui chantait doucement une chanson, la tête sur une épaule qui avait sa contre-partie dans la figure rêveuse près de laquelle se tenait le grillon.

La nuit, la nuit réelle, et non pas celle qui se règle aux horloges des fées, la nuit poursuivait sa course ; dans cette phase des pensées du voiturier, la lune se montra au ciel, brillante de clarté. Peut-être une lumière calme et tranquille s'était-elle aussi levée dans son esprit, et put-il réfléchir avec plus de sang-froid à ce qui était arrivé.

Quoique l'ombre de l'étranger passât par intervalles sur le miroir, toujours distincte, grande et parfaitement définie, elle ne paraissait déjà plus aussi sombre que d'abord. Toutes les fois qu'elle se montrait, les fées poussaient un cri général de consternation, et employaient, avec une activité inconcevable, leurs petits bras et leurs petites jambes à l'effacer. Puis, quand elles retrouvaient dessous celle de Dot, et la lui faisaient voir, une fois de plus, belle et brillante, elles manifestaient leur joie de la manière la plus communicative.

Elles ne la montraient jamais autrement que brillante et belle, car elles étaient de ces génies domestiques pour lesquels le mensonge est le néant : aussi, Dot ne pouvait être pour elles qu'une petite créature active, radieuse, pleine de charmes, qui avait été la lumière et le soleil de la maison du voiturier.

Les fées redoublèrent d'ardeur lorsqu'elles la montrèrent avec le bébé, causant au milieu d'un groupe de sages vieilles matrones, affectant d'être elle-même sage et vieille, s'appuyant avec l'air posé, grave et digne d'une vieille dame sur le bras de son mari, tentant (elle ! une fleur de petite femme à peine éclose) de les persuader qu'elle avait abjuré les vanités du monde en général, et appartenait à cette catégorie de personnes mûres pour lesquelles ce n'était point chose nouvelle que la maternité ; cependant, à la même minute, elles la montraient encore, riant de la maladresse du voiturier remontant son col de chemise pour faire de lui un dandy, et l'entraînant gaiement, avec sa mine rieuse, tout autour de la pièce pour lui apprendre à danser !

Elles se tournaient plus que jamais vers lui et le regardaient avec de grands yeux démesurément ouverts, lorsqu'elles la lui montraient auprès de la jeune fille aveugle, car bien qu'elle portât en tous lieux, avec elle, son animation et sa gaieté naturelles, c'était surtout dans la demeure de Caleb Plummer qu'elle les faisait couler à flot. L'amour que lui portait la jeune aveugle, sa confiance absolue en elle, sa reconnaissance, la manière délicate dont elle savait repousser les remerciements de Bertha, ses petites ruses adroites pour mettre à profit chacun des moments de sa visite en faisant quelque chose d'utile dans le ménage, se donnant en réalité beaucoup de peine, sous prétexte de prendre un jour de congé, sa prévoyance généreuse, relativement à ces invariables gourmandises, le pâté de veau et jambon, et les bouteilles de bière ; sa figure radieuse lorsqu'elle arrivait à la porte et lorsqu'elle prenait congé ; cette merveilleuse conviction, répandue dans toute sa personne, depuis l'extrémité de ses pieds jusqu'au sommet de sa tête, qu'elle sentait l'importance de son rôle dans cette fête qu'elle avait instituée, qu'elle y était nécessaire, indispensable, faisait la joie des fées et redoublait leur amour pour elle. Aussi regardèrent-elles une fois encore le voiturier, l'appelant toutes ensemble et semblant lui dire, pendant que quelques-unes d'entre elles allaient se nicher dans les plis de sa robe pour la caresser de plus près : « Est-ce là la femme qui a trahi ta confiance ? »

Plus d'une fois, plus de deux, trois fois dans le cours des rêves de cette longue nuit, elles la lui montrèrent assise sur son siège favori, la tête penchée en avant, les mains croisées sur son front, les cheveux dénoués comme il l'avait vue la dernière fois. Et quand elles la trouvaient ainsi, elles ne se tournaient plus vers lui, ne le regardaient plus, mais se pressaient, s'ingéniaient à lui donner des marques de leur sympathie et de leur tendresse, oubliant complètement son mari.

La nuit se passa de la sorte. La lune descendit à l'horizon ; les étoiles pâlirent ; les premières lueurs du jour percèrent les ténèbres ; la fraîcheur du matin se fit sentir : le soleil se leva. John était encore assis tout pensif au coin de la cheminée ; il se retrouvait dans la même position qu'il avait prise la veille au soir, la tête dans ses mains. Toute la nuit, John avait écouté le grillon dans le foyer ; toute la nuit, John avait écouté sa voix ; toute la nuit, les fées domestiques avaient été occupées autour de lui ; toute la nuit, Dot avait été aimable et sans reproche dans le miroir des fées, excepté dans les moments où cette ombre venait à passer.

John se leva dès qu'il fut grand jour, fit sa toilette et s'habilla. Il ne pouvait vaquer à ses joyeuses occupations du matin, il n'en avait pas le courage, mais peu importe : comme c'était le jour du mariage de Tackleton, il avait pris ses arrangements pour se faire remplacer dans ses tournées. Il s'était proposé d'abord d'aller gaiement à l'église avec Dot, mais il n'y fallait plus penser. C'était aussi l'anniversaire de leur mariage. Qui lui aurait jamais dit qu'une telle année dût avoir une telle fin !

Le voiturier s'attendait à une visite matinale de Tackleton ; il ne se trompait pas. A peine avait-il commencé à se promener de long en large devant sa porte, qu'il aperçut, sur la route, la carriole du marchand de jouets. A mesure qu'il approchait davantage, John put voir que Tackleton était déjà paré pour la noce, et qu'il avait orné la tête de son cheval de fleurs et de rubans.

Le cheval ressemblait plus à un fiancé que son maître, dont l'œil, à demi fermé, avait une expression plus désagréable que jamais. Mais le voiturier n'en fit pas la remarque. Il avait bien autre chose en tête.

« John Peerybingle ! dit Tackleton d'un air de condoléance. Mon pauvre ami, comment vous sentez-vous ce matin ?

— Je n'ai pas passé une bonne nuit, Maître Tackleton,

répondit-il en secouant la tête ; j'avais l'esprit troublé. Mais maintenant, c'est fini ! Pouvez-vous m'accorder quelque chose comme une demi-heure d'entretien particulier ?

— Je suis venu exprès, dit Tackleton en descendant de voiture. Ne vous inquiétez pas du cheval. Il se tiendra assez tranquille, les rênes passées par-dessus ce poteau, si vous voulez lui donner un peu de foin. »

Le voiturier alla en chercher à l'écurie et le mit devant le cheval ; puis ils entrèrent tous deux dans la maison.

« Vous ne vous mariez pas avant midi, je pense ? dit John.

— Non, répondit Tackleton. J'ai bien le temps ! J'ai bien le temps ! »

Au moment où ils entrèrent dans la cuisine, Tilly Slowboy frappait à la porte de l'étranger, tout près de là. Un de ses yeux rouges (car Tilly avait pleuré toute la nuit, parce que sa maîtresse pleurait) était appliqué au trou de la serrure ; elle frappait à coups redoublés et paraissait fort effrayée.

« S'il vous plaît, dit Tilly regardant autour d'elle, je ne puis me faire entendre de personne. J'espère qu'il n'y a personne de parti pour l'autre monde, s'il vous plaît ! »

En formulant ce souhait philanthropique, Mlle Slowboy redoubla de plus belle ses coups de poing et ses coups de pied contre la porte, mais sans obtenir plus de résultat.

« Voulez-vous que j'aille voir ? dit Tackleton. C'est curieux. »

Le voiturier, qui avait détourné le visage de la porte, lui fit signe qu'il pouvait y aller, s'il voulait.

Tackleton alla donc au secours de Tilly ; il frappa aussi à coups de pied et à coups de poing, et n'obtint, lui non plus, pas la moindre réponse. Mais il eut l'idée de saisir la poignée ; l'ayant tournée sans peine, il passa la tête dans la porte entrebâillée, regarda dans l'intérieur de la chambre, entra, et revint aussitôt en courant.

« John Peerybingle, lui dit-il à l'oreille, j'espère qu'il ne s'est rien passé... pas de violences cette nuit. »

Le voiturier se retourna vivement de son côté.

« Il est parti ! reprit Tackleton ; et la fenêtre est ouverte. Je ne vois aucune trace. Mais la chambre est presque de niveau avec le jardin... mais j'ai eu peur de ... quelque... quelque bagarre, hein ? »

Il ferma presque entièrement son œil expressif arrêté sur John avec une persistance opiniâtre, et lui fit faire, ainsi qu'à son visage et à tout son corps, une contorsion singulière ; on aurait dit qu'il voulait lui arracher la vérité comme on débouche une bouteille de vin.

« Tranquillisez-vous, dit le voiturier. Il est entré dans cette chambre hier au soir sans avoir subi de ma part la moindre attaque ni la moindre injure, et personne n'y est entré depuis. Il est parti de sa propre volonté, et je sortirais moi-même avec plaisir de cette maison pour aller demander mon pain de porte en porte, le reste de mes jours, si je pouvais ainsi changer le passé et faire qu'il ne fût jamais entré ici. Mais il est venu et il est parti ; que ce soit une affaire finie.

— Oh ! oh ! Eh bien ! il peut se vanter de s'en être bien tiré », dit Tackleton prenant une chaise.

Son ricanement moqueur fut perdu pour John, qui s'assit pareillement, et se couvrit un instant le visage de ses mains avant de continuer.

« Hier au soir, dit-il enfin, vous m'avez montré ma femme que j'aime... qui secrètement...

— Et tendrement, insinua Tackleton.

— Aidait cet homme à se déguiser, et lui avait fourni l'occasion d'un tête-à-tête. C'était ce que je pouvais voir de plus horrible. Je crois qu'il n'y a pas d'homme au monde que je n'eusse choisi pour me le montrer.

— J'avoue que j'ai toujours eu mes soupçons, dit Tackleton ; et c'est aussi ce qui m'a toujours fait voir ici de mauvais œil, je le sais.

— Mais, comme c'est vous qui me l'avez montré, poursuivit le voiturier, sans faire attention à ses paroles, et que vous l'avez vue, ma femme, ma femme que j'aime... » Sa voix, son regard, son geste, devinrent plus fermes et plus assurés à mesure qu'il prononçait ces mots, preuve évidente qu'il avait un but bien arrêté... « Que vous l'avez vue dans une circonstance fâcheuse pour elle, il est juste que vous la voyiez aussi avec mes yeux, et que vous pénétriez dans mon cœur pour y lire mes intentions sur ce point. Car ma décision est prise, dit le voiturier le regardant avec attention ; et rien ne pourra vraiment ébranler ma résolution. »

Tackleton murmura en termes généraux quelques paroles d'approbation sur la nécessité où il se trouvait d'exercer une vengeance quelconque ; mais les manières de son interlocuteur lui en imposèrent. Quelque simples et rudes qu'elles fussent, elles avaient une certaine noblesse et une dignité qui ne pouvaient provenir que d'un fond d'honneur et de générosité bien enracinés dans son âme.

« Je suis un être simple et grossier, continua John, je n'ai pas grand-chose pour moi. Je ne suis pas un homme d'esprit, comme vous le savez fort bien ; je ne suis pas un jeune homme ; j'aimais ma petite Dot, parce que je l'ai vue depuis son enfance, dans la maison de son père ; parce que je savais ce qu'elle valait ; parce qu'elle avait été ma vie depuis des années. Il y a beaucoup d'hommes auxquels je ne puis me comparer, mais qui n'auraient pu, je crois, aimer ma petite Dot autant que moi ! »

Il s'arrêta et frappa doucement le plancher du pied pendant quelques instants avant de poursuivre :

« J'ai souvent pensé que, quoique je ne fusse pas fait pour elle, je pourrais faire un bon mari, et apprécier peut-être mieux qu'un autre tout ce qu'elle vaut ; c'est ce qui fait que j'en suis venu à croire qu'un mariage entre nous n'était pas déraisonnable. Et en effet, nous nous sommes mariés.

— Ah ! dit Tackleton avec un hochement de tête significatif.

— Je m'étais étudié, je m'étais mis à l'épreuve ; je savais combien je l'aimais et combien je serais heureux, ajouta le voiturier. Mais je n'avais pas (je le sens aujourd'hui) suffisamment réfléchi aux conséquences qui en résulteraient pour elle.

— Bien sûr, dit Tackleton. L'étourderie, la frivolité, la légèreté, le désir de plaire ! Vous n'aviez pas réfléchi ! vous aviez perdu de vue !... Ah !

— Vous feriez bien mieux de ne pas m'interrompre, reprit John avec un peu de mauvaise humeur, jusqu'à ce que vous me compreniez, et vous en êtes bien loin. Hier, j'aurais assommé d'un coup de poing l'homme qui se serait permis de dire un seul mot contre elle ; aujourd'hui, je lui écraserais la figure avec mon pied, fût-il mon frère ! »

Le marchand de jouets le regarda étonné. John continua d'un ton radouci :

« Avais-je réfléchi, dit-il, que je l'enlevais, à son âge, avec sa beauté, à ses jeunes camarades, aux différentes scènes dont elle était l'ornement, la plus radieuse étoile du firmament, pour l'enfermer à jamais dans ma triste maison et l'enchaîner à mon ennuyeuse société ? Avais-je réfléchi combien j'étais peu fait pour sa vivacité, et combien ma lourdeur doit être pénible à un esprit prompt comme le sien ? Avais-je réfléchi que ce n'était pas un mérite pour moi, ou un titre pour moi de l'aimer, quand tous ceux qui la connaissaient se voyaient forcés d'en faire autant ? Non, jamais ! J'ai profité de son caractère enjoué, confiant dans l'avenir, et je l'ai épousée : je voudrais ne l'avoir jamais fait ! Pour elle, grand Dieu ! non pour moi ! »

Le marchand de jouets le regarda sans cligner de l'œil ; et même, son œil à demi fermé s'ouvrit, cette fois, tout entier.

« Que Dieu la bénisse, dit John, pour la généreuse constance avec laquelle elle a cherché à écarter de moi cette douloureuse découverte ! Et que le ciel me pardonne de n'avoir pas, dans mon intelligence épaisse, compris plus tôt la chose ! Pauvre enfant ! Pauvre Dot ! je ne l'ai pas devinée, moi, qui ai vu ses yeux se remplir de larmes quand on parlait de mariages semblables au nôtre ! Moi, qui ai vu cent fois le secret errer sur ses lèvres tremblantes sans jamais en soupçonner l'existence, jusqu'à la nuit dernière. Pauvre jeune fille ! avoir pu espérer qu'elle m'aimerait ! avoir pu croire qu'elle m'aimait en effet !

— Elle a bien fait semblant, dit Tackleton, et c'était même si fort, qu'à vous parler franchement, c'est là ce qui a donné naissance à mes soupçons. » Et ici, il fit valoir la supériorité de May Fielding, qu'on ne pouvait, à coup sûr, accuser de faire semblant d'être amoureuse de *lui*.

« C'est qu'elle essayait, dit le pauvre John avec une émotion plus grande qu'il ne l'avait encore laissé paraître ; je commence seulement maintenant à savoir combien il a dû lui en coûter d'essayer d'être ma femme fidèle et dévouée. Combien elle a été bonne ! ce qu'elle a fait pour moi ! quel cœur brave et énergique ! j'en atteste le bonheur que j'ai goûté sous ce toit ! Ce sera toujours une consolation et un soulagement pour moi, lorsque je serai seul ici.

— Seul ici ? dit Tackleton. Vous avez donc l'intention de donner suite à cet incident ?

— J'ai l'intention, répondit le voiturier, de lui donner la plus grande marque de tendresse et de lui faire la réparation la plus complète qui soient en mon pouvoir. Je puis l'affranchir d'une souffrance quotidienne, celle qui résulte d'un mariage mal assorti et des efforts qu'elle fait pour me le cacher. Elle sera aussi libre qu'il peut dépendre de moi.

— Lui faire une réparation, à elle ! s'écria Tackleton en roulant ses grandes oreilles autour de ses doigts. Il doit y avoir une erreur. J'aurai mal entendu. »

John saisit au collet le marchand de jouets et le secoua comme un prunier.

« Écoutez-moi ! dit-il, et prenez garde de bien me comprendre. Écoutez-moi. Est-ce que je ne parle pas clairement ?

— Très clairement, au contraire, répondit Tackleton.

— En homme résolu ?

— Sûrement, sûrement, en homme tout à fait résolu.

— Je suis resté la nuit dernière, toute la nuit, assis devant ce foyer, s'écria le voiturier, à la place où elle s'est souvent assise à mes côtés, en me regardant avec son doux visage. J'ai passé en revue sa vie entière, jour par jour ; j'ai revu sa chère image se présenter devant mes yeux dans toutes les situations de sa vie. Sur mon âme, elle est innocente, aussi vrai qu'il y a un Dieu pour juger le coupable et l'innocent. »

Brave grillon du foyer ! loyales fées domestiques !

« La colère et la défiance m'ont abandonné ! continua John. Il ne me reste plus que mon chagrin. Dans un moment malheureux, quelque ancien amoureux, mieux fait que moi pour son âge et ses goûts, abandonné peut-être pour moi, contre sa volonté, sera revenu. Dans un moment malheureux, prise à l'improviste, sans avoir le temps de réfléchir à ce qu'elle faisait, elle s'est rendue elle-même complice de sa trahison par un rendez-vous clandestin. Elle l'a rencontré la nuit dernière dans l'entrevue dont nous avons été témoins. Elle a eu tort ; mais, à part cela, elle est innocente, ou il n'y a plus d'honneur sur la terre.

— Si c'est là votre opinion... commença Tackleton.

— Ainsi qu'elle parte ! poursuivit le voiturier. Qu'elle parte avec ma bénédiction pour toutes les heures de bonheur qu'elle m'a données, et mon pardon pour la douleur dont elle a été la cause. Qu'elle parte, avec la paix du cœur que je lui souhaite ! Elle ne me haïra jamais ; elle apprendra, au contraire, à m'aimer davantage quand je ne la traînerai plus à la remorque de ma destinée. Elle portera alors plus légèrement la chaîne que j'ai rivée si malheureusement pour elle. C'est aujourd'hui l'anniversaire du jour où je l'ai enlevée au foyer paternel, sans m'être inquiété de savoir si elle serait heureuse. C'est aujourd'hui qu'elle y retournera, et je ne l'importunerai plus. Son père et sa mère seront ici tout à l'heure ; nous avions formé un petit plan pour passer ensemble cette journée ; ils la ramèneront chez eux. Je peux me fier à elle là et partout. Si je mourais (je puis mourir peut-être pendant qu'elle est jeune encore ; je sens que j'ai perdu de mes forces en quelques heures), elle verrait que je me suis souvenu d'elle, et que je l'ai aimée jusqu'au dernier jour ! Voilà la conclusion de ce que vous m'avez fait voir. Maintenant tout est fini !

— Oh ! non, John, tout n'est pas fini. Ne dis pas encore que c'est fini. Pas tout à fait encore. J'ai entendu tes nobles paroles ; je ne veux pas m'en aller sans te dire que j'en suis pénétrée d'une profonde reconnaissance. Ne dis pas que c'est fini, avant que l'horloge ait sonné encore une fois. »

Dot, entrée peu après Tackleton, était demeurée là. Elle n'avait pas seulement regardé Tackleton ; mais, les yeux fixés sur son mari, elle s'était tenue à l'écart, laissant entre elle et lui la plus grande distance possible ; et quoiqu'elle parlât avec chaleur et passion, elle ne s'approcha point de lui, même à ce moment. Qu'elle était en cela différente d'elle-même, de la Dot d'autrefois !

« Il n'y a pas d'horloge qui puisse maintenant sonner pour moi une seconde fois les heures qui sont écoulées, malheureusement, répliqua le voiturier avec un faible sourire. Mais, puisque tu le veux, ma chère, je le veux bien. L'heure sonnera bientôt. Nous n'en aurons pas pour longtemps. Je ferais volontiers des choses plus difficiles que cela pour te faire plaisir.

— Fort bien, murmura Tackleton. Il faut que je parte ; car, lorsque l'heure sonnera, je dois être en route pour l'église. Au revoir, John Peerybingle. Je regrette d'être privé du plaisir de rester avec vous ; pour votre compagnie d'abord, et puis aussi pour la circonstance.

— J'ai parlé clairement ? dit John en l'accompagnant vers la porte.

— Oh ! très clairement.

— Et vous vous souviendrez de ce que je vous ai dit ?

— Oui, et si vous me forcez à faire cette remarque, dit Tackleton, non sans avoir pris au préalable la sage précaution de commencer par monter en voiture, je dois vous dire que ç'a été pour moi quelque chose de si inattendu, qu'il n'est guère probable que je l'oublie.

— Tant mieux pour nous deux, reprit John. Adieu. Je vous souhaite du bonheur.

— Je voudrais pouvoir vous faire le même souhait, dit Tackleton. Comme la chose ne m'est pas possible, merci. Entre nous (je vous l'ai déjà dit, n'est-ce pas ?) je ne crois pas que j'en aie moins de plaisir dans ma vie conjugale, parce que May n'aura pas été trop empressée à mon égard, ni trop démonstrative. Adieu ! soignez-vous bien. »

John le suivit des yeux jusqu'à ce que la distance le fît paraître assez petit pour se perdre dans les fleurs et les rubans de son cheval. Alors, poussant un profond soupir, il s'en alla errer, comme une âme en peine, à l'ombre de quelques ormes du voisinage, ne voulant pas rentrer chez lui avant que l'horloge fût sur le point de sonner.

Sa petite femme, laissée seule, sanglotait à faire pitié ; mais elle s'essuyait souvent les yeux et arrêtait le cours de ses larmes pour se dire : Mon Dieu ! comme il est bon, comme il est excellent ! Et puis, une fois ou deux, elle rit de si bon cœur, avec un tel air de triomphe et d'une manière si incohérente (car elle ne cessait pas de pleurer en même temps), que Tilly en fut tout épouvantée.

« Ouh ! ouh ! s'il vous plaît, ne faites pas cela, dit-elle. Il y aurait de quoi tuer et enterrer l'enfant, s'il vous plaît !

— L'apporterez-vous quelquefois à son père, Tilly, quand je ne pourrai plus habiter ici, et que je serai retournée dans mon ancienne maison ? lui demanda sa maîtresse essuyant ses yeux.

— Ouh ! s'il vous plaît, ne faites pas cela, s'écria Tilly renversant la tête et poussant un hurlement affreux, tout à fait comme Boxer : Ouh ! s'il vous plaît, ne faites pas cela. Ouh ! qu'est-ce que tout le monde a donc été faire à tout le monde, pour rendre tout le monde si malheureux ! Ouh-ouh-ouh-ouh ! »

La sensible Slowboy allait laisser éclater là-dessus un hurlement si terrible, en raison même des efforts qu'elle avait faits pour l'étouffer plus longtemps, que le bébé en aurait été réveillé infailliblement et en aurait éprouvé une frayeur suivie de conséquences très fâcheuses (de convulsions probablement), si ses yeux n'eussent rencontré Caleb Plummer, qui entrait avec sa fille. Cette vue la rappelant au sentiment des convenances, elle resta silencieuse quelques minutes, la bouche grande ouverte ; puis, courant au galop vers le lit où dormait l'enfant, elle se mit à danser sur le plancher une étrange danse de saint Guy, en même temps qu'elle se fourrait le visage et la tête dans les draps, trouvant sans doute beaucoup de soulagement à sa peine dans ces exercices extravagants.

« Comment ! dit Bertha, vous n'êtes pas au mariage ?

— Je lui ai dit, madame, que vous n'y assisteriez pas, murmura Caleb. Je l'ai entendu dire. Mais que Dieu vous bénisse, ajouta le petit homme en pressant ses deux mains avec tendresse, ce n'est pas moi qui m'occupe de ce qu'ils disent ; ce n'est pas moi qui irais les croire. Je ne vaux pas grand-chose, mais le peu que je vaux se ferait hacher en mille morceaux plutôt que de croire un seul mot prononcé contre vous ! »

Il lui passa les bras autour du cou et la tint serrée, comme un enfant presse sa poupée dans ses bras.

« Bertha n'a pas pu rester à la maison ce matin, continua Caleb. Elle avait peur, j'en suis sûr, d'entendre sonner les cloches, et ne pouvait prendre sur elle de se sentir si près d'eux le jour de leurs noces. Nous sommes donc partis de bonne heure et nous sommes venus ici. J'ai réfléchi à ce que j'ai fait, dit-il après un moment de silence. Je me suis reproché, jusqu'à ne plus savoir que faire ni vers qui me tourner, tout le chagrin que je lui ai causé, et j'en suis arrivé à cette conclusion qu'il valait mieux, si vous voulez rester avec moi pendant ce temps-là, madame, lui dire la vérité. Voulez-vous rester avec moi tout ce temps ? lui demanda-t-il, tremblant de la tête aux pieds. J'ignore quel effet cela peut produire sur elle ; j'ignore ce qu'elle pensera de moi ; j'ignore si, après cela, elle aimera encore son pauvre père. Mais il faut absolument pour elle qu'elle soit détrompée, et, pour moi, quelles qu'en soient les conséquences, il est juste que je les subisse.

— May, dit Bertha, où est votre main ? Ah ! la voici, la voici. » Elle la porta à ses lèvres avec un sourire et l'attira sous son bras. « Je les ai entendus chuchoter entre eux, la nuit dernière, et critiquer votre conduite. Ils avaient tort. »

La femme du voiturier demeura silencieuse. Caleb répondit pour elle.

« Ils avaient tort, dit-il.

— Je le savais, s'écria Bertha fièrement. Je le leur ai dit. Je n'ai pas daigné écouter un seul mot ! La critiquer elle ! allons donc ! » et elle pressait la main de Dot dans la sienne, et approchait sa douce joue contre la sienne. « Non, non, je ne suis pas encore assez aveugle pour cela. »

Son père vint se placer à sa droite, tandis que Dot restait à sa gauche, lui tenant la main.

« Je vous connais tous, dit Bertha, mieux que vous ne pensez, mais personne aussi bien qu'elle, pas même vous, mon père. Il n'y a rien d'aussi pur et d'aussi vrai qu'elle dans tout ce qui m'entoure. Si je pouvais recouvrer la vue en ce moment, je la reconnaîtrais au milieu d'une foule nombreuse, sans qu'elle eût besoin de dire un mot !... ma sœur !

— Bertha, chère enfant ! dit Caleb, j'ai quelque chose sur la conscience que j'ai besoin de te dire, pendant que nous sommes seuls tous les trois. Écoute-moi avec bonté ! j'ai une confession à te faire, mon ange.

— Une confession, mon père ?

— Je me suis écarté de la vérité, et je me suis perdu, mon enfant, dit Caleb avec une expression déchirante, qui bouleversait tous ses traits. Je me suis écarté de la vérité par amour pour toi, et cet amour m'a rendu cruel. »

Elle tourna vers lui son visage où se peignait l'excès de l'étonnement et répéta : « Cruel ! »

« Il s'accuse trop sévèrement, Bertha, reprit Dot, vous le lui direz tout à l'heure : vous serez la première à le lui dire.

— Lui, cruel pour moi ! s'écria Bertha avec un sourire d'incrédulité.

— Sans le vouloir, mon enfant, dit Caleb. Mais je l'ai été, quoique je ne m'en sois aperçu qu'hier. Ma chère fille aveugle, écoute-moi et pardonne-moi ! Le monde où tu vis, cher enfant de mon cœur, n'existe pas tel que je te l'ai représenté. Les yeux auxquels tu t'es fiée t'ont menti. »

Elle tourna encore vers lui son visage où se peignait une surprise toujours croissante, mais elle recula et se serra plus près de son amie.

« Le chemin de la vie était rude pour toi, ma pauvre bien-aimée, continua Caleb ; j'ai voulu te le rendre plus doux. J'ai modifié les objets, dénaturé les caractères des gens, inventé bien des choses qui n'ont jamais existé, afin de te rendre plus heureuse. Je t'ai caché des choses, je t'ai entourée d'illusions, Dieu me pardonne ! et je t'ai placée au milieu d'une existence toute de rêves.

— Mais les personnes vivantes ne sont pas des rêves ! dit-elle avec précipitation, en pâlissant et en s'éloignant de lui encore davantage. Vous ne pouvez les changer.

— Je l'ai pourtant fait, Bertha, confessa Caleb. Il y a une personne que tu connais, ma colombe...

— Oh ! mon père, répondit-elle avec un accent d'amer reproche, pourquoi dites-vous que je la connais ? Est-ce que je connais quelqu'un ou quelque chose, moi, pauvre misérable aveugle ! qui n'ai pas de guide ? »

Dans l'angoisse de son cœur, elle étendit les mains, comme

si elle cherchait sa route à tâtons, puis les ramena sur son visage avec un geste de tristesse et de sombre désespoir.

« Celui qui se marie aujourd'hui, dit Caleb, est un homme égoïste, avare, despote ; un maître dur pour toi et pour moi, chère enfant, depuis bien des années, hideux de visage comme de naturel, toujours froid, toujours dur ; tout à fait différent du portrait que je t'en ai tracé sous tous les rapports, ma chère Bertha, sous tous les rapports.

— Oh ! pourquoi, s'écria la jeune aveugle visiblement en proie à une torture cruelle presque au-dessus de ses forces, pourquoi avez-vous fait cela ? Pourquoi avoir toujours rempli mon cœur à ras bords, et puis venir, comme la mort, en arracher les objets de mon amour ? O ciel, comme je suis aveugle ! comme je suis seule, sans assistance ! »

Son père, affligé, baissa la tête et ne répondit que par son repentir et son chagrin.

Elle se livrait depuis un moment à peine à ces violents transports de regret, lorsque le grillon du foyer, entendu d'elle seule, commença à grésiller, non pas gaiement, cette fois, mais sur un ton bas, faible, mélancolique, et si triste, si lugubre, qu'elle se mit à fondre en larmes ; et, quand l'image qui s'était tenue près du voiturier pendant toute la nuit parut derrière elle, lui montrant du doigt son père, ses larmes coulèrent à torrents.

Elle entendit bientôt plus clairement la voix du grillon ; et cette image mystérieuse, si ses yeux ne purent la voir, son âme la sentit voltiger autour de son père.

« May, demanda la jeune aveugle, dites-moi ce qu'est ma demeure, ce qu'elle est réellement.

— C'est une pauvre habitation, Bertha, très pauvre et bien nue, en vérité. La maison vous abritera difficilement un autre hiver contre le vent et la pluie. Elle est aussi mal protégée contre le mauvais temps, Bertha, continua Dot d'une voix basse, mais distincte, que votre pauvre père dans son manteau de toile d'emballage. »

La jeune aveugle, très agitée, se leva et tira à l'écart la petite femme du voiturier.

« Ces présents dont je m'occupais tant, dit-elle toute tremblante, ces présents qui prévenaient mes moindres désirs, et que je recevais avec tant de reconnaissance, d'où venaient-ils ? Est-ce vous qui me les envoyiez ?

— Non.

— Qui donc ? »

Dot vit qu'elle le devinait déjà et garda le silence. La jeune aveugle se couvrit une seconde fois le visage de ses mains, mais cette fois avec une tout autre expression.

« Chère May, un moment ! Un seul moment !... Venez un peu par ici. Parlez-moi plus bas. Vous êtes sincère, je le sais. Vous ne voudriez pas me tromper ?

— Non, Bertha.

— Non, je suis sûre que vous ne le voudriez pas. Vous avez trop pitié de moi. May, regardez à travers la pièce l'endroit où nous étions tout à l'heure ; l'endroit où est mon père, mon père si compatissant, si plein d'amour pour moi, et dites-moi ce que vous voyez.

— Je vois, dit Dot, qui la comprenait parfaitement, un vieillard assis sur une chaise, tristement renversé sur le dossier, le visage appuyé sur sa main, comme s'il avait besoin de son enfant pour le consoler, Bertha.

— Oui, oui, elle le consolera. Continuez.

— C'est un vieillard usé par le travail et les soucis : un homme maigre, abattu, pensif, dont les cheveux blanchissent. Je le vois maintenant désespéré, courbé en deux, accablé sous le poids de ses peines. Mais, Bertha, je l'ai vu bien des fois lutter avec courage et constance pour un but grand et sacré. Aussi j'honore sa tête grise et je le bénis ! »

La jeune aveugle la quitta brusquement ; et, se jetant à genoux devant son père, elle prit sa tête blanchie qu'elle serra contre son cœur.

Caleb ne trouvait pas de paroles pour exprimer son émotion.

« Il n'y a pas sur cette terre de tête belle et noble, s'écria la jeune aveugle en la tenant embrassée, que je puisse aimer aussi tendrement, chérir avec une affection aussi dévouée que celle-ci ; plus elle est blanche et triste, plus elle m'est chère ! Qu'on ne vienne plus me dire que je suis aveugle ! Il n'y a pas une ride sur ce visage, il n'y a pas un cheveu sur cette tête qui soit à l'avenir oublié dans mes prières et dans mes actions de grâces au ciel ! »

Caleb essaya de balbutier : « Ma Bertha !

— Et dans mon infirmité, aveugle que j'étais, dit la jeune fille, mêlant à ses caresses les larmes de la plus vive tendresse, je le croyais si différent ! L'avoir près de moi, jour après jour ! si préoccupé toujours de moi, et n'avoir jamais songé à cela !

— Ce jeune et élégant père, Bertha, avec son bel habit bleu, dit le pauvre Caleb, ma Bertha !

— Rien n'est parti, répondit-elle. Père chéri, non ! Tout est ici, en vous ! Le père que j'aimais tant, le père que je n'ai jamais assez aimé et jamais connu, le bienfaiteur que j'ai d'abord commencé à vénérer et à aimer, parce qu'il avait pour moi une si tendre sympathie, tout se retrouve ici en vous. Rien n'est mort pour moi. L'âme de tout ce qui m'était le plus cher est ici, avec son visage flétri, et sa tête blanche, et je ne suis plus aveugle, mon père ! »

Toute l'attention de Dot, pendant ce discours, avait été concentrée sur le père et la fille ! mais dirigeant ses regards maintenant vers le petit faucheur dans la prairie moresque, elle vit que l'heure allait sonner au bout de quelques minutes, et tomba aussitôt dans un état d'intense agitation nerveuse.

« Mon père, dit Bertha, en hésitant... May...

— Oui, ma chère enfant, répondit Caleb, elle est là.

— Il n'y a pas de changements en *elle.* Vous ne m'avez jamais rien dit d'*elle* qui ne fût vrai ?

— Je l'aurais fait, ma chère enfant, j'en ai peur, répondit Caleb, si j'avais pu la décrire meilleure qu'elle n'était. Mais, pour peu que je l'eusse changée, je n'aurais pu que lui faire tort. »

Quelle que fût la confiance dont la jeune aveugle avait été animée en posant cette question, sa joie et son orgueil à la réponse de Caleb, et les nouvelles caresses qu'elle prodiguait à Dot étaient charmants à voir.

« Cependant, chère amie, reprit Dot, il peut encore se produire plus de changements que vous ne pensez. Des changements en mieux, je veux dire, des changements qui causeront une grande joie à certains d'entre nous. S'il en est qui vous touchent, il ne faudra pas vous laisser entraîner par une émotion trop vive. N'est-ce pas un bruit de roues, qu'on entend sur le chemin ? Vous avez l'oreille fine, Bertha ; sont-ce bien des roues ?

— Oui, et qui s'avancent avec une grande rapidité.

— Je... je... je sais que vous avez l'oreille fine, dit Dot, une main sur son cœur, et, évidemment, parlant aussi vite qu'elle le pouvait, afin d'en dissimuler les palpitations : je le sais, parce que je l'ai souvent remarqué, et surtout hier au soir où vous avez été si prompte à reconnaître ce pas étranger : quoique je ne sache pas trop pourquoi vous avez dit, je me le rappelle fort bien, quel est ce pas ? pourquoi vous l'avez remarqué plus qu'un autre. Oui, comme je le disais tout à l'heure, il se produit de grands changements dans le monde, de grands changements, et ce que nous avons de mieux à faire, c'est de nous préparer à n'être surpris de rien. »

Caleb se demandait ce que cela voulait dire, s'apercevant qu'elle s'adressait à lui aussi bien qu'à sa fille. Il la vit avec étonnement si troublée, si agitée, qu'elle pouvait à peine respirer et obligée de se retenir à une chaise pour éviter de tomber.

« Ce sont des roues, en effet, s'écria-t-elle haletante ; les voilà qui approchent ! Plus près encore ! Encore un moment et les voici. Les entendez-vous s'arrêter à la porte du jardin ? Et, quel est ce pas devant la porte d'entrée ? Le même pas qu'hier, Bertha, n'est-ce pas le même ?... et maintenant !... »

Dot poussa un cri de joie, un de ces cris que rien ne peut arrêter, et, se précipitant vers Caleb, lui mit la main sur les yeux, au moment où un jeune homme entrait précipitamment dans la pièce et, jetant son chapeau en l'air, s'approchait d'eux en courant.

« Est-ce fini ? s'écria Dot.

— Oui.

— D'une manière heureuse ?

— Oui.

— Vous rappelez-vous cette voix, cher Caleb ? Avez-vous

jamais entendu une voix semblable à celle-ci auparavant ? s'écria Dot.

— Si mon garçon, parti pour l'Amérique, là-bas, au Sud, dans la Californie, vivait encore ! dit Caleb tremblant.

— Il vit ! cria Dot, écartant ses mains des yeux qu'elles couvraient et les frappant l'une contre l'autre dans l'excès de sa joie ; regardez-le ! Voyez-le devant vous, fort et bien portant ! votre frère chéri, Bertha, qui vit et qui vous aime ! »

Honneur à la petite créature pour ses transports ! Honneur pour ses larmes et ses rires, pendant que le père et les deux enfants étaient enlacés dans les bras l'un de l'autre ! Honneur à la franche cordialité avec laquelle Dot alla au-devant du matelot au teint hâlé, avec ses cheveux noirs flottant sur ses épaules, sans détourner sa petite bouche vermeille et lui permettant, au contraire, de l'embrasser tout bonnement et de la presser sur son cœur palpitant d'émotion.

Mais, honneur aussi au coucou (et pourquoi pas ?), pour s'être précipité hors de la trappe à bascule du palais moresque, comme un enfonceur de portes, et pour avoir salué douze fois la compagnie de sa ritournelle intermittente, comme s'il était, lui aussi, ivre de joie !

Le voiturier, entrant alors, fit un pas en arrière ; il ne s'attendait pas à se trouver en si bonne compagnie.

« Regardez, John ! dit Caleb exultant, regardez ! Mon garçon de Californie, mon fils ! mon propre fils ! celui que vous aviez équipé et embarqué vous-même ; celui pour qui vous avez toujours été un si bon ami ! »

Le voiturier s'approcha pour lui donner la main ; mais il recula brusquement, en croyant reconnaître les traits du vieillard sourd qu'il avait pris dans la voiture.

« Édouard ! dit-il ; quoi ! c'était vous ?

— Racontez-lui tout, maintenant ! s'écria Dot. Racontez-lui tout, Édouard, et ne m'épargnez pas, car je suis bien décidée à ne pas m'épargner moi-même.

— C'était moi, dit Édouard.

— Et comment avez-vous eu le courage d'entrer clandestinement, travesti, dans la maison de votre vieil ami ? reprit le voiturier. J'ai connu autrefois un garçon loyal... (combien d'années de cela, Caleb, depuis que nous avons entendu dire qu'il était mort et que nous crûmes en avoir la preuve ?...) qui n'aurait jamais fait cela.

— C'est comme moi, j'ai connu autrefois un généreux ami, un père pour moi plutôt qu'un ami, dit Édouard, qui n'aurait jamais voulu juger un homme, moi surtout, sans l'entendre. C'était vous. Aussi, j'espère que vous m'écouterez, maintenant. »

Le voiturier, jetant un regard troublé sur Dot, qui se tenait encore éloignée de lui, répondit :

« Eh bien ! soit ! Rien de plus juste. Je vous écoute.

— Il faut que vous sachiez que quand je partis d'ici, encore bien jeune, dit Édouard, j'étais amoureux, et mon amour était payé de retour. Il s'agissait d'une très jeune fille qui, peut-être (allez-vous me dire), ne connaissait pas son propre cœur. Mais, moi, je connaissais le mien, et j'avais une vive passion pour elle.

— Vous ! s'écria John ; vous !

— Oui, en vérité, répondit l'autre. Et elle me payait de retour. Je l'ai toujours cru depuis, et maintenant, j'en suis sûr.

— Dieu du ciel ! dit le voiturier. Il ne manquait plus que cela.

— Demeuré fidèle, reprit Édouard, et revenant, plein d'espérance, après bien des dangers et des souffrances, pour accomplir ma part de notre mutuel engagement, j'apprends, à vingt milles d'ici, qu'elle m'a été infidèle, qu'elle m'a oublié et qu'elle s'est donnée à un autre, à un homme plus riche que moi. Je n'avais pas l'intention de lui adresser des reproches, mais je désirais la voir et me convaincre par moi-même que c'était la vérité. J'espérais qu'elle aurait pu être contrainte à prendre ce parti contre ses vœux et ses souvenirs. Ce serait une bien légère consolation, pensais-je, mais enfin c'en serait une, et je suis venu. Afin de pouvoir connaître la vérité, la *vérité vraie,* et d'observer librement par moi-même, de juger sans obstacle de son côté, et, sans user de mon influence personnelle sur elle (à supposer que j'en eusse), je me déguisai... vous savez comment j'attendis sur la route... vous savez où. Vous n'eûtes aucun soupçon, ni elle non plus (montrant Dot), jusqu'à ce que je lui glissasse un mot à l'oreille, près de ce même foyer, et qu'elle fût, par l'explosion de sa surprise, sur le point de me trahir.

— Mais quand elle sut qu'Édouard vivait et qu'il était de retour, reprit Dot, la voix entrecoupée de sanglots (parlant pour elle-même comme elle avait brûlé de le faire pendant tout le récit du marin) et quand elle connut son projet, elle lui recommanda expressément de garder le secret, car son vieil ami John Peerybingle était beaucoup trop franc, et trop maladroit pour rien cacher, oui, un vrai maladroit en tout et pour tout, incapable d'aider à sa ruse, dit Dot, moitié riant, moitié pleurant ; et quand elle, c'est-à-dire moi, John, ajouta en sanglotant la petite femme, lui eut tout raconté, comment sa fiancée l'avait cru mort, comment, à la fin, elle s'était laissé pousser par sa mère à un mariage que la vieille femme, dans sa simplicité, appelait avantageux ; et quand elle, c'est encore moi, John, lui eut dit qu'ils n'étaient pas encore mariés (quoique bien près de l'être) et que, si ce mariage se faisait, ce ne serait pas autre chose qu'un sacrifice, car de son côté à elle il n'y avait point d'amour ; et quand il devint presque fou de joie à cette nouvelle, alors elle, c'est-à-dire encore moi, dit qu'elle interviendrait, comme elle avait souvent fait autrefois, John, qu'elle sonderait son amie et saurait bien s'assurer qu'elle, moi encore, John, ne se trompait pas dans ce qu'elle disait là. Et, en effet, elle ne s'était pas trompée, John ! et ils ont été réunis, John ! et ils ont été mariés, John ! il y a une heure. Et voici la mariée ! Et Gruff et Tackleton risque bien de mourir célibataire ! Et je suis une heureuse petite femme, May, que Dieu vous bénisse ! » Or, vous savez, par parenthèse, que c'était une irrésistible petite femme ; mais jamais elle n'avait été si irrésistible que dans les transports auxquels elle se livrait en ce moment. Jamais il n'y eut de félicitations si tendres, si délicieuses que celles qu'elle se prodiguait à elle-même et à la jeune mariée.

Au milieu du tumulte d'émotions qui s'élevait dans sa poitrine, l'honnête voiturier était resté confondu. Tout à coup, il court vers elle, mais Dot étend la main pour l'arrêter et recule loin de lui, conservant sa distance.

« Non, John, non ! entends tout ! Ne m'aime plus, John,

jusqu'à ce que tu aies entendu tout ce que j'ai à te dire. C'était mal d'avoir eu un secret pour toi, John ; je le regrette. Je ne croyais pas avoir si mal fait, jusqu'au moment où je vins m'asseoir près de toi, sur le petit tabouret, hier soir ; mais quand je pus lire sur ton visage que tu m'avais vue me promener dans la galerie avec Édouard, quand je vis ce que tu pensais, je compris toute l'étendue de ma faute étourdie. Mais aussi, John, comment as-tu pu, ah ! comment as-tu pu avoir de pareilles idées ? »

Pauvre petite femme, comme elle sanglotait encore ! John Peerybingle voulait la serrer dans ses bras. Mais non ; elle ne le permit pas.

« Ne m'aime pas encore, s'il te plaît, John ! pas avant longtemps, encore ! Quand j'étais triste de ce prochain mariage, mon cher, c'est parce que je me rappelais May et Édouard, qui s'aimaient tant dans leur jeunesse, et parce que je savais que le cœur de May était bien loin de s'être donné à Tackleton. Tu le crois maintenant, n'est-ce pas, John ? »

John, à cet appel, allait de nouveau se précipiter vers sa femme, mais elle l'arrêta encore.

« Non, reste là, s'il te plaît, John ! Quand il m'arrive de te plaisanter, comme je le fais quelquefois, John, en te traitant de maladroit, de vieux bêta chéri, et d'autres noms pareils, c'est parce que je t'aime tant, John, et toi et tes manières, que je ne voudrais pas te voir changer le moins du monde, fût-ce même demain, pour te changer en roi.

— Bravo ! bravissimo ! s'écria Caleb avec une vigueur inaccoutumée, c'est mon opinion !

— Et lorsque je parle de gens entre deux âges, de gens rassis, John, et qu'alors je prétends que nous menons une vie monotone, c'est seulement parce que je ne suis qu'une sotte petite créature, que j'aime aussi quelquefois à jouer à la madame ; tout cela, c'est seulement pour de rire. »

Elle vit bien qu'il allait encore s'approcher ; elle l'arrêta une troisième fois, mais elle faillit se laisser surprendre.

« Non ; ne m'aime pas encore ; seulement une minute ou deux, s'il te plaît, John ! Ce que je désire surtout te dire, je l'ai gardé pour la fin. Mon cher, mon bon, mon généreux John, quand nous parlions l'autre soir du grillon, j'avais un aveu sur mes lèvres, j'allais le laisser échapper, à savoir que je ne t'avais pas aimé d'abord tout à fait aussi tendrement que je t'aime maintenant ; que, lorsque je vins pour la première fois ici, dans ta maison, je craignais presque de ne pouvoir réussir à t'aimer aussi bien que je l'espérais et que je priais Dieu de m'y aider ; j'étais si jeune, John ! Mais, cher John, chaque jour, chaque heure, je t'ai aimé de plus en plus. Et s'il m'eût été possible de t'aimer plus que je ne t'aime, les nobles paroles que je t'ai entendu prononcer ce matin auraient bien suffi pour cela. Mais je ne le puis. Toute l'affection que j'avais en moi (et j'en avais beaucoup à donner, John), je te l'ai donnée, comme tu le méritais, il y a longtemps, longtemps, et je n'en ai plus à donner maintenant. A présent, mon cher mari, reprends-moi sur ton cœur ! Voici ma maison, John, et ne songe jamais, non jamais, à me renvoyer de celle-là pour en habiter une autre ! »

Vous n'éprouverez jamais autant de plaisir à voir une noble petite femme dans les bras de personne, que vous en auriez ressenti, si vous aviez vu Dot courir au-devant de ceux du voiturier. Ce fut bien la plus complète, la plus naïve, la plus franche petite scène de tendresse et d'émotion que vous puissiez jamais voir dans toute votre vie.

Soyez sûr que John se trouvait dans un état de ravissement indicible ; et soyez sûr aussi qu'il en était de même de Dot ; mais soyez sûr, en même temps, que tout le monde était aux anges, y compris Mlle Slowboy, qui pleurait de joie, et, dans son désir de faire participer son jeune fardeau à cet échange général de félicitations, le présentait successivement, à la ronde, à chacun des assistants, absolument comme elle aurait fait circuler un plateau de rafraîchissements.

Mais un bruit de roues se fit encore entendre au-dehors, et quelqu'un s'écria que c'était Gruff et Tackleton qui revenait. En effet, le digne gentleman fit presque aussitôt son apparition, le visage enflammé et tout ému.

« Voyons, que diable signifie tout cela, John Peerybingle ? dit-il en entrant. Il faut qu'il y ait quelque erreur. J'ai donné rendez-vous à Mme Tackleton dans l'église, et je parierais que nous nous sommes croisés sur la route, pendant qu'elle venait ici. Tiens, mais la voici ! Je vous demande bien pardon, monsieur, je n'ai pas le plaisir de vous connaître ; mais, si vous pouvez me faire la faveur de me laisser cette demoiselle, elle a un engagement particulier pour ce matin.

— Mais, non, je n'ai pas l'intention de vous la laisser du tout, répondit Édouard. Cela m'est impossible.

— Que voulez-vous dire, vagabond ? reprit Tackleton.

— Je veux dire, dit l'autre en souriant, que je veux bien vous pardonner votre humeur, parce que je vois que vous êtes vexé ; je serai aussi sourd ce matin à vos propos grossiers, que je l'étais hier soir à toute espèce de propos. »

Quel regard lui lança Tackleton, et comme il tressaillit !

« Je suis fâché, monsieur, continua Édouard en tenant la main gauche de May, et surtout l'annulaire avec une affectation toute particulière, que cette jeune dame ne puisse vous accompagner à l'église ; mais comme elle y a déjà été une fois ce matin, peut-être voudrez-vous l'excuser. »

Tackleton regarda d'un air mécontent ce doigt, et tira de la poche de son gilet un petit morceau de papier argenté qui, selon l'apparence, contenait un anneau.

« Mademoiselle Slowboy, dit-il, voulez-vous avoir la bonté de jeter ceci au feu ?... Merci.

— Voyez-vous, dit Édouard, c'était un engagement antérieur au vôtre, un engagement déjà fort ancien, qui a empêché ma femme d'être exacte à votre rendez-vous, je vous assure.

— M. Tackleton me rendra la justice de reconnaître que je lui en avais très fidèlement fait confidence, et que maintes fois, ajouta May en rougissant, je lui ai dit qu'il me serait impossible de l'oublier jamais.

— Oh ! certainement ! fit Tackleton, certainement. C'est parfaitement juste ; il n'y a rien à dire. Monsieur Édouard Plummer, je présume ?

— C'est mon nom, répondit le jeune marié.

— Ah ! je ne vous aurais pas reconnu, monsieur, dit Tackleton, l'examinant avec un regard inquisiteur et lui faisant un profond salut. Je vous fais mes compliments, monsieur.

— Merci.

— Madame Peerybingle, reprit Tackleton en se tournant tout à coup du côté où Dot se tenait avec son mari, recevez l'expression de mes regrets. Vous n'avez jamais eu pour moi une grande bienveillance, mais, sur mon âme, je regrette sincèrement ce qui s'est passé, vous valez mieux que je ne croyais. John Peerybingle, recevez aussi mes excuses. Vous me comprenez, cela suffit. Il n'y a rien à dire, mesdames et messieurs, tout va pour le mieux. Au revoir ! »

Là-dessus, le voilà parti, sans demander son reste ; il s'arrêta seulement un instant à la porte pour dépouiller la tête de son cheval des rubans et des fleurs qui l'ornaient, et donner au pauvre animal un violent coup de pied dans les côtes, sans doute afin de lui apprendre qu'il y avait quelque anicroche.

A présent, il n'y avait pas à badiner ; il fallut songer sérieusement à célébrer ce jour-là, de manière qu'il laissât à tout jamais sa trace dans le calendrier des fêtes de la maison Peerybingle. En conséquence, Dot se mit à l'œuvre pour préparer un régal qui pût couvrir d'un honneur immortel son ménage et chacune des parties intéressées. En un instant, elle plongea ses bras dans la farine jusqu'au coude, y compris les charmantes fossettes, et se fit un jeu malin de blanchir l'habit du bon John, chaque fois qu'il venait près d'elle, en l'arrêtant pour lui donner un baiser. Ce brave garçon lava les légumes, ratissa les navets, brisa les assiettes, renversa les marmites de fer pleines d'eau froide sur le feu, enfin il se rendit utile de toutes les façons, tandis qu'une couple d'aides de cuisine, appelées à la hâte de quelque endroit du voisinage, comme dans une affaire de vie ou de mort, couraient l'une contre l'autre, se heurtaient à chaque porte et se cognaient à tous les coins, et chacun trébuchait partout sur Tilly Slowboy et le bébé. Tilly n'avait jamais encore, jusqu'alors, fait preuve d'une telle activité ; elle se multipliait ; son ubiquité était l'objet de l'admiration générale. Elle était dans le corridor à deux heures vingt-cinq minutes, véritable pierre d'achoppement pour ceux qui entraient et sortaient ; dans la cuisine, à deux heures et demie précises, comme un traquenard ; dans le grenier, comme un trébuchet, à trois heures moins vingt-cinq minutes. La tête du bébé tint lieu de pierre de touche à toute sorte de matière animale, végétale et minérale avec laquelle elle se trouva en contact ; ou plutôt, il n'y eut ce jour-là en mouvement, ni gens, ni meubles, ni ustensiles qui ne fissent à un moment donné, connaissance intime avec la tête du poupon.

Puis il y eut une grande expédition mise sur pied pour aller chercher Mme Fielding, pour exprimer de touchants regrets à cette excellente dame, et l'amener, de gré ou de force, à être heureuse et clémente. Et, quand l'Expédition la découvrit, la dame ne voulut d'abord rien entendre, répéta un nombre incalculable de fois qu'elle avait vécu uniquement pour voir ce beau jour, qu'on ne lui demandât pas autre chose ; qu'on n'avait plus qu'à la porter en terre : ce qui paraissait absurde puisque elle n'était point morte ; bien loin de là, au bout d'un certain temps elle tomba dans un état de calme effrayant, et observa qu'à l'époque de cette fameuse catastrophe dans le commerce de l'indigo, elle avait bien prévu que sa vie entière serait exposée à toute espèce d'insulte et d'outrage ; qu'elle n'était donc pas étonnée de ce qui arrivait et qu'elle suppliait qu'on ne se donnât pas le moindre mal pour elle (qu'était-elle en effet ? Mon Dieu ! rien du tout !) ; qu'on voulût bien oublier qu'une pauvre petite créature comme elle eût jamais vécu, et que l'on continuât d'aller tout droit son chemin, comme si elle n'existait pas. Passant de ce ton amer et sarcastique à un langage inspiré par la colère, elle fit entendre cette expression remarquable « que le ver se retourne quand on le foule aux pieds » ; après quoi, elle finit par exprimer un tendre regret. Encore s'ils lui avaient seulement donné leur confiance, quelles idées n'aurait-elle pas pu leur suggérer ! Profitant de cette crise opérée dans ses sentiments, l'Expédition l'embrassa ; alors, Mme Fielding eut bientôt mis ses gants, et se dirigea vers la maison de John Peerybingle dans une tenue irréprochable et distinguée, portant à sa ceinture, dans une enveloppe de papier, un bonnet de cérémonie, presque aussi haut et certainement aussi raide qu'une mitre.

Le père et la mère de Dot, qui devaient aussi venir dans une autre petite carriole, étaient en retard ; on eut des inquiétudes, et on regarda souvent du côté de la route si on les voyait ; Mme Fielding regardait toujours du mauvais côté et dans une direction totalement impossible ; et, lorsqu'on lui en faisait l'observation, elle espérait, répondait-elle, qu'elle pouvait prendre la liberté de regarder où bon lui semblait. A la fin, ils arrivèrent : un petit couple potelé, marchant de ce petit pas serré et solide, véritable cachet de la famille Dot. Dot et sa mère, assises à côté l'une de l'autre, offraient une ressemblance frappante.

Alors la mère de Dot eut à renouveler connaissance avec la mère de May ; la mère de May affectait toujours de se tenir sur ses grands airs, tandis que la mère de Dot ne se tenait sur autre chose que sur ses petits pieds d'une rare activité. Et le vieux Dot (c'est le père de Dot que je veux dire : j'ai oublié que ce n'était pas son vrai nom, mais n'importe) prenait des libertés avec Mme Fielding ; il lui donna des poignées de main à première vue, sans autre révérence pour le fameux bonnet, dans lequel il eut l'air de ne voir qu'un composé d'empois et de mousseline, ne témoigna pas la moindre sensibilité pour les malheurs de l'indigo, vu qu'il n'y avait plus rien à y faire ; enfin, d'après la définition de Mme Fielding, c'était une bonne pâte d'homme ! mais si grossière, ma chère !

Je ne voudrais pas, pour tout l'or du monde, oublier Dot, faisant les honneurs avec sa robe de mariée, béni soit son joli visage ! Non ! ni le bon voiturier, si jovial, et si rubicond, au bout de la table ; ni le brun et frais matelot avec sa gracieuse femme, ni un seul de ses convives. Quant au dîner, ce serait bien dommage de l'oublier aussi. Jamais il ne se mangea de dîner plus substantiel ni plus appétissant ; et oublier les coupes pleines dans lesquelles on trinqua à la santé des noces serait le pire de tous les oublis. Après le dîner, Caleb chanta sa chanson bachique en l'honneur du vin mousseux. Aussi vrai que je suis un homme vivant, qui espère l'être encore un an ou deux, il la chanta sans en oublier un couplet.

Et à ce propos, un incident tout à fait imprévu survint précisément au moment où Caleb achevait sa chanson.

On frappa un léger coup à la porte : un homme entra en chancelant sans même dire : « Avec votre permission », ou :

« Sauf votre permission » ; il portait quelque chose de lourd sur la tête, et déposa son fardeau au centre de la table, sans déranger la symétrie, au beau milieu des pommes et des noix.

« M. Tackleton, dit-il, vous présente ses compliments, et comme il n'a pas besoin de son gâteau de noces, il espère que vous voudrez bien lui faire l'honneur de le manger. »

Après ces quelques mots, il sortit.

Il y eut quelque surprise parmi la compagnie, comme vous pouvez l'imaginer, Mme Fielding, personne d'un discernement infini, insinua que le gâteau était empoisonné, et raconta l'histoire d'un autre gâteau, qui, à sa connaissance, avait fait tourner au bleu toute une pension de jeunes demoiselles ; mais on lui répondit par des acclamations unanimes et May y plongea le couteau en grande cérémonie et au milieu de la joie générale.

Je ne crois pas que personne y eût encore goûté, lorsqu'un autre coup léger fut frappé à la porte ; le même homme parut de nouveau, portant sous son bras un énorme paquet recouvert de papier gris.

« M. Tackleton vous présente ses compliments, et il envoie quelques jouets au bébé. Ils ne font pas peur. »

Puis, sur ce, il se retira comme la première fois.

Tous les convives auraient été fort embarrassés de trouver des paroles capables d'exprimer leur étonnement, quand même ils auraient eu plus de temps pour en chercher. Mais on ne le leur laissa pas, car le voiturier avait à peine fermé la porte derrière lui, qu'à un troisième coup, frappé presque immédiatement, Tackleton lui-même entra dans la pièce.

« Madame Peerybingle, dit le marchand de jouets, le chapeau à la main, j'ai beaucoup de regrets, plus de regrets encore que ce matin. J'ai eu tout le temps d'y penser. John Peerybingle, mon caractère est naturellement assez mauvais, mais il ne peut manquer de s'améliorer, plus ou moins, dans la compagnie d'un homme comme vous. Caleb, cette petite bonne m'a donné hier soir, sans s'en douter, une sorte d'avis énigmatique dont j'ai retrouvé la clef. Je rougis de penser combien il m'aurait été facile de vous attacher à moi, vous et votre fille ; et quel misérable idiot j'étais moi-même de la prendre pour une idiote. Mes amis, permettez-moi de vous appeler tous de ce nom, ma maison est bien solitaire ce soir. Je n'ai pas même un grillon dans mon foyer, puisque je les ai tous effarouchés. Ayez pitié de mon isolement, et permettez que je me joigne à votre heureuse réunion ! »

En cinq minutes, il fut comme chez lui. Jamais vous n'avez vu un tel compagnon. Qu'est-ce qu'il avait donc eu toute sa vie, pour n'avoir jamais su, jusqu'à ce jour, quel joyeux convive il pouvait faire ? ou bien comment les fées s'y étaient-elles donc prises pour opérer en lui un tel changement ?

« John ! tu ne veux plus me renvoyer chez mes parents ce soir ; le veux-tu encore, John ? » murmura Dot à voix basse.

Il en avait pourtant été sur le point.

Il ne manquait plus qu'un être vivant pour rendre la réunion complète ; en un clin d'œil, il fut là, très assoiffé, à force d'avoir couru, et cherchant par des efforts inutiles à faire entrer sa tête dans le goulot trop étroit d'une cruche. Il avait suivi la voiture jusqu'au terme de son voyage, fort contrarié de l'absence de son maître, et prodigieusement rebelle à son remplaçant. Après avoir rôdé aux environs de l'écurie pendant quelque temps, bien peu de temps, après avoir tenté en vain d'exciter le vieux cheval à retourner seul, par un acte de mutinerie, il était allé se coucher devant le feu, dans la salle commune du pub voisin. Mais, cédant tout à coup, à la conviction que le remplaçant de l'honnête John n'était qu'une mauvaise plaisanterie, qui ne valait pas la peine qu'on restât avec lui, il s'était remis sur ses pattes, lui avait tourné le dos et repris le chemin du logis.

Le soir, on se mit à danser. Je me serais contenté de mentionner d'une manière générale ce divertissement, sans en rien dire de plus, si je n'avais quelque raison de supposer que ce fut une danse tout à fait originale et d'un caractère peu commun. Voici la manière bizarre dont elle débuta.

Édouard, le marin, un bon, brave et loyal garçon, leur avait fait divers récits merveilleux sur les perroquets, les mines, les Mexicains, la poudre d'or, etc., quand tout à coup il lui passa par la tête de s'élancer de sa chaise, et de proposer une danse, car la harpe de Bertha était là, et elle

maniait son instrument à ravir. Dot (la petite rusée ! avec ses petits airs hypocrites quelquefois) prétendit que le temps de la danse était passé pour elle ; mais la vraie raison, je présume, c'est que le voiturier fumait en ce moment sa pipe, et qu'elle aimait mieux demeurer assise auprès de lui. Après cela, Mme Fielding, vous pensez bien, fut bien obligée de dire aussi que le temps de la danse était également passé pour elle ; tout le monde dit de même, excepté May ; May était prête.

Ainsi, Édouard et May se levèrent au milieu des applaudissements pour danser seuls ; et Bertha joua son air le plus entraînant.

En bien ! vous me croirez si vous voulez, mais ils n'eurent pas dansé cinq minutes que, tout à coup, le voiturier jette sa pipe, saisit Dot par la taille, s'élance au milieu de la chambre et tourbillonne avec elle d'une manière surprenante, pirouettant, tantôt sur les talons, tantôt sur la pointe du pied. A peine Tackleton les voit-il, qu'il glisse légèrement jusqu'à Mme Fielding, la saisit à son tour par la taille, et suit le mouvement. Le vieux Dot ne voit pas plutôt cela, que le voilà debout, alerte, qui entraîne Mme Dot au milieu du groupe et prend la tête de la danse ; Caleb, à son tour, voyant cela, prend Mlle Slowboy par les deux mains, et part sur-le-champ avec elle ; Mlle Slowboy, bien convaincue que les seuls principes de la danse consistent à plonger vivement au milieu des autres couples et à exécuter à leurs dépens un certain nombre de chocs plus ou moins violents, s'en donne à cœur joie.

Écoutez, comme le grillon accompagne la musique de son grésillement et comme la bouilloire bourdonne !

Mais, qu'est-ce que ceci ? Pendant que je les écoute avec un vif sentiment de satisfaction et de bonheur, et que je me tourne du côté de Dot, afin d'apercevoir encore une dernière fois cette petite figure qui me plaît tant, Dot et les autres se sont évanouis dans les airs et m'ont laissé seul. Un grillon chante dans le foyer ; un jouet d'enfant brisé gît sur le sol, et rien de plus.

TABLE

DANS LA MÊME COLLECTION

Les Intégrales Jules Verne :

VINGT MILLE LIEUES SOUS LES MERS
LE TOUR DU MONDE EN 80 JOURS
suivi de : LE RAYON-VERT
VOYAGE AU CENTRE DE LA TERRE
suivi de : LES INDES NOIRES
LES ENFANTS DU CAPITAINE GRANT
L'ÎLE MYSTÉRIEUSE
LA JANGADA
DEUX ANS DE VACANCES
CINQ SEMAINES EN BALLON
suivi de : UNE VILLE FLOTTANTE
LE CHÂTEAU DES CARPATHES
suivi de :
LE SECRET DE WILHELM STORITZ
NORD CONTRE SUD
KÉRABAN-LE-TÊTU
MICHEL STROGOFF
LE PHARE DU BOUT DU MONDE
suivi de : LE CHANCELLOR
VOYAGES ET AVENTURES
DU CAPITAINE HATTERAS
DE LA TERRE À LA LUNE
suivi de :
AUTOUR DE LA LUNE
HECTOR SERVADAC
UN CAPITAINE DE QUINZE ANS
ROBUR-LE-CONQUÉRANT
suivi de : MAÎTRE DU MONDE
LA MAISON À VAPEUR
MATHIAS SANDORF
LES NAUFRAGÉS DU JONATHAN

LES TRIBULATIONS
D'UN CHINOIS EN CHINE
suivi de : FAMILLE-SANS-NOM
LE PAYS DES FOURRURES
LE TESTAMENT D'UN EXCENTRIQUE
L'ÉTOILE DU SUD
suivi de : L'ARCHIPEL EN FEU
MISTRESS BRANICAN
suivi de : CLOVIS DARDENTOR
LE VOLCAN D'OR
L'ÎLE À HÉLICE
LE SPHINX DES GLACES
LES CINQ CENTS MILLIONS
DE LA BÉGUM
suivi de : L'ÉCOLE DES ROBINSONS
AVENTURES DE TROIS RUSSES
ET TROIS ANGLAIS
suivi de : LES HISTOIRES
DE JEAN-MARIE CABIDOULIN
L'AGENCE THOMPSON AND C°
LA CHASSE AU MÉTÉORE
suivi de : HIER ET DEMAIN
L'INVASION DE LA MER
suivi de : CLAUDIUS BOMBARNAC
LE SUPERBE ORÉNOQUE
suivi de : SANS DESSUS DESSOUS
LE PILOTE DU DANUBE
suivi de :
UN DRAME EN LIVONIE
LE VILLAGE AÉRIEN
suivi de : LES FRÈRES KIP
P'TIT BONHOMME

Louisa May Alcott

LES QUATRE FILLES DU DOCTEUR MARCH

Honoré de Balzac

EUGÉNIE GRANDET
suivi de : URSULE MIROUËT
HISTOIRE DES TREIZE
Ferragus — La duchesse de Langeais
La Fille aux yeux d'or
LE PÈRE GORIOT
suivi de : LA PEAU DE CHAGRIN
LE LYS DANS LA VALLÉE
suivi de : LA FEMME DE TRENTE ANS

Sir John Barrow

LES RÉVOLTÉS DU BOUNTY

Harriet Beecher-Stowe

LA CASE DE L'ONCLE TOM

Lewis Carroll

ALICE AU PAYS DES MERVEILLES

Cervantes

L'INGÉNIEUX HIDALGO
DON QUICHOTTE DE LA MANCHE
(2 volumes)

Carlo Collodi

PINOCCHIO

Fenimore Cooper

LE DERNIER DES MOHICANS

Alphonse Daudet

LETTRES DE MON MOULIN
suivi de : LE PETIT CHOSE

Daniel de Foë

ROBINSON CRUSOÉ
(2 volumes)

Charles Dickens

DAVID COPPERFIELD
(2 volumes)
OLIVIER TWIST
CONTES DE NOEL

Alexandre Dumas

LE COMTE DE MONTE-CRISTO
(3 volumes)
LES TROIS MOUSQUETAIRES
(2 volumes)
VINGT ANS APRÈS
(2 volumes)

Erckmann-Chatrian

HISTOIRE D'UN CONSCRIT DE 1813
suivi de : WATERLOO
L'AMI FRITZ, suivi de :
MAÎTRE DANIEL ROCK et de :
CONFIDENCES
D'UN JOUEUR DE CLARINETTE
MADAME THÉRÈSE suivi de :
HISTOIRE D'UN HOMME DU PEUPLE

Gustave Flaubert

MADAME BOVARY

Antoine Galland

CONTES DES MILLE ET UNE NUITS

Théophile Gautier

LE CAPITAINE FRACASSE

Victor Hugo

LES MISÉRABLES
(3 volumes)
QUATRE-VINGT-TREIZE
suivi de : BUG-JARGAL
LES TRAVAILLEURS DE LA MER
suivi de : L'ARCHIPEL DE LA MANCHE
NOTRE-DAME DE PARIS
POÈMES

Jean de La Fontaine

FABLES

Jack London

CROC-BLANC

Hector Malot

SANS FAMILLE

Charles Perrault

CONTES

Edgar Poe

HISTOIRES EXTRAORDINAIRES

George Sand

LA MARE AU DIABLE
suivi de : MAUPRAT

LA PETITE FADETTE
suivi de : FRANÇOIS LE CHAMPI

Walter Scott

IVANHOE

Comtesse de Ségur

LES MALHEURS DE SOPHIE
suivi de : QUEL AMOUR D'ENFANT !
LES PETITES FILLES MODÈLES
suivi de : LES VACANCES
MÉMOIRES D'UN ÂNE
suivi de : UN BON PETIT DIABLE
L'AUBERGE DE L'ANGE-GARDIEN
suivi de : LE GÉNÉRAL DOURAKINE
JEAN QUI GROGNE ET JEAN QUI RIT
suivi de : DILOY LE CHEMINEAU
PAUVRE BLAISE, suivi de :
LA FORTUNE DE GASPARD
LA SŒUR DE GRIBOUILLE
suivi de : LES DEUX NIGAUDS
FRANÇOIS LE BOSSU, suivi de :
APRÈS LA PLUIE LE BEAU TEMPS
LE MAUVAIS GÉNIE, suivi de :
LES BONS ENFANTS

William Shakespeare

THÉÂTRE-TRAGÉDIES I
Roméo et Juliette
Hamlet
Othello
Jules César

Stendhal

LE ROUGE ET LE NOIR
LA CHARTREUSE DE PARME

Stevenson

L'ÎLE AU TRÉSOR suivi de :
LES AVENTURES DE DAVID BALFOUR

Eugène Sue

LE JUIF ERRANT
(3 volumes)

Jonathan Swift

VOYAGES DE GULLIVER

J. R. R. Tolkien

BILBO LE HOBBIT

Mark Twain

LES AVENTURES DE TOM SAWYER

Émile Zola

GERMINAL
L'ASSOMMOIR
LA FORTUNE DES ROUGON
LA BÊTE HUMAINE
AU BONHEUR DES DAMES

Achevé d'imprimer sur les presses de l'imprimerie Aubin, 86240 Ligugé
Dépôt légal, novembre 1986, Édit., 1738, Impr., L 20767

20.13.7101.01

ISBN 201.011278.4

20.7101.7
86.11